Aqueles *que* Enterrei

Copyright © Cláudia Lemes, 2025

Título: Aqueles que Enterrei
Todos os direitos reservados à AVEC Editora

Nenhuma parte desta publicação poderá ser reproduzida, seja por meios mecânicos, eletrônicos ou em cópia reprográfica, sem a autorização prévia da editora.

Publisher: Artur Vecchi
Revisão: Mikka Capella
Projeto Gráfico: Pedro Cruvinel

1ª edição, 2025
Impresso no Brasil/ Printed in Brazil

Dados Internacionais de catalogação na Publicação (CIP)
(Câmara Brasileira do Livro, SP, Brasil)

L 552

Lemes, Cláudia
Aqueles que Enterrei / Cláudia Lemes. – Porto Alegre : AVEC, 2025.

    ISBN 978-85-5447-287
    1. Ficção brasileira   I. Título
CDD 869.93

Índice para catálogo sistemático:
1.Ficção : Literatura brasileira 869.93

Caixa Postal 6325
CEP 90035-970
Porto Alegre – RS
contato@aveceditora.com.br
www.aveceditora.com.br
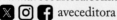 aveceditora

Aqueles *que* Enterrei

Cláudia Lemes

1ª Edição
2025

Nota da autora

Não existe boa literatura, se é escrita com medo.

Thrillers, em especial, são livros que abordam o pior do ser humano e do que ele é capaz. *Thrillers* não têm viés moralista. Portanto, nada do que está escrito neste livro é para ser considerado correto, moral, romântico ou bonito.

Esta é uma obra de ficção. As opiniões expressas pelos personagens deste livro não refletem os pontos de vista, crenças ou opiniões da autora, editora ou outros profissionais que trabalharam na obra. Trata-se de um suspense psicológico, com doses de violência extrema e muitos temas sensíveis.

Leia a lista de possíveis gatilhos antes de optar por iniciar a leitura. Gatilhos: homicídio, doença terminal, relações familiares traumáticas, abuso sexual, suicídio, abuso psicológico, gravidez, aborto, infertilidade e perda gestacional, violência obstétrica, pandemia e Covid-19.

Alguns personagens expressam opiniões homofóbicas, elitistas, gordofóbicas, machistas e racistas em alguns trechos. Se você é sensível a esses temas, não é recomendada a leitura da obra.

Indicação: maiores de 18 anos.

Para Leandro

Prólogo

15 DE OUTUBRO DE 2020

APOLO

Eu tremia, apesar do calor, meus nervos se repuxando de repulsa pelo que acabara de fazer. O som do choro do bebê ainda zumbia em meus ouvidos.

A água esguichou do meu chuveiro com fúria, porque sabia que eu era um monstro. No banheiro luxuoso, o jato lavou o sangue do meu peito e braços, e murmurei uma frase que não pertencia a mim:

— "Mais cedo ou mais tarde, todos sentam-se para um banquete de consequências."

Meu corpo ainda espasmava e meus dentes batiam numa melodia lunática. Apertei as pálpebras, implorando a Deus para que eu não perdesse a sanidade. Minha boca tinha gosto de obturações recém-encaixadas.

O medo é frio, isso é fato. Confia em mim, sou médico e sempre sei do que estou falando. Era uma pandemia: o mundo tornara-se um cemitério e os médicos, coveiros; e eu estava com frio, muito frio.

Meus murmúrios saíram como lamentos de dementes em manicômios de tempos ainda mais brutais do que o meu. O som da minha própria voz era talvez a única coisa que me ancorasse no *agora*, para que aquele último resquício de lógica não estourasse como um elástico, cortando para sempre meu vínculo com minha mente.

E eu me vi de fora, um homem forte e nu, coberto com os restos biológicos de um ser humano que agora dançava com os peixes no fundo de um lago.

Ah, Rebeca.

Quando eu era criança, brincava de médico com a minha irmã. Era uma desculpa para nos vermos sem roupa e nada mais. Brigávamos para determinar quem deveria ser o médico e eu insistia que, por ser o menino, aquele estetoscópio de plástico era meu por direito. *Você é a enfermeira.*

Rebeca aceitava ser examinada por poucos segundos, depois se levantava e dizia que era a vez dela. Ela tinha pouco interesse no que eu guardava com orgulho na cueca, preferindo fingir medir minha temperatura, e me fazendo esticar a língua para fora, para inspecionar minha garganta. Dois anos mais velha, ela sempre terminava o exame dizendo: "Meu diagnóstico: você é uma besta humana".

Quando me formei em medicina, ela já era casada e me deu de presente um exemplar de *O Médico e o Monstro*, de Robert Louis Stevenson, edição de luxo. Eu ri, mas aquilo doeu, porque sabia que minha irmã não gostava de mim.

O médico e o monstro. Era um presságio?

Dobrei as pernas, porque meus joelhos não tinham mais forças para me sustentar, e me embolei no canto do box enquanto a água batia aos meus pés. Em algum momento, balancei meu corpo para me ninar.

Se eu pudesse me acalmar, se conseguisse pelo menos fazer o pavor recuar, sabia que conseguiria compartimentalizar minhas ações naquela noite. Se pudesse fazer o enjoo acabar e meu estômago parar de se retorcer, talvez tudo ficasse bem de novo.

Talvez.

26 DE FEVEREIRO DE 2020

SEMANA 4
O embrião é do tamanho de uma semente de papoula

Rebeca

— Me desculpa pela espera, senhora.

Sorri para a caixa da loja Petit Baby com pena e lhe assegurei de que estava tudo bem, que ela não se preocupasse.

Eu já estivera no lugar daquela menina, me forçando a controlar situações imprevisíveis sob protestos e acusações de pessoas que se achavam no direito de descontar suas frustrações nos funcionários; afinal eles ganhavam dois salários-mínimos para tolerar aquilo, certo?

Uma gota de suor deslizou da testa dela até o queixo, tadinha. Ela tirou o body tamanho RN do cabide de plástico e digitou algo no computador.

— É que o sistema caiu... — ela murmurou.

A mulher atrás de mim bufou.

Eu fiz questão de deixar meu tom sereno, mas firme o suficiente para que a moça do caixa se acalmasse e a nervosinha atrás de mim ouvisse:

— Todo mundo nessa fila entende que não foi culpa sua. Respira, meu anjo, tá tudo bem. Fui muito bem atendida pela vendedora Lúcia, então não esquece de colocar isso no sistema, para ela receber a comissão. Vou pagar no débito, não quero nota paulista e não é presente.

Com o body de cor creme estampado com bolinhas lilás dentro da sacola, saí da loja e segui até as escadas rolantes. O shopping estava tranquilo, como eu gostava. Por um segundo, me imaginei trombando com alguma amiga e tendo que explicar por que carregava a sacolinha de uma loja de roupas infantis. A mentira estava na ponta da língua: é presente para o neném de uma amiga, acabou de nascer.

Por sorte, meu marido nunca questionou as roupinhas que eu ocasionalmente comprava, para um menino ou menina que não existia. Cesar virava o rosto, fingia que não via e eu gostava disso. Eu não conseguia me controlar; aquele body macio e bizarramente pequeno me fazia imaginar um bebê gordinho dentro dele, suas perninhas chutando o ar.

A cólica menstrual já começara a despontar debaixo do meu umbigo e, por um instante, cogitei parar na gelateria e me encher de sorvete de caramelo, mas me forcei a caminhar com os saltos sobre o porcelanato, a caminho do estacionamento. *Calorias e gorduras não vão mudar a realidade, Rebeca.*

O celular vibrou com um áudio de Cesar:

"A festa é às oito, então temos que correr, tá?"

Respondi por texto quando entrei no meu carro:

"To saindo do shopping. Já fiz a maquiagem e a escova aqui, só falta trocar de roupa. Bj."

A última coisa que eu queria fazer naquela quarta-feira era passar horas conversando com estranhos e com o Mauro Spiazzi na festa da sua produtora. Mesmo assim, Mauro era amigo do Cesar e trazia bons negócios para o meu marido, portanto eu iria para casa, vestiria algo caro e desconfortável, tomaria um remédio para a cólica e rezaria para aquela festinha passar rápido e sem nenhum toque asqueroso de Mauro no meu corpo.

Antes de dar a partida, virei o rosto para a sacolinha. Me odiando, abri o papel de seda e toquei o body para recém-nascidos. Tão macio, tão pequeno. Ousei apertá-lo contra o rosto e inalar o aroma que era marca registrada da loja, uma mistura de alecrim com lavanda.

Escolhi uma meditação no meu app no celular, que conectei ao som do carro. Em instantes, saía do estacionamento com o som de chuva e sinos.

— *Repita os mantras de aceitação* — dizia uma voz suave e feminina, etérea, quase sobrenatural — *Sem mudanças, não haveria borboletas.*

Não vou falar uma besteira dessas, pensei, mordendo o lábio inferior.

— *Nas ondas da mudança, eu encontro minha nova direção.*

Parei no semáforo, vendo o céu alaranjado anunciar a chegada da noite e o fluxo de pessoas atravessando a rua com pressa para chegar a suas casas. Vi uma senhora baixinha usando uma máscara. *Será que ela está exagerando? O vírus não chegou ao Brasil...*

— *Eu sou completa, mesmo que agora não me sinta assim.*

Fechei os olhos e tentei acreditar no que dizia, mãos apertando o volante:

— Eu sou completa, mesmo que agora não me sinta assim.

Teddi

Pela sacada do quartinho, eu fitava o cimento abaixo, onde os carros já estacionavam. Pequenas poças da garoa da tarde refletiam as luzes alaranjadas dos postes.

Se eu me jogasse, pensei com um sorriso, *cairia num desses carros ou bem no meio-fio, numa pose bizarra? Isso sim acabaria com a festa.*

Nem sabia se a queda do terceiro andar me mataria e, de qualquer forma, sempre fui uma mulher covarde. Caso pulasse, me arrependeria imediatamente e morreria me sentindo burra. Imaginei meu corpo suspenso no ar, os olhos arregalados, a sensação fria na barriga, o pânico. Na queda, que duraria um ou dois segundos, eu pensaria: "Ah, não, que ideia de merda!", antes de rachar o crânio no cimento e espalhar geleia de massa cinzenta nos scarpins das convidadas.

Se bem que, com a minha sorte, eu não morreria e, sim, viraria um vegetal, dependendo da boa vontade de um punhado de amigos, que fariam alguma vaquinha online para pagar alguém para cuidar de mim.

Eu poderia ligar para a enfermeira que cuidou do meu pai, pensei, tragando meu cigarro e soprando fumaça para a noite paulistana. Qual era o nome dela? Que tipo de pessoa esqueceria isso?

— O pessoal tá chegando, Teddi, desce, vamos.

Mauro. A voz rouca, o tom de desdém. Eu estava num quarto vazio e escuro daquele imóvel antigo, cujos primeiro e segundo andares eram frequentemente alugados para festinhas corporativas como aquela. Não sei como Mauro me achou aqui e por que não o ouvi se aproximar.

Eu não me virei. Não queria ver o homem que conhecia meu segredo mais sujo, mais abominável. O cheiro do perfume dele se mesclava com o aroma do meu cigarro e meu estômago reclamou.

— Já estou descendo — murmurei, observando a noite à distância.

— Sem showzinho, sem gracinha, tá? Isso é importante para a gente.

— Sim, senhor.

— Quando a festa acabar, a gente vai dar um rolê. Os caras da banda também. Eles querem que você vá.

Desta vez eu me virei.

Mauro era só uma silhueta na escuridão, as luzes quentes do galpão da festa emoldurando sua figura larga, corpulenta. Ele devia estar me vendo da mesma maneira, contra as luzes da capital, nada além de um recorte preto.

Aquele homem havia parecido uma salvação na minha vida seis meses antes, quando me deu boas-vindas ao time da produção do documentário sobre a banda do meu pai. Naquele momento, ele era meu terror.

Minha vida inteira eu desejei ter um inimigo. Sempre achei glamuroso, divertido, ter alguém para odiar, com quem competir, para acompanhar. Se não tinha sido feita para ter um marido ou esposa, pelo menos que tivesse algum outro tipo de alma gêmea — uma nêmesis.

Naquele momento, em que meu inimigo estava diante de mim, eu me arrependia de o ter desejado tanto. Ele bem que podia acabar logo comigo, me empurrando daquela sacada. Pensei no que ele tinha acabado de dizer.

— A banda quer que eu vá? Aonde?

Mauro riu um pouco.

— Não molha a calcinha ainda. É um lance de despedida pro seu pai. Vamos invadir o cemitério, dar nosso adeus ao seu velho de forma mais *rock'n'roll*. Ninguém quer te comer, vai por mim.

Eu não tinha jantado, mas, se tivesse, enfiaria o dedo na garganta para vomitar no terno caro dele. Ele me daria um tapa, claro, mas valeria a pena. A música já tocava no andar de baixo, mais um hit do Despóticos Anônimos. A voz do meu pai preencheu aquele quartinho escuro e empoeirado, cantando O Tango do Lunático.

Se eu provocasse o Mauro, será que ele me empurraria da janela? Decidi testar.

— Quem tá lá embaixo, seus amigos?

— Meus amigos, gente da produtora, alguns influencers, gente importante — ele se aproximou, deixando o rosto ser iluminado pelas luzes de fora —, por isso você vai se comportar como uma princesa herdeira e de luto, tá ouvindo? Sem piadinha.

— E todas essas pessoas importantes que te admiram sabem que você tá devendo até o cu, metido com agiota, deputado, traficante e muito mais coisa podre que não conta pra ninguém?

Mauro esticou a mão para tocar no meu rosto. Eu consegui me esquivar e ele apertou os lábios.

— Tem certeza que quer me provocar?

Eu devia minha alma para aquele bosta e, assim que recebesse a herança modesta do meu pai, teria que pagar e rezar para ele cumprir sua parte do acordo e me entregar as provas que tinha contra mim. Só que ele precisava demais da grana para correr riscos. Não iria me expor. Ainda não.

— Sabe que vai levar um tempo até eu colocar a mão no dinheiro e na casa… — falei, baixo — e vender uma casa daquelas...

— Vai ser moleza, tenho um amigo para ajudar. Você vai conhecer ele hoje. Seja simpática.

— Depois de hoje, eu não quero mais te ver — falei. — Eu vou te pagar, mas não quero nunca mais te ver.

A expressão dele não mudou. Era quase como se eu tivesse falado outra língua. Pensei no dia em que encontraram meu pai morto em casa. Eu estivera no banho. Quando desci, todo mundo estava agitado; Mauro, a enfermeira, Toni e Mari Roux, e aquele empresário, o Foca.

Foi o Mauro quem me pegou pelos ombros e disse "Seu pai já era, menina, vá lá se despedir".

Me lembro da sensação. Alívio? Medo?

Quando Mauro saiu e desceu as escadas, dei o último trago quente e carregado e lancei a bituca na rua. Por um segundo, considerei de novo pular.

Cesar

— "Era uma noite fria e chuvosa" — murmurei. — Nome estranho para um documentário musical.

Rebeca me ofereceu um dos sorrisos que costumávamos compartilhar, daqueles que diziam tudo.

Ela estava entediada e queria ir para casa. Dava para perceber nas rugas riscadas a partir dos olhos, nos minúsculos gominhos dos lábios tensos e na falta de ar ao seu redor, criando o puxo de um vácuo.

Eu não conseguia pensar em atividade pior do que estar num evento por pura obrigação social, tão longe de casa, tão cheio de pessoas comuns e sem-graça, quitutes em temperatura ambiente expostos numa fileira de mesas num canto e ar estagnado.

Tomei mais um gole do champanhe, desejando estar de bermuda e camiseta, em vez de um terno Ralph Lauren, naquele galpão de tijolos expostos, canos pintados de preto fosco e fios de lâmpadas brancos quentes na desesperada tentativa de dar um toque de acolhimento ao look industrial.

O maior *hit* da reaquecida banda Despóticos Anônimos, *Boca de Veludo*, devia estar tocando pela terceira vez em quarenta minutos e Rebeca virava taças, dançando sem ânimo em cima dos saltos altíssimos e procurando, entre os convidados, alguém para conversar.

Minha esposa gostava de festas, mas mostrava-se cada vez mais apegada à nova casa, além de estar num "daqueles dias". Para a maioria dos homens, o termo vinha carregado de estereótipos sobre cólicas, ânsia por chocolate e descontrole emocional. Para mim, só significava que Rebeca não estava grávida e sentia-se um lixo por isso.

Ela não estava acostumada a falhar.

Eu lhe dei um beijo suave no ombro e enfiei meus dedos em seus cabelos volumosos, deslizando-os da nuca até a protuberância do crânio. Ela baixou os olhos. Fazia isso quando queria esconder as lágrimas.

Não pude deixar de imaginar que o incômodo absorvente entre as pernas, quente do sangue que o empapava, devia ser uma lembrança constante do seu fracasso em conceber. Eu faria qualquer coisa para que Rebeca se libertasse daquele sofrimento.

Só que eu não fazia a menor questão de ter um filho.

Quis dizer que a amava. Quis ir para a casa com ela, fazer massagem nos seus pés, conversar. Só tínhamos que aguentar mais uns dez minutos naquela festinha, para sermos vistos e lembrados quando alguém precisasse fazer negócios.

Sussurrei:

— Só mais um tempinho, tá? Daqui a pouco a gente dá o fora daqui. Só preciso mostrar apoio ao Spiazzi.

— Eu sei — ela murmurou. — Só tô um pouco enjoada, preciso sentar. Esse lugar não tem um sofá, cadeira, nada.

Eu também esperara mais do evento quando recebi o convite. A produtora Kaos acabara de produzir um documentário sobre os Despóticos Anônimos para o maior canal de *streaming* do mundo, com depoimentos controversos, entrevistas com famosos que acompanharam sua ascensão e queda, cenas inéditas e muita fofoca sobre os bastidores da banda que tivera exatos dez anos de fama, entre 1987 e 1997.

Mesmo assim, o galpão não devia ter mais de oitenta convidados e não havia um mísero móvel no qual se sentar. A única real atração eram os três membros remanescentes da banda, todos entre sessenta e setenta anos, cercados por curiosos e deslumbrados.

Senti algo cilíndrico tocar minha nuca e uma áspera voz masculina no meu ouvido:

— Se mexer, morre.

Por um segundo, o cenário se formou na minha cabeça: alguém entrara na festa para roubar joias e bolsas. Iriam nos trancar no banheiro. Alguém podia ser baleado... e se levassem Rebeca como refém? O que fariam com a minha esposa?

Só que o segundo passou e eu relaxei. Era só uma brincadeira, claro. Mauro Spiazzi entrou no meu campo de visão rindo, com uma caneta de quadro branco entre os dedos como um charuto. Ele falou:

— O galã tá aqui! Mafra!

Hora de forçar sorrisos e empolgação. Afinal, era para isso que eu e Rebeca estávamos ali.

Eu tinha que puxar alguns sacos para manter minha reputação e, por consequência, fluxo de clientes. O dono da produtora Kaos havia comprado três imóveis nos últimos sete anos e, como corretor de imóveis de alto padrão e seu amigo de infância, eu não negaria seu convite.

Rebeca deu um passo para trás enquanto Mauro me abraçava exageradamente. Eu ri, dei tapinhas nas costas do enorme empresário e transmiti a alegria de estar lá, além da gratidão por ter sido convidado.

Xingamentos brincalhões, insinuações vulgares, piadinhas esdrúxulas. Eu fixei meu sorriso inabalável no rosto para aturar a personalidade caricata de Spiazzi, conseguindo enxergar, mesmo que não olhasse para minha esposa, que ela lutava para não revirar os olhos.

Ele vinha do mesmo tipo de lugar que eu: das quebradas, das brigas tarde da noite, dos meninos mais velhos na escola, que descontavam sua raiva em nós, dos ônibus às cinco da manhã. Acho que era só isso que nos unia, sermos testemunhas das vitórias um do outro: "Olha de onde viemos, olha aonde chegamos".

O homem gigante me envolveu com um braço e Rebeca com o outro, exalando *1 Million, Paco Rabanne* e suor.

— Que tacinha de veado é essa?

Enquanto Spiazzi se virava, à procura de alguém que pudesse oferecer uma taça mais máscula, Rebeca interveio:

— Não, Mauro, sério, ele vai dirigir até Itu, sério.

— Ah, que puta frescura. — Ele arrastava a fala, o olhar frenético, escaneando o salão em pulos, como se procurasse alguém. Eu não sabia se ele estava bêbado, cheirado ou os dois. Provavelmente os dois. — Você sabe a sorte que você tem? Uma esposa que cuida de você assim?

Eu sabia a sorte que tinha.

Nos próximo cinco minutos, Mauro Spiazzi difamou a ex-esposa, se gabou do carro novo, reclamou do sócio e, claro, contou como se fosse a primeira vez sobre como as coisas eram barra-pesada no Caldeirão, bairro onde tínhamos crescido, da forma como um soldado veterano não resiste a falar sobre a guerra.

— E você, minha querida? — Ele se virou para Rebeca.

— Trabalhando muito e me acostumando com a cidade nova, casa nova — ela respondeu, gentil.

Mauro olhou para ela com olhos ternos, em uma de suas exibições genuínas de admiração. Engraçado como ele conseguia ser tão fraternal às vezes, tão preocupado com seus poucos amigos.

Lembrei-me de como ele me abraçara no velório do meu pai,

como chorara mais do que eu e até dera uma força para a minha mãe, lavando algumas louças, levando pão fresquinho da padaria, passando um pano ou outro no chão. Todas as vezes em que eu me emputecia com o Mauro, uma lembrança de um ato de compaixão me atingia em cheio e a raiva passava, rápida como tinha chegado.

Ele era o cara que faria questão de te acompanhar num exame médico, tirando sarro do seu medo, da sua roupinha de hospital, das merdas que você falou quando estava grogue, mas também ouviria atentamente as recomendações do médico e passaria na farmácia para comprar seus anti-inflamatórios.

— Você é uma força da natureza, Rena — ele comentou e ela sorriu. — Vamos marcar um jantar naquela casa de vocês.

Eu nunca gostei de como ele usava meu apelido para falar com ela. "Rena" era uma história nossa, um lance entre nós dois, do qual ele se apoderara. Prestes a usar a deixa para me despedir, fui interrompido por uma alteração súbita na expressão dele.

— Teddi! Vem cá!

Teddi se aproximou, visivelmente desconfortável, caminhando entre poucas dezenas de pessoas que bebiam, riam e estudavam os objetos decorativos do salão, como a guitarra do recém-falecido vocalista dos Despóticos e fotos em preto e branco de shows de outrora. Muitos a observavam discretamente, como se ela fosse alguém importante, de interesse.

Devia ter uns vinte e oito anos. Típica Geração Z, deslocada como um animal selvagem que entrou sem querer numa loja, carregando sua desconexão com o mundo como uma ecobag. A camiseta por baixo do blazer dizia: "coração partido se cola com velcro".

Era comum, com olhos muito grandes e maquiados, e um corpo baixo e magrinho, equilibrado por saltos agulha novinhos, que ela obviamente havia comprado para aquele evento.

— Boa noite — Teddi murmurou, como um pedido de desculpas pelo comportamento de Spiazzi.

— Adivinha quem é. — Spiazzi enlaçou a cintura dela e virou o copo de uísque. Apontou o dedo anelado para a garota constrangida. — Filha dele, cara. Filha do puto do Bergler.

Notei o espanto de Rebeca.

Stefan Bergler era o vocalista dos Despóticos, um roqueiro que cravara um lugar de respeito na cena rochosa do rock oitentista, antes de inevitavelmente cair no ostracismo reservado para gênios geniosos, de difícil convivência e níveis altíssimos de arrogância. Morrera há uma semana, ganhando alguns posts de "descanse em paz" nas redes sociais.

Antes disso, Stefan era amigo de Mauro e, por consequência, tínhamos um relacionamento amigável, nos vendo cerca de uma vez por ano num ou noutro jantar. Quando descobri o empreendimento de construção de um condomínio luxuoso numa região de vegetação densa em Itu, comprei um terreno e me dediquei a construir a casa dos sonhos de Rebeca. Stefan se interessou e construiu uma ao meu lado. Ele só foi meu vizinho por três meses, antes de morrer.

— Prazer. — Rebeca plantou um beijo no rosto da jovem. — Eu nem sabia que ele tinha uma filha. Meus sentimentos.

Teddi demonstrou emoção por, talvez, dois segundos, antes de forçar um sorriso e se desvencilhar de Spiazzi.

— Obrigada. Prazer. — Ela apertou minha mão, deu um beijo em Rebeca.

— Esses dois são meus melhores amigos. — Spiazzi a olhava com intensidade, apontando para mim e Rebeca. — Eram vizinhos do seu coroa, mas, com toda a agitação, acho que vocês nem acabaram se conhecendo.

Algo se passou entre eles, o suficiente para fisgar minha curiosidade.

— Gostei da camiseta — falei, para quebrar o gelo.

Ela olhou para baixo e levou um segundo para entender, antes de me forçar um sorriso.

— Mantém os homens afastados quando não estou interessada neles.

— Existe alguém em quem você não esteja interessada? — Mauro riu.

Ela obviamente engoliu aquilo contra a vontade e se virou para ele.

— Você me conhece tão bem.

Rebeca me olhou discretamente. Deu para ler seus pensamentos: "Que clima..."

Teddi, então, murmurou, como se não aguentasse mais ficar ali:

— Desculpa, tenho que ir ao banheiro.

O silêncio, enquanto nós três a observamos praticamente correr até o banheiro, foi marcado pelo fim do hit *Boca de Veludo* e os ácidos acordes iniciais de *Ela me deixou*.

Spiazzi continuou a diatribe.

— Ela roteirizou e ajudou a produzir o documentário. Sabia que não conhecia o pai até o primeiro dia de gravações?

— Como assim? — Rebeca perguntou, a taça vazia na mão.

— O Bergler trepou com a mãe dela nos anos 90. Os Despóticos estavam no auge e a mulher parece que foi uma musa inspiradora. Ele nunca teve muito contato com a menina. Viu algumas vezes, sei lá... Vida de roqueiro, sabem como é.

Havia humor no tom de Spiazzi. Ele continuou:

— Aí, quando eu tive a ideia do documentário, o Bergler mencionou a filha, meio preocupado, tipo "vamos falar dela?". Porra, cara, explorar a vulnerabilidade do Bergler desse jeito, arquitetar um reencontro, era bom demais. Contra a vontade do velho, procurei e achei a filha. Ela se fez de difícil, mas topou. Não me chamam de gênio à toa.

Ninguém te chama de gênio, pensei.

— E aí, quando ele morreu, como foi? — perguntei.

— A gente tava editando o filme quando o Bergler foi parar no hospital. Coloquei uma câmera no meu melhor homem e documentamos tudo o que dava. A Teddi ficou furiosa, falou que não fazia parte do combinado, mas eu não tô nem aí. Filmamos os últimos dias dele, o cara cagado, vomitando, tudo. *Sonata à Bergler.* Tudo se alinhou direitinho e o documentário ficou mil vezes melhor com a morte da lenda do rock.

Embora baixasse um pouco a voz para dizer aquilo, era óbvio que Spiazzi não se importava muito com o que falava.

Rebeca aproveitou a deixa e pediu licença, pois tinha que ir à toalete. Quando ela nos deixou, senti saudades.

— E a Sônia Braga, como tá?

Rebeca não gostava da comparação, mas isso nunca impediria Spiazzi de usá-la. Minha esposa lembrava um pouco a atriz aos trinta anos, mais pelo tom de pele, o tipo de cabelo e os olhos grandes e expressivos, mas não era *parecida* com ela. Molhei os lábios com o que restou do meu champanhe.

— Você sabe: trabalho, trabalho, trabalho.

— Ainda pensando em filhos?

Ele sabia que era um ponto sensível, mas disse aquilo com certa dose de respeito. Trocamos um olhar tenso. Ele sabia coisas demais sobre mim e eu sobre ele. Segredos, podres, tudo. Tentei virar o jogo:

— Você tá bem, Mauro?

Ele suava demais, olhava em volta. Eu começava a achar que, pela primeira vez, estivesse preocupado com alguma coisa.

— Claro que eu tô bem, José.

Quando ele me chamava de José, queria me provocar. Mudei de assunto:

— Escuta, a casa do Bergler vai à venda agora, né?

Mauro Spiazzi gargalhou, atraindo olhares. Ele deu um beijo súbito na minha testa, agarrando-me pelas laterais da cabeça com as mãos gigantes, suadas.

— Só pensa em dinheiro, né, filho da puta? A casa ficou para a Teddi. Provavelmente ela vai querer vender. Não é rica, deve estar precisando de grana... Quem não tá? — Ele gargalhou.

Rebeca

Apoiei os cotovelos nas coxas e a cabeça nas mãos. O banheiro oferecia um pouco do silêncio do qual eu desesperadamente precisava. O piso reluzia com desinfetante pegajoso e o cheiro pendia no ar.

Eu me permiti alguns segundos naquela posição, sentada ao vaso, respirando devagar para me acalmar.

Aquela droga daquela mancha zombeteira no absorvente. A força da natureza contra meus desejos. A mensagem clara: *não foi dessa vez, Rebeca.*

Não iria acontecer. Parte de mim sabia disso. Só que tudo implorava para que eu continuasse tentando. "Não desista dos seus sonhos." "Eu tentei de tudo e concebi o Lucas com 49 anos." "Não desista, amiga, Deus é mais." "Tente essa simpatia." "Conheça o doutor Carlos Pimposa, especialista em reprodução humana." "Adote uma criança, não seja egoísta." "Tudo acontece em seu tempo." "A reprodução assistida me ajudou a realizar meu desejo e hoje eu tenho trigêmeos." "A Mariah nasceu um dia depois que completei 51 anos."

Eu ainda tinha tempo, não tinha? Faria trinta e nove anos em junho. Aquela atriz dinamarquesa pariu com cinquenta e quatro e a brasileira, aos cinquenta e seis. Eu era uma menina perto delas. *Mas elas tiveram filhos antes. Muitos filhos.* Eram naturalmente *férteis.* Que palavra detestável.

Parei de me lamentar e destaquei o absorvente da calcinha, enrolando-o em papel higiênico e jogando-o no lixo, antes de encontrar um novinho com fragrância floral enjoativa e grudá-lo no forro de algodão. Nunca me adaptara às engenhocas das mais jovens; calcinhas absorventes, coletores de silicone, absorventes reutilizáveis. O planeta que me perdoasse.

Quando abri a portinha, deparei com aquela moça, a Teddi, lavando as mãos na pia. Aproximando-me dela, sem graça, murmurei um "olá" tímido. Ela respondeu:

— Eu não suporto aquele filho da puta.

Tirei meus anéis e esfreguei sabonete nas mãos.

— Ele, às vezes, é indelicado mesmo — limitei-me a dizer.

Teddi secou as mãos e virou-se, apoiando o quadril na pia, me inspecionando.

— Vocês são o que do Mauro?

— Ele é amigo e cliente do meu marido.

— Então você conhecia mesmo meu pai?

— Só de vista e de chapéu.

Ela não pegou minha referência, claro. Expliquei:

— Fomos vizinhos por pouco tempo. Só trocamos uns bons-dias e coisas assim. Já com o meu marido, ele conversava mais. Nós ficamos muito tristes quando ele faleceu. Parecia ser gente boa.

Ela franziu a testa, como se meu elogio a tivesse surpreendido.

— A casa de vocês é aquela lá no meio do mato, então, do lado da casa do meu pai? Aquela que estavam pintando, instalando o portão?

— Isso. O condomínio está em construção. É uma área bem privilegiada, com muito verde e privacidade. Vai se mudar para lá?

— Não, vou vender. E nem precisa falar do condomínio, passei algumas semanas lá. Um tédio só.

Uma mulher bem-vestida, com rosto abatido, entrou no banheiro. Segurei o olhar no bebê de cerca de oito meses, encaixado em seu quadril, enquanto Teddi saía do banheiro sem se despedir. A porta clicou suavemente, confinando-me ali com a mulher e a criança.

A mãe olhava o banheiro, balançando o corpo, dando batidinhas na bunda inflada de fralda da criança calma e atenta.

— Desculpa, você é convidada da festa? — ela perguntou, sem graça, com cara de quem estava em apuros.

Ela precisa fazer xixi. Quer que eu o segure.

Meu coração disparou e, antes que terminasse de dizer "Sim, sou amiga do Mauro", já estava estendendo os braços.

A mulher, relutante e sem-graça, sorriu:

— Você se importa? É só por um segundo…

O bebê foi erguido do ar, seu peso delicioso cedeu em minhas mãos e o acomodei contra meu corpo. A mulher continuava falando, entrando numa cabine, mas eu não a ouvia. O bebê era uma menina, percebi, com aquela cabecinha redonda, o cabelinho castanho, ralo, o *body* macio revestindo o corpo gordinho.

Fechei os olhos e ousei aproximar meu rosto da cabeça dela. Inspirei. Cheirinho de lavanda. Os dedinhos roçaram meu pescoço quando o bebê tentou puxar meu colar.

Eu posso correr e levar ela comigo, pensei, logo sentindo minhas bochechas quentes de vergonha. *Como pude pensar isso?*

— ...*uma loucura, né?*

A mãe não estava falando para ser educada ou disfarçar o som do xixi batendo na água do vaso. Queria uma resposta. Devia estar morrendo de medo de que *a estranha* tivesse mesmo sequestrado o bebê. Eu me perguntei há quanto tempo ela estivera apertada, adiando o momento em que teria que perder a filha de vista porque o pai devia estar se divertindo muito com os "caras da banda".

— Qual é o nome dela?

Quase ouvi o suspiro de alívio da mãe, bem antes da descarga e do trinco. A mulher sorria ao sair e correr para lavar as mãos, os olhos presos na criança, que agora levava o murano do meu colar à boca.

— Maitê. — Esfregava os dedos e os secava rapidamente, afoita.

Não tira ela de mim, por favor...

Tarde demais. O bebê estava de volta ao colo da mãe, meu corpo ansiando pelo seu peso e seu calor mais uma vez.

— Nem sei como agradecer... Diz obrigada para a moça, Maitê.

O neném não falou, mas sorriu. Tinha dois dentinhos serrilhados na gengiva inferior, seus olhos cintilavam, sua pele tão lisinha que parecia não ter poros. O queixo estava ligeiramente avermelhado e babado. Olhei para baixo, para evitar que a mulher notasse minhas lágrimas, e fingi estar mexendo no sapato.

Depois de mais alguns agradecimentos e uma despedida apressada, ela e Maitê haviam ido embora e eu estava sozinha no banheiro.

Vinte minutos mais tarde, no carro, Cesar apertou minha mão e a beijou.

Eu insistira em dirigir, mas fiquei aliviada quando meu marido ignorou meus protestos e pegou a chave com o manobrista, sentando-se no banco do motorista do Mercedes classe E. Embora tivesse bebido pouco, eu estava ligeiramente intoxicada.

Eram horas até a casa, no condomínio isolado e exclusivo que era nosso lar havia tão pouco tempo. Sempre gostamos de estar juntos num carro, percorrendo estradas à noite, compartilhando o silêncio, a música suave, a sensação de estar rumo a algo.

Ele pegou a avenida sob luzes alaranjadas e pensei no quanto eu não sentia falta de morar na capital.

Afrouxei a gravata dele e Cesar soltou um suspiro grato.

— Vou tentar conseguir a casa — ele falou, descansando as mãos na curva do volante.

— Como assim?

— O Spiazzi acha que a menina, a tal da Teddi, vai querer vender a casa do Bergler. Não faço ideia de como está por dentro, mas deve valer uns dois milhões. O que acha?

Eu me ajeitei contra o banco de couro, tirando os sapatos com os dedões dos pés e esfregando as solas doloridas contra o tapete áspero.

— É, tem que ver como está por dentro; e acho que ele nem chegou a fazer a piscina. Deve dar dois milhões sim. Boa comissão.

Fiz um carinho no rosto dele. Gostava da barba recém-feita, de roçar os nós dos dedos no maxilar. Encantava-me com Cesar de vez em quando, como se o estivesse conhecendo só então. Era um dos sentimentos que eu mais amava. Quantas mulheres olhavam para seus maridos com verdadeiro desejo depois de tantos anos?

Em silêncio, fechei os olhos. Sentia-me inchada, quente. Queria tomar um banho, embora duvidasse de que o cansaço deixaria, já que só chegaríamos em duas horas.

Cesar abriu a boca. *Ele vai falar sobre a minha infertilidade.* Antes que ele pudesse tocar na ferida, puxei um assunto aleatório, algo que ouvira um homem falar na festa.

— Você viu que confirmaram o primeiro caso no Brasil?

— Do coronavírus? — Pelo tom, Cesar sabia exatamente o que eu estava fazendo, defletindo o assunto dolorido. Ele entrou no jogo. — Quando foi isso?

— Disseram que hoje. Um cara voltou da Itália com o vírus. O que você acha? A gente devia ficar preocupado?

— É tanta informação contraditória. Não sei o que é verdade, o que é exagero. Sabe como essas notícias geram cliques, views, likes e grana…

Massageei a barriga, resquícios da cólica irradiando logo abaixo do meu umbigo. Queria me deitar, esquecer a festa inútil, o bebê no banheiro, tudo.

— Dorme, amor.

Eu virei o rosto para ele. Havia dito aquilo quase como uma ordem.

— Eu tô bem para dirigir, você me conhece — Cesar insistiu. — Descansa um pouco.

Ele selecionou sua *playlist* preferida, de blues e jazz, e fez um carinho na minha coxa; um carinho de amor, não de tesão. Aos acordes de *Cross Road Blues*, do Robert Johnson, deixei o corpo relaxar.

Antes de me deixar escorregar para um sono leve, murmurei:

— Essa coisa de vírus não deve dar em nada.

Uma buzina soou tão alto ao meu lado que senti um choque de adrenalina. Cesar deslizou o vidro para baixo e uma lufada levantou meus cabelos. Os carros buzinaram em reconhecimento mútuo e meu marido riu:

— Esses doidos.

Ao olhar para o SUV ao meu lado se movendo erraticamente pela avenida, reconheci Toni Roux, da banda, ao volante. Os vidros estavam baixados, de forma que vislumbrei os outros membros dos Despóticos, Mauro, e Teddi. Aonde estavam indo? Um bar, a casa de Mauro? Os homens berravam obscenidades para Cesar, acho que para mostrar uma virilidade gasta, volátil. Meus olhos se prenderam em Teddi. A mandíbula dela estava dura, os olhos perdidos.

Ela não quer estar nesse carro com eles, foi meu único pensamento.

O SUV acelerou e sumiu de vista.

Cesar subiu meu vidro e estávamos em paz de novo.

— Loucos — ele sussurrou, balançando a cabeça.

O som da batida. Inconfundível. Mais alto do que possível. Cesar freou com um chiado estridente, esticando o braço em frente ao meu peito, para me proteger.

Estávamos imóveis na noite. Silêncio destilado.

Outros veículos diminuíram a velocidade, afunilando para desviar da SUV capotada. Vidro no asfalto, em bilhões de fragmentos. Eu cobri a boca.

— Chama uma ambulância — meu marido comandou, abrindo a porta. Eu quis pedir para que ele ficasse no carro, mas nada saiu da minha garganta.

Buzinas soavam ao nosso redor. O veículo menor, esmagado como um inseto, parecia estar a trinta metros de nós. Alguém berrou, outros carros pararam e alguns homens saíram com *smartphones* nas orelhas.

Meus dedos não tremiam, mas minhas mãos não pareciam pertencer a mim quando abri minha bolsa e procurei meu celular. *Que besteira, eles já fizeram isso.* Os outros já tinham chamado a ambulância.

Abri a porta e, contra todos os meus instintos, saí do carro. Uns seis homens e Cesar se aproximavam com cautela do utilitário destruído. Minha garganta ficou seca, mas consegui berrar:

— Não mexe neles!

A pior coisa que poderiam fazer era mexer nas vítimas, podendo causar lesões permanentes ou piorar hemorragias. Cesar se ajoelhou. Eu não ouvi o que berrou para as pessoas dentro da SUV. Outros homens corriam até o carro menor, para ver se alguém tinha morrido.

À distância, as sirenes.

TEDDI

— Teddi, você acordou. Oi.

Eu não reconheci a pessoa olhando para mim. Era uma mulher bem gorda e baixinha, de olhos tristes. Ela sorria com o rosto suado, embora eu sentisse frio. Algo me disse que a conhecia.

— Trouxe as coisas que você pediu ontem.

De que merda ela estava falando? A safada era diligente mesmo, porque deu passinhos até uma bolsa enorme de courino preto e tirou uma sacolinha lá de dentro. Ela listou os objetos que me mostrava, depositando-os no meu colo um por um, enquanto eu inspecionava o quarto de hospital em que estava. Particular. Luxuoso. A primeira onda de medo fez meu coração disparar.

— RG, escova de dentes, celular... O celular foi o seu Mauro quem conseguiu achar na cena do acidente...

— Peraí, peraí. — Umedeci os lábios rachados. — Me desculpa, eu tô um pouco confusa. Que lugar é este?

O rosto dela mostrou aflição e ela retorceu os dedinhos gorduchos.

— Ai, ai, ai. Não faz isso, não, de novo não. É a segunda vez... — Ela apertou uma correntinha religiosa e saiu correndo do quarto. Foi quase cômico.

Fechei os olhos para me situar. Lembrava de estar no meu apartamento, fumando com a Lavínia e ela falando sobre cachorros e o porquê de não conseguir namorar com alguém que não fosse apaixonada por cães.

Também me lembrei de brigar com a síndica do meu prédio, embora não fizesse a mínima ideia do motivo. Isso foi antes ou depois da Lavínia e o brado retumbante sobre os cachorros?

A mulher voltou com uma médica esquelética de cabelos claros. O nome no jaleco era Dra. Stefany Vilhares.

— Boa tarde, Teddi. Sabe quem eu sou?

— Dra. Stefany Vilhares.

Ela franziu a testa, depois riu um pouco e bateu o dedo no bordado no peito. Olhava para mim como se me conhecesse e já esperava uma dose de sarcasmo de nossas interações. Enfiando as mãos nos bolsos, disse:

— É a terceira vez que você fica confusa e isso era de se esperar. Dois dias atrás, você estava saindo de uma festa. Pode me dizer o que comemoravam?

Busquei em minha mente, em vão. Não conseguia agarrar a lembrança de nenhuma festa recente. Pensei no casamento da minha tia Gislaine, quando tinha quatorze anos, então percebi que a gordinha me encarando com os olhos úmidos era ela.

Ué?

— Você sofreu um acidente, que não foi culpa sua, e duas pessoas que estavam naquele carro sofreram lesões, você e o Antônio Roux. Sabe quem ele é?

Eu sabia, mas não fazia o menor sentido eu estar no carro com ele. Não o conhecia ao vivo, só pelas histórias que minha mãe contava e pelos shows e fotos que eu encontrava online. Ah, e, claro, pela autobiografia do meu pai.

— O Toni Roux, dos Despóticos Anônimos.

— Ele se machucou, mas recebeu alta e já foi para casa. O amigo de vocês, Mauro Spiazzi, cuidou de toda a sua admissão aqui, porque você não tem plano de saúde e ele não queria que fosse para outro hospital. Temos que conversar sobre sua lesão, tá? Não é a primeira vez que falamos sobre isso.

Eu nunca vi essa mulher na minha vida. Eu tinha certeza.

— Você sofreu uma lesão no lobo temporal, batendo a cabeça com muita força. Está fora de perigo, não há coágulos nem nada, mas queremos que fique em observação por mais dois dias, até porque há outra coisa que preciso te contar. Até aqui, você entende o que aconteceu? Entende que perdeu algumas lembranças e está tendo dificuldades com as lembranças recentes?

— Eu tô com amnésia? Que nem nos filmes?

Mentira dela. Eu me lembrava de tudo muito bem. Sabia quem era, onde morava. Minhas últimas lembranças eram nítidas, cristalinas: cheiro de cigarro no meu quarto ontem à noite, Lavínia e os cachorros. Algum puto ouvindo sertanejo alto no andar de cima.

Eu tinha a impressão de que elas estavam falando comigo, achando que eu fosse outra pessoa. Simplesmente não fazia o menor sentido que eu estivesse num carro com *o* Toni Roux.

Só que elas sabiam meu nome e aquela era a minha tia, irmã da minha mãe. Eu sabia, por exemplo, que minha mãe havia morrido mais de seis anos antes. Eu sabia que não tinha tanto contato com a tia Gislaine, mas era a única parente que viria me ver num hospital.

— Sim, um tipo de amnésia, chamada amnésia retrógrada, mas ela não acontece como nos filmes. Suas lembranças não voltarão todas de uma vez, "do nada". É possível que algumas nunca voltem. Algumas talvez voltem depois de muito tempo ou só por meio de tratamento; e você vai ter problemas, por um tempo, para reter novos acontecimentos, também, por isso não me reconheceu. Temos conversado desde ontem pela manhã e, mesmo assim, você não conseguiu formar lembranças das nossas conversas.

Isso é um golpe? Logo, minha lógica ignorou essa ideia. Afinal, eu estava num hospital de verdade, conversando com uma neurocirurgiã de verdade. Minha tia estava abalada. Além disso, quem daria um golpe numa fodida que nem eu, que poderia ser a número 1 na lista dos mais procurados do Serasa?

— Quanto tempo eu esqueci? — perguntei, procurando em meu corpo sinais do tal acidente e encontrando só um curativo na dobra do braço, onde alguém devia ter me picado com um acesso. Uma ligeira dor de cabeça se anunciava perto do meu pescoço.

— Não sabemos. Ontem você explicou que se lembrava de uma conversa com uma mulher chamada Lavínia, sobre um cachorro. Era sua namorada.

Era. Não chegamos a terminar, mas raramente eu chegava a terminar com as pessoas. Elas simplesmente iam embora. Raramente me importava.

— Essa conversa rolou ontem, talvez anteontem — falei, assim que a informação se completou no meu cérebro lesionado. — Era aniversário dela. Ela pediu um pinscher, de todos os cachorros que poderia ter pedido. Não tinha como eu levar isso a sério.

— Estamos em fevereiro de 2020 — Dra. Stefany falou, com pesar.

Olhei os objetos largados em cima do lençol engomado do hospital. Reconheci todos. Eram tão meus. Não, espera. Não aquela escova de dentes.

— Entendi — falei, para ter algo o que falar. Elas estavam esperando desespero? Lágrimas? Eu ainda não conseguia acreditar totalmente no que me diziam, então era difícil sentir qualquer coisa.

— Não é só isso... — pela primeira vez, Gislaine se pronunciou. Olhava para a médica, certamente delegando as próximas péssimas notícias para a outra.

Merda, o que eles tinham descoberto no meu corpo? Um câncer igual ao de mamãe, com certeza. Aquela troca de olhares... aquele desconforto. Pensei nas pessoas que precisavam chegar ao extremo da humilhação de dar entrada num pronto-socorro com alguma coisa estranha entalada no cu. Imaginei como elas se sentiam. *Só me mata, Stefany, não faz eu me sentir tão nua assim.*

— Tem mais uma coisa e entendo que será muito difícil de...

Eu sabia. Eu me lembrava. Ela tinha me dado essa notícia ontem.

— Descobriram que estou grávida — interrompi.

Minha tia ergueu as sobrancelhas desenhadas a lápis cor de tijolo, mas a doutora assentiu.

— Quatro semanas de gestação. Você ficou meio transtornada ontem e entendo que, com a falta de memórias, essa notícia tenha mais peso do que teria em qualquer outra situação. Temos atendimento psicológico pronto para você. O doutor Bento já está a par do seu caso. Vamos deixar você ficar quietinha aqui por um tempo e vou pedir para que tragam seu lanche da tarde. Tá com fome?

Ela fez uma coisa que eu estranhei, apertando minha mão e me lançando um olhar com sorrisinho, do tipo "vai dar tudo certo". Quis dar um tapa nela. A condescendência me embrulhou o estômago. *Médicos são uns bostas mesmo.* Os que foram incapazes de curar minha mãe me davam os mesmos olhares fingidos de "sinto muito".

Minha tia ficou plantada ali, inutilmente, como sempre. Era tão feia que não servia nem para decoração.

Lembrei-me dela nos meses em que mamãe ficara internada. Ela serviu para o quê? Para tentar forçar uma reconciliação entre minha mãe e meu avô, para deixar minha mãe mais irritada, para dar indiretazinhas sobre o estilo de vida que ela vivera, "se envolvendo com roqueiros e drogados". Filha da puta, por que estava ali, então? Para jogar as mesmas coisas na minha cara?

— Você precisa de mais alguma coisa, Teodora?

— Quero ficar sozinha, tia.

Ela assentiu, aliviada, e colocou a bolsa enorme sobre o ombro.

— Olha, eu não quero ser chata... — ela começou — mas tava na cara que mais cedo ou mais tarde alguma coisa assim iria acontecer. Você não toma jeito.

Mostrei o dedo do meio para ela.

— Quando você vai crescer, menina? Quando vai deixar de culpar todo mundo por todas as coisas ruins que te acontecem e crescer, arranjar um emprego, se responsabilizar pela sua vida? Sabia que eu fui a única pessoa da família disposta a...

— Você ainda tá aqui? Cai fora.

Ela disse um tchau e falou algo sobre voltar no dia seguinte, mas eu nem estava mais ouvindo.

Sozinha, afastei o lençol e olhei minhas pernas. Tudo normal. Pelos de dois dias despontando. Unhas dos pés feitas com imperfeição o suficiente para eu entender que eu mesma havia sido minha pedicure. Notei uma mancha arroxeada na canela e alguns cortes minúsculos no pé esquerdo, como se alguém tivesse me arrastado sobre cacos de vidro.

Ao tocar minha cabeça, encontrei apenas cabelos oleosos. Queria tomar um banho. Se esperasse alguma enfermeira entrar, corria o risco de me impedirem de me levantar, então cambaleei até o banheiro, sentindo a cabeça doer.

O quarto do hospital era a casa das Kardashians, se comparado ao meu kitnet ridículo na Consolação. Quem era o homem que estava pagando por ele? Eu não tinha relacionamentos com homens. Trepava com alguns, mas não me apegava a eles.

Bom, não foi de uma mulher que eu engravidei.

Olhei no espelho, quase como que para me certificar de que ainda era eu mesma. Minhas olheiras estavam tão escuras que me assustei. Percebi que uma delas era, na verdade, um machucado; meu olho estava roxo e amarelado.

Vozes no meu quarto. Em instantes, eles me encontraram: uma enfermeira negra, de uns cinquenta anos, manchas claras de vitiligo ao redor dos olhos e boca sorridente. O outro era um homem branco e corpulento, olhando para mim com espanto. Eu soube que era ele na hora, o que estava bancando minha estadia no Hotel Cinco Estrelas da Morte.

— Mocinha, você não pode levantar, chama a gente quando for assim.

Eu o encarava, ignorando a enfermeira, mas a mão dela no meu braço tinha um que de imperativo. O homem acompanhava meus movimentos, me lendo, me decifrando enquanto ela me levava até a cama.

— Eu tenho que fazer xixi — murmurei, me desvencilhando.

— Quer ajuda?

— Eu dou conta — e me fechei no banheiro, sentando no vaso e soltando a bexiga, sentindo um pouco de ardência, uma infecção urinária novinha em folha se apresentando com orgulho. Só fiquei feliz por não estar de fralda ou sonda.

Quando saí, a enfermeira havia ido embora e só o homem estava lá, sentado confortavelmente no sofá de couro. Eu subi no leito, meu estômago se revirando ao notar a bandeja do lanche da tarde.

— Que bom que você tá bem, Berglerzinha — ele falou, bem-humorado.

Meus sentidos captaram as roupas caras, o relógio imponente, o cheiro de perfume no ar. Eu não me lembrava daquele homem. Comi, sem me deixar afetar por ele. Não tinha amigos ricos, então presumi que nossa relação não fosse de amizade, muito menos romântica.

O lanche estava divino: mamão, iogurte, pãezinhos, café, mel. Sinceramente, considerei fingir alguns sintomas para passar mais dias naquele hospital, com outras pessoas cuidando de mim, uma cama confortável, comidinha boa e saudável.

Seria ainda melhor se eu pudesse fumar, mas, como dizem, toda escolha é uma renúncia.

— Nós dois sabemos que você tá fingindo — nesse momento, eu o olhei —, mas seu teatro não vai quitar sua dívida. Seu teatro não muda nada.

A palavra *dívida* caiu sobre mim como um cobertor imundo.

— Sei que o puto do Roux tava bêbado e que foi culpa dele essa merda que aconteceu com meu carro, mas também sei que você tava num beco sem saída e tá aproveitando esse acidente para não me pagar. Nada mudou. Saindo daqui, você vai dar o que me deve, tá bom? Eu ainda tenho as provas do que você aprontou com seu pai e não pense que não vou mostrar para o mundo inteiro. A gente tá emaranhado demais, eu e você. Só tem um jeito de desemaranhar.

Meu pai? Aquilo só podia ser uma brincadeira. O que podia ter acontecido nos últimos seis meses para eu estar devendo dinheiro para um cara que nem conhecia, estar num carro com os membros do Despóticos e tido algum tipo de (o quê?) com meu pai, que eu nem conhecia pessoalmente?

O homem (Mauro?) se levantou e se aproximou. Fingi descaso enquanto comia meu iogurte e ele cruzava os braços peludos, me observando.

— Você devia estar numa maca, no corredor de um hospital público, implorando por analgésicos, mas agora pode me pagar por isso também. Sua dívida acabou de aumentar. — Ele olhou em volta.

Eu não respondi. Ele soltou um risinho e apertou meu tornozelo.

— A gente se vê em breve.

Rebeca

Depois de estacionar em frente a casinha de Nana, a cerca de meia hora da minha, abracei as sacolas de compras, prendi o chaveiro do carro entre os dentes e subi os seis degraus de escada.

Tirando os sapatos perto dos incontáveis vasos de plantas, toquei a campainha com o cotovelo e olhei em volta, para aquele monte de mato indomado, enquanto esperava que ela abrisse.

Não sei se era algum tipo de profanação, chamá-la de mãe, mas pensar que a mulher que me dera à luz pudesse estar se revirando no túmulo me proporcionava um estranho conforto. Para efeitos práticos, quem me criara havia sido Nana, afinal.

"Por que você não me chama mais de *Mãe Preta*?", ela me perguntou uns dois anos atrás. Eu respondi que descobri ser um termo racista, que reforçava estereótipos. Nana riu, tragou o cigarro mentolado e disse: "Não deveria ser eu quem decide isso?". Fiquei confusa por meses; é muito difícil ser uma pessoa boa quando não existe consenso sobre o que é uma pessoa boa.

Ela abriu a porta com um cigarro aceso e uma mão na cintura, dizendo:

— Pensei que não vinha mais.

Eu ri e entrei, tentando não tropeçar em Iberê, o Yorkshire. Ele pulou, latiu estridentemente e me acompanhou até a cozinha pequena, de móveis antigos de madeira maciça.

— Você não deveria estar fumando — falei, sabendo que não adiantaria, enquanto tirava as compras das sacolas. Nana era saudável e estava em forma, poderia ir ao mercado, mas eu gostava de servi-la.

— Do que você tá falando, louca? — Ela parou na porta e me observou de braços cruzados.

— Esse negócio de vírus parece que faz mal para gente mais velha e ataca os pulmões. Não é uma boa época para fumar. Aliás, nunca é, mas tá pior. Toma, meu anjinho. — Ofereci um petisco canino para Iberê, que enlouqueceu, deixando um pouco de saliva na minha mão.

— E sua casa, tá ficando pronta?

— Tá pronta. Só tem uns detalhes ainda para acertar. — Dobrei as sacolas e as enfiei no armário, acima da minha cabeça. Era um dia quente, então a segui até a sala, onde um ventilador de chão acariciava as cortinas.

— Seu irmão? — ela perguntou.

— Ele vai jantar lá em casa esses dias, para conhecer. Vamos ver... Se a gente conseguir passar uma noite inteira sem brigar, já vai ser um avanço.

Nana fez uma careta. Ela acompanhou de perto as brigas que eu tinha com o meu irmão desde que nasceu. Sabia que eu o amava e me ressentia dele em doses iguais.

— Você tá tentando, Rebeca — ela falou, quase como quem cantava uma cantiga de ninar — e eu tenho orgulho de você.

Eu estava, de fato, tentando com Apolo. Parte de mim sabia que não iria dar em nada, que nunca seríamos amigos. Só que eu queria poder dizer, no futuro, que fizera de tudo. Que havia tentado.

Ela já tinha deixado o café pronto. Nós nos sentamos no sofá e eu bebi um pouco, enquanto ela apagava o cigarro num cinzeiro e apoiava os pés de unhas vermelhas na minha coxa.

Não conversamos, a princípio. Gostávamos de ficar juntas, só isso, grudadas pelas lembranças. Minha visita semanal superava qualquer terapia que eu pudesse fazer. Cesar sabia que eu tinha escolhido construir nossa casa em Itu não apenas pela oportunidade ou pelo terreno de bom valor perto do lago. Eu queria estar perto dela, vê-la quando quisesse.

— Vi uma coisa que mexeu comigo. Um acidente de carro. Uns amigos capotaram bem na nossa frente, foi horrível. Ainda dá para ouvir o som da batida na minha cabeça.

Nana esperou. Ela pressionou os pés na minha perna, quase uma massagem. Eu tentei não pensar no passado. Não gostava de tirar lembranças de suas devidas caixas.

— Alguém morreu? — ela perguntou.

— Não, todo mundo ficou bem. É que, como algumas pessoas no carro eram meio famosas, a notícia fica aparecendo para mim, nas redes sociais e tal, piscando na minha memória, não me deixando esquecer.

O mundo parecia conspirar para o sucesso do documentário. Graças à morte de Bergler e do acidente, dois dias antes, os Despóticos, banda praticamente esquecida por vinte anos, estavam atraindo bastante atenção.

— Quando você viu o acidente...

— Pensei neles.

Nana me deu dois tapinhas na coxa, carinhosa. Passei mais de uma década sem falar com meus pais antes do acidente que levou os dois. Eu me recusava a me sentir culpada por isso. Quem tinha me expulsado de casa haviam sido eles.

— Da mesma forma que não foi sua culpa, não foi do seu irmão.

Claro que foi. Meus pais não teriam morrido, se não estivessem correndo de carro, preocupados em buscar aquele bosta no hospital porque ele estava em coma alcóolico. Não queria ser difícil com Nana, então não respondi. Partia meu coração que ela se importasse com Apolo, que nunca a vira como nada além de uma empregada.

— E como ele tá?

— Não passou na prova para cirurgia plástica, te contei isso?

— Ele tá operando no Pronto-Socorro?

— Tá — resmunguei. Pensei na época da faculdade, no quanto tudo aquilo me intoxicava, me deixava alta como se tivesse cheirado cocaína; no quanto amava tudo aquilo, todas as aulas, os volumes absurdamente grossos de bioquímica, farmacologia, parasitologia, anatomia... Forçando as lembranças a retrocederem, sorri quando Nana falou:

— Tá bonita, filha.

Terminei meu café e passei a fazer a massagem de que ela tanto gostava nos pés bem cuidados, ossudos.

— Só preciso acordar às seis, correr, fazer ioga, drenagens linfáticas, limpezas de pele e usar a linha inteira da La Mer para ficar assim, mas obrigada. Além do mais — olhei para Nana —, sou bem casada.

Nana riu.

— Tenho saudade de homem, sabia? — Ela acendeu outro cigarro. — Não para ficar o tempo todo no meu pé, pedindo comida, dando trabalho, mas para trepar, fazer um carinho e me levar para jantar.

— Você tá bonita, só não arranja um namorado porque não quer — falei, deslizando os dedos pela sola do pé dela. Ela já tinha sessenta e quatro anos. — E não fala que vai para a igreja, porque lá não é o melhor lugar para arranjar o que você quer. Se quiser, eu instalo um aplicativo de namoro no seu celular.

Nana se inclinou para a frente. Era esquelética e sua bata de poá flutuava em volta dela. Usava maquiagem sempre e tinha cabelos cacheados como os meus, mas totalmente brancos.

— Eu aceito o aplicativo, mas para dar risada mesmo. E no mais…? Tudo bem? Como anda a história do…

Quando percebeu que virei o rosto para que ela não visse meus olhos marejados, ela tirou os pés de cima do sofá e me ofereceu colo. Sem hesitar, deitei minha cabeça nas coxas ossudas dela e fechei os olhos enquanto ela acariciava meus cabelos. Eu podia ser fraca com ela, não precisava me fingir de forte para a mulher que havia passado mercúrio-cromo no meu joelho machucado e me ensinado a usar absorventes.

— Você precisa parar de tentar, pelo menos por uns meses. Esquecer essa coisa de neném. Viajar com seu marido. Parar de querer controlar tudo — Nana sussurrou.

— Não quero controlar tudo, só quero ter um filho.

Nana manteve silêncio, acariciando meus cabelos.

Iberê farejou minha mão e se abaixou no tapete, sobre as patas traseiras; depois se deitou, os olhos pretos e molhados a nos observar.

2 DE MARÇO

SEMANA 5
O embrião é do tamanho de uma semente de linhaça

Teddi

A mensagem no celular era de Toni Roux.

"Soube que recebeu alta. Faço questão de te buscar."

Fiquei estranhamente deslumbrada com aquilo: Toni, lendário guitarrista dos Despóticos Anônimos, me conhecia. Ele fazia questão de me buscar. Isso só podia significar que éramos amigos, certo? Eu, amiga de uma celebridade.

Nos últimos dois dias, havia tido certo sucesso em entender minha condição. As conversas com o Dr. Bento ajudaram a me situar: eu me lembrava de tudo, até 22 de setembro de 2019, um domingo. O período entre setembro de 2019 e fevereiro de 2020 havia sido deletado do meu cérebro e era impossível saber se eu recuperaria minhas lembranças. Segundo ele, seguindo a analogia com um computador, alguns arquivos poderiam ainda estar na "lixeira" e eu só tinha que encontrá-los. Ele disse "Talvez algumas nunca voltem e você precise aprender a lidar com isso".

A melhor parte de conversar com o Dr. Bento era falar sobre mim. Ao resumir minha biografia para aquele estranho, eu me sentia mais segura. Afinal, eu me lembrava direitinho de ter uma melhor amiga chamada Rita quando tinha cinco anos. Lembrava de ter arrebentado o joelho aprendendo a andar de bicicleta na Praça Francisco Pereira, no Jardim Helena, aos seis.

A primeira vez que vi meu pai foi na televisão. Minha mãe me contou uma versão resumida e adaptada para menores de idade, explicando que aquele homem ao microfone, com uma guitarra atravessando o peito, se chamava Stefan Bergler e tinha sido namorado dela por um tempo. Eles se amaram muito. Ele não foi fiel, usava drogas e bebia, ela o abandonou e ele nunca mais deu as caras nem pagou pensão, nem mandou presentes de Natal.

Aos doze anos dei meu primeiro beijo de língua, numa amiga que morava no prédio, a Carol. Aos quinze, aquele menino entrou no banheiro feminino da escola e me agarrou, mas eu lutei e ele saiu correndo. Por duas semanas, faltei à escola, por medo de vê-lo de novo, até a coordenadora avisar a minha mãe que chamaria o conselho tutelar e eu voltei.

De acordo com os outros, sou uma pessoa desconectada, cínica e egoísta. Segundo mamãe, sou autêntica e de personalidade forte. Nos últimos três anos, tive um namorado e duas namoradas. Ele durou pouco; elas duraram mais. De acordo com o cara, o Eder, eu sou bipolar. De acordo com a Érica, sou uma psicopata. Segundo Lavínia, sou um amor, mas faltou carinho na minha infância e um pet preencheria o rombo no meu coração de pedra.

O Dr. Bento se surpreendeu com os dados: morei em doze apartamentos diferentes na minha vida e me lembro de todos os endereços. Nunca fui boa aluna, mas já tocava piano aos sete aninhos e meus desenhos ganharam diversos prêmios e até editais do governo, quando fiquei mais velha. Fiz uma exposição no hall de um famoso teatro e ganhei uma grana do banco que financiou tudo. Torrei a grana em um ano, precisei me mudar de apartamento de novo e, aí, mamãe bateu as botas.

Sinto falta dela todos os dias; de conversar com ela; do seu cheiro; das nossas brigas e piadas internas. Quando penso na morte dela, odeio a Deus.

Sim, senhor, já usei drogas, mas nunca fui viciada em nada. Sabe como é, um baseado ali, um pouco de pó numa festa, mas tudo muito esporádico. Eu bebo álcool, mas raramente fico bêbada. Não faço a mínima ideia se bebi na noite do acidente, mas isso me parece irrelevante, porque eu não estava dirigindo, então por que o senhor quer saber? Sim, eu fumo, é a única coisa que me relaxa. Que bebê? Ah, sim, é. Não pensei nisso ainda.

Papai? Que pai, porra? Não, não estou nervosa, só não conheço o cara. Vocês estão me falando que participei de um documentário sobre ele, com ele, mas isso ainda não faz sentido para mim. O que eu sinto olhando essa foto? Nada, ué. Tem banheiro aqui?

Não, tá tudo bem. Droga. Obrigada. Desculpa, isso é nojento, vou limpar.

Acho que tô grávida mesmo. Quem diria?

A diligente Gislaine me levou um par de óculos escuros. Disse que iam ajudar com as dores de cabeça. São Paulo continuava sendo bloco cinza atrás de bloco cinza quando pisei na calçada e vasculhei a bolsa atrás de cigarros.

Não fazia sol. Carros buzinavam e pessoas passavam por mim. *Por que aquela mulher tá usando máscara?* Um carro enorme parou em fila dupla, levou umas buzinadas e abriu o vidro com *insulfilm*.

Era mesmo o Toni Roux e ele acenou para mim, velho, com o rosto murcho e a barba malfeita. Ignorei minha ânsia por nicotina e caminhei até o carro, estranhando o peso da porta, o cheiro de couro, o ar gélido.

— Meu Deus, Teddi, que loucura.

Ele me abraçou. Meu corpo estranhou tanto aquele toque meio ossudo, meio duro, que tive a impressão de que minha pele se esticou e se retorceu. Ele cheirava a banho recém-tomado e sorria para mim com olhos preocupados e dentes um pouco acinzentados.

Outro carro buzinou e Toni estalou a língua de ódio, colocando o utilitário em movimento na avenida.

— Me fala, como você tá? O Mauro me contou da perda de algumas lembranças, que coisa maluca isso. Para onde você vai?

Dei o endereço do meu apartamento, rezando para que ainda fosse meu apartamento. Eu tinha conseguido pagar o aluguel nos últimos seis meses? Bom, se tinha produzido um documentário, obviamente tinha ganhado uma grana, certo? Só que nem sempre eu gastava dinheiro com obrigações.

Toni balançava a cabeça ao dirigir calmamente, o que me irritou um pouco. *Pisa, porra*, eu quis dizer, mas ainda precisava entender qual era a nossa situação. O que ele sabia sobre mim? Me ocorreu, então, que não devia ser fácil para ele voltar a dirigir poucos dias depois de capotar um carro.

— A culpa foi minha — saiu com pesar enquanto ele parava num sinal amarelo e enfiava um chiclete na boca. — Todo mundo bebeu um pouco naquela noite, né? Saudades do teu velho, mágoa, aquele mix de sentimentos. A gente pensou que seria maneiro pular o muro, entrar no cemitério e se despedir do teu pai de um jeito mais nosso, mais especial. Você sabe, jogar uísque no túmulo, contar as mesmas velhas histórias, chorar um pouco. O Mauro amou a ideia e é claro que o Orudas e o Piara também. Eu fiquei meio assim de te chamar. Sei que você e seu pai... — ele fitou o nada por alguns segundos — ...que a parada foi meio estranha entre vocês, mas o Mauro convidou e você topou. Por isso estava no carro com a gente. Por isso... ficou com essa lesão.

Ficamos em silêncio. *Eu conheço mesmo os caras da banda, então.* Imaginei a cena: aqueles roqueiros velhos e decadentes num cemitério de madrugada, sentados no túmulo de Stefan Bergler. O tipo de coisa que eu teria escrito num dos meus roteiros amadores, na adolescência.

— Eu... — Não limpei a garganta por constrangimento, mas para ganhar tempo mesmo. Queria me fazer de mocinha inocente. — Não lembro de nada disso, desculpa. Nem lembro de você, não ao vivo... mas, claro, sei muita coisa sobre você. Estudei os Despóticos por muitos anos. Era meu jeito de conhecer meu pai melhor.

— Claro, claro. — Ele esfregou os olhos.

Outra buzina, curta, cordial, aquele "tá verde, amigo". Toni dirigiu.

Eu tinha um bilhão de perguntas, mas decidi ir devagar.

— Quando vi meu pai pela última vez?

Ele me olhou como se a pergunta fosse obscena. Mascou o chiclete com nervosismo.

— Você tava na casa dele quando ele morreu. Não lembra mesmo disso? Você não saiu do lado dele nas últimas semanas. Levou duas enfermeiras para ajudar a cuidar dele. Nós visitamos algumas vezes, os caras da banda. Nos últimos dias, o Bergler já tava zoado.

Eu jamais teria cuidado do meu pai. Não do homem que nunca se deu o trabalho de dar um telefonema. Não sou o tipo de pessoa que cuida de alguém no leito de morte. Não conseguia me imaginar limpando vômito e merda de um homem de sessenta e poucos que tinha me rejeitado ainda bebê.

Só que, por algum motivo, eu havia feito tudo aquilo mesmo. Percebi que o homem ao meu lado tinha uma dívida comigo. Era por causa dele que seis meses da minha vida tinham se apagado. *Ótimo*, pensei, *vou cobrar*.

— Você precisa me ajudar a recuperar minhas lembranças.

— Teddi, o que você precisar. O que precisar. Se não quiser ficar sozinha, a Mari já disse que seria um prazer acolher você na nossa casa.

Mari. Devia ser a esposa dele. Toni foi o primeiro dos Despóticos a "criar vergonha na cara" e se casar; ser monogâmico, ter filhos. Era o mais careta, o primeiro que se limpou do vício, o que não teve recaídas. Segundo os artigos e algumas entrevistas na internet, meu pai e ele brigaram muito nos anos 90.

— Mas, sabe… — Toni me encarou. — Tem o documentário. Quer dizer, boa parte desses seis meses da sua vida estão registrados.

— Cadê esse documentário?

— Estreou no *streaming* no dia do acidente. Era isso que estávamos comemorando. Assinamos o contrato em outubro do ano passado. Depois disso, começamos as filmagens. Ia levar mais de um ano para tudo ficar pronto, mas o Mauro apressou muito as coisas, por causa do seu pai e os lances de saúde. Você passou o tempo todo com a gente, indo aos shows, trabalhando com o Mauro e o resto da produção. Boa parte do que você viveu tá lá, gravado, e com certeza o Mauro deve ter horas e horas de gravações dos bastidores que nem entraram na edição. Você devia pedir para ele.

Eu não precisava ter lembranças do Mauro antes de conhecê-lo no hospital para entender que a última coisa que queria era lhe pedir algum favor.

— Chegamos.

Sim, aquela espelunca era meu prédio. *Lar, doce lar.* A mão ossuda de pele bronzeada tocou a minha.

— Teddi, eu tô falando bem sério. Não somos tão íntimos, mas acho que tivemos boas conversas nesses últimos meses e você é filha do meu amigo. Se precisar, me chama, tá?

Forcei um sorriso e agradeci antes de sair do carro.

Meu apartamento estava o lixo de sempre. Nunca fui nenhuma Marie Kondo. Sacolas de roupas e bugigangas estavam amontoadas num canto da sala. Um cobertor cobria os rasgos no estofado do sofá e o lugar tinha um cheiro estagnado de mofo e lixo, me forçando a abrir as janelas, que deslizaram com dificuldade e muito ruído.

Acendi um cigarro e me permiti passear pelo local, reconhecendo-o como se tivesse estado lá algumas horas antes. A televisão, no entanto, era novinha em folha. Enquanto caminhava, fiz um inventário mental das aquisições do *apagão* — como escolhi chamar o rombo de seis meses nas minhas lembranças.

Conclusão: gastei fosse lá quanto tinha ganhado com o documentário em roupas novas: jaqueta de couro, calças, camisetas, botas; a televisão de cinquenta e cinco polegadas na sala; discos de vinil (ah, Sex Pistols, God Save the Queen, eu devo ter gastado uma fortuna com você!); e um colchão novinho em folha, que me fez gemer quando me deitei nele.

Depois de uma ducha ruim, durante a qual evitei pensar na história da gravidez (preciso incluir no meu currículo alguma menção à minha espetacular habilidade de ignorar problemas), vesti uma camiseta larga, coloquei meu vinil do Four Tops para tocar e prendi meu olhar no céu triste da cidade, além da minha janela.

Mamãe diria "você tá na merda de novo, Palheta."

Alguma vez não estive?

Encontrei um caderno novinho (obrigada, Teddi do Apagão) e organizei meus pensamentos da única forma que conseguia: escrevendo.

"O que eu sei:

Sei que, em algum momento entre setembro — enquanto Lavínia terminava comigo por causa de um cachorro — e outubro, fui abordada para participar de um documentário sobre os Despóticos.

Se aceitei, só pode ter sido como desculpa para ver meu pai.

O tal do Mauro vendeu o projeto para o *streaming*.

Meu pai morreu.

Quatro dias atrás, entrei num carro com os Despóticos, saindo da festa de comemoração da estreia do documentário. Toni Roux estava dirigindo. O carro capotou e perdi um pedacinho da memória.

Estou grávida.

Vou ficar bem. Sempre fico.

O que eu posso deduzir:

Se estou grávida, trepei com um homem cinco semanas atrás. Pelo jeito que Toni olha para mim, não foi ele. Não pode ter sido o tal do Mauro, eu nunca faria isso. Ele me arrepia.

Especulação: Recaída? Liguei para o Eder ou o Henric? Henric tá no Brasil? Um deles é o meu *baby daddy*?

Se o Bergler morreu, preciso ver isso. Esse lance de herança.

Obs: Com minha sorte, ele deixou milhões em dívidas.

Posso deduzir que meu pai já não estava bem antes do documentário. Ele andava sumido. Não parece ter sido uma morte fácil.

Nota: Visitar o túmulo dele.

Obs: Talvez eu ainda tenha dinheiro no banco.

O que preciso descobrir:

O que rolou com meu pai? Dei um tapa na cara dele, chamei ele de filho da puta e o culpei pela morte da minha mãe e minha vida fodida aos berros estridentes enquanto pessoas me agarravam por trás e me afastavam?

Por que devo dinheiro para o Mauro, se lucrei com o documentário? O que fiz com essa grana? Ele falou algo sobre eu ter feito alguma coisa para o meu pai — O que eu posso ter feito?

Como faço um aborto no Brasil sem morrer ou ser presa?"

Fechei o caderno sem reler o que havia escrito e apoiei a testa nos joelhos. Meu celular tinha poucas mensagens de conhecidos e algumas de nomes que não reconheci. Achei curioso que não tivesse comprado um celular novo, mesmo tendo meios para isso. Era tão típico de mim que sorri. Eu ainda era eu, me assegurei, sentindo um desconforto no estômago. Só esqueci algumas coisas, só isso.

Estava lá, em número 6 no Top 10 de um canal de *streaming*, quando liguei a TV. Era uma noite fria e chuvosa. A capa era uma foto do meu pai — jovem, suado, com os cabelos pretos colados no rosto e pescoço — com a guitarra na mão, tudo em volta dele borrado.

O apagão, ou pelo menos parte dele, estava ali, registrado pelas câmeras. Minha vida inteira estava ali. Cada noite vitoriosa do meu pai num palco representava uma noite em claro da minha mãe tentando baixar uma febre minha ou corrigindo provas enquanto bocejava.

Cada mulher linda que ele comeu representava um homem legal que minha mãe rejeitou para não colocar um estranho para dentro de casa. Meu pai ganhava prêmios. Minha mãe, cobranças de pagamentos atrasados. Meu pai cheirava pó. Minha mãe chorava no banho. Ele rabiscava autógrafos nos peitos de alguma groupie e ela se ressentia de mim, por ser o único obstáculo entre si mesma e o suicídio.

Desliguei a TV. Não estava pronta ainda.

11 DE MARÇO

SEMANA 6

O embrião tem o tamanho de uma ervilha

Rebeca

A primeira coisa que notei foram as prateleiras vazias em apenas algumas seções do mercado; a segunda foi uma quantidade alarmante de pessoas usando máscaras.

A sensação era sufocante, com certeza. A respiração quente, presa pelo tecido pesado, o incômodo atrás das orelhas. Eu sabia que seria melhor encontrar máscaras do tipo N95, embora não houvesse visto nada a respeito na internet. Cesar ainda relutava em usá-las.

Algumas pessoas me olhavam com risinhos cínicos enquanto eu empurrava meu carrinho pelo corredor de produtos orgânicos e light. Eu estava exagerando? Puxei a máscara para baixo, respirando fundo, e, depois de alguns minutos, voltei a cobrir o rosto. *Melhor prevenir. Deixa eles rirem.*

Meu celular vibrou no bolso. Mensagem do Cesar. Um post em anexo:

"A OMS declara pandemia do coronavírus". Depois, as palavras dele: "O que você acha disso?"

Já eram mais de cinquenta casos confirmados de um vírus do qual eu ainda sabia praticamente nada. Algumas empresas já fechavam as portas e as notícias dos outros países pareciam ficção científica.

Escrevi: "Vou me apressar. Tô indo para casa, aí conversamos".

Nos próximos vinte minutos, me vi abarrotando o carrinho de uma quantidade irracional de itens básicos, como arroz, feijão, carnes, enlatados, papel higiênico, sabonete, xampu, pilhas, café, leite… Não me importava mais com parecer ridícula.

As filas estavam grandes demais e, enquanto esperava, consegui observar as pessoas ao meu redor. Alguns pareciam ultracalmos: carrinhos quase vazios, nenhuma máscara no rosto, conversas agradáveis e olhadas entediadas nos celulares. Outras estavam mais tensas, usando máscaras de tecidos diversos, teclando nos aparelhos celulares com mais intensidade, carrinhos transbordando de itens essenciais.

Na nossa sala de estar, com Cesar, pouco depois de termos guardado as compras, alternávamos a atenção entre a TV e o celular em busca de informações.

— Não sei o que pensar — meu marido confessou, o olhar perdido na tela do telefone, a testa franzida.

— Vamos falar com o Apolo. Ele deve ter mais noção do quanto a gente devia estar preocupado ou não. Não quero pirar sem motivo, mas também não quero correr nenhum risco... e temos que conversar sério com a Nana.

— Rena, senta. Você tá me deixando meio tenso.

Eu me sentei no sofá e encostei o rosto contra a camisa dele.

Sentir os dedos do meu marido em meus cabelos enviou uma onda de conforto ao meu peito. Mesmo assim, conseguia imaginar o que se passava na cabeça dele. Esforcei-me para a voz sair tranquilizante:

— Estamos bem. Mesmo se tudo fechar, como eles estão falando, do tal lockdown, vamos ficar bem. Não quero você preocupado demais.

Os dedos não interromperam a carícia, mas eu sabia que Cesar estava tenso. Gastamos uma pequena fortuna para construir aquela casa. Ainda tínhamos mais de um milhão em aplicações, uns quatro milhões guardados e recebíamos aluguéis dos nossos quatro apartamentos, nossa renda passiva. Cesar me contou, uma vez, que só se é rico quando sua renda passiva paga absolutamente todas as suas despesas. Ou seja, quando você não precisa trabalhar. De acordo com esse raciocínio, éramos ricos.

Além disso, minha pequena empresa ia bem, faturando pouco mais de oitocentos mil por ano — boa parte do qual eu reinvestia, mas não havia quantia no mundo que aquietasse a paranoia do meu marido.

Cesar passava boa parte da vida debruçado sobre suas múltiplas planilhas, nas quais controlava cada passivo e ativo como um maníaco. Só então estávamos conseguindo um bom retorno com nossos investimentos. O primeiro milhão leva décadas, mas, depois dele, o segundo vem rápido.

Eu me afastei e estudei o rosto dele. Seus olhos castanhos pousaram sobre mim, inseguros, carentes.

— Vamos ficar em casa — falei, com firmeza. — Fazer tudo certinho, como estão mandando. Vou dispensar a Lucimara e nós mesmos cuidamos da limpeza nas próximas semanas. Não quero nem saber se nossos amigos concordam ou não, vamos dar um tempo até entender o que tá realmente acontecendo. Cesar... eu não quero você trabalhando.

— Não vou parar de trabalhar, Rebeca, pelo amor de Deus. Coloco máscara, luva, camisinha, o que tiver que ser, mas tenho três imóveis para fechar este mês. Eu *vou* fechar os três. Aí fico em casa.

Ele se levantou e subiu as escadas de madeira. *Teimoso.* Descansei contra o sofá cor de creme que compunha minha sala de estar com mantas, velas aromáticas e tapetes felpudos em tons de branco e marrom.

Eu conhecia as raízes das inseguranças do meu marido, cuja obsessão por dinheiro vinha de um passado de escassez, choro e vulnerabilidade. Era a parte dele que eu mais amava — o passado triste, a superação.

Eu e ele éramos movidos por riscar itens da lista "para fazer". Desde o primeiro dia do nosso relacionamento, a vida era acordar às cinco, treinar, ducha fria, café da manhã saudável, trabalho intenso por parte dele, faculdade de medicina para mim, jantar leve e trepadas intensas antes de nossos corpos entrarem em colapso e cederem ao sono.

Passamos os quase quinze anos do nosso casamento estudando e trabalhando pelo menos quatorze horas por dia, todos os dias. Foi pela falta de grana que abandonei a faculdade poucos meses antes de começar o internato.

As lembranças vieram. A voz do meu pai: "Não vamos bancar você durante a faculdade, se decidir ficar com esse pé rapado".

A dor do passado me beliscou, mas a ignorei.

Eu me levantei e subi as escadas, encontrando-o na ducha, no banheiro da suíte. Ainda me pegava admirando a amplitude do cômodo, o piso de porcelanato imitando madeira, a banheira onde eu e Cesar transamos na primeira noite na casa e a decoração minimalista e elegante à qual tanto tinha me dedicado.

— Ei, homem. — Bati os nós dos dedos no box. Ele olhou para cima, mas não sorriu. — Fala comigo, vai.

— Tô tranquilo. — A voz saiu abafada. A cascata do chuveiro reluzente lavou o xampu dos cabelos grisalhos e desceu pelo corpo que ele mantinha em forma. — Vamos pedir o jantar?

Cesar desligou o chuveiro e saiu do box, secando-se e se enrolando no roupão branco. Evitava olhar para mim, sinal de que queria evitar falar de coisas sérias.

— Filé do Casa Alfredo? — perguntei.

Ele sorriu, mas não me convenceu.

— Isso. Me abre uma cerveja?

Dei um beijo no rosto com cheiro de sabonete. Ele me segurou por alguns segundos, em silêncio, como se quisesse me manter em contato com seu corpo.

— A gente vai…?

— Hoje não, Rena. Amanhã eu te como até você desmaiar, mas hoje eu tô meio cansado.

— Eu sei que estamos exagerando, mas acho que este mês…

Cesar suspirou de um jeito que me magoou. Era como se estivesse dizendo que não tinha mais paciência para aquele projeto de procriação. Percebendo minha mágoa, deu um beijo demorado em minha testa.

— Não estamos exagerando, mas acho que a pressão que você tá colocando em si mesma… e em mim, não faz bem para nós dois.

— Mas vale a pena sentir esse estresse e passar por essa fase, porque, se der certo, vamos ter um bebê e *tudo* vai ter valido a pena: todos os hormônios, a medição de temperatura, coito programado, meditação, tudo.

Cesar umedeceu os lábios, apoiando o quadril contra a pia e cruzando os braços. Eu aguardei.

— Só que as coisas mudaram, né? Não é um bom momento para você engravidar. Não sabemos quanto tempo essa merda toda vai durar. Provavelmente uns meses, mas pode ser mais.

Não havia nem se passado pela minha cabeça que aquele vírus pudesse adiar meu sonho. No último mês, acompanhara as notícias contraditórias na internet, opiniões nas redes sociais e fizera algumas pesquisas por conta própria, procurando fontes confiáveis, como a OMS. Mesmo assim, talvez para me proteger da verdade, não tinha feito a conexão óbvia entre o coronavírus e minha tão desejada gestação.

Meu marido me estudava com aquelas sobrancelhas caídas.

— Mas *nove meses?* — perguntei futilmente. — Impossível o lockdown durar nove meses.

— Não é só o lockdown. Os hospitais vão encher de gente. Vão ser lugares perigosos. Você vai precisar de consultas de pré-natal, ultrassons, exames laboratoriais, tudo isso. Não é um bom momento, o que você quer que eu diga?

Apertei a mandíbula para controlar a raiva. Cesar continuou:

— Espera mais alguns meses. Vamos fazer isso do jeito certo.

Eu assenti para encerrar a conversa e saí do banheiro.

TEDDI

Havia tão pouca movimentação no cemitério que receei que alguém fechasse os portões e me prendesse lá dentro por engano.

Não foi difícil encontrar o jazigo de *papai*.

Stefan não teria um túmulo em granito preto, visitado por roqueiros peregrinos do mundo inteiro, adornado com flores, velas, fotos e parafernália da banda. Não é assim que funciona com subcelebridades no Brasil. Tudo o que encontrei foram dois buquês com flores em distintos estágios de decomposição.

Pincei um cartãozinho, cujas letras estavam borradas por alguma recente garoa: "O céu ganha uma estrela. Seu fã nunca vai te esquecer. Rodrigo Yoshida".

Sob um céu poluído, me sentei no concreto e observei a pedra novinha com a inscrição "Stefan Camargo Bergler, nasc. 27/01/1957 morte: 22/02/2020".

Acendi um cigarro e fumei, sem saber o que sentir.

Difícil acreditar que eu tinha visto meu pai. Que ele tinha me visto. Que havíamos conversado. Que eu tinha amolecido meu coração a ponto de cuidar daquele merda em seus últimos dias.

Eu me conhecia bem demais para saber que não teria me tornado uma "boa pessoa" em apenas seis meses.

Minha fantasia na infância era me imaginar sendo "filha" dele; sendo colocada na cama, sob um cobertor cor-de-rosa, num quarto enorme e abarrotado de brinquedos, com escrivaninha e videogame; vendo os shows das coxias com um crachá VIP no pescoço; sendo entrevistada, às vezes; passando férias em resorts caribenhos, tirando fotos com golfinhos, meu pai passando filtro solar no meu nariz.

Abri meu caderno e encontrei, entre desenhos, poesias e listas de mercado, a letra de *Wind Beneath My Wings*, da Bette Midler. Minha mãe gostava tanto dessa música, de preferência acompanhada de um vinhozinho ou dez.

"Você sabe que é meu herói e tudo que desejo ser? Posso voar mais alto do que uma águia, porque você é o vento sob minhas asas."

Nunca tive tolerância para melodrama na realidade, mas desenvolvi um apreço pela pieguice nos filmes e nos livros. As músicas, em especial, têm permissão para tudo. A música nunca é cafona. Bette Midler entregava tudo nessa canção, justamente porque não tinha medo da breguice. Kate Bush, Bonnie Tyler, Cher... minhas divas não existiriam se tivessem deixado o medo do melodrama impedi-las de fazer história.

— Eu não sei o que houve nesses últimos meses — murmurei, soprando fumaça —, mas nunca vou me perdoar se descobrir que te perdoei, pai. Talvez eu tenha deletado essas lembranças de propósito, só para poder continuar te odiando. Talvez meu apagão seja a Teddi de oito anos se rebelando aqui dentro, lutando para me proteger.

Encontrei a música no aplicativo, no celular, e deixei que tocasse, cada nota sendo carregada pelo ar. Não a tocava por ele e, sim, pela minha mãe. Só que eu queria que ele ouvisse, queria que sofresse no Inferno em que certamente estava. Seria bom acreditar no Inferno, mas isso significaria que eu passaria a eternidade lá, com meu pai.

— Já empacotei tudo e vou me mudar para a sua casa. Tá tudo louco no mundo e as pessoas estão com medo de algum vírus que provavelmente nem existe, mas não vou ficar de quarentena num apartamento de trinta metros quadrados — e descobri que estou devendo cinco meses de aluguel e é questão de tempo até ser colocada para fora... mas ele não precisava saber disso.

— Tô sabendo que sua casa fica no meio do mato e é o lugar perfeito para eu dar uma sumida. É estranho como nada realmente pertence à gente, né? Você conseguiu tanta grana, comprou uma mansão e para quê? Você não existe mais e ela continua aqui, para eu fazer o que quiser com ela.

E é pouco, eu quis dizer. *Você me deve muito mais.*

Nos últimos dias, eu havia recuperado parte da minha vida e me sentia mais eu mesma. Por mensagens, conversei com Lavínia. Para mim, fazia poucos dias que tínhamos terminado. Para ela, meses. Era estranhamente parecido com algum filme de astronautas que, próximos a um buraco negro, vivenciam o tempo de forma diferente de quem ficou na Terra.

Minha *ex* ficou preocupada comigo e perguntou se eu precisava de alguma coisa. Quando disse que não, que só estava entrando em contato para que ela soubesse do que havia acontecido, ela inventou uma desculpa e parou de falar comigo. Fuçando as redes sociais, entendi o motivo: lá estava, toda sorridente com uma nova namorada, uma sapatona daquelas de cabelo curto e pescoço grosso, orgulhosamente mostrando seus *filhos* — um pinscher e um Lulu da Pomerânia.

Não encontrei quase nada nas minhas redes sociais, nas quais raramente fazia posts, muito menos na minha agenda Google. No meu celular, achei algumas fotos em lanchonetes e restaurantes ruins com os poucos amigos de sempre. Foto da Lua, tirada da minha janela. Foto de sapatos e roupas em vitrines, coisas assim. Uma única foto, que pensei ter a ver com o tal documentário: eu numa sala escura, fumando, com Mauro e os Despóticos. Também havia duas mulheres com cara de produtoras culturais — calças saruel, tatuagem na cabeça raspada, anel de coco. Quem tinha tirado aquela foto com o meu celular?

Encontrei o contrato com a Kaos Produtora no meu e-mail. Soltei um riso de ódio. Pelo trabalho no documentário, como coprodutora executiva, ganhei trinta e dois mil em três parcelas: novembro, dezembro e janeiro. Meu aplicativo do banco mostrava que, dessa grana, só 8.793,42 haviam sobrado. Não achei movimentação alguma que indicasse que Mauro me houvesse feito um empréstimo.

As trocas de mensagens com a imobiliária eram claras: eu estava devendo o aluguel e tinha poucos dias para quitar minha dívida, antes de eles entrarem com um pedido de despejo. Fodam-se. Eu não havia respondido a nenhuma daquelas ameaças, mas, caramba, se tinha dinheiro, por que não paguei o aluguel? Era tão típico de mim que tive vontade de me dar um soco.

Chamei alguns amigos para conversar. Ficaram animados com a notícia do acidente. Não mencionei a perda de memória. Eles me parabenizaram pelo documentário. Flavinho disse: "Confesso que nunca pensei que fosse te ver toda amiguinha do cara que sempre odiou". Ele tinha razão. Por que eu havia perdoado o meu pai?

Fui ao mercadinho na esquina, na farmácia, caminhei um pouco pelas ruas sujas e hostis do meu bairro. Tudo normal, tudo igualzinho, até o sem-teto com o cachorro chamado Jesuíta, um homem que vivia dizendo "porco-espinho" quando alguém passava por ele. Como era possível que eu me lembrasse de vê-lo urinando na rua em plena hora do rush, mas não me recordasse de ter conhecido meu próprio pai?

Não tive coragem de ver o documentário.

Achei reportagens sobre a morte dele:

"Morre em São Paulo Stefan Bergler, vocalista do Despóticos Anônimos, aos 63 anos. O roqueiro tinha acabado de gravar um documentário sobre uma das bandas mais influentes dos anos 80 e 90, e deixa uma filha."

Ah, vocês lembraram de mim, que emocionante.

Alguns artigos citaram as músicas mais famosas da banda: *Boca de Veludo, Ela me deixou, Bumerangue, Mulher-Peixe* e *Cosmótica.* Mencionaram as brigas entre meu pai e Toni, falaram sobre as conquistas dele e de seus problemas com as drogas. Um deles mencionou minha mãe e uma famosa apresentadora de TV que ele comeu.

Alguns artigos falavam sobre o acidente de carro, com pouquíssimas informações, nenhum tocando no meu nome.

Tomei minha decisão e fiz uma limpa no apê. Joguei fora metade das minhas coisas; o resto, empacotei ao som de Pixies e The Breeders, e contratei uma empresa de mudanças para levar tudo para a nova casa, a mansão do Bergler.

Não.

Minha mansão.

15 DE MARÇO

Semana 7
O embrião tem o tamanho de um feijão

Rebeca

A voz da minha funcionária da SalTerra Semijoias preenchia o carro enquanto eu entrava no condomínio em velocidade baixa.

— *Por favor, me deixa continuar trabalhando, Rebeca...*

— Não vou mandar ninguém embora, eu só acho melhor trabalharmos de casa por um tempo, até essa coisa do coronavírus melhorar. Você vai continuar recebendo seu salário normalmente.

Ela se acalmou e despejou palavras de bajulação e insegurança. Eu não estava com muita cabeça para aquela conversa. Além do mais, tinha uma hora para preparar a casa para o jantar com meu irmão.

— *Como vamos fazer com os pedidos?*

Expliquei que iria montar um organograma, que eles iriam ao escritório em dias alternados para pegar os pedidos, embalar tudo e acionar a coleta dos correios. O gerenciamento dos e-mails para os clientes com os códigos de rastreamento e notas fiscais poderiam ser feitos de home office.

Não esperei a resposta antes de desligar. Ao virar o carro para entrar na minha garagem, franzi a testa: havia um caminhão de mudanças em frente à casa do Bergler. Dois homens estavam finalizando a entrega.

Parei o carro, sem me importar em parecer curiosa. Minha nova vizinha estava lá, a garota da festa, a grossa. Teddi. Ela usava shorts e uma camiseta enorme, conversando com os homens que entravam no caminhão.

Lá se vai ter o condomínio só para nós dois, pensei, embicando o carro na nossa garagem. Cesar apareceu em segundos, pronto para me ajudar a levar as compras para dentro. Pela primeira vez, fiquei com receio de dar um beijo nele.

— To com medo — falei, me esquivando. Havia usado uma máscara para ir à farmácia e confeitaria, mas receava que só de estar perto de tanta gente estivesse carregando o vírus nas roupas.

— Besteira.

— Eu prefiro ir tomar um banho, sei lá.

— Tá bom. Eu levo as compras e começo a comida, fica tranquila.

Entrei em casa e subi as escadas para nosso quarto, mas, antes de ir para o banho, me dirigi à minha janela. O caminhão de mudança estava subindo a estrada. Teddi ficou na porta, com os braços cruzados, olhando em volta, como se estivesse avaliando o condomínio, contra o céu cada vez mais escuro.

Ela olhou para cima, direto para mim. Pulei para trás, com vergonha. Merda, ela ia achar que eu estava bisbilhotando. Eu deveria ir até lá e dar as boas-vindas. Seria a coisa mais elegante a se fazer. Só que, no fundo, eu estava de luto pela nossa privacidade.

Eu sabia que era questão de tempo até mais casas serem construídas, claro. Sabia e antecipava as instalações, prometidas para 2023, como as piscinas, mercadinho, spa e playground. Não era que eu tivesse vontade de me isolar completamente. Era só que eu estava gostando de ter aquela minifloresta só para nós.

Cesar

Meu cunhado entrou em casa sem máscara. Não julguei: se eu tivesse um sorriso como o dele, não perderia a oportunidade de mostrá-lo. Abraçando minha mão com a sua numa pegada exagerada — "ploc" —, ele soltou o tradicional:

— Aê, meu irmão!

Rebeca entrou na sala desamarrando o avental e Apolo deu um beijo paternal na testa dela, apesar de ser o caçula. Mostrou o vinho com orgulho e ela leu o rótulo, desconfiada.

Rebeca o amava, mas não gostava muito dele, algo que ela confessara soluçando numa daquelas madrugadas, no começo do casamento, em que desabafávamos sobre nossas infâncias.

Apolo olhava em volta, conhecendo minha casa pela primeira vez. Era um pouco mais baixo que eu, músculos de academia, camiseta de algodão pima apertada nos tórax e bíceps, cabelos castanhos tão cheios que fariam inveja a um leão.

— Caraaaca! — Ele riu. — Isso ficou foda demais.

Rebeca sorriu com satisfação e iniciou o tour, explicando a escolha de materiais, os contratempos da reforma... "A princípio, eu pensei em porcelanato imitando madeira, mas quis uma cozinha com mais personalidade, então escolhi essas pedras cor de tijolo, para dar esse ar mais de casa de avó, mas equilibrando com o estilo mais moderno dos gabinetes... Aqui no hall, eu pensei..."

Eu fui para a cozinha, para terminar de preparar o jantar.

Acho que, se não tivesse conhecido a Rebeca, eu teria adorado me tornar o Apolo; o tipo de homem que passa um mês na Tailândia, sabe o que é shibari, surfa, pega muita mulher e tem um pôster emoldurado do filme Se Beber, Não Case na sala de estar. Graças a Deus, conheci a irmã dele antes de me tornar esse cara.

Eles desceram a escada enquanto eu terminava de servir a mesa. Os elogios à casa se sucederam, depois uma avaliação do cheiro da comida e, enfim, quando Rebeca servia as taças de rosê, o papo sério:

— Explica para a gente o que tá acontecendo.

— É... — Apolo coçou a barba malfeita e bebeu um gole do vinho. — Ainda acho que a galera tá exagerando um pouco com essa coisa de lockdown. Dá para imaginar o prejuízo?

— Então a gente não tem que se preocupar tanto?

— Ah, Rena, tem que usar máscara, claro, mas o hospital não tá tão ruim assim. As pessoas estão com sintomas leves. Só alguns precisam ser internados, entubados, essas coisas mais sérias.

Sorri para ela, quase um "te falei", mas Rebeca apertou os lábios, contrariada. Não discutir com Apolo era uma das nossas inquebráveis regras de convivência e, até aquele momento, tínhamos feito um excelente trabalho em nos poupar de brigas quando as sentíamos no ar.

— Você tem visto os vídeos daquele biólogo no YouTube? — Ela furou um pedaço de filé-mignon e o levou à boca.

— Claro que sim e não tô dizendo que ele tá errado, mas tem um exagerozinho nessa turma, essa galera de faculdade federal. Eu sou médico e tô te dizendo: o que eu estou vendo é pouco caso grave. O Brasil tá muito melhor do que a Europa, os Estados Unidos... A Nana, não vem?

— Ela tem igreja hoje. Falei para não ir, mas ela não escuta, diz que Deus vai proteger os fiéis, sei lá.

Apolo se virou para mim.

— Não entendo essa sua mania de manter esse relacionamento com nossa ex-empregada.

— Ela criou a gente.

— Porque foi paga para isso, não porque quis. — Ele sorriu, esfregando o indicador no polegar. — Enfim, não quero brigar por causa disso de novo. Vamos mudar de assunto: gostei desse condomínio. Quando fica pronto?

— Bom, se a gente realmente for entrar em lockdown, talvez atrase, mas a ideia é que a parte da guarita de segurança fique pronta até o final do mês, no máximo meio de abril. Do outro lado do lago, já estão construindo mais três casas.

— Acho que, com o tempo, vocês vão ficar loucos nesse meio do nada e a Rebeca vai te matar, Cesar. — Ele estendeu a taça vazia para a irmã, que a encheu de vinho.

— Não é tão no meio do nada. — Ela deu de ombros, os cachos largos roçando os seios de um jeito que mexeu comigo. — É só pegar o carro e, em dez minutos, estamos num centro comercial. Eu tô amando o silêncio, correr entre as árvores, o céu estrelado. Agora

60

posso ler na piscina, ouvindo o vento entre as árvores… Isso é paz.

— Vocês são muito *boomers*.

— Como estão as coisas? — perguntei.

Apolo falou sobre o trabalho: ele era cirurgião na emergência de um hospital estadual perto do bairro do Ipiranga e obviamente gostava de ser médico, embora Rebeca me dissesse diversas vezes que amor pela medicina mesmo ele não tinha. Eu não sabia a diferença.

Doía nela, ter abandonado a faculdade e a carreira dos sonhos. Eu me culpava, apesar de ter insistido, na época, que daríamos um jeito, que ela não podia simplesmente jogar tudo fora. "Só vou trancar até a gente se estabelecer. Eu volto. Vai dar tudo certo."

Tudo deu certo, mas não do jeito que ela tinha planejado.

— Esses dias, chegou um baleado lá — ele falava com bom humor — e, naquela correria toda, alguém percebeu um cheiro bizarro.

— Para, estamos jantando.

— Ah, mana, não enche o saco. Você sempre falou que seria uma médica melhor do que eu, agora escuta: quando tiraram a calça do malandro, a perna dele tava podre. Tô falando de infestação de larva mesmo, podre, podre. Diabetes.

Rebeca virou a taça enquanto Apolo ria e eu estava prestes a sugerir uma mudança de assunto, quando ele se virou mais sério para ela:

— E aí, alguma novidade? Vou ser tio ou não?

Respondi, para que ela tivesse tempo de digerir a pergunta:

— Vamos esperar essa coisa de pandemia passar e talvez voltar a tentar o coito programado.

Apolo fez uma careta, cortando a carne.

— Não consigo imaginar isso… trepar com hora marcada.

Rebeca e eu ainda não havíamos superado os meses de coito programado. Antes disso, nossa vida sexual parecia ter se materializado dos meus sonhos: sexo frequente, molhado, demorado, animalesco.

Seguindo as orientações da especialista, que cobrava da minha esposa novecentos reais pela consulta, precisávamos transar em horários ditados pela ovulação de Rebeca após estímulo de hormônios, para que ela produzisse mais óvulos. Sem vontade, sem cabeça para sexo, no meio da manhã, em plena segunda-feira, tentando criar um clima com velas aromáticas, lubrificante de canabis e Chris Isaak no Spotify.

— Sinceramente... — Apolo olhou para a irmã e vi a malícia cintilar em seu sorriso. — Você sempre foi tão eficiente e perfeitinha que eu esperava uma concepção instantânea de gêmeos superdotados, trazidos ao mundo num parto na banheira, em que você não daria um único grito.

Rebeca apertou os lábios e encostou o garfo no prato de um jeito que me arrepiou. *Ah, merda, era exatamente isso que eu não queria.* Era exatamente o que sempre acontecia entre eles.

A campainha vibrou no ar e trocamos um olhar confuso. Timing perfeito, daqueles de seriados de comédia norte-americanos. Não era o tipo de lugar em que se recebia visitas surpresa. Não havia mais ninguém morando naquele condomínio fora a gente, desde que o vizinho roqueiro morrera.

Deixei Rebeca com o irmão e corri para abrir a porta. Levou alguns segundos para reconhecer a mulher emoldurada contra a luz da entrada da casa. Atrás dela, as árvores sacudiam com uma brisa quente.

— Boa noite — ela falou. — Eu sou a Teddi. Tô me mudando para a casa aqui do lado, mas tô tendo alguns problemas com a água e *não* é o registro.

— Minha nossa, desculpa, eu não te reconheci.

Teddi franziu a testa.

Aí eu me lembrei. Lembrei de ter saído do carro e corrido até a caminhonete retorcida do Mauro, que estava ileso. Buzinas, outros carros deslizando lentamente para que seus motoristas pudessem saciar a curiosidade, os caras da CET isolando a área, o SAMU nos pedindo para que nos afastássemos. Rebeca me pedia para ter cuidado, ajudava Mauro a conversar com as autoridades. Eu só me lembrava de segurar a respiração até que os paramédicos conseguissem socorrer todo mundo.

— Desculpa, o Mauro me falou que você sofreu uma lesão e parece que não se lembra bem do acidente.

Ela não pareceu gostar do que falei. Estendi a mão:

— Meu nome é Cesar Mafra. Conheci você na noite da festa. Entra, por favor. Que bom que você tá bem, foi uma batida horrível.

Após um instante de hesitação, Teddi entrou, observando a casa sem pudor. Ouvíamos os sons dos talheres e uma conversa educada na sala de jantar. Ela era uma moça bonita, mais bonita do que parecera na festa.

— Cacete — foi o veredito dela, antes de voltar-se para mim.

— Você vai morar na casa do seu pai?

— Escuta, eu só preciso de uma ajuda com a água, que não tá saindo.

— O que precisar, é só pedir. Por favor, senta aqui com a gente um minuto, estamos jantando. Você já comeu?

Teddi estudou meu rosto por alguns instantes. Deu para ler direitinho o que se passava dentro dela. Estava com fome, mas não se sentia à vontade. A fome, no entanto, sempre vencia, eu sabia bem disso. Ela forçou um sorriso.

— Claro, valeu.

Rebeca a reconheceu instantaneamente, levantando-se quando subimos o degrau da sala de jantar.

— Que bom te ver. — Minha esposa abriu um sorriso sincero, acolhedor e tascou um beijo no rosto de Teddi. — Nos conhecemos na festa do Mauro. Eu sou a Rebeca. Está visitando a casa do seu pai?

— …Isso. Prazer.

— Ficamos preocupados com você. O Mauro falou…

— É, eu sofri uma lesão. — Ela deu um tapa na própria cabeça para simular a pancada, gesto que me pareceu meio macabro.

Puxei uma cadeira para ela enquanto Apolo se levantava e estendia a mão bronzeada, se apresentando. Rebeca explicou:

— A Teddi é filha daquele cara que morava aqui ao lado.

— Roqueiro, né? — Apolo se sentou enquanto Teddi, relutantemente, fazia o mesmo ao seu lado.

Rebeca correu para a cozinha. Deduzi que para pegar mais um prato e talheres. Teddi parecia tão deslocada que acendeu em mim a vontade de deixá-la mais confortável. *Espero que não esteja infectada.*

— Isso, o vocalista do Despóticos Anônimos, esse que faleceu — expliquei. — Teddi, deu tudo certo com sua mudança?

— Deu, sim, eu não tenho muita coisa, só umas tralhas. Valeu — ela falou, quando Rebeca serviu um prato de filé-mignon e risoto de alho-poró. Minha esposa mostrou a garrafa para a convidada, que assentiu e bebeu metade da taça assim que foi servida.

63

— E aí, como você está? — Rebeca se sentou.

— Um pouco estranha. Seis meses da minha vida sumiram da minha memória. Foi muita notícia junta, sabe? A coisa do documentário, a morte do meu pai... Só para eu entender, eu conheço bem vocês?

— Não, só nos vimos na noite do acidente — expliquei. — Eu e seu pai nos conhecíamos por muito tempo, mas nunca fomos íntimos. Eu e a Rebeca raramente falamos com ele depois que ele se mudou aqui para o lado, porque estávamos no processo de construir e decorar a casa quando ele estava... ficando pior de saúde.

— Sei lá. Não lembro de nenhuma interação entre eu e ele.

— E ainda ganhou uma pandemia de presente. — Apolo sorriu para ela. Senti Rebeca se segurar para não revirar os olhos. — Mas, sério, você tá com amnésia, é isso?

— Isso. — Teddi comeu com um suspiro, como se ansiasse por uma refeição daquelas havia horas. — Amnésia retrógrada, parece coisa de astrologia. Nada do que aconteceu comigo desde setembro do ano passado ficou guardado... e, pelo jeito, muita coisa aconteceu.

Rebeca colocou a mão no peito.

— Caramba, eu nem sei o que dizer. Deve ser enlouquecedor.

— Na verdade, é só estranho. Porque não é um espaço em branco ou em preto... só não tem espaço. As pessoas me falam que esse tempo passou e eu vejo no calendário que é verdade, mas não tenho a *sensação* de que esse tempo passou.

— Sabe, eu conheci um cara cego quando tava no internato. — Apolo falava olhando diretamente para Teddi e eu saquei na hora que ele a via como uma trepada em potencial. — E ele explicou que as pessoas sempre acham que cegos enxergam como a gente enxerga de olhos fechados, tudo preto. Ele disse que isso não é verdade; que cegos simplesmente não enxergam.

— Dã... Como assim? — Teddi riu, enfiando uma garfada de risoto na boca.

— Pensa comigo: o que o seu joelho enxerga?

— Nada, ué.

— Exatamente. Seu joelho não enxerga nada preto, como a gente quando fecha os olhos. Ele simplesmente não enxerga. É assim que os cegos são.

Teddi juntou os dedos próximos da cabeça e fez um gesto, como se suas mãos estivessem explodindo lentamente. Ainda fez o som:

— Pufff!

Rebeca sorriu e bebeu vinho, observando-a.

— Você tá dizendo que minha memória tá assim, doutor?

Apolo deu um risinho. É, ele definitivamente via Teddi como uma trepada em potencial. A forma como ela pronunciou o "doutor" me dizia que também não tinha intenções puras.

— Não, é *você* quem falou isso. Só deduzi que devia ser igual.

Teddi pareceu pensar um pouco, então concordou com a cabeça. Aí eu vi algo vacilar nos músculos do seu rosto. Ela só *parecia* brincalhona. Na verdade, esfregava a mão na toalha de linho e seu corpo estava rígido. Aquilo era tudo um teatro. Ela não estava à vontade.

— Pelo menos você tem o documentário — falei, suavemente. — Aí consegue ver um pouco dos momentos que teve com seu pai nos últimos meses. Confesso que ainda não vimos, né, Rena?

— Ainda não, mas estou louca para ver.

— Como ele era? — Teddi olhou para mim. — Meu pai?

Eu pensei em Bergler. Não tinha coisas muito positivas para falar dele. Era um cara que eu via esporadicamente, por décadas. Quando a banda estava em alta, ele nem olhava para as pessoas. Numa festa, eu vi uma mulher se aproximar timidamente e pedir um autógrafo, e ele não apenas a ignorar, mas também olhar para o Mauro e dizer, aos risos: "De onde você tirou a modelo de brechó, Spiazzi?".

Bergler bebia demais, cheirava na frente de todo mundo, oferecia detalhes anatômicos das modelos e atrizes com quem dormia. Mesmo assim, era uma celebridade, o que significava que as pessoas passavam pano para o comportamento dele em troca de alguma migalha de atenção. Bastava Bergler olhar em seus olhos por um segundo e conversar com você como um ser humano que você seria capaz de defendê-lo de qualquer crime. Não era um cara atraente, mas era sedutor. Perigoso.

Fiz o que qualquer um teria feito. Menti.

— Ele era um cara bem legal, apesar do gênio forte.

Teddi me lançou um olhar afiado e fui pego na mentira.

— Valeu…

— Cesar — reforcei.

— Teddi, então vamos ser vizinhas mesmo?

Ela virou-se para Rebeca, brincando um pouco com a comida.

— Vamos, sim.

Não era isso que eu esperava. Mauro fora bem claro quando disse que ela ia querer vender a casa. Precisei engolir minha decepção e fui sincero quando disse:

— A casa é sua agora, Teddi. Tenho certeza de que seu pai ficaria feliz se morasse nela.

Quando ela ficou olhando para mim de modo meio estranho, acrescentei:

— E, se você não quiser, me chama, que eu a vendo em três dias.

Rebeca e Apolo riram e Teddi abriu um sorriso estranho, mostrando dentes ligeiramente amarelados de cigarro, mas bonitos.

— Sério, se você precisar de qualquer coisa, por favor, chama a gente — Rebeca insistiu. — Com essa história de lockdown, eu vou trabalhar em casa e a Lucimara vai ficar de folga também, até tudo passar, então estamos livres, você não vai incomodar.

— Vocês vão limpar *esta* casa? — Apolo empurrou o prato vazio e secou os lábios com o guardanapo de linho. — Nem a pau que eu vou chegar a esse extremo. Minha empregada vai continuar indo todo dia.

— Você vai expor sua funcionária à Covid? — Rebeca fechou a mão. — Só porque não quer lavar dois pratos e varrer o piso?

— O mundo não pode parar por causa de um vírus, Rena.

— Na verdade, o mundo *tem* que parar por causa do vírus, Apolo, é exatamente o que significa um lockdown.

— E essa mulher vai tirar dinheiro de onde?

— Vamos continuar pagando, claro.

— Ah, você tá de brincadeira... — Ele balançou a cabeça. — Puta vidão esse. Acho que vou vir trabalhar para vocês e receber sem fazer nada.

— Você é tão ridículo...

Eu sorri, mais em respeito à Teddi do que qualquer coisa. Rebeca sempre se ressentia quando via Apolo. Dizia que ele a transformava em outra pessoa, que odiava quem era perto dele.

— Crianças, crianças… — Gesticulei, para que se acalmassem. — É uma época estranha. Tá todo mundo confuso, vamos sossegar. Apolo, se a gente pode garantir o bem-estar, durante uma pandemia, de uma pessoa que passa uma hora no ônibus para vir limpar nossa casa a uma fração ridícula da nossa renda, por que não?

— É desnecessário, eu sei do que estou falando. — Ele suavizou o tom. — Isso vai ser como um resfriado em, tipo, quase todo mundo. Só uma galera mais velha e doente vai ficar mal e esse povo já ia morrer mesmo, o vírus só vai acelerar... e esse povo pobre é de ferro, meu. Pobre não morre nem fodendo. Toda vez que chega um bandido alvejado lá ou um motoboy todo ralado, a gente nem precisa dar cem porcento, os caras sempre vivem; mas façam o que quiserem.

Rebeca apertou a mandíbula com tanta força que fiquei com medo de ouvir um dente rachar.

Teddi nos olhava com minguante curiosidade. Ela devia achar que éramos ricos babacas e nada além disso. Apolo se virou para ela.

— Teddi, esse é seu nome de verdade?

— Meu nome é Teodora, mas ninguém nunca me chamou assim. Se me chamar de Teodora, doutor, vou te socar.

Ele riu. Ela deu um risinho e voltou à refeição, virando-se para a minha esposa:

— Então… pelo que entendi, só temos nós aqui, no condomínio?

— Deste lado, sim. Do outro, tem algumas pessoas, mas são poucas casas. Se você quiser, podemos passear juntas e eu te mostro como é e como vai ficar no futuro. Você vai gostar e sua casa vai valorizar muito.

Teddi deu de ombros. Comemos em silêncio por um tempo e aproveitei para trocar um sorriso encorajador com Rebeca. *Você está tentando com o Apolo, parabéns.* Ela assentiu, embora a tensão em seu rosto fosse ostensiva. Teddi se levantou:

— Valeu pelo jantar, preciso ir para casa. Desculpa aparecer do nada.

— Vou te ajudar a ligar a água. — Quando fiz menção de me levantar, Apolo foi mais rápido:

— Deixa que eu vou, Cezinha, fica tranquilo, irmão.

Troquei um olhar com Rebeca. O irmão dela escoltou Teddi

para fora da nossa casa e ainda nos atirou um sorriso na porta. Se fosse um filme, ele diria "Não esperem acordados".

Sozinhos, ficamos em silêncio por um tempo. Rebeca virou o resto do rosê e murmurou:

— Tira a mesa, amor, ele não vai voltar.

Eu a observei subir a escada devagar, com pisadas fortes. Um segundo depois, a porta do nosso quarto bateu.

16 DE MARÇO

TEDDI

Acordei do mesmo jeito que nas últimas três semanas: lembrando-me imediatamente da conversa no hospital, com a doutora Stefany.

Todas as manhãs, era como ser atingida por balas de uma metralhadora, sempre na mesma ordem: bom dia, Teddi, você sofreu um acidente, você teve um apagão, seu pai morreu, você produziu um documentário e, ah, ainda tem aquela coisa que você finge não saber: você está grávida. Bom dia!

Nesta manhã, havia duas variáveis: eu estava na casa do meu pai, no quarto dele... e o irmão da minha vizinha estava no chuveiro.

Pelo menos ele consertou mesmo o lance da água, pensei; e, sim, era só ligar os registros, que não eram onde eu pensei que fossem. Me odiei um pouquinho por ter cedido tão rápido a um cara tão babaca, mas, pelo menos, ele me distraiu.

Não fiz questão de levantar. Meu cérebro já estava funcionando melhor, então puxei as lembranças da noite anterior, deixando-as me inundar devagar, como o Dr. Bento havia ensinado; abrindo o registro da minha memória, por assim dizer.

Um jantar na casa ao lado. Muito linda. Coisa de cinema. O casal era perfeito demais para ser real. Deviam se odiar. As fotos do Instagram deviam ser maravilhosas, no entanto. Nota mental: bisbilhotar as vidas deles.

O irmão estava lá, nadando no mar das minhas memórias. Não lembrava o nome dele, não me vinha à mente. Lembro que ele falou aquela coisa, aquilo sobre ser cego e como meu apagão devia ser parecido. Ele tinha razão. Só que não foi por isso que retribui o beijo contra a porta da frente assim que entramos em casa; foi porque meu corpo parecia pegar fogo e eu queria tocar outra pessoa. Eu não tocava em ninguém há muito tempo.

Vinho rosê. Filé-mignon. A vizinha tinha pratos Versace — eu nem sabia que eles faziam pratos. A casa deles era decorada em branco e bege, e marrom, e havia plantas — a quantidade perfeita — nos cantos, nas mesas, lá fora, no quintal. O ar tinha um cheiro herbal. O irmão dela me beijou como se fosse meu dono, apertando meu pescoço, e eu gostei.

Eu sussurrei "no quarto", mas ele me ignorou. Arrancou minhas roupas e mordeu minha bunda. Senti a aspereza da barba dele entre as pernas, e, quando quis repetir "no quarto", acabei falando "lá em cima, na cama do meu pai", e ele riu, obedecendo.

Eu me levantei, interrompendo o fluxo de imagens e sons mentais, caminhando pelo corredor do andar de cima sem reconhecer nada daquilo. Encontrei outra suíte, sem móveis, e usei o banheiro de lá. Aproveitando que o — branco, não lembro mesmo — estava no banho, passeei pelo andar de cima, estudando a casa que agora era minha. Ainda tinha que ser legalizado, tudo aquilo, claro, mas era minha, minha herança.

Estudei os quatro dormitórios e um escritório amplo, que imaginei que meu pai tivesse a intenção de transformar em algum tipo de estúdio. Com certeza a última turnê, aquela que fora registrada para as câmeras do documentário, tinha dado uma grana para ele. Aliás, essa grana estaria onde? Era minha então?

Lembrança pop-up: eu devia dinheiro para o tal de Mauro. Quanto dinheiro? Por quê? Por que ele não entrou contato depois que saí do hospital?

O irmão da minha vizinha (Rebeca) saiu do banheiro peladão e molhado, me olhando com curiosidade.

— Cadê as toalhas?

E eu lá sei, porra?

— Tenho algumas em algum lugar por aqui, espera.

Qual é o nome desse cara? Era bem parecido com Rebeca, na verdade; mesma pele cor de paçoca, cabelos castanho-escuros; o dele, liso, cheio; o dela, volumoso e em cachos; olhos escuros, grandes, sedutores. Rebeca e ele poderiam fazer anúncios de algum óleo de amêndoas da Natura, numa floresta tropical.

Ela tinha aquele corpo das esposas-troféu, esculpido por algum *personal* chamado Theo ou Elias. Era toda durinha, com peitos naturais, quase grandes, e unhas muito bem-feitas. O irmão devia ter algo entre doze e catorze porcento de gordura corporal, e com certeza tinha gastado mais de trinta mil naqueles dentes alinhados e branquíssimos. Eles eram melhores do que eu em tudo.

Encontrei, numa caixa de papelão, uma toalha com uns fiapos pendurados e manchas de água sanitária, e a entreguei para ele sem cerimônia. Fulano de tal, com certeza nome grego, romano, sei lá, riu e se enxugou na minha frente, com ainda menos cerimônia. Tentei não olhar o corpo raspado e vasculhei o quarto por um maço de cigarros.

— Me fodi, tô super atrasado, por sua causa.

— Lisonjeada. — Enfiei um cigarro entre os lábios e acendi. *Não, otário, você não me usou, quem te usou fui eu.*

— Se alguém morrer no hospital, é para ficar mesmo.

Apolo. Lembrei.

— Café da manhã saudável. — Ele apontou o queixo para meu cigarro enquanto vestia a cueca. — Tem café aí?

— Eu me mudei ontem, não comprei nada ainda.

— Mas não trouxe café da outra casa?

— Sua irmã deve ter uma cafeteira de vinte mil reais a vinte passos daqui, cara.

Ele fez uma expressão que dizia "verdade". Vestiu os jeans e a camiseta macia, cobrindo os músculos. Aproximou-se de mim, mas não o suficiente para me beijar.

— Quer que eu te ligue?

Dei de ombros e fiz charme, perguntando:

— Quer me ligar?

— Não sei ainda, você tá extracruel hoje.

— Você gostou da minha crueldade ontem.

Ele riu.

— Gostei mesmo. Vou te ligar.

E ele saiu da minha casa e da minha vida e não senti nada.

No térreo, inundado pela luz solar, estudei a sala espaçosa do bosta do Stefan Bergler. O piso de porcelanato branco era estranhamente sólido. Cintilava com a luz natural.

Eu era uma intrusa naquela casa e a sensação era boa, de vitória.

Esse piso é meu. Olhei em volta. *As paredes são minhas. O teto. O quintal. Esta casa é minha.*

Imaginei que sentiria o perfume dele no ar, mas o cheiro do

meu pai parecia ter morrido com ele. O cheiro dele, naquele momento, era de carne podre.

De olhos fechados, imaginei a arte pronta: numa folha em branco, rabiscos furiosos em marrom, simbolizando a terra. Uma caixa preenchida em tons de cinza, seu caixão. Talvez uma mulher pálida e magra pranteando o morto, sua cabeça inclinada, cabelos pendendo tão baixos que entravam no solo.

Ousei dar alguns passos, empurrando caixas de plástico e papelão com o pé para conseguir caminhar até o outro lado. Através do vidro empoeirado de uma enorme janela, vi um quintal vazio com árvores magras. Ele não cuidara de nada. Talvez porque estivesse morrendo e quisesse que tudo apodrecesse consigo Tudo bem. Com o tempo, eu tornaria todos aqueles ambientes *meus*. Cuidaria deles.

Não, eu nunca havia cuidado de nenhuma casa que habitara, mas porque não pertenciam a mim. Naquela circunstância, no entanto, podia fazer o que quisesse. Pintar as paredes com minha própria arte, transformar o teto de um dos dormitórios em estrelas de LED, ter um carpete roxo.

Um lugar só meu. Que ninguém poderia tirar. De onde eu nunca seria expulsa ou ameaçada com ordem de despejo.

Passeei pela casa bem devagar.

O que encontraria quando abrisse as gavetas, os armários, quando entrasse nos banheiros? Luiz Piara, baixista dos Despóticos e melhor amigo do falecido, contou para a tia Gislaine que contratara uma faxineira para tirar da casa a comida da geladeira, todos os sacos de lixo e dos armários, tudo com prazo de validade próximo. A casa estava limpa, pelo menos.

Os pertences dele, no entanto — roupas, livros, enfeites, guitarras e sabe-se lá o que mais — ainda eram meus; e cabia à única filha se desfazer deles. *Que honra*, pensei com raiva, *bancar a viúva do homem que se achou bom demais para ser pai, para ser marido.*

Eu precisava descobrir quanto dinheiro meu pai tinha deixado para mim. Precisava da ajuda de alguém que entendesse dessas coisas. Toni fora responsável pelo apagão, então não seria falta de educação pedir para ele. Mandei a mensagem: "Quando puder, consegue descobrir em que pé anda a partilha, esses lances de herança do meu pai?

Nem lembro se dei entrada nessa papelada." Nunca tive saco para burocracia. Ele que corresse atrás.

Num dos nichos na parede branca, encontrei a coleção de uns duzentos LPs. Não demorou para achar o vinil vermelho do melhor álbum do Despóticos, *Fritada*, e colocá-lo para rodopiar no toca-discos vintage do meu pai — algo que eu poderia vender pela internet.

Deitando-me no sofá de couro preto, fechei os olhos, deixando a música tocar as paredes, respingar no piso de madeira e penetrar minha pele.

O que será que haviam dito no velório? Eu não sabia nem se tinha ido ao velório, mas achava que sim. Era algo que eu faria.

"Teddi, meus sentimentos." "Querida, você está tão magra." "Você era filha dele?" "Apesar de tudo, parabéns pelo documentário." "Ah, você estava com ele quando partiu, eu soube. Coitadinha." "Parece com ele, sabia?" "Sua mãe morreu? Eu não imaginava, faz tempo?" "Seu pai foi o melhor amigo que já tive." "Sabia que *Boca de Veludo* foi escrita para a sua mãe?" "Vai vender a casa em Itu ou morar lá?"

O que provavelmente *não* haviam dito no velório? "Seu pai tava cagando para você." "Seu pai se gabava de ter comido mais de trezentas mulheres." "Dizem que ele voltou a cheirar." "É claro que morreu, o que vocês esperavam?" "Quem era sua mãe mesmo?" "Espertinha, se aproximou do pai na hora certa. Ainda ganhou dinheiro com a morte dele." "Ouvi falar que você é sapatão." "Quem merecia essa herança eram os *brothers* da banda, gente que aturou aquele babaca por décadas."

Lembrei de quando era adolescente, ouvindo suas músicas e lendo sua patética autobiografia — ele dormiu com a jornalista que co-escreveu —, sentindo-me como se estivesse traindo minha mãe.

Naquele instante, eu habitava o espaço do "gênio genioso", procurando inutilmente seu perfume no sofá de couro, ansiando pelo perdão da minha mãe e me perguntando o que me levara a finalmente me aproximar dele.

Ainda assim, a casa me parecia uma caverna a, prazerosamente, explorar. Todos os pertences do meu pai estavam ali, para que eu os queimasse, rasgasse e leiloasse a meu bel prazer; uma pequena vingança pelo abandono parental sistemático que tinha sofrido.

73

Num lugar como aquela casa, eu poderia me afastar do barulho do mundo, dormir um pouco, descansar de verdade; talvez até pintar, compor, escrever. Minha vida inteira, eu tinha visto outras pessoas em casas bonitas, carros com bancos de couro, almoçando em restaurantes cujos pratos custavam mais do que a mensalidade de uma escola. Era a minha vez.

Os acordes iniciais de *Boca de Veludo* arrancaram um gemido desanimado da minha garganta. Aquele som arranhado, notas agudas e o vocal mais límpido do meu pai, fazendo sua *big entrance* na canção:

"Ela tinha olhos castanhos... um tanto estranhos..."

Genial, isso?, pensei, com a mandíbula tensa. Lembrei dos olhos castanhos de mamãe, sob sobrancelhas grossas e bem desenhadas. Quis chorar, mas engoli. Já tinha prática.

"Mentiras na boca de veludo e eu ali, encurralado, apaixonado, esquecendo tudo... Ela tinha boca de veludo..."

Aquele refrão gostosinho, que pegava no cérebro e não saía mais. A guitarra do Roux, o baixo do Piara e a pausa. Aquela bateria do Guilherme Orudas. Pausa. Volta com tudo, o berro de *iéee!*

Arranquei o vinil da agulha, possivelmente danificando a vitrola. Dobrei o disco até que arrebentasse, soltando lascas no ar. Ouvi uma risada angustiada vibrar na minha língua.

Decidi, como uma menina fazendo pirraça, que não queria recuperar as memórias do apagão. Não precisava delas. Tinha que focar em aproveitar a única oportunidade que já havia tido de mudar o jogo, em vez de ficar me torturando em relação aos últimos meses.

Aquela casa era a vida me indenizando por maus tratos.

Lentamente enrolando-me em posição fetal no chão, deixei o cansaço tomar as rédeas e ir soltando meus músculos, um a um.

Antes de pegar no sono, um pensamento carimbou minha alma: *sim, eu fiz alguma merda durante o apagão... e foi nesta casa.*

Rebeca

Foi com muita relutância que bati na porta da casa vizinha. Ainda não a havia decifrado. Não sabia que tipo de pessoa era e não me orgulhava de como o jantar na nossa casa havia terminado, dois dias antes. Eu e o Apolo brigando não era a impressão que gostaria de passar.

Eu queria correr, porque correr já tinha virado um hábito e minha parte preferida da rotina, mas, naquela tarde, precisava trabalhar minha ansiedade. Um dia antes, tinham confirmado a primeira morte por Covid no país e os casos de contaminação já haviam chegado a quase trezentos.

Ela abriu com cara de sono, apesar de ser duas horas da tarde. *Deus me livre viver desse jeito.* Eu acordava às seis até nos fins de semana.

Registrei a camiseta e os braços dela manchados de tinta. Teddi era uma artista, então. Filha de músico, fazia total sentido.

— Oi, Teddi, boa tarde.

— Oi, *vezenha.* — Ela cobriu os olhos para evitar o sol.

— Não quero incomodar, mas o Apolo me pediu seu telefone.

Ela deu uma risadinha e umedeceu os lábios. Pegou o telefone que eu estendia e inseriu seu contato devagar, antes de devolvê-lo.

— Tá pintando?

— Tentando pintar, mas completamente sem inspiração. — Ela cruzou os braços e se inclinou contra a porta. — E você?

— Tive que liberar meus funcionários — falei, lutando para não mostrar o quanto queria chorar. — Por causa desse vírus. Não é mais seguro para eles lá na empresa, então vão trabalhar de casa, na medida do possível.

Ela me estudava.

— Eu ia dar uma corrida, por que você não vem comigo? Assim eu te mostro o condomínio. — Apesar da cordialidade, secretamente torci para ela recusar. Eu gostava de correr sozinha e, depois da reunião daquela manhã, precisava suar a minha raiva.

Só que Teddi deu de ombros e aceitou, pedindo um minuto para trocar de roupa e "achar um tênis aqui em algum lugar". Ela deixou a porta aberta e, vencida pela curiosidade, eu entrei.

Uma sala de estar espaçosa se abriu diante de mim. Bergler tinha investido nos detalhes em gesso e pilares, num estilo grego, bem típico de homens megalomaníacos. O piso era de madeira de cerejeira, bem polido. O mobiliário, no entanto, caía em desarmonia: sofás de couro preto, muitos quadros, uma jukebox no canto, guitarras emolduradas nas paredes. Enquanto dava alguns passos e me aproximava, as portas que davam para um jardim descuidado, abandonado. Escadas com um carpete vermelho, hipercafonas, davam para o andar de cima.

No teto do pé direito descomunal, um lustre luxuoso, mas pequeno demais para as dimensões da casa, capturava e defletia a luz do Sol. Parei de frente a um quadro: a página de uma Playboy, autografada e emoldurada com vidro, de uma das Sheilas do Tchan. Ao lado dele, uma guitarra preta autografada pelo Lenny Kravitz.

— Pode crer — Teddi surgiu ao meu lado —, assim que puder, vou me livrar de tudo isso, vender tudo na internet. Não que eu não aprecie as curvas da nossa eterna Sheila, mas… isso beira o atentado ao pudor.

Eu sorri. Ela usava uma *legging* preta que mostrava pernas bem finas, um par de tênis surrados e a mesma camiseta respingada de tinta.

— Se quiser ajuda para arrumar tudo aqui, pode me chamar. Eu adoro organizar coisas, colocar cada uma na sua caixinha, encontrar um lugar perfeito para cada item.

— Eu sou mais do tipo que joga tudo num canto. — Ela caminhou até a porta. — Quando eu morrer, vão levar um mês para encontrar meu corpo. Por isso não tenho pets, não quero que eles me comam. Se eu quisesse ser fodida por alguém que amo, teria amigos humanos.

Eu fui atrás e, em poucos minutos, estávamos descendo o caminho sinuoso da nossa rua. Teddi olhava para as árvores com certo fascínio.

— Essa nossa rua é asfaltada até certo ponto, depois vira uma estrada de terra, quando chega mais perto do lago.

Quando passamos pela zona do lixo e suas grandes caixas coloridas, expliquei:

— Você vai ter que comprar uma lata de lixo de plástico e, quando estiver cheia, trazer para cá. O tio do lixo coleta tudo três vezes por semana: segunda, quarta e sexta.

— Que preguiça.

Eu ri, meu corpo ansiando por uma boa corrida, mas mantive o ritmo da caminhada, porque Teddi já respirava com cansaço.

— É denso aqui — ela comentou. — É muito mato mesmo.

— Tem bastante mosquito, para ser sincera, mas vale a pena. Eu e o Cesar já vimos alguns saguis e um dos nossos pedreiros disse que viu uma cobra, mas não sei se era verdade ou só uma insinuação sexual.

Teddi riu e achei isso legal.

Caminhamos sob o Sol, descendo, ladeadas por árvores e embaladas pelos piados dos pássaros. Eu ainda não havia me acostumado com aquele lugar e imaginei que, para Teddi, estivesse sendo uma experiência nova, também. Afinal, ela tinha esquecido dos seus dias ali. Quis perguntar sobre a amnésia, mas me contive. Ela quebrou o gelo:

— E o que vocês fazem mesmo, você e o marido? Ele trabalha com imóveis? — perguntou, ofegante.

— Isso, corretor, especializado em imóveis de alto padrão — falei. — Foi como eu conheci seu pai, na verdade, quando o Mauro falou sobre este condomínio e ele se interessou, e o Cesar acabou vendendo o terreno para ele e ele construiu a casa em tempo recorde.

— E você? Falou que tem uma empresa, é do quê?

— Eu já fiz muita coisa. Trabalhei em shopping, feiras de carros, livrarias… Aí, quando as coisas melhoraram, montei minha própria loja de semijoias. Alguns anos atrás, migramos para online e ainda forneço para lojas de departamento.

Percebi que estava tentando mostrar a ela que não éramos tão diferentes. O Cesar sempre dizia que eu parecia ter vergonha do meu dinheiro quando estava perto de pessoas sem grana, que era o óbvio caso de Teddi. Olhei seus tênis sujos e com pequenos rasgos, ao lado dos meus, limpíssimos e high-tech.

— Uma loja online de semijoias… — ela repetiu, devagar. — Isso dá dinheiro mesmo?

— Muito, se você sabe o que está fazendo. A internet é uma mina de ouro, é que a maioria das pessoas não sabe usar. Você trabalha com o quê?

— Com qualquer coisa que pague as contas. — Ela coçou a cabeça, não estava à vontade. — Eu meio que me envolvo com projetos artísticos. Já vendi umas obras, às vezes componho músicas, escrevo uns roteiros e tal. Acabo me metendo com coisas assim, indo atrás de editais culturais e escrevi um livro para um cara, uma vez, como escritora fantasma, mas não tenho muito saco para esse trabalho.

— E quando o Mauro te chamou para participar do documentário, você acabou se envolvendo com o roteiro e a produção, ele disse.

— Não lembro disso, mas foi o que rolou.

Eu parei de andar e toquei o braço de Teddi.

— Peraí, você não viu o documentário ainda?

Ela pareceu incomodada. Forçou um sorriso e encolheu os ombros.

— Eu não tô muito a fim.

— Teddi, você precisa ver. Você produziu e participou desse documentário. Tem que vasculhar seu e-mail, achar o contrato, essas coisas. Você provavelmente tem uma grana para receber pelo seu trabalho e nem sabe, e isso é uma oportunidade para você trabalhar em mais projetos de *streaming*; uma porta aberta.

Pela expressão dela, eu estava passando dos limites.

— Não quero me intrometer — suavizei o tom —, mas você tá passando por uma coisa muito traumática e, se eu puder te ajudar…

— Valeu. — Ela voltou a caminhar. Sua pele bem pálida já estava ficando avermelhada. — Vou pensar nisso.

Caminhamos em silêncio por um tempo. Meu *smartwatch* apitou, quase como se perguntasse: quando vamos começar a correr?

— Meu irmão… Ele foi legal com você? Fiquei meio constrangida pela forma como ele…

— Seu irmão foi ótimo — ela me interrompeu —, mas eu duvido muito que a gente vá se ver de novo.

— Não é uma boa hora para você se meter com ele.

Ela me olhou com curiosidade.

— Não precisa me proteger, vizinha. Não caio fácil na conversa dos homens. Na verdade, nem gosto muito deles. Sei lá, eles são como uma necessidade física que só faz mal. Tipo fast-food. Droga, eu preciso descansar um pouco.

Mas a gente nem começou. Apontei para a grama e ela esfregou um pouco do suor da testa, deitando-se na terra e esticando os braços como se tivesse acabado de vencer uma maratona.

Eu a segui e me sentei ao seu lado, sentindo o pinicar das plantinhas e o sol no meu rosto.

— Desculpa, estou tão acostumada com essa caminhada que me esqueço que é sua primeira vez.

— Eu é que tô fora de forma, fica sossegada. Enfim, sobre o Apolo, não precisa falar mais nada. Não tenho interesse.

Por que fiquei aliviada? Reconheci meu egoísmo: aquela casa era meu espaço sagrado e eu não queria que o Apolo o azedasse. Minha vizinha me olhava.

— E você e o marido? São felizes? Isso ainda existe?

Estranhei a pergunta, mas gostei do jeito dela, da sinceridade. Isso era raro no meu meio, entre pessoas que estavam sempre me bajulando. Sentia falta de pessoas reais, que não pediam desculpas por serem quem eram. Não sabia exatamente quando havia perdido aquele tipo de conversa honesta com outras mulheres.

— Pior é que somos mesmo. Sou louca pelo Cesar.

— Nunca conheci um casal feliz de verdade.

— Eu também não, até perceber que éramos assim. Não estou dizendo que não brigamos, que sempre queremos ficar grudados, não é nada disso. É um sentimento maior do que isso... Eu admiro o Cesar, eu me sinto sortuda por estar com ele, eu ainda tenho desejo por ele, tudo misturado.

Teddi fechou os olhos e sorriu um pouco, deixando o sol arder em seu rosto. Uma formiga claudicava no joelho dela e eu lhe dei um peteleco, fazendo-a voar.

— Sua casa é muito bonita — ela falou.

— Obrigada. É a casa dos meus sonhos.

Pensei no nosso primeiro apartamento, quando fomos morar juntos. Minúsculo, com paredes rachadas, madeira carcomida e banheiros encrustados de limo. Continuei:

— O Cesar projetou. Planejamos cada canto dela. Levou quase dois anos para construir, mais seis meses para decorar e nos mudamos há alguns meses. Algumas coisas só ficaram prontas agora, tipo o meu banheiro e o lavabo do térreo... Ah, e a academia.

— Vocês têm filhos? Eles estavam dormindo quando fui jantar lá?

A pergunta era sempre como uma facada no meu peito.

— Tá nos planos.

Ela abriu um dos olhos, apertando o outro. Senti o olhar dela, entendi o que queria dizer e me adiantei:

— Tenho trinta e oito, se é isso o que queria perguntar.

— Eu juro que não quis… É difícil pra mim, sabe, controlar o que eu falo. Eu geralmente falo tudo o que tô pensando e, o que não falo, mostro com o rosto.

— Acho que prefiro assim. Eu também gosto de sinceridade.

— Você tá ótima pra sua idade. — Ela se sentou e apoiou os braços nos joelhos. — Sei que é errado falar isso, é etarista, mas não deixa de ser verdade. Você é muito bonita.

— Tá dando em cima de mim, Teddi?

Ela riu e me olhou com uma cara avermelhada, cheia de malícia.

— Se ficar curiosa, você sabe onde eu moro, Rebeca.

Eu me levantei e limpei a grama da bunda. Em outra época, não me importaria de dar uns beijos nela. Estiquei a mão e Teddi resmungou, antes de ser puxada para cima.

— Só mais um pouco. Prometo. O lago é lá embaixo e, embora a subida seja mais difícil, vai valer a pena.

Durante os dez minutos seguintes, Teddi reclamou de uma abelha que a seguia, perguntou onde deveria fazer compras e se os aplicativos de comida entregavam no condomínio. Acabei dando uma bronca nela, explicando que ela deveria correr ao mercado e fazer um estoque, porque as pessoas estavam acabando com tudo, e ela pareceu surpresa, como se não estivesse acompanhando as notícias.

Então chegamos ao lago.

Quando ouvi falar sobre um lago no condomínio, imaginei uma bacia d'água esverdeada e salpicada de folhas secas e insetos mortos, mas, quando Cesar me mostrou aquela magnífica obra da natureza, eu soube que era naquele lugar que queria morar. Vi no rosto de Teddi a mesma sensação. Ela abriu a boca e pausou, ofegante, para admirar a paisagem.

— Bonito, né?

Ela não respondeu. O orgulho se dissipou em meu peito, por

ter conseguido impressionar uma geração Z — se bem que ela nasceu alguns anos antes, certo? Então, o que era ela? Millenial? — Teddi olhou para cima, para o céu límpido acima de nós, para a mata densa que cercava o lago e, enfim, de novo para as águas, que refletiam os pássaros voando.

— Agora entendi por que vocês gostam daqui.

— Sabe que não é tão gelado quanto parece, né? Pelo menos não no verão. Nós nadamos aqui todos os dias de janeiro, quando nos mudamos; mas é fundo, bem fundo.

Ela me encarou como se não acreditasse.

— Será que ainda conseguimos nadar?

Eu me aproximei da água, esmagando as pedras sob meus passos, e me agachei. A água estava gelada, mas ainda era março e o Sol estava forte.

— Levaria um tempo para se acostumar, mas dá para nadar.

Teddi imitou meus gestos e enfiou os dedos na água. Ela se perdeu por alguns segundos, divagando.

— É muito louco dizer que acho que já estive aqui?

— Você se lembra?

— Não, é só uma sensação.

— Não é improvável, Teddi. O Mauro falou que você cuidou do Bergler nas últimas semanas. Faz sentido que tenha estado aqui, sabe?

— Ele falou que isso ia acontecer.

Esperei que ela explicasse a frase enigmática. Teddi se ergueu e se virou para mim. Não, não foi bem isso. Ela não se virou para mim: ela deu as costas para a água.

— O Dr. Bento me falou que eu não teria flashbacks, mas talvez tivesse a sensação de familiaridade com algumas coisas. Só que qual é a diferença, entende?

— Acho que ele quis dizer que as lembranças não iriam simplesmente aparecer formadas na sua cabeça. Talvez elas cheguem em fragmentos, primeiro um cheiro, depois uma imagem.

— Não, é uma *sensação* — Teddi falou, um pouco irritada.

Ela mordeu o lábio e passou por mim quase esbarrando no meu ombro, a caminho da estrada de terra para voltarmos para casa.

— Não gostei desse lugar — ela murmurou.

CESAR

Eu sabia que tinha que me levantar, mas a preguiça era, como Rebeca havia lembrado, um vício.

Quanto mais os dias em *lockdown* se arrastavam, menos vontade eu tinha de voltar à minha rigorosa rotina. Era como estar de férias pela primeira vez.

Desde que podia me lembrar, eu me acostumara a estar em movimento contra a minha vontade. Quando queria continuar dormindo, forçava-me a levantar. Quando daria tudo para ver TV a tarde inteira como meus amigos, trabalhava no mercado do meu pai, sem perder o sorriso treinado para os clientes e sem reclamar quando o meu genitor berrava comigo para me mexer mais rápido.

Quando ansiava por um hambúrguer, eu me obrigava a calçar tênis arrebentados e correr pelo menos sete quilômetros. Acostumara-me a acordar cada vez mais cedo e a dormir cada vez mais tarde, preenchendo cada segundo entre despertar e adormecer com trabalho e planos. Vivi de forma espartana, o que hoje em dia chamariam de minimalista, até eu e Rebeca conseguirmos ver o dinheiro finalmente sobrar no fim do mês.

Sorri, concentrando-me no cheiro de sabonete que subia até o segundo andar, onde eu estava deitado, sem roupas, deixando o Sol me esquentar através das janelas.

Tudo seria perfeito se ela desistisse da ideia da maternidade, a ideia que a corroía de dentro para fora, o único impedimento para que Rebeca se sentisse plena.

Não se tratava de ciúmes. Eu não precisava ser a única fonte de felicidade da minha esposa. Na verdade, atribuía o sucesso do nosso casamento à noção de que éramos pessoas distintas que haviam decidido compartilhar a vida, mas que deviam ter suas próprias atividades e sonhos... e, sabe, eu tinha orgulho de ser uma das poucas pessoas no mundo verdadeiramente felizes no casamento.

Um filho com Rebeca não era meu sonho, mas seria bom para a gente. Só que, ao contrário da minha esposa, eu sabia que isso não iria acontecer.

Levantei-me e caminhei até o banheiro. Olhei-me no espelho. Chegando aos cinquenta, estava em forma, mas já sentia a idade sedimentando em minha medula: meus músculos não esticavam tanto, meus ossos estalavam como tábuas velhas e meus cabelos estavam cada vez mais finos e prateados. Tive um flashback do meu pai no caixão: cabelos brancos escovados para trás, barba recém-feita, pele dobrada sobre o colarinho da camisa. As palavras se formaram na minha mente e vazaram da minha boca ao dezesseis anos: "Feliz agora?"

Estava prestes a ligar o chuveiro, quando o celular tocou. Fiz uma careta de decepção ao ver o nome na tela: Mauro Spiazzi.

— Fala, irmão!

— *Mafra, e aí? Tá em casa?*

— Tenho escolha?

Spiazzi riu do outro lado. Fechei os olhos e me sentei na tampa do vaso enquanto meu amigo reclamava da histeria coletiva que havia tomado conta do mundo por causa dos comunistas, que o vírus existia, claro, mas não passava de uma gripezinha e ele tinha visto um cara usando máscara dentro do carro, o que era absurdo e onde tudo iria parar?

— E do acidente, tá cem porcento já?

— *Eu tava cem porcento quando saí do carro, você me conhece. Deu p.t., ainda tô resolvendo tudo com o seguro. Escuta, vem tomar uma cerveja comigo, bróder.*

— Se eu furar a quarentena para socializar, a Rena me esfola.

— *Diz pra patroa que tu precisa dar um rolê para não surtar. Diz que é para a sua "saúde mental". Tu precisa de permissão para sair agora?*

— Não preciso de permissão, é que ela tá preocupada.

— *Cesar... cara, vamo lá, eu tô entediado pra caralho aqui.*

Sair um pouco seria bom. Falar com outra pessoa, mesmo que fosse o Mauro.

— Escuta, vou ver e te ligo. Só nós dois ou uma turma? Porque, vou ser sincero, eu não tô no clima de muita gente.

— *Só eu e você. Eu queria te falar umas coisas na festa, mas não rolou. A gente precisa trocar uma ideia.*

— Tá tudo bem?

— *Tá tudo ótimo. Você vai tomar uma comigo ou não?*

Cedi e desliguei, me arrependendo imediatamente. Nem sempre era bom estar perto do Spiazzi. Ele me lembrava — fazia questão de me lembrar do passado que eu queria esquecer.

Depois que consegui sair, aos vinte e um anos, do Caldeirão, nunca mais voltei. Nunca mais passei perto de lá e ele também não. Algumas pessoas conseguem voltar aos lugares que foram berço de seus traumas e os *ressignificarem*. Eu não gostava nem de pensar naquele aglomerado de tijolos e casas tortas, cortado pela Avenida Esplendor, das crianças correndo soltas, dos homens que não saíam dos botecos, da música alta e das idosas subindo e descendo as ladeiras com sacolas de compras e olhos caídos.

Senti saudades do meu filho e liguei para ele. Julian atendeu sonolento e conversamos um pouco. Estava curtindo a quarentena enquanto a escola ainda se estruturava para ver se seria possível dar aulas online. Disse que a mãe estava neurótica com Covid e que ele passava o dia inteiro jogando videogame ou nas redes sociais.

— Vou conversar com sua mãe para ver se você pode passar algumas semanas aqui, o que acha?

— *Pai, de boa, acho melhor nem, viu? Tá legal aqui e aí nem tenho meus jogos, e é tudo limpinho e cheio de frescura. Eu não vou me sentir em casa.*

Senti-me como se meu filho tivesse me beliscado, mas sabia que não era por mal.

— A Rena comentou que seria bom você ficar um tempo aqui — menti. — Aqui tem ar fresco, natureza, vai fazer bem para você. Pode ficar na piscina, a gente faz umas trilhas.

— *Não, valeu, sério mesmo, mas eu tô bem aqui. Manda um beijo.*

Julian desligou, me deixando com uma sensação de derrota, embora eu soubesse que era melhor assim. Julian e Rebeca se davam bem, mas não tinham intimidade. Essencialmente, eram estranhos forçando o convívio pelo bem da pessoa que ambos amavam.

Quando Julian era pequeno, eu me cansava rapidamente dele, por mais que sentisse saudades dilacerantes quando o menininho pulava no carro da mãe e se afastava. Agora que era adolescente, no entanto, eu ansiava por ter longas e significativas conversas com ele, descobrir o que pensava sobre o mundo, o que sentia, o que esperava do futuro... e meu filho dava tão pouco; falava pouco, se abria pouco. Não era malcriado nem grosso, mas era distante.

Entrei no box e liguei a ducha, ajustando para que ficasse ligeiramente fria. Pensei no inferno que seguiu o nascimento de Julian, quando eu e Paloma ainda éramos casados. A relação era fundamentada na esperança de que um dia nos amaríamos de verdade. O namoro era gostoso e cômodo, e o casamento era só um próximo passo. Os amigos estavam se casando e nós também queríamos um pouco daquilo.

Em dois anos de convívio, percebemos que nunca houvera paixão. Pior, tornamo-nos secretamente cínicos, julgando os sorrisos dos outros casais como falsos, crendo firmemente que ninguém conseguia ser feliz num casamento e que tudo era fingimento, um show para os amigos, uma maneira desesperada de afirmar vitória. Estávamos projetando nossa infelicidade no mundo inteiro.

Julian foi fruto de uma tentativa ingênua de consertar a frieza da cama, os silêncios à mesa de café da manhã e o alívio que encontrávamos ao nos despedir para ir trabalhar. Julian berrava caso não estivesse grudado ao mamilo em carne viva de Paloma, berrava de cólicas, não ganhava peso, tinha febres e reduziu seus pais a duas pessoas que não conseguiam nem se olhar sem ressentimento. "É sua vez de ficar com ele", parecia a única coisa que falávamos um ao outro.

O bebê só tinha cinco meses quando saí de casa. Paloma me odiou, com razão. "A maternidade só é difícil porque a paternidade é tão fácil", disse ela, uma vez. *Ela* era o alimento de Julian, *ela* era o conforto. Eu era só o cara que o visitava e levava para passear de vez em quando, mesmo fazendo questão de pagar o aluguel, a escolinha, as roupas, a comida, o condomínio, gasolina, tudo, tudo, tudo.

Foi por ressentimento que Paloma parou de trabalhar e exigiu que eu aumentasse a pensão, para que ela, pelo menos, tivesse uma vida confortável. Foi exatamente o que fiz. Paguei aulas de ioga, terapia, bolsas e sapatos, enquanto comia pão e sopão Knorr. Um dia, chorei ao constatar que pagava com alívio. Pagava para não ter que conviver com eles. Eu havia comprado minha liberdade.

— Ah, perfeito, perfeito!

Sorri para Rebeca, que entrava no banheiro e abria a porta do box.

— Testa, vê se funciona. Olha o cheiro!

— Olhar o cheiro... — Peguei o sabonete marrom esverdeado em forma de folha e o cheirei. Era um aroma *verde*, embora eu não soubesse identificar a essência.

— É alecrim — Rebeca ofereceu, toda orgulhosa. — Meu primeiro sabonete. Vamos, vamos.

Eu me mexi para esfregar a barra no ombro, mas, ao ouvir o suspiro impaciente dela, lembrei de fazer "do jeito certo", friccionando o sabonete escorregadio contra as fibras sintéticas da bucha e só então me lavando. O aroma que subiu era mesmo agradável e minha pele adquiriu uma espuma concentrada.

— Parabéns, delícia.

— Você gostou mesmo? Depois me conta se sua pele ficou hidratada?

Eu ri, sem saber como seria capaz de chegar a essa conclusão, mas assenti enquanto ela saía cantarolando. O banheiro, em breve, estaria inundado de sabonetes de formas e cores diferentes, que eu seria encarregado de testar.

Senti saudades dela e tomei banho rápido, para poder descer, sentar-me à ilha da cozinha e observar enquanto ela fazia seu artesanato. Senti-me culpado, também, por estar tão feliz enquanto o mundo era atacado por um vírus.

CESAR

Fui eu quem vendeu a Mauro a cobertura onde ele estava morando, em Barueri. Spiazzi estava recém-divorciado e decidido a "ser o autor da própria vida", gastando uma quantia absurda para financiar aquela cobertura duplex.

Não escolheu uma cor de parede sequer, contratando uma arquiteta para fazer o projeto de mais de seiscentos mil. A primeira pessoa que ele chamou para conhecer o apartamento foi a Rebeca e pareceu ansioso enquanto ela analisava os cômodos durante o *tour*, como se quisesse sua aprovação. Ela falara que o apartamento era espetacular.

Ele me recebeu sem máscara e, em poucos minutos, estávamos no sofá de uma sala íntima, de onde podia-se ver a piscina, a churrasqueira e um límpido céu noturno.

A camisa de Mauro esticou no abdome quando ele se inclinou e encheu meu copo com uísque. Brindamos e bebemos, nos recostando contra o sofá de couro marrom.

Eu me lembrei dele com onze anos, um gordinho, alvo fácil para os caras no bairro, que minha mãe chamava de "marginais". Ele apanhava bem e acho que andar com um cara como eu, mais desenrolado e forte, ajudava.

Ele trabalhou tanto quanto eu para sair daquela vida, com a diferença de que nunca fiz nada ilícito. Quer dizer, depois de sair do Caldeirão. Nunca soube com detalhes no que ele se envolvia, mas sabia que era sujeira. A produtora era seu único espaço limpo.

— E essa merda, o que vai dar? — Spiazzi olhava para a piscina.

— Uma semana atrás, eu teria dito que nada, mas agora… a coisa tá feia. Não quero preocupar a Rena, mas…

— Geral não entende que, sem economia, não adianta ter saúde.

Eu sabia para onde a conversa estava indo e não viajara de carro até Barueri para discutir. Mudei de assunto.

— Vimos o documentário. Parabéns, muito bom. Emocionante.

— Ficou incrível, né, bicho? O cara definhando, aqueles depoimentos da banda. A Rebeca gostou?

— Muito. Vocês conseguiram muita entrevista boa, com gente grande do cenário musical; e gostei como contextualizaram a música com a política, contando a história do país por meio da expressão artística. Bateu até uma nostalgia, todas aquelas músicas, aqueles Rock in Rio...

— Nem me fale. A música de hoje é lixo, só batidão, só funk de bandido. Esse lance do contexto histórico, de pegar as letras do Cazuza, Legião, Lobão e tal, e casar com as manchetes de jornais, isso foi coisa da Teddi. Preciso admitir que ela entende de música, aquela vaca. Eu sabia que ia dar certo, o streaming virou o deus dos marxistas mimizentos.

Ele falou sobre os caras do Despóticos, sobre música. Senti que a bebida já circulava livremente pelo seu sistema nervoso quando perguntou:

— Tu ainda finge que nasceu burguês, escutando John Coltrane e essas merdas?

Eu tolerei porque não gostava de brigar. Vozes altas e alteradas me irritavam, pessoas discutindo me incomodavam profundamente. Odiava ambientes tensos, eles me lembravam a minha infância. Eles me faziam apertar os punhos, respirar mais depressa e querer berrar. Quem me ensinara a me acalmar fora Rebeca, com seus lances de respiração, meditação, pensamento positivo...

— Eu gosto das mesmas coisas que você. O que tem um pouco de Robert Johnson de vez em quando?

— Aquele que vendeu a alma para o Diabo?

Senti a provocação. Ele fazia questão de falar para todo mundo que viera de baixo enquanto eu simplesmente não tocava no assunto. Para Mauro, eu era hipócrita por causa disso, uma espécie de traidor. Será que o hipócrita não era ele, usando a narrativa de self-made para impressionar empresários em festas, mas sem ousar pisar no Caldeirão ou fazer uma mísera doação a qualquer instituição de caridade?

Fiquei surpreso, embora aliviado quando ele mudou de assunto.

— Então... a Teddi Bergler tá morando lá na casa do papai agora. Tem visto ela?

— Sim, ela e a Rena tão se dando bem. Saíram para correr umas duas vezes, ela foi jantar lá em casa. Gente boa. Meio doidinha, mas, com esse lance de amnésia, não dá para esperar diferente, coitada.

Mauro bebeu uísque, com muito por trás daqueles olhos. Esperei. Não era bom, isso vi de cara. Pouca coisa que vinha do Mauro era boa.

— Essa guria, rapaz… você não faz ideia.

Eu não ia morder a isca. Nem tinha interesse em alguma história que Mauro pudesse contar. Provavelmente tentara comer a garota e ela o mandara à merda, então tentaria difamá-la só de raiva.

Olhei a tábua de frios com fome. Escolhi uma fatia de queijo pingando azeite, empalei-a com o palitinho e enfiei na boca. Ele cortou o silêncio.

— Ela me deve uma grana.

— Quanto?

— Ah, a gente começou a se dar bem quando ela entrou no projeto. Estava fodida de grana e eu adiantei uns dez mil ali, cinco mil aqui… Ela disse que ia me pagar quando recebesse pelo documentário e eu esperei. Aí o Bergler ficou mal e tudo mudou. Eu também não queria cobrar a mulher quando ela estava sofrendo pelo pai. Aí pegou um dinheiro emprestado para que o Bergler definhasse em casa, em vez de ficar no hospital. Precisava de equipamento, medicação, cuidadora vinte e quatro horas, ou seja, duas enfermeiras. Uns sessenta mil no total. Nunca pagou.

— Ela vai pagar assim que receber a herança, acho.

— Não, não vai. Ela não vale nada. Me usou. — Spiazzi esfregou o queixo e mastigou uma torrada ruidosamente. Havia algo ali, nos olhos dele, enquanto evitava me encarar. — Escuta, você merece vender aquela casa. Principalmente numa época como essa, em que dinheiro significa segurança.

— Não sei se ela vai querer vender e, de qualquer forma, está de luto e se recuperando de um acidente. Não vou pressionar uma pessoa vulnerável.

— Luto meu cu, Cesar, e amnésia porra nenhuma também. Ela farejou a oportunidade de ficar com tudo o que era do pai assim que conheceu o velho. — Mauro deu uma risadinha, antes de comer um pedaço de queijo suíço. — Ela calculou tudo. Só que eu vou cobrar, cansei de ser bonzinho… e não defende uma pessoa que não conhece como eu.

Ele queria que eu visse Teddi como uma forma de ganhar dinheiro. Aquela conversa me pareceu suja. Lembrei que Teddi havia

89

dormido com meu cunhado depois de meia dúzia de palavras trocadas, mas isso não me perturbava.

— Se eu pressionar a bonita... — Mauro falou, a voz mais íntima — você faz sua parte? Joga teu charme e vende aquela casa rapidinho para a gente? Facilita as coisas para seu *bróder* aqui? Você embolsa uns cem mil com a venda daquela casa.

— Acho melhor eu não me envolver nisso.

Mauro sorriu para mim. A pele ao redor dos olhos sempre fora acinzentada, dando-lhe um aspecto de guaxinim.

— Não deixa a Teddi te enganar. Essa guria é capaz de qualquer coisa para conseguir o que quer. Eu não posso te dar detalhes, mas ela não vale nada, vai por mim. Só preciso do meu dinheiro de volta e, se você pudesse ganhar alguma coisa com isso, eu ficaria mais feliz ainda. *Win, win.*

— Joga limpo: você tá bem de grana? Desculpa perguntar, mas sessenta mil não é o suficiente para você estar tão desesperado. É o que você gastou em móveis planejados só na cozinha. Conta logo, cara.

Ele ergueu o copo como quem fazia um brinde.

— Você me conhece...

— O que isso significa?

Ele se inclinou, bufando, espremendo a barriga mole contra as coxas e se servindo de mais uísque.

— Significa que eu gosto de gastar. Nós somos parecidos. Gostamos de bebida cara, mulher cara, conforto, carro... Você sabe como era, Cesar, crescer daquele jeito, naquelas quebradas. A gente merece o que tem. Somos a elite agora.

Eu desviei o olhar. Ele continuou, falando num tom mais baixo:

— Só que você tem sua coleira manequim 38, sutiã 46. Eu não tive a sorte de conhecer uma aristocrata que nem a Rebeca, só vigarista. Eu gasto demais. Eu faço apostas burras, eu torro tudo com puta.

Ele não falou, mas eu ouvi: *igual ao seu velho.*

Manequim 38, sutiã 46. Não gostei daquilo, foi difícil engolir.

— Quanto você tá devendo?

— Uns quinhentos mil. — Ele coçou o nariz — Esse apê não saiu barato. Eu me empolguei numas apostas de esportes, nuns empreendimentos que não foram para a frente... Cem compraria um tempo com os caras. Uns duzentos me dariam mais uns meses. Meio milhão quitava a dívida.

Eu não podia emprestar aquela quantia para ele. Ele continuou:

— Esses sessenta que ela me deve ajudariam, comprariam minha paz, é só isso que tô falando. Tem outro cara que me deve também e vai pagar semana que vem, então tenho um tempinho, não vou te pressionar, Cesar. Olha, se fosse uma pessoa de bem eu nem faria questão, mas a Teddi é uma vagabunda. Você nem imagina o que ela fez com o Bergler.

— O que ela fez?

Spiazzi riu e esticou um dedo gordo para mim.

— Isso eu te conto na hora certa. Não foi à toa que ela fez tanta questão de que o pai morresse em casa, em vez de num hospital. Pilantra.

Era difícil imaginar minha vizinha fazendo o que Mauro estava insinuando. A imagem se formou na minha cabeça: Teddi apertando um travesseiro contra o rosto de Bergler, apressando sua herança, se vingando do abandono parental. Mauro apertou meu ombro e fixou o olhar em mim.

— Preciso dar uma pressionada nela para vender logo. Só isso.

Eu me levantei. Não sabia exatamente se encontraria uma desculpa para ir embora ou só ia ao banheiro, mas Mauro me fez estancar com uma frase que mudou tudo:

— Não me faz te ameaçar, cara.

Eu levei um tempo para me virar e encará-lo, meu sangue parecendo ter recebido uma dose de anticongelante automotivo. Ele não faria isso, não depois de quase seis anos.

— Porra, Cesar. — Ele se levantou, irado, como eu o estivesse obrigando àquilo. Bufou um pouco, caminhou pela sala e falou, sem ter a coragem de olhar para mim: — Eu não queria...

— Eu não acredito que falou isso. — Foi a única coisa que consegui dizer. Eu nunca deveria ter dado a ele o poder de me destruir, mas precisara da sua ajuda e, para conseguir, precisei contar meu segredo. O peso nos meus ombros foi imediatamente dissipado no momento em que desabafei para o Mauro e contei a ele meu único segredo.

Que ingenuidade achar que ele nunca usaria isso contra mim.

— Eu não quero fazer — ele me respondeu. — Ou acha que quero pegar o telefone e chamar a Rebeca para uma conversa, e falar o que sei?

— Tudo isso por causa de dinheiro? Nós somos amigos há décadas!

— Eles vão me matar — ele falou baixo.

O silêncio se expandiu na sala, vibrando no ar, acariciando nossas peles. Ele sussurrou:

— Eu tô com um carro, amigo. Vendi os outros quatro. Vendi a Harley. Vendi dois apartamentos. Não quero perder esse apê, é a única coisa que sobrou, que você me ajudou a conquistar. Só tô devendo mais um pouco para um cara com quem não se brinca. Quando eu pagar, o pesadelo acaba. Tudo volta ao normal.

Percebi que estava apertando os dentes e relaxei meus músculos. Abri os dedos, que estavam em punhos. Mauro notou, porque soltou um sorriso.

— Aí tá você, o moleque que via a mãe apanhar. Vai me bater, José?

— Não sou assim.

— Mas foi... e como foi.

— Eu nem devia ter vindo aqui.

— Eu não tô blefando. — Mauro sabia que tinha o poder naquela sala e se acalmou, matando o uísque e voltando para o sofá.

Eu fui atrás, porque, em apenas alguns minutos, ele havia me dominado. Quando você brigou na rua tanto quanto eu, sabe reconhecer quando o jogo vira e está em desvantagem. Era eu então, o cara que se curvava diante do outro.

— O que essa menina fez para merecer aquela puta mansão? Não trabalhou por ela, como eu e você trabalhamos pelo que temos. Ela ganhou de mão beijada, porque o pai cheirou demais e morreu antes de torrar tudo o que tinha. Mais cedo ou mais tarde, vai ver que não tem como sustentar a vida naquela casa. É uma puta fracassada. Você tá olhando pra mim como se eu fosse um criminoso, mas só tô pedindo para você, gentilmente e como vizinho prestativo, acelerar esse processo e vender a porra da casa! Não te custa nada me ajudar.

— Se não existe nada de errado com o que você quer que eu faça, por que tá tentando tanto se justificar? Você sabe a minha resposta, não precisa me convencer.

92

Eu caminhei até a porta, abri e saí daquele apartamento antes que perdesse a cabeça e ele conseguisse mais alguma coisa para usar contra mim. Mauro tinha câmeras espalhadas pela casa, para filmar as festinhas que dava. Era fã de câmeras. Imagina o que não poderia fazer com uma filmagem minha partindo para cima dele e o arrebentando de porrada?

Enquanto o elevador deslizava para baixo, fechei os olhos, o arrependimento de um dia ter confiado nele me queimando por dentro.

22 DE MARÇO

SEMANA 8

O embrião tem o tamanho de uma bolinha de gude

TEDDI

Era meu terceiro dia tomando chá de arruda e não tive uma única cólica.

Eu já sabia que não teria coragem de enfiar um cabide em mim mesma. Não tinha coragem de me machucar e com certeza aquilo me rasgaria por dentro. E aí? Começaria a sangrar no chão do banheiro, ficaria tonta, desmaiaria, acordaria com alguma infecção ou sei lá o quê e precisaria ir ao hospital. Eles me tratariam que nem lixo e chamariam a polícia. Não, não, obrigada.

Online, descobri redes de apoio que enviavam os comprimidos para mulheres que precisavam abortar, mas, no dia anterior, tinha recebido um e-mail dizendo que, devido à pandemia, elas estavam em hiato, com problemas de logística.

Maldito vírus.

Liguei para a Elis, uma amiga com quem não falava há uns quatro anos, do tipo que não guardava rancor e acreditava que sororidade era uma espécie de religião que curaria o mundo.

As clínicas que ela conhecia não estavam fazendo abortos por causa da Covid. Eram clínicas de saúde feminina, nas quais alguns médicos fingiam estar fazendo procedimentos como cauterizações enquanto recebiam o dinheiro da paciente para remover o embrião. "Só que eles nem atendem mais o telefone", disse Elis, com pesar. "Estou com duas amigas na mesma situação. É para você, Teddi?"

Menti e disse que não. Perguntei se ela conhecia outros métodos. Ela recomendou o chá, mas falou que raramente dava certo. Eu não aguentava mais o cheiro da arruda, muito menos o gosto, mas...

Você conhece um médico, Teddi. Aquele que já te mandou umas quatro fotos do pau dele. Se dissesse ao Apolo que o bebê era dele, será que acreditaria? Não, aquela camisinha não estourara e ele sabia bem disso. Além do mais, embora ele tivesse jeitinho de quem tinha uns três amigos que fariam um aborto superfaturado, eu não o conhecia bem o suficiente para deduzir que não iria se empolgar com a notícia. Imagina a merda de ainda ter aquele cara reivindicando um filho?

Teddi, como pode ter sido tão burra? Aquela sombra se insinuou num canto da minha mente e tentei me desfazer dela, mas era tarde demais. *Você está deduzindo que conheceu um cara e transou com ele, sendo descuidada. Você não está considerando as alternativas...* e eu não iria. Não podia ficar nutrindo histórias fantasiosas que só serviriam para me deixar com os nervos à flor da pele. Não. Não fora nada ruim, nada forçado.

Como uma imbecil num filminho de suspense, meu corpo estremeceu quando a campainha ecoou pela casa. Do escritório de papai, no térreo, até a porta da frente era uma boa caminhada, então apressei o passo, desconfiando de que provavelmente fosse a minha vizinha. Estava certa.

Sorri ao ver Rebeca com seu rabo de cavalo segurando toda aquela ondulação volumosa. Ela estava prontinha para uma corrida, claro, e obviamente usava uma máscara N95. O Sol bateu no meu rosto e tive que apertar as pálpebras.

— Oi, Teddi. Só passei para ver se você estava bem, se precisava de alguma coisa. Não queria parecer invasiva, juro, é que saí para correr e...

Ergui a mão para que ela parasse. Percebi que havia uns cinco dias que não conversava com nenhum ser humano ao vivo e a cores, e a constatação me assustou. Também fiquei surpresa ao perceber que a presença dela me fez sorrir.

— Agradeço, *vezenha*. Eu tô bem. Fiz uma super compra online no mercado que você indicou e estou prontinha para o apocalipse.

— Você tem máscara?

— Em algum lugar por aqui.

— Quer correr? Sair de casa um pouco?

— Não é minha praia, como você já percebeu. — Balancei a cabeça. — Vou acabar te atrapalhando, mas agradeço o convite.

Ela sorriu, deu para notar pelos olhos. Estava começando a correr no lugar, a se preparar para ir embora, quando parou, a dois metros, e baixou a máscara.

— Olha, se não for estranho, o Cesar tá querendo fazer um churrasco na churrasqueira nova desde que nos mudamos e acabou de chegar com carne, queijo, pão, tudinho. Ele vai começar daqui a umas duas horas. Se quiser...

Meu estômago se contorceu.

— Tô dentro.

— Ótimo, então. Leva biquíni, vamos ficar lá na piscina. Tá um dia lindo, né?

O que havia de errado comigo para nem ter percebido o Sol brilhando naquele pedaço arborizado de mundo, contrastando com um céu sem nuvens?

Rebeca se despediu e a observei correr como uma atleta, descendo a rua num ritmo contido, controlado. Fiquei ali, na porta, para sentir o Sol aquecendo meu corpo. Era bom. Tirando o gosto de erva da minha boca.

Rebeca

Manter minha rotina era a única forma de não deixar a quarentena afetar meu emocional. Talvez por isso fiquei tão irritada ao chegar da minha corrida e ver que o Cesar havia deixado uma camiseta no sofá da sala, a louça do café da manhã na mesa e estava abastecendo a churrasqueira com carvão. Dava para ouvir a música alta lá de fora.

Deliciando-me com a lambida ártica do ar-condicionado na minha pele suada, tirei a mesa enquanto lançava olhares para ele através das portas francesas. Ele cantava enquanto bebia cerveja e olhava o fogo.

— Oi, delícia. — Sorriu ao me ver.

Ele havia aberto as portas que davam para o jardim, deixando entrar Muddy Waters e cheiro de fumaça, todo sorridente.

— Cesar, você vai ter que fazer sua parte. Limpou os banheiros?

Ele deu um gole na cerveja.

— Mas agora?

— Foi o combinado: limpar a casa um pouco todo dia logo de manhã. Tá naquele papel na geladeira. Hoje era o piso para mim e os banheiros para você. Amanhã é a cozinha para mim e a piscina para você.

— Tá, depois eu faço, calma. Tá com fome?

— Morrendo. Ah, a Teddi vem para o churrasco.

— Você tá ficando amiga dela? — Cesar fez uma careta.

— Não amiga… — encolhi os ombros, dobrando a toalha da mesa que ele tinha se esquecido de tirar — mas gostei dela e estou com saudades de conversar com as pessoas. Pessoas reais, sabe? Ela é interessante.

Ele ficou estranhamente quieto e voltou para o jardim, conferindo o fogo. Eu tomei um banho rápido e vesti meu biquini. Quando desci, me deitei numa das espreguiçadeiras, conferindo as redes sociais.

Assim como meu marido, eu também estava quebrando alguns acordos. Havia prometido a mim mesma que não passaria mais de meia hora por dia nas redes, para não ser tragada pelo furacão de notícias apocalípticas, brigas políticas e memes engraçados, capazes de alterar nossa percepção da realidade. Eu havia me prometido ficar com a cabeça tranquila e manter o foco. Não era fácil. As notícias invadiam meu celular:

"Casos de Covid-19 registrados oficialmente em todos os estados brasileiros." "O número de óbitos chega a 25." "Dados do Ministério da Saúde apontam para 1.128 casos confirmados de Covid-19."

Para cumprir rituais sociais, respondi de forma contida e elegante às mensagens do meu círculo social e, por fim, escrevi para Nana:

"Está em casa, né? Não é para sair para nada! Amanhã eu peço para o mercado entregar suas compras aí, mas use máscara para receber o entregador e me avise quando ele chegar. Te amo."

Telefonei para meu irmão, mas ele não atendeu, o que não era incomum, considerando que trabalhava no P.S.

Deixando o celular de lado, fechei os olhos e me concentrei no calor do Sol, sabendo que em breve o clima esfriaria e eu teria que esperar meses para voltar a usar a piscina. Toquei minha barriga, sentindo a camada pegajosa de filtro solar e os músculos sob a pele. Minha mão aqueceu o espaço abaixo do meu umbigo, o lugar vazio que aguardava tão ansiosamente por um bebê.

— Amor, toma. — Cesar estendia uma taça suada de vinho rosê para mim. Sorri para meu marido, me ajeitando na espreguiçadeira para tomar um gole. Ele se sentou.

— Tá tudo bem?

— Vai ficar, se a gente mantiver a rotina. — Toquei o braço dele com carinho. — Você tá acordando às onze, indo dormir de madrugada... Sabe que não é ideal.

— Eu tô ótimo. — Cesar se inclinou e me deu um beijo gostoso. Ele cheirava a churrasco e sua boca estava gelada e com sabor de cerveja, mas eu gostei. Por um segundo, a vida ficou perfeita. — Vamos ficar bem. Os clientes continuam interessados nos imóveis e já tenho algumas visitas agendadas. Só me deixa curtir um pouco, descansar também é saudável.

Ele se levantou e deu uma corridinha até a churrasqueira. Falou alguma coisa sobre o pão de alho estar quase pronto enquanto eu conferia meu celular e bebia o vinho. Mensagem da Nana:

"Você pode mandar entregar as compras, mas vem me visitar, né?"

Ela seria difícil. Não levava as notícias a sério.

Eu não queria arriscar. Embora estivesse reclusa naquela casa, continuava indo ao mercado e à farmácia, mesmo que de máscara; e se o vírus ficasse preso a minhas roupas, cabelos, sei lá? E se eu passasse para ela? Odiava o quanto ainda não sabíamos sobre o coronavírus.

Ouvi Cesar dizer algo, mas a música estava alta demais. Ele entrou na casa e, depois de instantes, saiu para o quintal com Teddi atrás. Nenhum dos dois usava máscara e percebi que eu também não.

Minha vizinha estava de biquini e shorts jeans. Era bem magra e muito branca. A pele rabiscada de tatuagens chamava a atenção, mas o que ela tinha de mais bonito eram os olhos grandes. Eu me levantei e trocamos um beijo na bochecha; um beijo descuidado, que eu quis não ter dado.

Você não vai pegar Covid-19. Calma.

Cesar se aproximou, estendendo para nós duas uma tábua de pão de alho. Teddi aceitou um, mordendo enquanto se deitava na espreguiçadeira ao meu lado. Ele perguntou se ela bebia e ela pediu uma cerveja.

— Se eu tivesse essa piscina lá em casa, acho que nunca sairia do quintal. — Ela me encarou. — Meu pai foi burro em não fazer uma piscina.

— Estou feliz que veio.

Ela comeu o resto do pão, tirou óculos escuros da ecobag e cobriu os olhos com eles.

Compartilhamos o silêncio por alguns segundos, confortavelmente. O blues do Cesar me fez relaxar os músculos. Eu quis perguntar o que fazia o dia inteiro naquela casa sozinha, se já tinha visto o documentário, se andava conversando com meu irmão, se precisava de alguma coisa. Não queria que ela percebesse o quanto eu achava curioso uma pessoa com amnésia.

— E a casa? — foi o que perguntei. — Já se acostumou?

Teddi permaneceu relaxada, as mãos atrás da cabeça.

— Mais ou menos.

Cesar se aproximou com outra tábua estendida e a cerveja de Teddi. O sorriso de orgulho dele quase me fez rir, mas me ressenti secretamente por ter interrompido nossa conversa.

— Picanha malpassada para a Teddi e essa bem passada é para você, meu amor.

Pincei um pedacinho fumegante. Macia, temperada só com sal,

impecável. Fiz um sinal de joinha para ele e ele olhou para Teddi, em busca da mesma aprovação. Ela gemia, pescando outro pedaço antes mesmo de engolir o primeiro.

— Talvez não seja uma boa ideia me tratar tão bem. — Teddi chupou o dedo sujo de gordura e sangue. — Vai que eu pego gosto.

Ele se sentou de novo na minha espreguiçadeira. Comemos como se fosse nosso primeiro contato com churrasco. Depois de um tempo, ele se dirigiu à vizinha:

— Como anda o negócio da amnésia?

Fiquei surpresa, mas também aliviada. Estava na cara que queríamos tocar no assunto. Teddi respondeu como se fosse a pergunta mais natural do mundo:

— Não tô pensando muito nela, mas, pelos meus e-mails, redes sociais e conversas com os amigos, já deu para completar algumas lacunas; e, antes que vocês perguntem, não, eu ainda não vi o documentário.

Cesar enrugou a testa e bebeu mais cerveja. Teddi mudou o tom:

— Escuta, o Mauro é muito amigo de vocês?

— Desde criança — o Cesar falou —, mas nem tudo o que ele faz a gente aprova, sabe? Então se... se ele te incomodar, sei lá, você pode contar para a gente.

Observei os dois, um pouco alarmada. Lembrei de Teddi no banheiro da festa. Achei importante avisá-la.

— Eu e você só conversamos por dois minutos na noite do acidente, mas você me disse que não se dava bem com o Mauro. Aconteceu alguma coisa?

— Ele pagou a conta do hospital — ela falou. — Não sei por quê.

Mauro pagaria qualquer coisa por alguém que amasse, como Cesar ou outro amigo, mas era óbvio que ele não tinha o menor respeito por Teddi. Estava com medo? Querendo encobrir algum delito? Talvez tivesse oferecido alguma coisa para Teddi, alguma droga, pouco antes do acidente. Pensando bem, um hospital particular também chamaria a polícia, caso suspeitasse de algo.

— Não fica pensando muito nisso — Cesar murmurou para a vizinha, olhos apertados contra o Sol, fitando a piscina. — Vou olhar a linguiça.

Quando ele se afastou, Teddi virou-se para mim.

— Do que mais você lembra? Da festa?

— Só que o Mauro apresentou você para a gente e vocês dois pareciam meio antagônicos, sabe? Um provocando o outro... Você não viu mesmo o documentário?

— Eu não sei se quero. — Ela forçou o tom blasé, mas era péssima mentirosa.

— Quer ver comigo? Eu já assisti. Se achar que é melhor assistir com outra pessoa, estou aqui. Você acha que vai se lembrar? É isso que te incomoda?

— Quando você vê uma foto sua, instantaneamente se lembra daquele lugar, certo?

— Sim. — Bebi o resto do meu rosé, desejando mais uma taça.

— Eu tô com medo de não reconhecer nada do que vou ver. Imagina que loucura, você se ver num lugar, conversando com pessoas e não conseguir achar aquilo na sua mente.

— É só mudar a perspectiva: quando você olha uma foto sua de criança, também não se lembra. Vai ser do mesmo jeito. Pelo menos, você vai saber um pouco sobre os últimos meses. Vai saber como foi rever seu pai, entende?

Teddi mastigou o lábio em silêncio. Era difícil penetrar a armadura dela.

— Vamos na piscina — falei, me levantando. — A gente nada um pouco, toma sol, come churrasco e bebe. Se daqui a pouco você decidir ir para casa, não vou ficar chateada, mas, se escolher ver o documentário, a gente fica super aconchegada na sala de TV e assiste juntas, o que acha?

Teddi

Ela cumpriu direitinho o que prometeu. Havia algo de muito competente em Rebeca. Quando o Sol ficou mais ameno e o vento chacoalhou as árvores no jardim dela, a churrasqueira já estava apagada, soltando fumaça no ar.

Cesar havia nadado um pouco e confesso que precisei me forçar a não olhar demais para o corpão em forma dele. Ele e Rebeca sorriam um para o outro, se beijavam de forma sincera e delicada. Vi a vizinha terminar uma garrafa de rosé. Contaram histórias, falamos um pouco sobre a pandemia e, quando Cesar passou a recolher as louças sujas do churrasco, eu me encontrei no banheiro de hóspedes deles, tomando uma ducha quente, me esfregando com sabonete líquido caro e um xampu que custava três dígitos. Ela me ofereceu um roupão macio com um M de Mafra bordado no peito em fio dourado.

Nós duas estávamos no sofá de cor creme, no ar-condicionado, usando roupões idênticos quando Cesar entrou com dois baldes de pipoca e dois cobertores de plush com cheiro de novos.

— Teddi, vai beber o quê? — ele perguntou enquanto Rebeca abria os cobertores em cima de nós duas.

— Só um refrigerante, valeu.

— Amor, eu quero mais vinho.

Cesar olhou para Rebeca como se ela estivesse aprontando e ela riu.

— Ah, vai… Só hoje.

— Já volto.

Rebeca apontou o controle para a televisão. Enfiei pipoca na boca, para apaziguar minha ansiedade. Ela tinha razão; era melhor estar com alguém para ver aquilo.

Enquanto ela procurava o documentário com os cabelos molhados, cheirando a caramelo, o marido voltou com a latinha de refrigerante e uma taça de vinho, antes de piscar para nós duas, desejar "Bom filme" e fechar as portas.

A sala de TV não era grande, o que contribuía para a sensação de aconchego. Como no resto da casa, tudo era madeira cor de amendoim e tecidos claros e crus. Plantinhas nos cantos, velas aromáticas, almofadas robustas e um buda indiano bem grande num aparador.

Minha vizinha se acomodou contra as almofadas e comeu pipoca. Os acordes de *Bumerangue* despertaram alguma coisa suja em mim enquanto a tela dava zooms vertiginosos em fotos dos Despóticos, no ritmo da música — close explosivo no Orudas, rodopiando uma baqueta; close na mão do Piara, segurando o baixo; close na boca do meu pai, ao microfone. Nomes apareciam na tela numa fonte riscada. O meu apareceu alguns segundos antes do título bater contra o fundo: "Roteiro e coprodução: Teddi Bergler".

Rebeca me olhava. Se ela tentasse apertar minha mão, eu acho que fugiria dali, mas ela só me lançou um sorriso encorajador e voltou os olhos para a TV de tela plana de sessenta e cinco polegadas.

Um show. Uma câmera trêmula acompanhava os quatro músicos por trás, seguindo-os até o palco. O plano abriu para mostrar uma multidão, ofuscada pelos holofotes. Meu pai ergueu os braços e o povo foi ao delírio.

Silêncio cortante. O giroflex girando em vermelho e azul. A câmera flagrando, à distância, um Toni Roux cabisbaixo, vagando por um corredor de hospital. A câmera dando um zoom no meu rosto por um segundo, antes que um homem com roupas de cirurgião se aproximasse.

Interior, uma sala vazia, com exceção de uma poltrona de couro vermelho. Sentado nela, meu pai. Velho, vestido em couro preto, todo adornado com pulseiras e anéis, e colares. Um tornozelo apoiado no joelho.

"Toda banda tem a mesma história, cara", ele falou.

Meu coração apertou. Mordi o interior da minha bochecha.

"Quando você estuda a vida de um criminoso violento, começa a ver que todos foram formados pelos mesmos ingredientes: pai alcoólatra, mãe louca, violência doméstica, abuso sexual, pobreza... É sempre a mesma coisa. É uma fórmula. Com bandas de rock, a mesma merda: um monomito, a história única."

Corta para o Rock in Rio de 1991. Take parecido: câmera acompanhando a banda de membros mais jovens, mais cheios de energia e cabelos, tomando o palco para si. Um mar de gente reagindo com berros e aplausos, e assovios. Os acordes de *Boca de Veludo*. Trinta segundos de música, até o *voiceover* do meu pai se sobrepor ao som:

"Alguns caras fodidos se juntam e criam uma amizade na base do ódio, começam pequeno, têm uma oportunidade que muda tudo, acham que ganharam o mundo. O sucesso sobe para as suas cabeças e, boom! Drogas, brigas, mulheres. Os engravatados que ganham dinheiro em cima da banda colocam band-aids em tudo, acalmando os ânimos como podem. A banda fica junta porque o público quer. A música sofre."

Eu comi pipoca. Eu bebi refrigerante. Disfarcei meu coração acelerado e minha respiração mais rasa.

Sobreposições de manchetes sobre a banda, fotos. O *voiceover* com a voz rouca do meu pai:

"Alguém decide que quer seguir carreira solo. Vem um hiato miserável, em que todo mundo finge estar se encontrando, mas só pensa em voltar. Os anos se passam e algum gênio tem a ideia de reunir a banda. Produzimos aquela música eterna, aquela que vai ecoar pelos corredores da história do *rock n'roll* por toda a eternidade."

Boca de Veludo fica mais alta e a colagem de imagens continua, confirmando a história que ele está contando.

"O *comeback* é estrondoso, mas não dura muito. Um cara dá um soco no outro…" — Manchetes escancarando o soco clássico que o Toni Roux deu no meu pai, supostamente — "e tudo se desfaz de vez. Alguns caras vão para a reabilitação, outros conseguem formar uma família, outros começam a trabalhar como produtores, fazem trilhas sonoras, essas coisas…" — meu pai dá uma risadinha — "e, um dia, você acorda, se olha no espelho…" — um close no rosto de Stefan Bergler; rugas, olhos brilhando — "e você é uma lenda."

Escuridão.

Vídeo trêmulo e granulado, com cara de caseiro. Vejo meu pai e os membros da banda quando jovens, sentados no chão, com suas guitarras, a fumaça de cigarro saindo de cinzeiros, alguns acordes ganhando o ar.

Achei que fosse vomitar, mas respirei fundo e afastei o balde de pipocas de mim. Aguentei ver a história, que já conhecia como a palma da minha mão. Os primeiros anos da banda. Os depoimentos não só dos membros, como de outras personalidades da cena.

"Quando ouvi *Ela me deixou pela primeira vez…*", dizia um

roqueiro celebridade, com um sorriso, "cara, aquilo me impactou, sério mesmo…"

Eles começaram a falar sobre minha mãe.

"O *boom* de… de criatividade, de pura energia crua do Bergler foi a fase da Sônia, com certeza."

Ricardinho Paulo estava acomodado na poltrona de couro vermelho, falando sobre minha mãe como uma *fase* na vida do falecido gênio.

"Vai muito além de *Boca de Veludo*. Nessa época, ele escreveu música que até hoje a galera não sabe que é dele. Escreveu *Apocalipse*, escreveu *Eles não são meus irmãos*, *Norte e Sul*… Sabe aquela 'Norte e Sul…'? Então, ele escreveu *Sua ausência* na mesa da minha cozinha, cara. Duas horas da manhã, a Sônia tava fazendo pizza num forno fodido que eu tinha, o Carlinhos tava desmaiado na sala…"

"Aí o cenário musical começou a mudar, cara, e a banda tava naquele dilema entre tentar se adaptar ou manter as raízes…"

Rebeca se virou para mim.

— Se estiver difícil, podemos continuar outra hora.

Tomei ar e assenti para ela. A ânsia estava alojada na minha garganta. Ela sorriu de um jeito cheio de compaixão e desligou a tela. Ficamos em silêncio. O sono me agarrou e só pensei em ir para casa e dormir.

— Pode ir. — Ela sorriu, cobrindo um bocejo também. — Amanhã te levo seu biquíni. Está na máquina.

Eu me levantei e ela me acompanhou. Já estava escuro lá fora, todos aqueles pi-pi-pi e croac-croac dos bichos no mato. Eu quis agradecer e achei difícil, talvez porque raramente agradecesse com sinceridade. Rebeca me deu um beijo na bochecha e esfregou meu braço.

— Se precisar de uma amiga, eu tô aqui.

1 DE ABRIL

SEMANA 9
O feto tem o tamanho de um brigadeiro

Cesar

Naquela tarde, eu e Rebeca dirigimos até a casa de Nana, que se recusava a parar de ir a encontros da igreja e a usar máscara. Não adiantou explicar que ela era do grupo de risco e que qualquer contato era perigoso. A mulher não ouvia.

Conhecendo o histórico, eu também sabia que não havia nada que eu pudesse dizer para convencer Rebeca a não ir. Sabia o quanto ela amava Nana e o amor que nasce da culpa é algo com o qual não devemos mexer: é perigoso.

Fiquei no pequeno jardim, jogando a bolinha de Iberê para que ele disparasse atrás para buscar, enquanto Nana tentava se aproximar de Rebeca, que insistia que era perigoso. Nana falou algo, para que eu ouvisse, que era ridículo um homem do meu tamanho usar máscara. Depois de meia dúzia de palavras tensas, Rebeca voltou para o carro com os olhos marejados, sussurrou um "teimosa" e pediu para voltarmos.

Iberê me olhou com ansiedade quando entrei no carro também.

— Te amo, sogra — falei para Nana, que estava fumando na porta de casa. Ela apertou os lábios, brava, mas depois sorriu um pouco.

No caminho, Rebeca ficou em silêncio. Ouvimos música. A noite estava chegando. Ela disse, então:

— Hoje eu mesma vou cortar seu cabelo.

Sorri. Rebeca tentava fazer as próprias unhas, sem sucesso. Meus cabelos estavam começando a me lembrar dos anos dourados do Xitãozinho e a casa nunca parecia limpa o suficiente.

Eu e Rebeca não cedíamos à tentação de brigar, mas percebíamos o estresse um do outro. O dela vinha da falta de trabalho, porque a equipe estava dando conta do aumento de vendas online e não parecia precisar dela; vinha de levantar-se às seis e me ver largado na cama roncando; dos aparelhos na nossa academia pegando, poeira porque fazia duas semanas que eu não treinava; vinha da incerteza que pairava do ar. Quem ficaria doente? Quem seria internado? Quem seria entubado? Quem morreria?

O meu estresse também vinha da incerteza, mas eu não tinha medo de morrer. Duvidava de que aquele vírus me faria mal, mesmo que eu pegasse Covid-19. Meu medo vinha do mercado imobiliário e das especulações que levavam as pessoas a parar de comprar. Até aquele momento, não estávamos sentindo o baque e um amigo meu me confidenciou que achava que a pandemia seria boa para nós, que as pessoas iam começar a perceber o real tamanho de seus imóveis e fariam de tudo por casas maiores. Era fácil me deixar seduzir pelo discurso dele. No fundo, eu estava apavorado.

Só que o que se esgueirava nos becos e ruas sem saída da minha consciência era aquela conversa com Mauro; suas palavras me assombrando, sua ameaça explícita queimando meu estômago como ácido. Talvez não fosse tão ruim assim que Rebeca estivesse se aproximando tanto de Teddi. Eu precisava convencê-la a vender a casa. Só que era impossível olhar para ela sem me perguntar se estava diante de alguém capaz de matar o próprio pai. *Está projetando, José? Seu pai morreu por sua causa, afinal.* Será que eu estava fazendo churrasco para uma assassina? O que a mulher rindo com minha esposa, naquele exato momento, era capaz de fazer?

Meu celular tocou e conversei com minha assistente, Manuela. Ela confirmou que uma documentação havia voltado do banco, aprovando a compra de um dos nossos imóveis em negociação. Pedi para ela marcar uma *call* comigo para aquela noite, às dezenove. Podia farejar minha comissão e o cheiro me reconfortava.

Aproveitei para pedir que ela fizesse um vídeo bonito da casa de Cabreúva e me mandasse, para que eu criasse uma narração em cima dele. Era uma época em que corretores não se limitavam a mostrar casas e cuidar de contratos — tínhamos que ser blogueiros. Enquanto meus amigos reclamavam, abracei o fardo: fiz alguns cursos e me dediquei ao Instagram e TikTok da minha imobiliária. Não vou mentir: ser simpaticão e ter uma assistente bonitinha ajudou.

O resto foi técnica; aplicar truques de *copywriting* nos textos e na narração, aprender a editar os vídeos, a escolher ângulos, músicas e usar as *hashtags* certas; saber ler meus clientes, seus sonhos, seus medos. As pessoas decidem se querem morar num imóvel nos primeiros quatro segundos da visita, sabia disso? Eu projetava a vida que poderiam ter naquele espaço ao guiá-las de cômodo em cômodo: "Imagina chegar do trabalho, se servir de um vinho ou chá e poder sentir a brisa no rosto nesta varanda, com essa vista? Incrível, não é?

Um verdadeiro privilégio...". Não era difícil, era só se esforçar. Por sorte, meus concorrentes eram preguiçosos.

Dirigimos devagar, sem comentar a ausência de pessoas nas ruas. Os carros eram poucos. Rebeca bufava, às vezes, os olhos no celular, nas redes sociais. Pensei em como virar o jogo, deixá-la mais feliz naquela noite. Poderia fazer um jantar especial, preparar a banheira com sais e velas aromáticas, sei lá. Só queria que ela relaxasse um pouco. Era a única característica sua que me irritava, às vezes: ela parecia aqueles brinquedos de corda, que, assim que você gira o pino, vibram com alguma energia doida, tensos, prontos para sair girando ou pulando, ou seja lá o que fazem. Ela estava sempre naquele ponto, com a corda esticada ao máximo.

— Ela vai ficar bem — falei de forma vazia, automática. — É forte pra caramba. Tá? Respira.

Ela respirou como se eu tivesse dado um comando, me levando mais a sério do que eu mesmo me levava. Quando avistei nossa casa de longe e reconheci a caminhonete parada paralela à minha porta, no entanto, soltei um palavrão.

— Mauro — Rebeca murmurou. — Ele te disse que vinha visitar?

— Não, isso é surpresa. — Percebi que rangia os dentes e parei, antes que ela notasse. Minha temperatura devia ter subido uns oito graus. — Mas é a cara dele.

Rebeca me estudou enquanto eu embicava o carro e apertava o controle para abrir nossa garagem.

— Bom, a gente não chegou a convidar ele para jantar... e tínhamos prometi...

— Mas não é assim que ele deveria ter feito.

Mauro saiu do carro ao nos ver chegar, o celular na mão como se estivesse, naquele exato minuto, tentando entrar em contato. Ele deu um tchau e eu acenei. Pareceu satisfeito com minha expressão preocupada.

Rebeca me pediu alguns minutos para trocar de roupa, de forma que, após estacionar e entrar em casa pela garagem, cruzei a sala tentando conter meu medo e abri a porta da frente para ele.

— Cezinha. — Ele me abraçou. Algo em mim cedeu, incapaz de bloquear nossa história, nosso passado. Apesar de estar me chanteageando, Mauro ainda era meu amigo.

— Isso não foi legal — me limitei a dizer.

— Eu sei, mas fiquei mal depois da nossa conversa e queria te ver. Não vai me convidar para entrar?

Que escolha eu tinha? Empurrei a porta para mostrar a ele que era bem-vindo e o observei entrar e olhar em volta, admirado. Comandei a Alexa que acendesse as luzes da casa, já que havia escurecido tanto que era difícil distinguir nossos móveis nas sombras.

— E pensar que, um tempinho atrás, isso aqui era mato. — Ele balançou a cabeça, enfiando as mãos nos bolsos das largas calças jeans. — Parabéns, irmão. Isso não é nem de perto o que você merece.

Sorri, minha raiva deslizando para lugares cada vez mais fundos dentro de mim.

— Quer uma bebida?

— Vamos pedir comida, eu quero comemorar com vocês. — Ele sacou o telefone do bolso e clicou na tela. — Cadê a Rena?

— Trocando de roupa.

— Enquanto isso, você me dá um tour.

Confesso que ainda me sentia orgulhoso ao apresentar a casa a alguém. Eu e Rebeca havíamos feito planos para dar um jantar aos amigos mais próximos quando a casa estivesse finalmente pronta, o que obviamente não aconteceu. Por isso, fiquei grato pela oportunidade de apresentar meu projeto ao Mauro naquela noite. Como sempre, ele deu atenção a cada detalhe, perguntando sobre a churrasqueira, as marcas dos eletrodomésticos, o material de cada revestimento, cortina e piso.

Acendeu um cigarro lá fora e me ofereceu um, e meu nervosismo me fez aceitar, com um olhar rápido ao segundo andar, onde a luz do meu quarto ainda estava acesa.

Deixamos que o suave marulho da piscina nos embalasse por alguns instantes, o vento se insinuando entre nós por breves segundos. Eu adorava a iluminação aconchegante do nosso quintal à noite.

— Como anda sua situação? — perguntei.

Ele não me olhou ao responder.

— Ganhei mais um tempo. Consegui uma grana com um amigo, mas não sei quando eles vão aparecer de novo para cobrar.

Eu sabia que seria bem antes do prazo, afinal cobrar para agiotas havia sido minha primeira profissão oficial no Caldeirão, quando eu ainda tinha dezesseis anos e já era forte e desesperado por grana o suficiente para me envolver com gente ruim.

— Daqui a duas semanas, manda mais um pouco — murmurei. — Tenta evitar visitas deles. Não fica muito tempo longe de casa ou vão pensar que fugiu. Mostra segurança, mostra que vai recebendo grana aos poucos e que pagar sua dívida é prioridade. Coloca algumas coisas para vender, talvez online.

— Consegue essa grana da pivete para mim, é só o que estou pedindo, e nada disso vai ser necessário. Aí esse pesadelo acaba. Eu fico livre, você ganha um trocado e todo mundo se dá bem.

— Não é tão simples. Ela e a Rebeca viraram amigas; e, porra, Mauro, a menina perdeu o pai e parte da memória...

Agora sim ele me olhou.

— Mauro! — minha esposa interrompeu.

Não sei como era possível, mas, em quinze minutos, Rebeca era outra mulher, com a maquiagem renovada, roupas de tecidos esvoaçantes e cabelos cheios de vida. Ela caminhou até nós sem pressa e deu um beijo suave no rosto dele, sendo tragada para um abraço de que eu não gostei.

— Vai jantar com a gente? — Ela cruzou os braços.

— Vou pagar uma puta janta para vocês — ele corrigiu. — Já pedi, nem adianta fazer frescura, e o Cesar vai colocar a mesa enquanto você me mostra a casa lá em cima.

Ela assentiu e eu a conhecia bem demais para não ver o quanto estava incomodada. Quando ela subiu as escadas com Mauro, senti aquele medo dedilhar minha nuca mais uma vez. *Se ele contar, é meu fim.*

Teddi

Minha cagada foi ser tão distraída, tão imersa em minha própria mente para não perceber que aquele carro não era dos meus vizinhos; foi não sondar o lugar com cautela, porque eu nunca fiz nada com cautela; foi ignorar que uma pessoa educada teria pelo menos enviado uma mensagem de texto avisando que iria visitar, mas eu não era uma pessoa educada.

Toquei a campainha da casa ao lado porque, no fundo, queria ser convidada para jantar de novo; queria conversar com outros seres humanos, queria que eles criassem uma brecha acolhedora para que eu pudesse desabafar sobre aquela gravidez e compartilhar o peso dela com outras pessoas — pessoas que pudessem e estivessem dispostas a resolver meus problemas por mim. Sempre encontrara pessoas assim e, depois que cumpriam sua missão, elas perdiam a graça. Ficavam espantadas quando eu me afastava.

Meu vizinho abriu, tão bonitão, mas obviamente não receptivo.

— Oi, linda… — ele murmurou. — Tudo bem?

Não me chamou para entrar.

— Tudo bem e com vocês? Querem pedir uma pizza?

Ele deu uma olhada para dentro da casa, depois para mim.

— É o Mauro, ele apareceu para jantar, sem avisar… Acho que…

Ele não precisou falar mais nada. Eu não queria ver aquele homem de novo, não até entender exatamente o que eu devia para ele e o que ele sabia sobre mim.

— Ah, depois conversamos. — Dei alguns passos para trás.

Eu quase consegui dar um sorrisinho e correr para a minha casa, mas, antes que pudesse me livrar, a porta se abriu bruscamente e Mauro estava me olhando com uma alegria assustadora.

— Pensei que ouvi sua voz e é mesmo você! — Ele me apertou num abraço dolorido, íntimo demais. — Caramba, faz tempo que a gente não se fala, né? Como anda a cabecinha de vento? Qual era o nome mesmo?

— Amnésia retrógrada.

Ele gargalhou. Cesar me lançou um olhar que era claramente um pedido de desculpas. Ainda dava tempo, era só eu falar que estava de saída. Mauro me pegou pela cintura e praticamente me empurrou para dentro da casa, onde Emílio Santiago tocava baixo no som e Rebeca estava abrindo uma garrafa de vinho.

— Oi, Teddi. — Ela deslizou até mim como uma mulher saída de outra época e me deu um beijo perfumado. — Janta com a gente?

— Eu não posso ficar — falei baixo. Ela entendeu a aflição no meu olhar, mas Mauro interveio:

— Que besteira, que tipo de compromisso você tem no meio de uma quarentena? E com qual frequência você tem o privilégio de jantar com pessoas como a gente, garota?

— Mauro! — Rebeca forçou um sorriso brincalhão, no estilo irmã mais velha reprovadora, e virou-se para mim. — A Teddi é de casa, já. O privilégio de ter uma vizinha incrível como ela é nosso.

Não me aguentei e mostrei os dentes para ele. *Eu tô no seu território, otário.* Ele sentiu. Enquanto Rebeca se virava para nos levar até a mesa de jantar, ele me lançou um olhar frio e me senti nua. Não vou mostrar meu pescoço para esse merda.

Nós nos sentamos e esperamos Cesar e Rebeca desembalarem um pedido de comida lá na cozinha, que trouxeram em travessas sofisticadas, fumegantes. Era uma carne que não consegui identificar e, enquanto Rebeca me servia, bebi um pouco de vinho para relaxar.

— Peru ao molho de castanhas e caju. — Ela ofereceu o prato para mim. — Servido com purê de abóboras. Espero que goste, querida.

— Hmm… — Eu não estava com a menor vontade de comer aquilo, mas dei uma garfada.

Mauro me olhava com desdém. Percebi que mais ninguém havia começado a comer. Claro, estavam esperando que todos fossem servidos. Disfarcei e abri o guardanapo de linho no colo, dando outro gole no vinho, me sentindo um lixo.

Quando todos estavam servidos e Rebeca se sentou, ela ergueu sua taça e fizemos o mesmo. Sua voz saiu suavemente:

— À nossa saúde e à saúde de todos que amamos. Que esse pesadelo acabe logo.

Com um "saúde" entusiasmado, todos bebemos. Eles começaram a comer e eu belisquei minha comida desejando um hambúrguer. Fiquei quieta durante boa parte do jantar, pensando em como sairia dali. Mauro insistia em falar sobre o mercado imobiliário e Cesar se esquivava, enquanto Rebeca fazia o papel de anfitriã, obviamente desejando que fôssemos embora. O Inferno não é fogo e tortura, é um jantar com ricos babacas.

Quando Rebeca fez menção de se levantar, Mauro a interrompeu, segurando seu pulso.

— De jeito nenhum, deixa seus convidados ajudarem um pouco. Senta, amor. Vamos lá, Teddi, vou te ensinar a abastecer uma lava-louças, já viu uma? Não se assusta.

Cesar abriu a boca, mas Mauro puxou minha cadeira como um gentleman. Eu me ergui e recolhemos alguns pratos, levando-os até a cozinha enquanto Rebeca tentava nos dissuadir. Longe do casal, Mauro pousou as mãos no balcão da ilha e fixou o olhar em mim.

— Já deu um jeito de se infiltrar aqui, espertinha?

— Eles me adoram, o que eu posso fazer? — Sorri.

Ele riu baixo, abrindo a máquina de lavar de tom acinzentado.

— Tá brincando com fogo, menina — falou baixo, tirando os pratos da minha mão e os encaixando na máquina. — No lugar do Cesar, eu só deixaria você entrar numa casa dessas para fazer faxina.

Por que aquele homem me odiava tanto?

— Cara, eu não faço a mínima ideia quem você é — murmurei.

— Mesmo se isso fosse verdade, você não precisa saber quem eu sou para fazer a coisa certa e pagar sua dívida. Eu posso acabar com você em dois segundos. Você vai ter que fugir do país ou se matar quando eu divulgar o que aprontou.

Era como se ele tivesse enfiado o dedo no meu peito, cutucando o tecido do meu coração. Mauro não estava mentindo, disso eu não tinha mais dúvidas.

— O que eu fiz? — Engoli em seco.

Ele circulou a ilha e se aproximou tanto de mim que senti o cheiro do seu suor ácido. Eu não iria me afastar, não demonstraria medo.

— Uma coisa imperdoável. — Mauro sorriu. — Você vai ser linchada em público. Até porque seu pai voltou ao status de celebridade depois que morreu. As pessoas têm memórias afetivas com a música dele, não sabem o filho da puta que era na vida real. Elas vão ter um nojo tão forte de você que...

Rebeca entrou na cozinha e Mauro se afastou de mim. Ela sabia que alguma coisa estava acontecendo, mas manteve a educação de lady.

— Vou servir a sobremesa. — Ela abriu a geladeira e nos lançou outro olhar inquisitivo. — Teddi, o Cesar quer sua opinião sobre a playlist dele. Mauro, me ajuda?

8 DE ABRIL

SEMANA 10

O feto é do tamanho de um tomate-cereja

TEDDI

Examinei a casa por cima do ombro antes de abrir a porta. Não sei por que fazia questão de que tudo estivesse ajeitadinho para receber Toni Roux. Porque ele era famoso? Porque eu queria que tivesse uma boa impressão de mim?

Ele sorriu quando abri a porta. Fiquei aliviada por estar sozinho. Era alto, o mais alto da banda, muito magro e vestia-se como um roqueiro que sabia que estava velho: jeans escuros, botas de couro, camiseta de outra banda (no caso, The Smiths), jaqueta de denim preto e alguns penduricalhos. Tudo muito Keith Richards, só que com o rosto menos derretido.

Não usava máscara. Ter medo de vírus não seria muito *rock n'roll* de sua parte, claro. Talvez fosse um daqueles roqueiros de direita.

Dei um beijo no rosto dele mesmo assim e me afastei da porta para que entrasse, o que ele fez, tirando os óculos escuros.

— Pelo menos você tirou a Sheila da parede. E o piano, ainda tá lá em cima?

O piano que eu evitava, que namorava de longe, em que não ousava tocar; o objeto mais valioso daquela casa, talvez mais valioso do que a soma de todos os outros.

— Quer uma água? Cerveja?

— Só água, por favor. Prometi para a Mari que ficaria sóbrio agora.

— Quer dizer que nunca mais vai tomar uma única cerveja? — Entreguei um copo d'água para ele. — Só por causa do acidente?

Toni tomou um gole, olhando em volta, pensativo.

— Não, não é por isso. É porque eu fiquei sóbrio por muito tempo, mas andei bebendo um pouco desde que seu pai ficou doente. Chegou a hora de parar, para sempre. Não é culpa sua.

Claro que não é culpa minha, coroa. Gesticulei para ele se sentar.

— Como você tá, Teddi? Não deve ser saudável ficar sozinha nesse condomínio. Que lugar isolado. A cara do seu pai. Nunca gostei muito daqui.

Eu me sentei, também, no sofá oposto ao dele.

— Não é ruim, é que ainda não tá pronto; e você pegou num dia nublado. Quando faz sol, é bem bonito aqui. Eu tô bem. Juro.

118

— Bom, eu dei uma olhada lá no cartório, fui ao banco, conversei com o advogado do seu pai, tudo isso. O que acontece é o seguinte, quando ele morreu, você fez direitinho e deu entrada em toda a papelada. Só que os cartórios estão meio lerdos com esse lance de pandemia. A previsão é de que, em sessenta dias, toda a sua documentação esteja pronta. Os bens do seu pai não eram muitos, basicamente esta casa e dois carros. Ele tinha vendido muita coisa nos últimos anos, usou a grana para construir este imóvel. Ele tem três contas em bancos diferentes e um pouco investido. Você já tinha ido aos bancos antes do acidente, então tudo já está encaminhado para receber esse dinheiro.

Em uma semana, eu tinha corrido atrás de cartório e banco? Nem deixei o corpo esfriar. Com certeza Toni achava que eu me aproximara do meu pai por causa do dinheiro. Mauro achava isso. Todo mundo deveria achar isso.

Nunca fui santa, mas nunca liguei para o dinheiro daquele merda antes; e foi ideia do Mauro ir atrás de mim para o documentário, não foi? Então por que ele me tratava como uma vigarista?

— Você deve pensar...

— Eu não penso nada, Teddi. É justo que fique com sua herança. Na verdade, é mais do que justo. Sua mãe não teve uma vida fácil e seu pai é responsável por isso. Eu só estou aliviado que você teve o bom senso de iniciar esse processo antes dessa merda toda de vírus começar.

— Você chegou a ser amigo da minha mãe? Eu vi um pouco do documentário e vocês aparecem juntos em algumas filmagens antigas. Ela nunca quis falar muito sobre a banda.

Roux coçou o rosto. Dava para ver nos olhos cansados dele a vida intensa que tivera. Ele carregava a história nos ombros caídos. Bebeu o resto da água como se fosse uísque.

— Eu gostava muito da Sônia. Ela era inteligente, sagaz, cheia de ideias. Não deixava ninguém mandar nela, mas... não sei o que acontece. Com seu pai, ela se deixava levar. Caía na dele. Sempre dava outra chance.

Nada daquilo era novidade. Não sabia se tinha mais raiva dele ou dela.

— Ele falava de você, às vezes — Toni me fitou —, que sabia que uma hora ia ter que te ver, te conhecer, falar contigo, mas os anos iam passando e acho que ficava mais difícil para ele. Uma vez... Não sei se devia te contar...

Engoli em seco, tentando parecer blasé. Esperei em silêncio que ele me dissesse algo que me libertasse de toda a minha raiva pelo meu pai. Um ato esplendoroso de redenção.

— Isso rolou uns cinco ou seis anos atrás. Minha terapeuta me disse para entrar em contato, fazer as pazes com seu pai e eu fui. Na época, ele tava meio recluso, morava numa chácara em Indaiatuba. Passei uns dias lá, com ele. Foi bom, mas saiu de controle super-rápido. Foi minha primeira recaída séria. As coisas eram assim com o Bergler, ele era um buraco negro. Em dois dias, éramos mais uma vez os caras que tinham se conhecido em 82, sabe? Ele chamou umas mulheres. Quando me dei conta, tinha bebida para tudo o que era lado, coca, erva... enfim.

Ele esfregou os olhos, perdeu o olhar na mesa de centro de vidro que meu pai deveria ter comprado por uns cinco mil. Depois de alguns segundos, em que pensei que fosse puxar seus cabelos, ele continuou, com a voz arrastada:

— Eu traí a Mari naqueles dias, ela sabe. Já levamos isso para a terapia. Seu pai sabia escolher. Nem sei se pagou àquelas mulheres, mas todas eram lindas. Sei que foi de propósito, como vingança pelo soco que eu tinha dado nele, por ter falado mal dele na mídia, por ter sido o primeiro a dizer que a banda tinha que terminar. Ele nunca me perdoou. E ele já era amigo do Mauro. Sei que o Mauro é quem mandou a tropa de prostitutas para a chácara, as drogas, tudo. Ele conhecia gente, é cheio de esquemas, aquela víbora. Eu bebi, desmaiei, comi umas piranhas e tal. Não cheirei, mas acho que isso é o de menos. Muito nobre da minha parte, ficar longe das drogas, né?

Eu apertei os dentes. Não, a história não me libertaria do ódio pelo meu pai, só o nutriria, claro. O que eu esperava? Descobrir que o Bergler secretamente doava milhões para as crianças com câncer ou mulheres vítimas de violência doméstica? Meu pai era o que era.

— Mas, naqueles dias, seu pai também se abriu comigo. — Ele suspirou. — Porque, no fundo, a gente sempre foi amigo, não sei explicar; e ele me contou que, uns dias antes, tinha ido atrás de você. Descobriu onde você morava e te seguiu um pouco.

Eu quase vomitei. Respirei fundo para segurar o café da manhã — café solúvel e duas torradas — na garganta.

— Ele disse que você era linda, que lembrava a Sônia, que chorou quando te viu. Quase saiu do carro e correu atrás de você, e pediu desculpas por ter te abandonado. O Mauro foi atrás de você em outubro, porque viu uma oportunidade, mas seu pai já sabia que estava mal de saúde e acho que ficou feliz pela chance de acertar as coisas contigo.

— Então eu tenho que perdoar?

Toni olhou para mim com a testa enrugada.

— Teddi... você perdoou. Vocês não desgrudaram durante o documentário. Passaram tempo juntos. Quando ele ficou mal, você lutou por ele. Você questionou os médicos, brigou com uma enfermeira quando ela o furou errado e o braço dele inchou. Você fez questão de criar um mini-hospital nesta casa, para que ele tivesse paz nas últimas semanas. Você perdoou seu pai e, sinceramente... todo mundo da banda te admira muito por isso.

Eu desviei os olhos para que ele não os visse úmidos.

— Eu não posso ter feito isso. Não sou boazinha assim. Desculpa te decepcionar, mas, se tem uma coisa que eu sei, é que odeio meu pai. Perdão, vem de dentro. Mesmo que eu não tenha a lembrança de o ter perdoado, simplesmente não sentiria o ódio dentro de mim se realmente o tivesse perdoado, entende?

— Não é tão simples assim. Sua cabeça resetou essa vivência de vocês. Seu emocional voltou para quem você era seis meses atrás. Faz sentido que ainda tenha raiva dele e, Teddi... eu sei que a culpa é minha e não sei como me redimir com você.

Eu não conseguia ter raiva do homem a minha frente.

— Não foi sua culpa. — Cada palavra que saía da minha boca era verdadeira. — Você não tem uma dívida comigo, fica tranquilo.

— Mesmo assim, eu queria que soubesse que eu tô aqui. Não por uma sensação de culpa, mas porque eu adorava sua mãe e gosto de você. Sabia que...

Roux emudeceu. Era lá que tinha ouro, eu sabia. Nas coisas que ele não podia me contar ou achava que não deveria. Era lá que morava a verdade.

— Eu sou seu padrinho. Foi a Sônia que insistiu. Eu acho que, na época, até esqueci disso. Fui tão omisso com você quanto o Bergler.

— Não tem problema — falei, sem saber o que sentir.

Parte de mim quis abraçá-lo, parte quis mandá-lo à merda. Como deve ter sido fácil para esses homens, fingir que eu não existia. Afinal, eu era problema da mulher que engravidou, certo? Não dos rapazes se divertindo, realizando seu sonho de viver na estrada, de show em show, carreira em carreira, boceta em boceta. Não deles, claro. Eles tinham a vida inteira pela frente.

Teddi, para com isso. Para de sentir pena de si mesma. Eu me levantei e caminhei até a geladeira para não dar a Toni o gostinho de me ver chorar. Não livraria ele da culpa tão cedo. Ele precisava se esforçar mais.

— Deixa eu te perguntar. — Enchi um copo com mais água. — Na época em que fazíamos o documentário, no meu apagão...

Entreguei a água, que ele bebeu avidamente. Não me sentei desta vez. Queria Roux fora da minha casa, mas precisava de mais informações.

— Você sabe se eu estava namorando ou saindo com alguém? Sei que parece uma pergunta estranha, mas...

Ele balançou a cabeça.

— Não posso ter certeza, mas você passou o tempo todo com a equipe. Foi muito intenso, porque tínhamos praticamente três meses para gravar tudo. Foram mais de doze shows e, aí, as entrevistas. Ficamos muito tempo no ônibus, na estrada, em hotéis... Você não levou ninguém junto, nunca. Nunca vi você flertando com ninguém. Já checou no WhatsApp?

— Já chequei tudo e não tem mensagens desse tipo com ninguém.

— Então acho difícil que tenha namorado, sem trocar mensagens. Não tem um dia em que não troque mensagens com minha esposa e meus filhos, e isso porque a gente mora juntos.

Ele tinha razão. Minha gravidez era, com certeza, o fruto de uma noitada. *Esquece isso, Teddi. É como a doutora Stefany falou, talvez você nunca saiba.* E que diferença fazia, se eu não tinha a mínima intenção de ter aquele bebê?

10 DE ABRIL

TEDDI

Foi com um sorriso que abri a porta para Rebeca. Havíamos combinado que eu faria as unhas dela, em troca de ajuda para organizar a casa.

Além de ter conseguido alguém para fazer um trabalho para o qual eu não tinha a menor vocação, também sorria porque a corrente feminista se mostrara útil pela primeira vez na minha vida e uma amiga de Elis, que trabalhava na área da saúde, me prometera enviar alguns comprimidos abortivos. Mandei uma grana para ela pagar o Sedex, para garantir que o pacote chegasse nos próximos dias. Minhas economias haviam chegado a R$ 6.320,18. Eu precisava logo da minha herança, para continuar me sustentando naquele lockdown.

— Vamos começar pela casa, depois você faz minha unha — foi o que a vizinha disse, ao entrar.

— Você manda. — Fechei a porta.

Havia esfriado um pouco e Rebeca usava calças largas e um casaquinho semitransparente, agarrado ao corpo. Eu quis dizer que ela era muito gostosa, mas não queria assustá-la. Nunca se sabe quando vai precisar da sua vizinha cheia da grana e complexo de messias.

— Quer começar por onde?

— Pela cozinha, é onde a bagunça tá me enlouquecendo.

Pela próxima hora, Rebeca nos fez sentar no chão e esvaziar as gavetas e gabinetes da cozinha. Ela passou um pano seco em todos os interiores e, então, outro paninho, molhado com álcool. Fez eu separar os utensílios em coisas que queria e não queria. Eu não sabia para o que serviam metade dos pertences do meu pai e ela foi explicando, sem um pingo de superioridade; "Isso é um kit de *créme brulé*, ele nunca usou", "Isso é uma tesoura para cortar salsinha", "Ah, uma Le Creuset! Tenho uma parecida, mas a minha é rosa".

Com toda a tralha que decidi jogar fora — em especial as caríssimas, como uma forma de punir meu pai — devidamente guardadas em duas caixas de papelão, passamos a organizar o que tinha ficado.

123

Rebeca me explicava suas escolhas: "Melhor colocar isso nessa prateleira de baixo, que fica apoiada na base da ilha, por ser superpesado. Assim você preserva a prateleira." "Isso é melhor ficar na segunda gaveta, perto do cooktop. Assim você pode pegar enquanto estiver cozinhando, sem tirar sua atenção das panelas..."

Na segunda hora de arrumação, eu abri uma cerveja. Não fiquei surpresa quando Rebeca me pediu uma também.

— Sabe que você bebeu álcool em todas as nossas interações — comentei, estendendo a latinha para ela.

— O Cesar falou a mesma coisa, que eu ando bebendo mais do que o de costume. — Ela tomou alguns goles sucessivos e apoiou a lata no chão, voltando a limpar cada talher de prata do meu pai com uma flanela embebida em alguma solução. — Acho que é minha válvula de escape para lidar com esse isolamento.

— A minha é dormir com os irmãos das minhas vizinhas.

Ela sorriu. Esfregava um garfo chique.

— Eu não fiquei chateada com isso — murmurou. — Eu só... Eu e ele temos muita bagagem, muita coisa mal resolvida.

Eu me sentei no piso de mármore.

— Conta, eu prometo ficar do seu lado.

— Não é culpa dele. É só que meus pais sempre aplaudiram o Apolo, por mais banais que fossem suas conquistas, sabe? Quando ele nasceu, minha mãe mudou, como se eu fosse um rascunho do qual ela se envergonhava e ele, a perfeição, a concretização de tudo o que ela tinha imaginado quando pensou em ter filhos.

— Isso explica seu jeitinho.

— Que jeitinho?

Dei de ombros, esticando minhas pernas e descansando a coluna contra a geladeira.

— Você é toda certinha. Isso é coisa de quem tá tentando impressionar.

— Eu não sou toda certinha.

— Me fala *uma* coisa que já aprontou na sua vida.

Ela me olhou por um tempo. Pegou uma faca e poliu, perdendo-se no reflexo de si mesma, falando devagar:

— Eu fiz muita coisa ruim, por vingança. Quando tinha uns

dezesseis, percebi que tirar as notas mais altas na escola e manter meu quarto arrumado, ler livros difíceis e tratar todo mundo com respeito não impressionava meus pais, então tentei chamar atenção fazendo algumas besteiras.

— Tipo...?

— Tipo... — Ela suspirou, guardou a faca e escolheu uma escumadeira. — Eu chupei o sócio do meu pai. Ele era casado e tinha dois filhos pequenos. Foi no escritório deles. Eu transei com minha melhor amiga. Eu fumei maconha. Deixei um bilhete anônimo para a minha mãe, contando que meu pai tinha um caso com uma amiga deles... o que era verdade.

Eu devo ter deixado minha boca aberta, porque, quando Rebeca olhou para mim, vi o orgulho no rosto dela.

— Então, de nós duas, *você* é a malvada. — Ergui a minha latinha em saudação.

— Nem tanto, foi só uma fase rebelde. — Ela balançou a cabeça em negativa, sorrindo. — Eu dei motivos para mamãe me odiar, quase como se dissesse: "Olha, vou te provar que estava certa sobre mim, mesmo quando não estava".

— Você correspondeu às expectativas dela.

— A gota d'água foi quando conheci o Cesar e me apaixonei em dois segundos. Foi assim, em dois segundos. Fiquei fraca nas pernas, sabe? Completamente louca por ele e ele era tão diferente... tão pobre... tão inseguro, apesar de ser dez anos mais velho.

Esforcei-me para ver Rebeca como uma jovem indignada no resort de esqui com a família no Natal e Cesar usando bermuda de Tactel e chinelos velhos, com espinhas no rosto. Era mais fácil gostar deles assim.

— Meus pais quase infartaram quando viram meu namorado. O ultimato não veio de uma vez. Primeiro foram as indiretas, depois a ridicularização, mas, finalmente, meu pai me sentou para ter uma conversinha. Basicamente, foi: "Vamos mandar você para a Europa. Vamos deixar você terminar a faculdade de medicina lá. Vamos bancar tudo, desde que você termine esse namoro. E, se não terminar... a gente para de te bancar".

Por que eu me importava a ponto de estar sentindo pena dela?

A Rebeca havia tido tudo o que eu sempre quis, não era o tipo de pessoa por quem sentiria a menor empatia. Só que eu sabia o que era ter ódio dos meus genitores. Nisso, pelo menos, éramos parecidas.

— Eu não sei te explicar o quanto amava a faculdade — ela falou baixo, fechando os olhos, a cabeça apoiada contra o gabinete da cozinha. — Eu quis ser médica desde que nasci. Queria ser obstetra, mas estava dividida, porque a cardiologia também me fascinava.

— Você tava em qual ano?

— No quarto. Tinha acabado de terminar o ciclo básico, aquelas aulas teóricas sobre tudo: biologia, anatomia, imunologia, cemiologia...

— Nunca ouvi falar.

— As técnicas para fazer os exames físicos nos pacientes. Você aprende a examinar, sabe? Enfim... a parte mais empolgante ia começar, o quinto ano. Eu ia começar o internato no hospital. Não via a hora.

Rebeca abriu os olhos. Dava para ver a tristeza por trás deles.

Apoiei o queixo nos joelhos e gesticulei para ela continuar.

— Teddi, eu não quero...

— Por favor, conta.

— Então... eu mandei os dois à merda, fiz duas malas e saí de casa. Eu fazia USP lá em Ribeirão Preto. Tem uma história sobre como cheguei lá, também, mas não vem ao caso.

— Vem sim.

Ela me deu um sorriso triste.

— Você é um pé no saco, Teddi.

— Só conta.

— Vamos lá... — Ela deu um gole na cerveja. — Eu só estudava para passar no Enem, que nem uma louca, e estava preparada. Queria passar em primeiro lugar em Medicina na USP, claro...

— Claro, simples.

Ela riu um pouco e continuou:

— Na noite anterior à prova, eu me programei para dormir super cedo. Sempre precisei de sono para pensar claramente. Minha mãe sabia disso. Ela combinou um jantar bem naquela noite. Meus pais sempre davam jantares, mas eram umas festinhas discretas. Só que, naquela noite, tinha muita gente, falando alto, rindo, e a música... tava superalta. Ela disse para os convidados que o lavabo da sala estava quebrado e ficou a noite inteira escoltando as pessoas até a parte de dentro da casa, para o banheiro ao lado do meu quarto.

— Chegou atrasada no Enem? Eu sempre ri dessas pessoas chorando no portão. Para mim, é como assistir à final da Copa do Mundo.

— Não, mas não dormi um minuto. A ansiedade, misturada com aquele barulho todo... A cada hora que passava, eu pensava que, sem dormir bem, teria dificuldade na prova e isso virou uma bola de neve. Enfim... Fui bem na prova, mas errei algumas perguntas e não pude estudar em Pinheiros. Fui para Ribeirão Preto.

— E quando você disse que ia ficar com o Cesar...

— Eles cortaram tudo. Eu tentei continuar estudando, mas não tinha como. Os livros custavam uma fortuna e tínhamos contas para pagar. Eu precisei trabalhar. — Ela encostou no canto do olho, que cintilava, mas não chorou. — O Cesar, coitado, nem dormia. Insistia que daria um jeito de dar conta de tudo, que eu não podia desistir do meu sonho, mas uma hora caímos na real, fomos para São Paulo e o resto... No final, deu tudo certo. Mais do que certo. Eu me senti uma heroína por ter largado tudo por amor.

— Porra, Rebeca.

— Eu sei o que você vai falar... Que eu estou errada. Que não se deve largar uma carreira por causa de um homem, mas, quer saber... eu não me arrependo. Virei uma pessoa melhor. Eu cresci. Nós vivemos com muito pouco, mas fomos felizes e construímos juntos tudo o que temos, sem a ajuda de ninguém. Tudo o que temos hoje, é nosso por mérito.

— Mas seu irmão realizou seu sonho.

Ela me olhou como se nunca tivesse pensado naquilo. Franziu a testa e matou a cerveja, acenando para que eu pegasse mais, o que fiz, para nós duas. Abrimos as latas em uníssono e bebemos em silêncio por um tempo.

— Mas estou feliz hoje. Tenho meu próprio negócio, que ergui do zero, e fiz meu primeiro milhão. Sou casada com o amor da minha vida.

— Mas você e o Apolo brigam porque ele tirou isso de você. Ele se tornou o médico que sua mãe sempre quis exibir para as amigas, enquanto você... Vocês ainda se falam, você e seus pais?

— Meus pais morreram.

— Pior ainda. Como você vai esfregar seu sucesso na cara deles?

Pela reação dela, percebi que havia ido longe demais. Me machucou saber que eu a tinha machucado, o que me surpreendeu. Ela era a única pessoa com quem eu estava gostando de passar tempo, mas a tratava como costumava tratar minhas namoradas quando queria forçá-las a terminar comigo.

— Desculpa — falei e engatinhei no chão, para me aproximar dela.

— Não tem problema. — Ela voltou a esfregar talheres. Fiquei surpresa que tenha permanecido calma, soltando os músculos e se concentrando na tarefa. — Acho que precisava ouvir isso.

Meu telefone vibrou e o tirei do bolso. Era uma mensagem do tal do Mauro: "E meu dinheiro, Berglerzinha?".

Merda. O que falar para esse cara? E se eu nem devesse dinheiro para ele? E se ele estivesse usando minha amnésia para me manipular, para arrancar uma grana de mim, porque, como meu pai tinha morrido, era óbvio que eu receberia uma herança. Mesmo assim, de acordo com o Toni Roux, não era muito dinheiro. Somando as contas nos bancos e as aplicações, meu pai tinha me deixado trinta e dois mil, fora a casa e dois carros. Uma fortuna para mim, obviamente nada mais do que uns trocados para o Mauro.

Outra mensagem dele:

"Vende logo essa casa, paga o que me deve e some."

O que esse cara sabia sobre mim, droga?

— Tá tudo bem?

Olhei para cima. Rebeca parecia alarmada.

— Tá, é só um babaca. Um segundo. — Eu me levantei e caminhei descalça até o jardim. Do lado de fora, apesar da brisa fria, consegui respirar melhor. Digitei:

"Eu não lembro de nada do que aconteceu nos últimos meses. Juro. Conversa com meus médicos! E não achei registro nenhum de transação sua para a minha conta. Até onde sei, você nunca me deu um centavo. Vsf."

Ele leu a mensagem, mas não estava digitando uma resposta, o que me encheu de alívio. Foi naquele instante que veio a tontura. Com o chão parecendo se liquefazer e meu estômago gélido, estiquei o braço e me apoiei na coluna em estilo clássico que o megalomaníaco do Bergler escolhera para o exterior. *Vou vomitar*. Respirei devagar e profundamente, selando os lábios.

Uma lembrança se materializou: Mauro se aproximava de mim. Camisa azul-clara, cheiro do perfume dele, forte. Ele sorria e eu me sentia um lixo, exposta, nua. Havia outras pessoas próximas. Estávamos dentro de algum lugar. Era dia. "Qual é a sensação?", ele sussurrou no meu ouvido. "Como você se olha no espelho?"

Alguém me tocou e eu empurrei o braço, dando dois passos para trás. Rebeca me olhava com espanto e os lábios entreabertos.

— Você tá pálida — ela disse.

— Eu acho que preciso me deitar. Desculpa, sua unha...

— Eu faço outra hora. Vem cá, eu te ajudo. — Ela me pegou pelo braço e me levou até o sofá da sala, ajeitando uma almofada sob minha cabeça. Eu me sentia feita de papel. A cerveja subiu, mas eu segurei. O ácido queimou minha garganta e tossi.

Rebeca se afastou.

— Calma, não é Covid — falei, meu olho lacrimejando com a sensação e o gosto na boca. — Eu quase vomitei a cerveja, só isso.

— Você anda se alimentando?

— Sei lá, eu como umas torradas.

— Teddi, deixa de ser criança, você tem que comer.

— Desculpa, mãe.

— Quer que eu fique ou que vá?

O celular vibrou na minha mão e eu o coloquei sobre a mesa. Não queria ver a resposta dele.

— Eu vou dormir um pouco.

Quando Rebeca se abaixou e deu um beijo na minha testa, antes de sair da minha casa, eu quis pedir para ela ficar.

12 DE ABRIL

REBECA

Acordei com o interfone e logo percebi que estivera tocando por um bom tempo. No escuro, Cesar resmungou, virando para o lado. Meus olhos arderam com a claridade da tela do celular. Eram 2h36 da madrugada.

No andar de baixo, a voz do porteiro remoto me avisou que Apolo estava no portão. Liberei a entrada, confusa.

Acendi a luz do abajur e caminhei até a porta. Pelo olho mágico, vi Apolo ainda usando as roupas do trabalho, uma máscara e um *face shield*. Coloquei o celular na mesinha de canto e abri a porta para o meu irmão.

— Vem aqui, mas fica longe de mim, não quero entrar na sua casa.

A voz dele não era o único aspecto diferente. Pela primeira vez o achei pequeno. Mesmo quando éramos crianças, Apolo parecia gigante, ofuscando tudo ao seu redor.

O ar estava gelado e cruzei os braços enquanto ele dava alguns passos para trás, para se afastar de mim. Na escuridão, estávamos banhados pela luz da entrada da casa.

— O que foi? Você tá bem?

Ele olhou para os lados. Consegui ver através do escudo de acrílico. Os olhos dele estavam vermelhos. Qual foi a última vez em que o vi chorar? Com quatro, cinco anos?

— Rena, você não faz ideia… Você tá aqui, você não tá vendo as coisas. Você não faz ideia.

— Calma. — Gesticulei para apaziguá-lo. — Conversa comigo. O que aconteceu?

Ele suspirou, apoiando-se contra o próprio carro, como se não fosse aguentar ficar em pé.

— Eu tô vindo de um plantão de quarenta horas — ele falou, alto o suficiente para que eu ouvisse. — Eu não sei explicar. As pessoas tão chegando aos montes, muitas que nem deveriam estar ali se expondo, piorando tudo. — Ele colocou as mãos na cabeça. — Tem gente brotando de tudo o que é lado e não tem mais espaço para elas no hospital.

Apolo soluçou e meu impulso foi ir até ele, mas ele me impediu com a mão no ar. Ergueu o *face shield* e esfregou os olhos.

— Eu nunca vi isso. Foram duas paradas cardíacas ontem à noite. Uma hoje. Aí eles me chamaram para entubar aquela menina. Ela tinha uns doze anos... — ele apertou os olhos — e eu errei. Eu errei. É muito difícil entubar alguém. E eles tiveram que chamar outro cirurgião...

— Apolo, respira um pouco.

Ele assentiu e eu o observei com o coração dolorido. Ele respirou fundo algumas vezes e fechou os olhos, derrotado. Eu tentei visualizar o que estava me dizendo. Apesar das notícias, aqueles casos pareciam longe da minha realidade. Imaginei alguns casos chegando até ele, claro, mas nada como estava descrevendo. Eu sabia que entubar era violento. Não era algo que se fazia sem a certeza de ser necessário. Era traumático para o paciente.

— Como posso te ajudar? — perguntei, apesar de estar com raiva dele. Minha raiva era latente e eu tinha vergonha dela. Queria poder abri-la como se abre uma cortina para deixar o sol entrar. Queria poder simplesmente amar o meu irmão, sem o peso da mágoa que me corroía. As palavras de Teddi ecoaram dentro de mim: "Ele realizou seu sonho".

— Eu só queria ver você. Sei lá, ver o Cesar, conversar com vocês.

Era o preço que ele pagava por ser um mulherengo fútil. Não tinha ninguém. A solidão dele deveria ter um gostinho bom, deveria me dar a sensação de vingança, mas não encontrei prazer algum em ver meu irmão daquele jeito.

— Então dorme aqui, descansa do seu plantão.

— Não posso correr esse risco. Não quero contaminar vocês. Eu vou pegar essa merda uma hora ou outra, é impossível eu não pegar. Eu sei que você me ligou, mas eu não tava bem para conversar. Hoje foi... hoje foi o dia mais difícil. As pessoas não conseguem se despedir dos seus mortos. A gente muitas vezes nem sabe por que as pessoas estão morrendo. Vocês não estão com sintomas, estão?

Balancei a cabeça.

— Isso é bom. Se cuida, tá?

Ele se virou para entrar no carro. Eu quis correr até ele, mas me impedi. Então ele fez uma coisa horrível. Ele me olhou e falou:

— Eu vou te mandar umas coisas. Umas senhas e tal, a lista das minhas contas bancárias, umas coisas importantes, caso eu pegue essa merda e morra.

— Não faz isso.

— Sei lá, Rena. Não sei se tenho força para mais um plantão assim.

Eu observei Apolo entrar no carro e dirigir, subindo a rua em direção à saída do condomínio. Pensei em ligar para ele e convencê-lo a dormir na minha casa. Por que ele tinha vindo de tão longe? Só para me ver? A gente nem se gostava.

Antes de entrar, me peguei olhando para baixo, onde a casa do Bergler despontava das árvores. Embalada pelo som das cigarras, caminhei pelo declive asfaltado, sentindo meus pelos arrepiados pelo frio. As luzes estavam acesas. Me peguei com vontade de bater na porta e tomar um vinho com a Teddi, mas me impedi. Saquei o telefone do bolso e mandei uma mensagem: "Vezenha, tô vendo que tá acordada. Topa jantar lá em casa sexta-feira que vem?" e, em segundos, ela respondeu: "Topado, minha rainha".

15 de abril

Semana 11
O feto tem o tamanho de um figo

Teddi

Embora tenha aprendido a dirigir com algumas namoradas, o valor de um carro me parecia tão absurdo que sempre me convenci de que não precisava de um. Cheguei a simular quanto sairia comprar um carro usado, pagar gasolina, IPVA e seguro e a revolta me dominou.

Todas as vezes em que tinha que pegar um ônibus durante uma merda de uma enchente, eu olhava pelas janelas e via pessoas tagarelando dentro de seus carros, tranquilas, ouvindo música como se nada estivesse acontecendo e sentia ódio delas. Às vezes, elas olhavam para nós, também, enfurnados lá dentro como sardinhas, e o olhar era de pena.

Portanto, naquela noite eu teria que encarar a infinita subida curvada do lago até minha nova casa, se me atrevesse a descer — e eu tinha que me atrever a descer, porque havia alguma coisa lá; alguma coisa conversando comigo, querendo ativar alguma das minhas lembranças dormentes.

— Você tem vinte e oito anos, sua imbecil — murmurei no banheiro sozinha, amarrando meus cabelos. — Não deveria estar reclamando de um trajeto que sua vizinha três-oitão faz correndo todos os dias.

Não que devesse ser difícil ser fitness podendo comprar qualquer merda cem porcento orgânica das cenouras criadas livremente em campos elísios ouvindo Bach, com um personal trainer medindo milimetricamente suas panturrilhas antes e depois do treino funcional.

Eles não fazem isso, Teddi, deixa de ser idiota.

Eu odiava a inveja em mim. Ao contrário de muitas pessoas, eu era capaz de detectá-la, mensurá-la e me encher de repugnância de mim mesma. Depois me perdoava. Se não tivesse minha raiva, o que sobraria?

Calcei os tênis, enfiei o celular no bolso e até tomei um copo d'água antes de sair da casa. Lá fora, breu absoluto e árvores altas, quase imóveis. Nenhum ventinho para ajudar. Pelo menos a temperatura estava amena. O único som era o de cigarras.

Iniciei minha jornada, apreciando a solidão, respirando com consciência, me convencendo de que precisava fazer aquilo. Havia uma memória a ser resgatada e eu tinha a curiosidade de uma daquelas crianças imbecis procurando Pokémon no celular.

Bem que o esforço da caminhada poderia fazer aquele bebê desistir de mim e pular fora. Imediatamente, senti repulsa pelo meu pensamento. *E se... Não, não, não, isso é ridículo.* Eu não me permitiria nem cogitar ser mãe de alguém. Precisava cantar. Murmurei os *pom--pom-pom-pom-pom* que abriam Mr. Sandman enquanto caminhava.

Chegar ao lago não foi tão difícil quanto tinha pensado. Só que era escuro, mais do que eu antecipara. Eu sabia que tinha sido no escuro que havia estado lá antes. O céu era pintado de um azul da Prússia que me libertou do tom de carvão no mato que me cercava. Ele dizia: "Calma, estou olhando tudo".

Aproximei-me da água devagar, já que era impossível enxergar exatamente onde a terra acabava e o lago começava. O som dos meus tênis contra o solo saiu aguçado. As árvores escutavam. *Crusch, crunch.*

Com medo de fechar os olhos e ser inundada por uma memória ruim, permiti-me respirar devagar e abrir meus sentidos. Nada no ar me trazia reconhecimento, muito menos o som distante das cigarras. Só que alguma coisa — violenta? Selvagem? — havia acontecido comigo ali, eu apostaria qualquer coisa. Meus pelos não chegaram a se arrepiar, não era nada tão explícito. Era quase como se minha alma se recolhesse, uma Teddi de quatro anos puxando as cobertas sobre a cabeça para que um fantasma não a encontrasse na escuridão do quarto.

— *Mr. Sandman...* — cantei baixinho, convidando algo a se manifestar — *bring me a dream...*

"Não somos como as outras pessoas, Teddi."

Ai, merda, meu pai disse isso. Ele disse isso aqui.

Apertei os olhos e tentei agarrar qualquer coisa em volta daquela frase, do som daquelas sílabas. Eu precisava de uma imagem, de um cheiro, um contexto. Por que ele tinha falado isso, o que estávamos fazendo ali? Quando eu parecia chegar perto de captar alguma coisa, a memória era puxada para longe.

Ao perceber que estava apertando minha mandíbula, descontraí os músculos e tentei me acalmar. O Dr. Bento dissera que eu não conseguiria me lembrar de nada na marra. Pelo contrário: era quando estivesse relaxada que as memórias viriam. Ou não.

"Você tem a boca da sua mãe."

É, meu pai disse isso. Pensei no que o Roux contara naquela tarde. Eu nunca soube que meu pai era vingativo e manipulador, mas era algo que sempre tinha deduzido, porque deduzi que ele teria todos os defeitos imagináveis. Nas raras vezes em que minha mãe falava dele, ela quebrava essa ilusão. Na minha cabeça, Stefan só podia ser um mentiroso, mas aí minha mãe dizia algo como "Ele era muito sincero, sempre falava o que pensava. Vocês são parecidos nesse aspecto" e assim, do nada, eu precisava aceitar que não o conhecia; que ele poderia ter qualidades, também. Talvez não fosse um *big bad*, um típico vilão de gibis.

Mas ele era. Que tipo de pessoa faria o que ele tinha feito com Roux, um amigo?

Ele foi atrás de mim. Me seguiu. Me observou. Por que minha respiração estava mais acelerada ao lembrar disso? Eu deveria ter raiva, mas o que sentia era mais parecido com...

Orgulho?

Meu celular vibrou. Quando o tirei do bolso, vi que era uma mensagem da minha tia Gislaine, perguntando se eu estava bem e se precisava de alguma coisa. Normalmente eu não responderia, mas, se não respondesse, era capaz de ela querer visitar, então respondi: "Tudo ok, não se preocupa", mesmo sabendo que ela conversava comigo por obrigação e para ser a fonte de fofocas da família, e não por preocupação.

A mensagem não foi. É claro, estava no meio do nada, o sinal não seria dos melhores.

Desisti depois de um tempo, porque eu desisto quando canso, sem culpa alguma. A volta foi tortuosa, subindo aquela estrada de terra com cheiro de água de privada, ofegando, minhas coxas gritando de dor.

Parei duas vezes para respirar e me arrepender. Como era possível que a Rebeca subisse aquele aclive correndo por diversão? Ao ver a luz da entrada da minha casa à distância, abri um sorriso. Só mais o quê? Uns cem passos?

Eu nunca tinha visto a casa do meu pai por aquele ângulo antes, de baixo, praticamente sozinha em meio ao breu. Se não fosse pela mansão vizinha, a uns vinte e cinco metros, a casa seria uma ilha.

Você já viu isso antes, sim.

O que eu estava sentido era algo entre as pernas. Não dor. Um cansaço. Uma sensibilidade. Umidade.

Ah, não.

Não era isso o que eu queria?

Mas não precisava ser assim.

Entrei em casa e corri para o banheiro, mas o forro de algodão da calcinha não mostrou sangue, só umidade.

Precisei levar a mão à boca por um segundo.

O que senti entre as pernas e dentro de mim, ao avistar minha casa voltando do lago à noite, não era real, muito menos uma perda gestacional.

Era uma lembrança. Era meu corpo se lembrando da sensação.

O pensamento se formou em mim como uma sentença: *Foi lá. Foi no lago que eu concebi este bebê.*

22 de abril

Semana 12
O feto tem o tamanho de
uma bola de sinuca

Cesar

A primeira merda bateu no ventilador quando recebi uma ligação do hospital geral de Itu. Meu nome estava na lista de contatos de Nanete Cirilo Moura e ela estava sendo internada.

Eu me levantei da cama com o coração socando o peito e olhei pela janela. Dava para ver Rebeca correndo, descendo a rua em direção ao lago. Eu tinha acabado de ouvi-la se despedir, então imaginei que tivesse pegado no sono por alguns segundos, antes de o celular tocar. O dela estava em cima da mesa de cabeceira. Ela receberia a indicação de ligações perdidas no *smartwatch*, mas eu conhecia minha esposa bem o suficiente para saber que ela não deixaria nada perturbar sua corrida.

Perguntei se era Covid, uma pergunta idiota, mas necessária. A mulher respondeu que ainda não podia confirmar, mas que Nana fora levada por uma amiga ao PS, onde haviam detectado a saturação baixa, e precisaria ser internada imediatamente. Respondi que estava a caminho e a pessoa do outro lado foi seca ao desligar.

Eu tinha que avisar minha esposa.

Em segundos, me vesti com as roupas do dia anterior, largadas numa poltrona, e calcei os tênis. Lembrei de pegar uma máscara, nossos documentos e os dois aparelhos de celular antes de sair correndo.

Aquele mês inteiro sem exercícios estava cobrando um preço. O dia acinzentado refletia minha angústia. Quando avistei Rebeca, já estava ofegante e com uma dor pontiaguda abaixo das costelas.

— Rena...

Ela parou de correr, arrancando o fone do ouvido e me encarando, suada. Seus olhos mostraram seu medo, que eu odiei ter de confirmar.

Rebeca

Era como se a doença estivesse no ar. Como se, só de entrar naquele hospital, ela penetrasse nossas roupas e entrasse nos nossos poros. Eu estava pouco me lixando, só pensava em ver a mulher que me criara, segurar sua mão e prometer que ela ficaria bem.

Eu e o Cesar caminhamos pela recepção do hospital. Muitas pessoas em pé, outras sentadas, todas de máscaras. Enfermeiros e médicos estavam paramentados como se o ar fosse radioativo, fazendo com que eu me sentisse ainda mais vulnerável. Entendi que estava vendo o cenário que Apolo enfrentava diariamente na pandemia e entendi que aquele era só o começo. Provavelmente pioraria.

Cesar murmurou para que eu ficasse onde estava, que ele ia tentar conseguir informações. Para onde eu olhava, uma pessoa captava minha atenção: o rapaz negro abraçando a mãe, tentando confortá-la enquanto ela resistia; a mulher branca da minha idade exigindo notícias do pai; a mulher com a criança de três anos no colo. *Meu Deus, tira essa criança daqui,* eu quis berrar. O menininho cobria as orelhas como se não quisesse ouvir algo, embora não chorasse.

Cesar voltou, acompanhado de um homem negro com roupa de cirurgião. Ele falou através do *face shield* e duas máscaras:

— Dona Rebeca, eu sou o doutor Luiz Gama. A Nanete estava com algumas amigas quando passou mal e desmaiou. Ela veio parar aqui, no setor de pacientes respiratórios, porque estava muito cansada, com dificuldade para respirar.

— Quanto estava a saturação dela?

O médico levantou a sobrancelha.

— Estava em oitenta já.

Primeiro pensei que tivesse ouvido errado. Oitenta!

— Ela estava em insuficiência respiratória! — falei, minhas entranhas gélidas.

— Na verdade, não… — Ele tinha a voz grossa, mas gentil, como mel. Havia tanto por trás dos olhos daquele homem. Não era a primeira vez que eu sabia estar diante de um médico de verdade, uma pessoa com paixão por cuidar dos outros. O tipo de médica que eu teria sido. — Estamos vendo muito isso: pacientes com exames péssimos, mas com pouca falta de ar. Parece ser coisa dessa doença.

— Mas ela precisou ser entubada? — Eu odiava aquela palavra.

— Não. — Luiz suspirou. — Desculpa, mas você é da área da saúde?

— Fiz faculdade, não pude terminar... Longa história. — Senti-me imediatamente idiota pelas minhas palavras. A mão de Cesar pressionou minhas costas, dizendo "Seja forte". — Enfim, desculpa, pode falar.

— Entendo. Não precisamos chegar a entubar. Ela melhorou só com o cateter de oxigênio e medicação, mas vai ter de ficar internada.

— Eu preciso ver ela, conversar com ela. — Li o rosto daquele homem com esperança. Ele precisava me deixar entrar. Eu sabia que, se segurasse a mão de Nana, se falasse as coisas certas, ela iria melhorar. Quando ele balançou a cabeça, fechei os punhos e respirei fundo para não pular em seu pescoço.

— Infelizmente, isso não vai ser possível agora. Pacientes internados aqui, nesse setor, não podem receber nenhum tipo de visita. Estão todos em isolamento. — Ele olhou para os lados. — Olha, não é protocolo isso, mas, se você me mandar uma mensagem de texto ou vídeo, eu mostro para ela mais tarde. Eu sei que, para vocês e para eles, faz muita diferença. — Ele rabiscou com pressa um número de telefone num pedaço de papel e o estendeu para mim.

Senti a mão de Cesar no meu cabelo, a forma dele de me acalmar. Meus olhos arderam. Não podia acontecer assim.

TEDDI

A mensagem foi uma sentença: "Deu ruim, Teddi. A Juliete, que ia mandar os comprimidos para você, acabou de ser internada. Suspeita de Covid. Ela é enfermeira e tava na linha de frente. Estamos todos tristes. Era uma pessoa maravilhosa".

Precisei ler quatro vezes para entender que a única mulher que conseguiria me ajudar estava fora da jogada. Que grande "vai se foder" da vida para mim.

Não sei quanto tempo tinha se passado enquanto permaneci deitada na cama, fitando o céu esbranquiçado e leitoso através da janela. Apesar da tontura e da náusea ocasional, eu não me sentia grávida. A gravidez era um conceito tão abstrato para mim que eu não sabia nada a respeito. Era uma coisa que acontecia com outras pessoas, não comigo. *Como amnésia, ahahá!*

Eu saí do hospital no dia dois de março, grávida de cinco semanas, segundo a médica. Abrindo o calendário no celular, fiz as contas. Era 22 de abril, o que significava que eu estava grávida de doze semanas. Três meses. Que merda isso significava? Percebi que digitava com raiva, errando as letras, mas chegando perto o suficiente para que o Google me entendesse.

"Às doze semanas de gestação, o feto tem cerca de seis centímetros da cabeça ao bumbum. Aproximadamente o tamanho de uma bola de sinuca."

Bola de sinuca?

"Os olhos do feto já têm pálpebras e, embora ele as abra e feche, ainda não enxerga a luz. Os dedos das mãos já estão formados e têm unhas. Você está se aproximando do final do primeiro trimestre. Lembre-se de agendar o ultrassom com transluscência nucal, mamãe."

Mamães eram mulheres comprometidas com a sobrevivência e bem-estar de outro ser humano, frágil e completamente vulnerável, a quem elas nutririam e protegeriam por anos. Mamães eram como a Sônia, a mulher que dormia pouco, vivia com bolsas inchadas abaixo dos olhos e, mais tarde, fios crespos de cabelo branco maculando a juba preta que todo mundo elogiava. Sônia já tinha cortado uma maçã para mim e feito meu Toddy quando eu entrava sonolenta na cozinha, de manhã cedo. Ela tirava meu pijama com paciência e se certificava de que a água estivesse quentinha antes de me colocar no box. Enquanto eu tomava banho, ela passava meu uniforme em silêncio. Eu não era uma dessas.

Só que eu havia esgotado minhas opções. Olhei o armário aberto, os cabides lá dentro. Vale a pena tentar? Me levantei e caminhei até lá, tirando um cabide fininho, preto, que destoava dos outros, como se ele fosse uma criança erguendo o braço na sala de aula, ávida para oferecer a resposta. Como eu faria aquilo? Como elas fazem? Devia ter faltado àquela aula na escola, de Como Ser Uma Mulher, porque eu não tinha ideia do que teria que fazer com aquele pedaço de metal.

Eu o larguei no armário e passei pelo quarto, mordendo as unhas.

E se? E se, apesar de difícil, fosse minha chance de recomeçar? De amar alguém de verdade? De acordar cedo e preparar o café da manhã de uma criança, que me amaria acima de qualquer coisa?

"Como consegue se olhar no espelho?", Mauro havia me perguntado em algum momento, nos últimos oito meses. Eu nem precisava de uma lembrança entrecortada para saber que não prestava. Nenhuma criança merecia uma mãe como eu.

Eu teria que arranjar outra maneira. Abri as janelas do quarto, apesar do dia frio, para respirar melhor. Então cometi o erro de mandar uma mensagem para Apolo.

24 DE ABRIL

REBECA

Iberê correu pelo meu quintal com a alegria da ignorância de quem não compreendia a situação. Eu não consegui sorrir ao vê-lo circular Cesar, ávido para brincar. Meu marido trocou um sorriso triste comigo, encontrou a bolinha amarela e atirou para longe.

— Eu vou tomar um banho — murmurei.

— Quer que eu faça um almoço?

Balancei a cabeça. Não queria comer. Era o segundo dia de Nana no hospital e ela ainda não tinha respondido ao meu vídeo, em que eu forçara um sorriso e dissera que a amava, e que ela era forte e sairia daquela, que ela ainda esfregaria na minha cara que não havia motivo para preocupação.

Depois do banho, eu me deitei no quarto e puxei um cobertor sobre meu corpo. Nossa janela era enorme e triangular, emoldurada por madeira, com vista para as árvores e o céu nublado. Eu podia fingir estar numa aldeiazinha na Noruega ou outro lugar distante. *O mundo inteiro está assim*, me lembrei, *todos os hospitais, todas as cidades.*

Os últimos dois meses pareciam anos. Os dias se arrastavam e todas as lembranças e pessoas eram como sonhos dentro de sonhos. Quando havíamos perdido o controle? Não era para situações assim que tínhamos governos, computadores e bilhões investidos em infraestrutura? Como era possível que uma merda de um vírus pudesse causar aquele tipo de estrago?

Eu deslizei para um sono sem sonhos e acordei para ver o céu preto, sem estrelas. Me perdi nas vidas alheias nas redes sociais; foto após foto das minhas amigas mostrando suas receitas, seus pets, suas rotinas de *skincare* e seus maridos brincando com as crianças. Revolta contra o governo, revolta contra os revoltados contra o governo, infográficos sobre o vírus, notícias de outros países.

144

23.830 casos confirmados e 1.355 mortes no Brasil. Isso até onde sabíamos. Batemos nosso recorde, alcançando duzentas e quatro mortes em vinte e quatro horas.

Eu deixei meus pensamentos se arrastarem para meu irmão, pensando em como estava despreparado, como ser humano, para um cenário daqueles. Ele viera até ali me ver. Ele precisara de mim e não consegui perdoá-lo por ser tão amado pela mulher que dizia que as coisas horríveis que fazia e dizia não tinham acontecido e, se tivessem, não tinham sido tão ruins assim; e, se tivessem, não eram culpa sua; e, se fossem, não tinha sido sua intenção; e, se fosse sua intenção, a culpa era minha, por tê-la obrigado a chegar àquele ponto. Eu me sentia uma bosta, mas a vítima era sempre a minha mãe.

"Rebeca, tirar dez em geografia é sua obrigação, não espere um parabéns por fazer o mínimo." "Amor, encontramos a professora do Apolo no shopping e ela disse que ele é o aluno mais engraçado da turma."

"Você vai tirar a mesa porque é a menina, ou quer mesmo que seu irmão faça esse trabalho?" "Apolo, não se esqueça de pedir para alguém tirar foto, se for surfar. Eu queria fazer uns quadros seus e pendurar no corredor."

"Se sua pele tá horrível, não é responsabilidade minha te levar a uma dermatologista. É só parar de comer chocolate, Rebeca." "Amor, olha como o Apolo cresceu, tá ficando mais alto do que você!"

"Cuidado com esse refrigerante, a bunda já tá parecendo uma casca de laranja." "Tá chorando de novo, Rebeca? Quanto dramalhão por causa de um namoradinho feio." "*Benhê*, olha a cor do vestido que sua filha escolheu para o aniversário, tá parecendo um quindim." "Meninas, vocês sabiam que a amiga de vocês fez xixi na cama até os seis anos?" "Mamãe, sua neta leva quarenta minutos para tomar banho. Não sei se é para domar essa juba ou se está aprontando…"

"Apolo, faz um esforcinho para deixar esse quarto arrumado, vai, amor?" "Surpresa! Ahaha! Você não pensou que ia fazer dezoito anos sem ganhar um carro, né?" "Ah, querido, eu também não amo esses cartazes de mulheres nuas que o Apolo pendura na parede, mas ele é homem, é adolescente… Não vai adiantar lutar contra a natureza dele."

Batidas na porta. Cesar me olhava com preocupação. Havia trocado de roupa. Iberê estava aos seus pés.

— Amor, você tá na cama há três dias. — Ele se sentou, me obrigando a encolher meus pés.

Era verdade. Ele havia trazido e levado pratos e copos, acariciado meus cabelos, me obrigado a levantar e a tomar banho. Havia três dias que eu não trabalhava, não corria, não descia as escadas. Comecei a ler três livros e não passei da quinta página de nenhum.

— Nenhuma alteração no quadro da Nana — ele falou, enquanto eu me levantava, sentindo nojo do gosto na minha boca e meus músculos reclamarem da falta de movimento. — Eles ligaram para passar o boletim, mas nada mudou.

— Eu vou levantar. Vou dar uma corrida.

— Essa é a minha Rebeca. — Ele beijou minha testa. — Vai dar tudo certo. Vou preparar uma comidinha para a gente, tá?

O que eu estava fazendo com o Cesar? Egoísta, retraída como uma adolescente ingrata, ignorando completamente o homem que aguentava tudo aquilo com um sorriso.

— Desculpa — falei. — Como você tá?

— Vendo filmes, séries, até fui à nossa academia e fiz uma boa faxina na casa. Só odeio ver você desse jeito.

— Tem falado com o Julian?

— Ontem. Tá tudo bem.

Quando ele saiu, Iberê pulou na cama. Cinco dias atrás, eu teria achado um absurdo um cão nos meus lençóis, infectando tudo com pelos e saliva. Só que abri os braços e beijei a testinha dele, apertando as pálpebras para não chorar.

Ouvi a campainha tocar e, por um segundo, esperei que fosse Nana, voltando para casa em conluio com o Cesar, para me fazer uma surpresa. Quando foi Teddi quem apareceu na porta do quarto, no entanto, eu não fiquei decepcionada.

— Oi, *vezenha* — ela murmurou com ternura, mas sem um pingo de condescendência. — Seu marido me contou da sua mãe postiça. Eu sinto muito mesmo. De verdade.

Nenhuma amiga minha nunca tinha me visto daquele jeito: descabelada, deprimida, com mau hálito e sem maquiagem. Teddi

146

não parecia estar julgando e se sentou na poltrona no canto do quarto, onde Cesar havia largado duas calças e uma camiseta. Ela beijou o ar e Iberê pulou no colo dela.

— Quer focar nos meus problemas para esquecer os seus? — Ela sorriu para mim. — Estou pronta para ver o resto do documentário.

Teddi

O que eu não contei para minha vizinha era que tinha vomitado quando li a mensagem que o irmão dela havia me mandado; que todas as vezes em que lembrava das palavras dele, sentia vergonha; que essa vergonha se manifestava fisicamente, me fazendo suar e me dando vontade de ir ao banheiro.

"Você é uma puta. Todos os dias vejo gente chorar, gente morrer, gente sofrer e você tá aí, saudável, trepando com tudo o que vê pela frente, querendo matar um bebê que não tem nada a ver com isso, que não é responsável pelas suas escolhas de merda. Nunca mais entra em contato comigo, vagabunda."

Rebeca tinha pedido um tempo para tomar um banho e se arrumar, para "se sentir mais como ela mesma", e eu aceitei o convite do marido dela para me sentar lá fora, onde o vento estava gelado e o dia, cinza. Nos sentamos nas espreguiçadeiras e bebemos cervejas, fitando a água da piscina criar minúsculas ondulações.

Inclinei minha cabeça para trás, deixando meu olhar vagar pelas árvores balançando suas folhas e pelo céu que lembrava neve.

— Conseguiu recuperar alguma coisa? Alguma lembrança?

Meu vizinho me arrancou do devaneio e, devagar, eu o encarei.

— Algumas, coisas bobas. Algumas sensações são estranhas, como quando eu entro no quarto de hóspedes no térreo, por exemplo. Sinto uma coisa meio ruim lá.

Cesar hesitou. Chegou a fechar a boca duas vezes, mas falou:

— Foi provavelmente onde seu pai faleceu.

Minhas vértebras gelaram, rangeram. Ele notou meu desconforto.

— Teddi... não faria sentido montar uma cama hospitalar e mais um monte de equipamento lá em cima, obrigando vocês a descerem e subirem as escadas o tempo todo. Faria mais sentido acomodá-lo no térreo, perto do banheiro e da cozinha.

Que merda que tivesse insistido em entrar naquele cômodo sem pensar nisso. Como eu era burra, às vezes.

Cesar tocou meu pulso gentilmente.

— Talvez ficar naquela casa não seja uma boa ideia.

— Você já foi pobre mesmo ou é conversa de rico, para criar uma narrativa heroica sobre a própria história?

— Eu já fui pobre mesmo.

— Então você sabe como é quando a gente finalmente tem alguma coisa boa. Quando a gente tem um pouco de luxo, de coisas supérfluas e bonitas, e caras. Você sabe como é.

— É triste. — Ele desviou o olhar e bebeu um gole de Heineken. — Porque você se dá conta de que mentiu para si mesmo a vida inteira, fingindo que não precisava de tudo aquilo para ser feliz, que nunca daria importância para aquela babaquice; que era moralmente superior, que ser fodido era uma escolha nobre e ainda não acredita que aquelas coisas boas fossem para você, como se elas pertencessem a outra classe de ser humano. Você não se acha digno delas.

— A minha vida inteira eu só recebi esmolas. — Percebi o nó na minha garganta, a forma como apertava a garrafa e cheguei a imaginá-la despedaçando nos meus dedos, jorrando espuma e sangue sobre minhas coxas. — Roupas usadas de primos distantes, material escolar do governo, presentinhos frágeis e feios que minha mãe conseguia comprar em lojas de rua. Ninguém vai tirar essa casa de mim. Cansei.

Cesar me observou com a testa franzida. Bebeu a cerveja dele.

— Por que usou essas palavras? "Tirar a casa de mim?" — ele finalmente perguntou.

Eu poderia confiar nele? Afinal, ele era amigo do Mauro. Como reagiria às minhas suspeitas de que estivesse sendo manipulada para dar dinheiro a ele? Cesar provavelmente não acreditaria na vizinha puta que ele conhecia há menos de dois meses e, sim, no amigo de infância. Eu não podia me esquecer da camaradagem entre homens; aquele laço fortíssimo que permitia que eles continuassem a governar o mundo, protegendo um ao outro de qualquer ameaça, às custas de todas nós.

Rebeca apareceu na porta que dava ao jardim, maquiada levemente, vestida com suas camadas flutuantes de tecidos macios e claros, ao mesmo tempo elegante e despojada. Bebia de uma caneca fumegante cor de terracota, indicando café, chá ou chocolate quente. Me chamou com a mão.

— Vocês vão terminar o documentário? — Cesar perguntou, se levantando.

— Mais cedo ou mais tarde, vou precisar virar essa página — foi minha resposta e percebi que estava tentando encorajar a mim mesma, em vez de respondê-lo.

Fiquei surpresa por ele ter nos acompanhado. Quando estávamos acomodados na sala de TV dos Mafra, Rebeca retomou o documentário de onde tínhamos parado, seus dedos entrelaçados com os do marido.

Eles mostraram mais entrevistas e shows. Tentei relaxar meus músculos e simular apatia quando meu pai aparecia na tela. Então a câmera trêmula mostrou um restaurante e a legenda: "São Paulo, 15 de outubro de 2019." Meu pai se sentava e, com os cotovelos na mesa, olhava para fora de uma janela. A luz do Sol o rejuvenesceu um pouco.

"Não sei como vai ser", ele falou, sem olhar para a câmera, "mas tô feliz que ela tenha concordado. Eu só vi a Teodora algumas vezes, quando era bem pequena. Não temos fotos juntos."

Meu coração apertou.

Bergler respondeu à pergunta, que tinha sido editada para não ser ouvida — um recurso de que eu sempre gostara em documentários e, naquele momento, detestava, como se o entrevistador estivesse tirando o dele da reta.

"Eu nunca quis ser pai, não combinava comigo", Bergler continuou.

Com uma frase, ele se inocentava. Simples assim. Ele nunca quisera ser pai, então decidira não ser.

— As escolhas que só os homens têm.

Foi Rebeca quem falou isso e eu troquei um olhar úmido com ela. Ela apertou os lábios, me deu um beijo na testa e se virou de novo para a tela, mais emputecida do que eu.

Na televisão, eu apareci. Era eu mesma, olha só. Cabelos até os ombros, pretos como os dos meus pais, jaqueta jeans com mangas dobradas até os cotovelos, calça preta bem justa e maquiagem. *Que piada, Teddi, você se arrumou para ele. Você quis impressioná-lo.*

Meu pai se levantou quando me aproximei. Nos abraçamos.

Um zoom no rosto dele mostrou olhos fechados e um sorriso. Um zoom no meu mostrou lágrimas na minha bochecha. Nos afastamos, eu baixando o rosto, e nos sentamos, num silêncio desconfortável.

Rebeca apertou minha mão e eu nunca fui tão grata por um gesto, mesmo que viesse de uma mulher que não me entendia.

A conversa que tivemos diante das câmeras foi patética:

"Aqui estamos, depois de tanto tempo."

"…Aqui estamos." Meu sorriso era vazio.

"Você vai com a gente amanhã, né?" Bergler mexia uma colherzinha num café preto. "Para Porto Alegre? Para o show?"

"Vou, vou a todos os shows."

"Você tem a boca da sua mãe."

Não dava. Eu não ia conseguir. Eu me levantei do sofá e, antes que pudesse parar, meu rosto se enrugou e minha voz saiu fina.

— Desculpa.

Rebeca se levantou e me abraçou. Quente, apertado. O contato do corpo dela contra o meu desencadeou alguma merda dentro de mim e solucei como uma imbecil, incapaz de engolir aquele choro acriançado.

Ela não tentou me impedir. Não disse nada como "não precisa chorar". Em vez disso, falou baixo:

— Chora, mulher. Chora de ódio, de arrependimento, de saudades, de indignação. Coloca tudo para fora. Você tem esse direito.

Eu quis dizer que não podia continuar, que era mais difícil do que eu tinha imaginado, de que aquilo não podia ser verdade, não era eu, era uma atriz. Só que era eu. Era eu sendo fraca.

— Você não traiu sua mãe quando fez as pazes com seu pai — Rebeca continuou. Cesar nos observava. — Eu tenho certeza de que ela iria querer isso.

Eu balancei a cabeça. Me afastei de Rebeca, porque tive medo do que estava acontecendo naquela sala. Eu não podia mostrar meu pescoço para aquelas pessoas. Eu não podia sangrar num mar de tubarões. Eles não me conheciam de verdade. Eles nunca iriam me entender.

Quando fiz menção de sair, Cesar bloqueou a porta e ergueu as mãos, num gesto apaziguador:

— Teddi, se você fugir hoje, nunca vai saber. Acaba logo com isso. Assiste isso até o final. São mais cinquenta minutos.

Rebeca tocou meu ombro.

— Ele tem razão, você tem que ir até o final. Vai pelo menos saber o que aconteceu e poder seguir em frente. Estamos aqui para ajudar.

Eu precisava saber. Embora meu corpo me pedisse para sair dali e voltar para casa, eu forcei meus ossos a se dobrarem, meus músculos a se soltarem contra aquele sofá. Esfreguei meu rosto com raiva daquelas lágrimas e assenti. *Vamos até o final.*

29 de abril

Semana 13
O feto é do tamanho de
um *cupcake*

Cesar

Fiquei surpreso quando cheguei da farmácia e dei de cara com Teddi e Rebeca na ilha da cozinha. Fui invadido pelo cheiro forte de diversas fragrâncias e confirmei minhas suspeitas ao ver uma pequena fábrica de sabonetes em cima da pedra.

Depois de assistir ao documentário dois dias antes, Teddi saiu em silêncio da nossa casa. Rebeca a acompanhou até sua porta da frente enquanto eu subi até nosso quarto de hóspedes, cuja janela oferecia a visão parcial da casa do Bergler. De lá, observei Rebeca e Teddi trocarem um demorado abraço, antes de Teddi entrar e fechar a porta.

E se o Mauro tiver razão? E se essa moça foi capaz de matar o pai? Motivos ela tinha. Que tipo de homem escreve uma música chamada *Boca de Veludo* para a mulher que abandonou e, quando encontra a filha depois de vinte e tantos anos, fala "Você tem a boca da sua mãe"? Se Teddi tivesse sido capaz de agilizar o encontro de Bergler com o Criador, quem era eu para julgar?

Não traz seu pai para essa equação, Cesar, eu me repreendi. Não podia misturar as coisas. Não podia me envolver com aquela história. Seria bom, no entanto, que minha esposa fosse mais cautelosa.

Rebeca correu até mim, esticando uma barra lilás.

— Olha, olha, acertamos o de lavanda!

— Vou trocar de roupa, já venho. Boa noite, Teddi.

— Boa noite, *vezeeenho!*

As duas riram e confirmei com um olhar rápido que já estavam na segunda garrafa de vinho. Sentindo um ligeiro incômodo, subi as escadas e me enfiei no banheiro da suíte.

Eu sabia o que minha esposa estava fazendo: ela seria feliz na base da porrada. Ela iria correr e se arrumar, e sorrir, e cantar, e dançar até enganar a si mesma. Teddi estava fazendo a mesma coisa.

Depois de uma ducha rápida e de me enfiar em uma calça de moletom e camiseta branca, desci as escadas. Elas ouviam *Spice Girls* e pensei que minha cabeça fosse explodir. Baixei o volume discretamente.

— Já pedimos comida chinesa — Rebeca falou, sem olhar para cima, concentrada em cortar com uma faca gigantesca um tijolo de glicerina em pedaços menores. — O senhor não precisa se preocupar com nada hoje.

Enfiei as mãos nos bolsos e espiei a bagunça: um fogão portátil segurava uma panela branca esmaltada contendo algum líquido translúcido. Formas de silicone de diversas cores ocupavam o espaço, assim como sacos de pó colorido, rolos de papel e vidrinhos que presumi que fossem essências aromáticas.

Teddi usava uma camiseta que dizia *Satan is my sugar daddy* e havia empilhado seus anéis e pulseiras na bancada.

— Desculpa estragar seus planos com a patroa, *my man* — ela falou, com um sorriso e pálpebras relaxadas.

Eu não posso machucar essa pessoa. Que pensamento estranho. Ninguém tinha falado nada sobre machucá-la. Era só... gentilmente forçá-la a vender seu único bem. *E daí, Cesar? A menina vai ganhar quase dois milhões sem ter trabalhado por eles. Por que está com tanta pena dela? Quanto tempo você levou para juntar essa grana? Quarenta e cinco anos.*

— Vocês já beberam muito? — perguntei, para silenciar o diálogo interno. Minha esposa nunca fora de beber daquele jeito. Achava deselegante uma mulher alcoolizada.

Rebeca ergueu um dedo, ainda concentrada no artesanato.

— Estamos afogando as mágoas há mais ou menos quarenta minutos. Você demorou. Achou meu creme ou não?

— Achei seu creme, seu xampu e aproveitei para comprar umas outras coisas. Vocês, pelo menos, vão vender esses sabonetes ou vou ter que usar todos?

Foi a vez de Teddi erguer o dedo.

— Eu vou! Sua esposa me convenceu e ajudou a montar uma loja online de sabonetes *artesanaisss*.

— E... — Rebeca entornou outra taça.

— ...E um perfil no Instagram, além de um blog, dedicado à Teddi Sabonetes Artesanais, nome provisório. É tipo um hobby, mas, ao mesmo tempo, um jeito de ganhar uns trocados. Ela vai me ajudar com a contabilidade e a logística.

— E...

— E o *branding*. — Teddi exagerou na pronúncia e deu uma requebrada no quadril.

Achei engraçado, mas não queria encorajar aquelas duas. *Talvez seja bom para a Rena, esse tipo de projeto.* Era exatamente o que fazia Rebeca vibrar: ter ideias, colocá-las para funcionar, ensinar aos outros tudo o que aprendera sobre e-commerce e marketing digital, contagiar com seu otimismo. Era uma mulher de negócios nata e ainda fazia parecer fácil.

Eu me afastei, permitindo que as duas continuassem a fazer planos, e fui para a sala, onde, deitado no sofá, conferi alguns e-mails, passeei os olhos pelas redes sociais e li algumas notícias. Minhas pálpebras se fecharam e um sono gentil me dominou no exato momento em que o interfone tocou. A portaria ainda funcionava remotamente, administrada por uma empresa de segurança.

— *Amor!* — Rebeca chamou da cozinha. — *Vá lá buscar a comida. A gente arruma a mesa.*

Comemos arroz *chop-suey*, frango xadrez e rolinhos primavera com refrigerantes e conversas acaloradas sobre tudo, menos o que importava. Tagarelamos sobre música, países que ainda sonhávamos em conhecer, a possibilidade de a inteligência artificial dominar o mundo e os métodos de tortura mais doidos que conhecíamos.

Foi ideia de Rebeca irmos para a *jacuzzi*. Era uma noite quente e eu acionei a hidromassagem, bebendo uma cerveja, enquanto Teddi corria para sua casa, para buscar um biquíni, e minha esposa fazia o mesmo no andar de cima. Conferi o relógio quando as duas entravam na água iluminada de azul, surpreso por ainda ser dez da noite.

— Vocês são muito caretas? — Teddi perguntou, esticando o braço para fora d'água e enfiando dentro de uma bolsa de crochê que havia trazido.

— É maconha? — perguntou Rebeca, com um sorriso.

Teddi puxou uma caixinha de lata de dentro da bolsa e soltou um *tchã-rânnn!* Eu e Rebeca não fumávamos há uns doze anos, então fiquei surpreso quando minha esposa comemorou a revelação com aplausos.

Secando as mãos com cuidado, Teddi abriu uma folha retangular de seda de polpa de madeira e salpicou a erva por sua extensão, enrolando-a devagar e com prática.

— Senhora e senhor, isso é o que restou da erva do senhor Stefan Bergler — ela cantarolou, cheia de rancor, enrolando as pontas e oferecendo o primeiro baseado a Rebeca, que o pegou com uma reverência afetada de filme de época e colocou entre os lábios.

Teddi acendeu, cobrindo o isqueiro contra o vento, e ergueu a sobrancelha para mim. Uma suavizada na realidade cairia bem.

— Tudo bem, eu aceito, já que é de um roqueiro famoso.

Ela enrolou o meu com um sorriso e cuidado para não molhar, e, assim que traguei e prendi o ar nos pulmões, voltei ao meu tempo de adolescente. Em minutos, Teddi acendia o próprio cigarro e se recostava contra a borracha preta da jacuzzi.

— Papai entendia mesmo do assunto — falou Rebeca, numa voz sonolenta.

— Só o melhor para uma celebridade. — Teddi imitou sabia-se lá quem, engrossando o timbre. — Essa água tá divina. — Ela ergueu o pé da água e encostou no ombro da minha esposa, a voz cheia de malícia. — Me fala mais da sua fase rebelde.

Rebeca finalmente pareceu despertar de um estado de sonolência e se empertigou na jacuzzi, dentes exibidos num sorriso. Vi seus olhos cintilarem na noite escura. Ela esticou a mão que não segurava o baseado e tocou a minha, mantendo o olhar em Teddi.

— Você tá falando do que eu aprontei com o sócio do meu pai?

— Não, fiquei mais interessada na história da sua melhor amiga.

Rebeca não precisava resgatar suas lembranças. Falou, desinibida:

— Você sabe como começa: beijinhos nos peitos, coxas entrelaçadas.

Eu não me incomodei com as confissões — conhecia as histórias de Rebeca em detalhes —, mas fiquei curioso com o clima entre as duas.

Teddi fez um biquinho com a testa enrugada, como quem dissesse "Uh!" e soltou uma risada gostosa, rouca. — Você pirou, achando que fosse sapata? — Ela tragou o baseado, que ardeu com um som crispado.

— Não, eu sempre soube que gostava de homens.

— Por quê?

Rebeca ficou em silêncio por alguns segundos.

— Sempre gostei de olhar para eles, de tocar os músculos deles, de sentir a aspereza das barbas, sei lá. E você?

Teddi me olhou e me senti estranhamente excitado, objetificado. Ela sorriu com o canto da boca e baixou a voz para falar:

— Eu nunca contei isso para ninguém. Estranho.

Rebeca fumou, atenta, em silêncio, para instigar Teddi em sua confissão. Depois de um tempo, Teddi falou, devagar:

— Tinha um batalhão lá perto de casa quando eu tinha uns treze, quatorze anos. Toda quinta-feira, lá pelas nove da manhã, eles desciam a rua correndo, sabe? Berrando aqueles coros repetitivos. Minha mãe estava sempre trabalhando e eu estudava à tarde, então ficava sozinha. Alguma coisa despertava dentro de mim quando eles passavam, é difícil explicar. As vozes grossas, altas. Eram tantos. Eu esperava a semana inteira por aquele momento.

Observei o sorriso safado de Rebeca, o jeito com que mordia o lábio inferior. Eu não via a hora de Teddi ir embora para poder comer minha esposa. Sabia que Rebeca estava pensando o mesmo. Havia semanas que não transávamos. Teddi continuou, mais baixo, forçando-nos a nos aproximar para ouvir.

— E era instantânea, a reação do meu corpo. Eu corria para a cama e me fazia gozar em segundos. Até queria esticar o prazer, fazer durar mais, mas as vozes deles se aproximando mexiam demais comigo. Eu chegava a imaginar que estivessem vindo para mim, para me *reivindicar*, sabe? — Ela curvou os dedos como se fossem garras. — Para me levar para algum lugar e me foder, todos eles. Eu me lembro de uma imagem nítida que se formava na minha cabeça: um deles me jogava sobre o ombro forte e me carregava, me jogava na minha cama e me comia enquanto os outros olhavam, então... não, infelizmente eu nunca consegui ser cem porcento sáfica.

Rebeca gargalhou, jogando a cabeça para trás. Então ela cantou uma marcha, que desconfiei que estivesse inventando, batendo continência:

— Já raiou um novo dia e recebi minha missão!

Teddi se empertigou, colocou a mão com o baseado no peito e cantou, com voz grossa:

— Vou matar uma gostosa, não com arma, de tesão!

As duas se dobraram para a frente, rindo até perder o fôlego. Eu já sabia aonde aquilo estava indo. A possibilidade se desenrolou dentro de mim como uma cobra despertando.

Não fiquei surpreso quando Rebeca pousou a taça e o baseado na borda da jacuzzi e, de joelhos, aproximou o rosto do de Teddi, que certamente não esperara aquele gesto.

— Cala a boca e me beija, *vezenha*.

Minha esposa abriu a boca um pouco, movendo-se devagar, fechando os olhos e deixando que Teddi cedesse, se entregasse e abrisse os lábios.

Testemunhei o beijo com curiosidade. Nunca havia me importado com a bissexualidade natural e silenciosa de Rebeca. De vez em quando, perguntava se ela tinha saudades de ficar com mulheres e, às vezes, ela dizia que sim, mas falava com um distanciamento que indicava que a monogamia não era difícil para ela.

Nunca foi para mim. Eu sempre achei a monogamia sexy, em especial para os homens. Era como uma conquista para poucos, para os fortes, para os homens de verdade. Havia algo que me excitava profundamente em ter só uma mulher, apesar de ser desejado por outras; outras que sempre me pareceram como coxinhas gordurosas dentro de balcões de botecos; boas de olhar, cheirar e fantasiar, mas decepcionantes na hora de comer. Culpei a maconha pela comparação bizarra, então algo se pronunciou no horizonte como uma ameaça: apesar de ser divertida, uma trepada a três poderia estar quebrando a santidade da cama que eu dividia com Rebeca?

Ver o beijo me excitou e, embora procurasse, não sentia ciúmes. Era seguro demais do que sentia por ela e do que havíamos construído juntos. Nunca havia visto homens ou mulheres como ameaças. Sempre achei crises de ciúmes um pouco infantis. Só que não queria que fosse com a Teddi, muito menos na casa que tínhamos construído juntos, nossa casa dos sonhos.

Dei um sorriso para Teddi quando ela se distanciou um pouco e me encarou, quase como se temesse que eu fosse bater nela, mas então entendeu que eu estava consentindo. Eu tinha que permitir que Rebeca vivenciasse aquilo.

Fechando os olhos de novo, Teddi largou o baseado e enfiou os dedos dentro dos cabelos de Rebeca, puxando-a para si e se aprofundando no beijo.

Por alguns momentos, me perdi nas estrelas. Não me lembro de ter me deitado ou de quanto tempo se passou, mas percebi estar relaxado contra o deque de madeira, meu olhar vagando na imensidão impossível do espaço, ligeiramente excitado.

O mundo pareceu ter parado de girar. Era como se só existíssemos nós três naquela casa, naquele espaço, naquele tempo. Imaginei — não, *senti* — que a pandemia tivesse matado a todos, menos nós. Não havia ninguém nas ruas, ninguém no mundo. O silêncio finalmente desabara sobre o planeta, como uma resposta, um "basta" de uma mãe exausta.

Como poderíamos repopular a terra? Não poderíamos.

Senti-me tonto, as estrelas piscando para mim, de algum momento no passado. As luzes que via eram de outra época, de anos atrás... milênios atrás? Máquinas do tempo cósmicas, será que algumas já haviam morrido? Eu ri um pouco. Que loucura.

Ouvi água se agitar e as formas de duas mulheres saindo da jacuzzi, nuas. Elas se tocavam, se beijavam e tentavam sair do seu torpor para dizer alguma coisa. Vi os lábios de Rebeca se mexendo, mas não entendi o que ela dizia. Beijei minha mão e assoprei o beijo para ela, e os lábios dela se moveram de novo, então as duas não estavam mais lá.

Traguei meu baseado e fechei os olhos. Ah, sim, resgatei o que haviam dito: "Vamos para o quarto, vem com a gente?" Eu queria ir? Meu pau se mexeu contra minha bermuda. Sim, ele queria. Eu só queria continuar olhando para o céu, porque sentia que entenderia alguma coisa se deixasse, se me perdesse. O cosmos tinha uma mensagem para mim. Algo ia acontecer comigo, me mudar para sempre. O cosmos queria que eu prestasse atenção.

Meu corpo se mexeu, embora minha cabeça quisesse permanecer ali, em comunhão com o infinito, com as estrelas do passado.

Estávamos sozinhos. O mundo morrera e se esquecera de nós. Então eu estava na cama do quarto de hóspedes do térreo, observando Teddi e Rebeca se beijarem, se chuparem, se morderem, trocarem sorrisos.

Me deitei por pura exaustão, procurando o cigarro de maconha que não estava mais na minha mão, sentindo a acidez do vinho queimar minha garganta. Rebeca me beijava, Teddi engolia meu pau com gemidos enquanto minha esposa segurava o cabelo dela para trás, para que eu pudesse ver. As duas se revezaram, se beijavam, me tragavam para suas bocas quentes e se beijavam de novo, estranhamente treinadas, em sincronia, como se algo daquele tipo fosse inato.

Feliz agora, pai?, pensei, como pensara centenas de vezes. Era meu mantra pessoal, secreto, a frase que atirava contra o mundo quando conquistava tudo o que ele dissera que eu não iria conquistar. Meu diploma: "Feliz agora, pai?" Meu casamento com Paloma, meu filho em meus braços, meu casamento com Rebeca, minha própria imobiliária, meu primeiro milhão no banco, aquela casa, meu segundo milhão, o terceiro. Então aquilo.

Feliz agora, pai?

Eu não sei se eu estava.

Rebeca

Cesar me encontrou no quintal, embrulhada num cobertor. Pensei que tivesse sido silenciosa quando me levantei da cama de casal no térreo, deixando Teddi e Cesar apagados. Pensei que pudesse ficar lá fora mais um tempinho sozinha, talvez ver o Sol nascer.

Ele me deu um beijo na cabeça e se sentou ao meu lado. Usava bermudas apenas e não parecia sentir o mesmo frio que eu. Ficamos em silêncio, observando a piscina com as luzes azuladas que eu tanto insistira para instalar. As árvores que nos cercavam produziam um som calmante, dançando com o vento.

— Por que levantou? — ele me perguntou de forma que não me distraiu da música da vegetação. Pensei no motivo, para dar uma resposta honesta e não automática.

— Tive refluxo — admiti. — O vinho subiu um pouco.

— Não sei se beber tanto foi...

— Não aconteceu porque bebemos. Sempre conversamos sobre isso, Cesar. A gente sabia que um dia ia querer tentar. Só não foi planejado, mas eu não me arrependo. Você se arrepende?

Ele balançou a cabeça.

— Nem um pouco.

Sempre conversamos sobre como seria se um dia a oportunidade para um *ménage* se apresentasse. Ao longo dos anos, especular tornara-se uma brincadeira gostosa, quase uma preliminar, e as regras foram mudando. Cesar reconheceu que era uma insegurança machista quando disse "Eu sei que é errado, mas não me incomodaria se você transasse com outra mulher, com ou sem mim. Só que sei que, se fosse um homem, talvez não gostasse. Talvez gostasse, sei lá".

Quase aconteceu num cruzeiro, uma vez, uns quatro anos antes, quando conhecemos um canadense muito bonitão e cheio de más intenções, e jantamos com ele. Ele enfiou a mão entre minhas coxas debaixo da mesa e eu troquei um olhar aflito com Cesar, que fingiu não saber, deu um sorrisinho e continuou comendo. Quando o homem — Aidan? Adrian? Adam? — foi ao banheiro, Cesar me perguntou se eu queria dar para ele. Senti tanto medo. Medo de ser machucada. Disse que não. Mesmo assim, voltei para aquela noite na minha cabeça muitas vezes, arrependida.

Naquele momento, meu marido olhava para mim.

— E você? Vocês… estão se dando bem.

— A Teddi é problemática até o talo, mas pelo menos ela é ela, sabe? E a gente se diverte. Para ser sincera, eu gostei. Muito. Não para sempre, não para outras vezes, mas, pela primeira vez em três anos, eu só me diverti. Eu não pensei em…

— Conceber.

Assenti. Cesar me beijou. Eu precisava daquele beijo. Ele enlaçou minha cintura e apoiei a cabeça no ombro dele.

— Não foi difícil só para você.

— Eu sei.

— Não sei se sabe.

Eu me afastei, puxando o cobertor para fechar sobre meu peito. Ele umedeceu os lábios e, me fitando com aqueles olhos caídos, falou:

— Aquela época, do coito programado, para um homem aquilo é o inferno. Eu sabia que, se não ficasse de pau duro, você levaria para o lado pessoal, como acaba levando tudo, como se fosse sua mãe te falando que seu corpo era feio, sei lá… Eu tomava Viagra escondido.

— Você podia ter me contado. Nunca escondemos nada um do outro.

Não fiquei com raiva dele. Não sentia raiva de nada naquele momento, só um vazio recuado, tímido. O vento ergueu meus cabelos. Meu corpo me implorou para voltar para o quarto, onde era quentinho, mas eu precisava de ar, do céu acima de mim, de não estar confinada.

— Você já estava muito grilada e eu não queria piorar tudo.

— Agora não adianta mais falar nisso.

— Espera essa pandemia passar, aí a gente fala com sua médica, explora as outras opções, volta a pensar no assunto.

Assenti.

— Quer ficar sozinha?

— Não estou chateada com você, eu só quero…

— Você tá com coisa demais na cabeça. — Ele se levantou e me abraçou por trás. Esfreguei seu braço, para dizer que ele era meu homem, que uma trepada ocasional a três tivera menos impacto na nossa relação do que uma briga por causa de uma toalha molhada na cama. Ele sabia. Ele sabia o que tínhamos. Eu sabia o que tínhamos. Se eu o pegasse olhando a bunda de uma mulher na praia, acharia engraçado. Se ele me visse babando por algum ator num filme de ação, riria.

Ele beijou minha cabeça e murmurou que estava subindo, que ia dormir na nossa cama.

Quando ele se foi, olhei em volta e encontrei a caixinha de maconha da Teddi. Sem prática, mas com paciência, lutei contra o vento e enrolei um baseado, com frio, porque o cobertor caiu dos meus ombros. Quando consegui acender e dar o primeiro trago, me enrolei de novo no *plush* e me permiti relaxar.

O que diriam em alguns anos? Como olharíamos para trás, para aquela época? Diríamos: "Foi só um susto, durou algumas semanas, depois tudo voltou ao normal"? Ou "Foi só o começo de um pesadelo que durou seis anos, matou metade da população mundial e desencadeou uma onda de violência, marcada por saques, estupros coletivos e suicídios em massa"? Nenhuma das opções me parecia plausível. Eu queria acreditar que ficaria tudo bem. Precisava ficar tudo bem.

Nana era tão forte. Ela tivera um marido bom e um filho que morrera ainda aos dois aninhos, quando ingeriu uma bateria botão. Ela não viu, estava fazendo faxina para uma família. Deixara o irmão, de dezesseis, cuidando do menininho. Acho que o nome dele era Antenor. Ela só falou sobre isso uma vez, quando eu ainda era adolescente. Foi trabalhar lá em casa alguns anos depois. Sorria todos os dias. Era assim que eu sabia que era forte.

Quando minha mãe descobriu que eu estava iniciando minha vida sexual com minha melhor amiga, viu uma oportunidade de chamar atenção e saiu contando para todo mundo, inclusive meu pai, que eu não conseguia encontrar um menino para namorar comigo, então tinha que satisfazer minha curiosidade com meninas. No dia em que finalmente chorei, Nana fez carinho na minha cabeça e disse:

"Não tenta fingir que isso não está acontecendo. Não tenta se distrair ou focar em outras coisas, ou namorar com algum imbecil só para provar para a sua mãe que você consegue um menino, como se um menino tivesse mais valor do que uma menina. Esse momento é um tijolo no mural que vai ser sua personalidade, seu caráter, Rebeca. Viva essa dor. Abrace a sensação de humilhação, que é a pior de todas. Sinta o gosto dessa traição e saia do outro lado mais forte, mais certa de quem você é."

Ela me deu, com poucas palavras, um presente de valor inestimável. Onde eu estaria sem seus conselhos? E por que ela não ouviu o meu? Por que não se protegeu?

"Não tenta se distrair."

Olhei para o baseado entre meus dedos, para as garrafas de vinho rosé vazias, perto da jacuzzi. Eram distrações quase tão boas quanto uma mulher bonita dormindo na cama de hóspedes ou sabonetes artesanais.

Tá bom, Nana, vou parar de fugir.

TEDDI

Quando desci as escadas, encontrei Rebeca e Cesar na cozinha deles. Era um espaço amplo no canto da casa, projetado para captar a luz do sol através de muitas janelas altas. O piso cor de tijolo lhe conferia um ar morno. A geladeira imensa, de porta dupla, era de aço inox.

Murmurei um "bom dia" sem graça, sentando-me num dos bancos altos da ilha, observando o café de hotel que eles estavam preparando: suco de laranja recém-espremido, café de máquina, croissants, frios e pãezinhos diversos acompanhados por geleias da província da puta-que-o-pariu no sul da França.

Para a minha surpresa, eles não pareciam encabulados. Rebeca sorriu amplamente e me deu um selinho nos lábios, soltando um "Bom dia!" animado. Ela se sentou ao meu lado e Cesar deu um gole de café, me observando.

— Quer ovo mexido? Bacon? Posso fritar, se quiser.

— Eu só como umas torradas de manhã. — A verdade era que eu estava faminta. Não tinha paciência para cozinhar e, de vez em quando, pedia comida pelo aplicativo, com a sensação crescente de que meu corpo queria alimento de verdade, nutrição.

Rebeca bebia café e trocava olhares com o marido. Se eles culpassem a bebida e a maconha, eu mandaria os dois à merda. Se culpassem "a quarentena", quebraria meu copo de suco no piso deles. Eu não queria ser uma válvula de escape, um erro.

— Tenho que visitar o escritório hoje — Rebeca falou. Estava arrumada para sair, embora não fossem nem oito horas ainda. — Mas, se quiser, podemos conversar à noite, o que acha?

— Vou aproveitar para tentar pintar um pouco — falei, aliviada por não estarem me expulsando dali com vergonha.

Rebeca se levantou, falou que tinha que escovar os dentes e correr. Quando ela sumiu, deixando o som dos seus passos na escada, Cesar sorriu para mim.

— Acho que ela nem precisava ir ao escritório, mas está procurando uma desculpa para ocupar a cabeça.

— Nenhuma notícia da Nana ainda?

— Não. — Ele apoiou os braços na ilha e me estudou. Eu não

queria pensar na noite anterior, não assim, na frente dele, como se fosse capaz de denunciar meus pensamentos com o olhar. — Escuta, eu queria te agradecer por ter dado uma força para ela. Sei que essa coisa dos sabonetes pode parecer besteira, mas é algo para ocupar a Rebeca, um projeto; e ela gosta muito desse tipo de desafio.

— Cesar… — baixei minha voz — eu gosto de verdade dela; e ela tá me ajudando, também. É fácil para Rebeca ser maternal, acho. É o jeito dela de lidar com a situação.

— Ah, então ela te contou. Não sabia se tinha contado ou não. Ela tem tanta vergonha disso que não conta nem para as melhores amigas.

Eu sabia que o certo seria dizer que não tinha a mínima ideia do que ele estava falando, mas já estava envolvida demais com eles e precisava me armar. Não menti, o que exigiu muito de mim. Só bebi um pouco do meu suco, esperando que ele continuasse, o que ele fez, baixinho:

— Eu não sei de onde vem a vontade dela de ter um filho, mas sei que é forte. O jeito como reage quando vê um bebê, quando passa em frente a uma loja de roupas pequenininhas... Ela até cheira os pacotes de fralda nos supermercados. Dá para ver alguma coisa nos olhos dela, no sorriso que ela não consegue conter. Chega a coçar os braços quando vê uma mulher com um bebê no colo, para não o arrancar dela.

Era isso.

— Há quanto tempo estão tentando? — Senti-me imediatamente envergonhada de ter perguntado, de estar cavando o segredo dela, mas tinha que saber.

— Paramos de tentar evitar uns sete anos atrás. Levou uns dois anos para incomodar a Rebeca, para ela dizer: "Olha, já devia ter acontecido" e começarmos do jeito que todos os casais começam… Fazendo exames, tomando hormônios. Dois anos se passaram e nada. Mais exames. Simpatias, mudanças na alimentação, mudanças de posição. Mais alguns anos… É tudo exaustivo.

Rebeca desceu a escada correndo e calamos nossas bocas. Ela apareceu na cozinha exalando um perfume com cheiro de caramelo, assoprou beijos para nós dois e saiu da casa. Cesar só voltou a falar quando o carro dela se afastou.

— Agora que ela está trabalhando menos, parece que essa vontade ficou mais urgente; e tem a questão da idade, que pesa contra ela. Eu só queria que ela aceitasse e que pudéssemos seguir em frente, felizes, sem filhos.

— Mas ainda tem outras coisas que podem tentar, né? Podem fazer aquela fertilização artificial, podem adotar.

Ah, Deus, o senhor é um fanfarrão. Por que era tão fácil uma mulher que não queria filhos engravidar enquanto mulheres como Rebeca tentavam de tudo sem conseguir?

— É, tem tudo isso. Eu só queria tirar a pressão dos ombros dela.

Quando o estudei, ele pareceu estar sentindo dor física; o rosto contraído, os ombros murchos.

Difícil associar aquele homem ao cara que, apenas algumas horas antes, havia me chupado de um jeito que nenhuma mulher conseguiu antes. Difícil aceitar que os dois haviam se comportado de maneira tão civilizada depois da noite que tivemos. Rebeca, que eu esperava ser uma *pillow princess*, daquelas que só deitam lá e gemem com suspiros enquanto uma puta como eu — para citar Apolo — fazem todo o trabalho, mostrou-se muito superior ao irmão. Cesar soube quando e onde se encaixar entre nós. Soube quando observar, quando tomar o controle.

Meu corpo queria mais, mas eu sabia que algumas coisas eram melhores na lembrança. Era perigoso demais fazer aquilo de novo. Bom demais, fácil de viciar e estragar tudo.

— Tá pensando sobre ontem?

Mordi o lábio. Assenti.

— Não leva tão a sério — ele murmurou e me serviu outro copo de suco, que deslizou na ilha. A luz de fora cintilou naquele amarelo profundo, solar, e eu ergui os olhos para Cesar. — Não pensa demais nisso. Somos três adultos, não precisa ser nada além de uma noitada, sabe?

Ele não queria trabalho. Não queria alguém se intrometendo entre ele e Rebeca. Entendi a mensagem e não fiquei chateada. Sorri, virei meu copo de suco e disse:

— Fica com a maconha de presente, *vezenho*. Você fez por merecer.

Cesar abriu um sorriso e bateu uma continência mole, zombeteira.

Rebeca

— Você mentiu para o Cesar? Isso é novidade.

Meu irmão mordeu o sanduíche que levei para ele. Estava sentado no banco do estacionamento do hospital. Eu, a dois metros de distância, sentada no chão, comendo meu lanche, nós dois com as máscaras erguidas o suficiente para conseguirmos comer.

— Eu não menti. Tinha que passar no escritório e ver como as coisas estavam por lá. Só não falei que vinha almoçar com você para evitar perguntas.

— Que perguntas?

— Você sabe. — Dei de ombros. — Sobre nós dois, nosso relacionamento. Se estamos de boa um com o outro.

Apolo limpou a boca com um guardanapo que quase levantou voo quando o vento bateu.

— Não precisa ficar preocupada comigo. Eu tava meio abalado quando fui na sua casa aquele dia, mas tô um pouco melhor.

Era mentira. Eu vi Apolo mentir minha vida inteira; conhecia cada contração muscular, cada olhada de lado. Ele tivera um momento de fraqueza, que eu achei que fosse um ramo de oliveira, um convite a algum tipo de reconciliação. Não era. Era só o Apolo sendo fraco.

— Tá mais fácil aqui no hospital?

— Não. — Ele permanecia cabisbaixo. — A cada dia entra mais gente, a gente interna mais pessoas e os óbitos crescem. Seis colegas meus estão afastados, com Covid. Parte…

Ele mirava o piso de concreto entre nós. Pelo menos lá era silencioso, se você conseguisse ignorar as frequentes sirenes das ambulâncias.

— Parte de mim quer pegar Covid logo, para ficar longe desse caos por umas semanas. Tem lugar que tá faltando oxigênio. As pessoas ficam nervosas. Um cara quase me bateu quando falei que o pai dele estava com suspeita de Covid, falando que era tudo armação. Não era isso o que eu queria quando escolhi medicina.

Mas você não escolheu. Você fez para me esnobar, para ver a mamãe bater palmas e o seu pai te dar um carro novo; para usar jalecos em público e ser admirado por estranhos.

Engoli minha raiva. Eu precisava tentar. Queria mais daquilo que senti quando ele foi até a minha casa. Queria olhar para ele como olhei quando ele nasceu: meu irmãozinho.

Comemos em silêncio. Então ele falou, em tom de confissão, sem olhar para mim.

— Ontem, eu tive que entubar outra mulher. Uma coroa, uns quarenta e cinco anos. Ela encheu o saco para mandar uma mensagem para a mãe. Eu falei que não ia rolar, mas ela se agarrou em mim, desesperada, e eu acabei tendo que usar meu celular para gravar uma despedida ranhenta. Porra.

Eu odiava as palavras que ele usava. Os olhos do meu irmão cintilavam.

— E ela morreu hoje de manhã. E eu nunca mandei o vídeo, e agora eu tô com isso entalado no meu celular, sem saber se mando ou jogo fora. Isso não faz parte do meu trabalho, Re, não é justo comigo carregar esse fardo.

Eu quis falar que ele era um herói. Apesar de estar difícil, apesar de nem sempre querer estar na guerra que a pandemia se tornara. Que ele estava levando alívio às pessoas, ajudando-as a sobreviver. Eu não podia ser mesquinha a ponto de não admitir que ele fazia a diferença. Por mais que sentisse tanta mágoa, Apolo precisava da irmã naquele momento. Abri a boca para dizer a frase mais difícil que já pronunciara: "Você é um herói."

Ele falou primeiro:

— Vou pedir exoneração. Nem adianta tentar me convencer do contrário. Eu não quero mais isso. Foda-se. Isso não é vida.

O que ele tinha era o que tantos médicos queriam ter, lutavam para ter; e ele jogaria fora, como se não fosse nada de mais, como se fosse um curso de caligrafia que ele tinha comprado por R$ 19,90 ou um teste grátis de sete dias para um app de edição de fotos. Era tão típico dele que senti raiva de mim mesma por ficar decepcionada.

— Covarde — falei, antes que pudesse pensar.

Os olhos dele lacrimejaram. Pareceu que iam rolar para fora das órbitas e quicar no cimento, e eu teria que correr, curvada, tentando pegá-los antes que rolassem para a rua, tentando consertar tudo entre nós mais uma vez.

Eu me levantei, limpando a calça, jogando meu copo e guardanapo no lixo. Então meu irmão pronunciou as palavras que nunca vou esquecer:

— Procura no lixo do seu condomínio, provavelmente tem um feto lá para preencher o vazio da sua vida.

— O quê? — Cheguei a me aproximar, com vontade de socar a cara dele pela escolha absurda de palavras.

Ele murmurou, levantando-se, também:

— Sua vizinha me pediu ajuda para fazer um aborto.

7 de maio

Semana 14
O feto é do tamanho de um cartão de crédito

CESAR

Rebeca tentou me dar um bom aniversário, sei disso. Ela se levantou cedo e foi correr, organizou e fez uma limpeza rápida na casa, entrando numa ducha quente assim que terminou. Quando saiu, de roupão, eu ainda estava dormindo, então preparou uma bandeja com café, suco de goiaba, um cupcake de chocolate e dois mistos-quentes cortados em quatro triângulos. Ao entrar no quarto, acendeu uma velinha em cima do cupcake e cantou "Parabéns para você".

Eu me ergui na cama, sonolento. Ela terminou de cantar e eu soprei a vela. Desejei envelhecer ao lado dela.

— Apesar de tudo, é um bom aniversário — falei, enquanto ela me observava morder o misto-quente.

Os dias se esticavam, as linhas entre eles borradas. Era como se o tempo estivesse diferente, desajeitado, aprendendo a andar. Eu passava horas na sala de TV vendo séries e, quando isso cansava, jogava jogos violentos no meu XBox. Rebeca cansara de me maternar e exigia apenas que eu mantivesse minha parte do acordo em relação à limpeza da casa e da área externa.

Havia coisas que nós dois ignorávamos, como a quantidade absurda de encomendas que chegavam quase todos os dias à nossa porta. Eu comprava besteiras online porque estava entediado e suspeitava de que esse também fosse o motivo por trás das velas aromáticas, almofadas, enfeites para a casa, brinquedos para o Iberê e cosméticos que eram depositados em caixas nos nossos degraus todos os dias.

Por puro tédio, eu também reforcei a segurança da casa, já que a guarita remota não me dava muito conforto. Levou uma tarde inteira, mas instalei uma fechadura eletrônica na porta da frente. "Nunca mais vamos precisar de chaves", anunciei orgulhosamente para Rebeca, suando em bicas.

Minha esposa confessara a mim que tinha descoberto, por meio do Apolo, que Teddi estava grávida. Fiquei tão surpreso com a notícia que desconfiei de que meu cunhado só quisesse provocar a irmã. Naquele dia, quando Rebeca murmurou que precisava de um banho, caminhei até a casa ao lado, toquei a campainha e esperei a vizinha atender, sonolenta.

— É verdade que você tá grávida?

Ela levou um tempo para responder. Eu esperava que justificasse ter escondido aquilo de nós, que desabafasse sobre a gestação provavelmente não planejada e indesejada. A única coisa que ela falou, com o rosto triste, mas conformado, foi:

— Ela nunca mais vai falar comigo, né?

E antes que eu pudesse prometer que minha esposa nunca deixaria algo do tipo interferir com uma amizade — até porque eu estaria mentindo —, ela me deu um sorriso de despedida e fechou a porta.

Não falávamos com Teddi desde então.

Rebeca me olhava naquele instante, lambendo o resto de bolo da vela de aniversário.

— Você desejou um bebê?

Terminei de mastigar meu misto para ganhar tempo. Não queria mentir para ela, só que daquela vez precisei:

— Você sabe que sim.

Ela sorriu. Me deu um beijo, se levantou da cama e caminhou até nosso banheiro, onde parou e disse:

— Então vou vestir uma roupa especial para você enquanto termina de comer. Aí vou te dar seu presente.

Eu forcei um sorriso. Ela fechou a porta. Meu celular vibrou.

"Feliz aniversário, meu querido."

Era do Mauro. Ele mandou outra:

"Não sei o que teria sido de mim sem sua amizade. Eu provavelmente não teria me tornado o homem que me tornei sem você para acreditar em mim, me motivar e me dar conselhos. Eu te amo, meu *bróder*. Não quero nenhum sentimento ruim entre nós. Só preciso da sua ajuda pela última vez."

O celular de Rebeca tocou na mesa de cabeceira. Ouvi a voz de dentro do banheiro, me pedindo para atender. Era do hospital e antecipei a voz nasal da assistente social, que ligava para nos dar atualizações sobre o estado de Nana. Só que, daquela vez, era o próprio Dr. Luiz Gama do outro lado da linha, pacientemente contando para a gente como fora o dia dela: "Ela acordou às…, nós aplicamos o…" e não prestei muita atenção. Então ele disse: "Precisamos entubá-la."

— Como assim?

Rebeca abriu a porta vestindo uma lingerie rosa que eu nunca vou esquecer. Parecia tão inadequado, tão obsceno que ela deve ter visto a repugnância no meu rosto. Ela se aproximou com cautela, assustada. Eu estava fitando seus olhos castanhos quando ouvi ele dizer:

— A Nanete foi entubada, seu Mafra, mas está estabilizada.

6 DE JULHO

SEMANA 22
O feto tem o tamanho de um maço de acelga

TEDDI

Quem diz que decisões importantes são feitas após muitas reflexões e listinhas de prós e contras está mentindo para você ou tentando te vender um curso online.

Decisões sérias mesmo, aquelas que mudam o curso da história, são tomadas em noites de insônia ou em momentos de embriaguez, tesão ou ódio. Henrique VIII, aquele balofo que hoje seria um *incel* invadindo uma escola com uma AR-15 em algum lugar no Arkansas, fundou a igreja anglicana porque ele tinha que comer Ana Bolena. Ele *precisava* comer a Ana Bolena. Ele não aguentaria passar mais uma noite sem ela, então ele mandou o Papa se foder.

Já eu, tomei minha decisão depois de vomitar R$ 59,90 da comida japonesa que tinha pedido pelo aplicativo. Depois de me sentar no banheiro e chorar por uns vinte minutos. Depois de conversar sozinha, em voz alta, com minha mãe e pedir para que ela me ajudasse.

Senti um peteleco, sem dor. Um movimento tão sutil que, por alguns segundos, cheguei a duvidar de ter sentido. Se não tivesse acontecido de novo, mais duas vezes, eu teria fingido que nunca existira. Meu bebê estava me chutando. Ele era real.

No terceiro chute, minha mão estava cautelosamente posicionada na minha barriga, já ligeiramente arredondada e inegavelmente endurecida. Meus dedos sentiram o movimento. Eu os removi com assombro.

Deitei-me na cama e reassisti o documentário que tinha produzido. Revivi momentos dos quais não me lembrava: uma noite, no ônibus da banda, meu pai me ofereceu um baseado. Fumei sob seu olhar. Ainda não tínhamos saído do estacionamento do estádio de futebol onde o Despóticos abrira para um show do Humberto Gessinger.

Uma garota de uns dezoito anos, de vestido curto azul-royal, rebolou até o fundo do ônibus e meu pai se acomodou contra o banco, abrindo um pouco as pernas. Ela se sentou no colo dele.

Quando vi isso na tela, tive a lembrança nítida daquele momento, marcado pelo cheiro nauseante de um perfume barato, como uma nuvem ao redor daquela moça. Lembrei-me de estar sentindo raiva.

No documentário, eu desvio o olhar, a câmera pegando tudo de longe, de um jeito meio granulado. Fumei a maconha dele olhando para fora, para a multidão escorrendo para fora do estádio como um rio. Imagens de fãs enlouquecidos, de depoimentos emocionados sobre a importância da banda nas vidas deles.

Mais semanas de filmagens. Os membros da banda me tratavam como uma espécie de mascote. Piara não me dava muita atenção. O Guilherme Orudas me trazia presentes, perguntava da minha mãe, contava histórias dela. Ele parecia arrependido de ter aceitado participar do documentário, mas obviamente precisava da grana, como todos que já tinham sido ricos e famosos, se acostumado ao estilo de vida dos ricos e famosos, mas não conseguiram administrar seu dinheiro para sustentá-lo. Viviam de aparências, preocupados, frustrados, pensando mais nos dias de glória do passado do que em suas famílias.

A turnê havia sido arquitetada como um *comeback* sintético, apenas para que pudéssemos filmar o documentário. Escolhemos casas noturnas pequenas em bairros relativamente seguros, fizemos parcerias com empresas de cartões de crédito, sorteamos quase tantos ingressos quanto vendemos.

Nosso público-alvo eram os saudosistas, aquele povo que tinha entre quinze e trinta anos quando os Despóticos fizeram sucesso, agora empresários de direita e suas ex-mulheres que praticavam pilates e viajavam para a Europa de tempos em tempos, para renovar as energias. O objetivo era apenas encher as casas para conseguir bons *takes* e passar a ilusão de que a banda era maior do que realmente era.

Mesmo assim, havia muitos fãs verdadeiros. Havia multidões empolgadas. Havia pedidos de autógrafos e, claro, *groupies* que nunca ouviram um LP inteiro da banda. As drogas fluíram e os ressentimentos antigos voltaram. Que tipo de banda de rock os Despóticos seriam sem a boa e velha rivalidade clichê entre o vocalista de gênio difícil e o guitarrista preocupado com a música?

Não sei o que rolou entre o Toni Roux e o Stefan Bergler naquele camarim, logo depois do penúltimo show, em Santa Catarina. Só sei que, meia hora mais tarde, meu pai telefonou para o Spiazzi e, em duas horas, estava internado; e as câmeras gravaram cada glorioso momento de *decadence avec elegance*.

Não era justo culpar o Toni. O único culpado era um homem que vivera a base de comprimidos, cocaína e café por cinquenta anos.

Um homem que subia em árvores usando calças de couro só para pular no chão e sentir a adrenalina; que dirigia sem cinto de segurança; que transava sem camisinha; que dormia o dia inteiro, se recusava a caminhar mais de vinte passos e batia os punhos no peito com orgulho de ser um "homem das cavernas".

Só sei que corri até o hospital. Isso eles filmaram com um iPhone, isso entrou no documentário: eu correndo pelo corredor e abrindo a porta do quarto, e vendo meu pai cheio de tubos. Eu colocando as mãos no rosto e chorando, enterrando a cabeça no peito do Orudas. Quem era aquela Teddi?

Lá fora, o Piara falando ao celular, dando passos incertos pela sala de espera. Closes trêmulos do Toni, sentado, o olhar perdido no piso.

"Seu pai foi diagnosticado com câncer no pulmão há um ano e tem um coração muito fraco. Sabia que ele infartou duas vezes, já?" Eu ouvia aquelas informações de médicos e dos membros da banda e amigos dele, e elas chegavam a mim picotadas. "Metástase", "as drogas", "esse estilo de vida", "nunca quis se tratar", "sabe como ele é".

Meu telefone tocou. Era ela:

— *Teddi, é a Dra. Vera Hasewaga. Estou ligando por indicação do Dr. Bento Sampedro.*

— Oi. — Forcei minha voz a sair límpida e firme, para não assustar a mulher do outro lado do telefone. — Isso, obrigada por ter ligado.

Esperei enquanto ela dizia que já estava familiarizada com meu caso. Impressionante como as pessoas te tratam bem quando você está pagando pela consulta.

Ela sugerira uma videoconferência, mas eu não queria ver ninguém e aquilo era só uma pré-consulta mesmo. Vera Hasegawa era psicanalista, hipnoterapeuta e especialista em memória, de forma que, sim, eu estava pagando uma fortuna com o dinheiro do papai, que finalmente caíra na minha conta.

— Vamos lá, Teddi: conversei com o Bento e entendi que ele fez um diagnóstico com as poucas informações que tinha quando te atendeu, no Einstein.

— Então ele tava errado?

Eu estava no quarto ao lado da suíte do meu pai, que transformara num estúdio nas últimas semanas. A parede principal, com a janela que deixava entrar uma quantidade obscena de luz solar, eu havia usado para a minha linha do tempo, onde escrevia com canetas de quadro branco tudo o que ia lembrando ou descobrindo sobre meu apagão.

— Não diria isso, mas ele não é especialista em memória, como eu. Ele diagnosticou uma amnésia retrógrada e não está errado, mas acho que ele pode ter se equivocado em relação à causa da amnésia.

Fixando o olhar nas linhas tortas na parede branca, li o que havia escrito, até então:

"22 de setembro: último dia de lembranças nítidas."

"15 de outubro: eu conheço meu pai diante das câmeras."

"Data: 16 de outubro: show em Porto Alegre."

Os dias dos shows e viagens entre eles se esticavam pela parede. Precisei assistir o documentário mais uma vez e anotar tudo o que podia para desvendar os eventos do Apagão. No final dos rabiscos, as palavras:

"Data provável: 29 de janeiro — concepção."

"Data: 22/02 — Meu pai vai para o Inferno."

"Data: 23/02 — velório."

"Data: 29/02 — acidente de carro."

— Teddi?

— Mas como assim *a causa*? Eu sofri um acidente de carro. Bati a cabeça, ué. A Dr. Stefany falou em lesão.

— É, mas olhei seus exames e não encontrei nenhuma lesão nem sintomas de uma concussão, fora uma dor de cabeça, para a qual ofereceram medicamentos. É claro que não posso afirmar nada sem algumas sessões com você. Só estou dizendo que podemos investigar mais. O que você sabe sobre a memória?

— O que todo mundo sabe. — Sentei-me na poltrona ridícula do meu pai, com couro que imitava recortes de jornais, mantendo o olhar na parede do apagão.

— Ainda sabemos muito pouco sobre a memória, mas, resumindo...

Precisei fechar os olhos para me concentrar no que ela dizia. Explicou que nossa memória era basicamente regida por três processos: codificação, ou seja, a forma como as coisas que experimentamos são interiorizadas, compreendidas e alteradas para serem mais bem armazenadas. Então vinha o processo de armazenagem.

— ...*que é onde, como, o quanto e por quanto tempo a informação codificada fica mantida na memória. Você tem que entender que temos a memória de longo prazo e a de curto prazo. A princípio, muita informação é guardada na memória de curto prazo e, se o cérebro entender que vamos precisar dela, ele a move de lugar, levando-a para a caixa de longo prazo.*

— É por isso que eu não lembro de quase nada do que vi na escola?

— *Isso. A memória de curto prazo só dura entre um quarto e metade de um minuto. Ela precisa ser repetida para ser gravada e só guarda, em média, sete itens de informação. Já a memória de longo prazo, guarda uma quantidade gigantesca de informação.*

— Isso tá chato, Vera, resume pra mim.

— *Tô chegando lá, Teddi. Por favor, tenha paciência: e, aí, temos a recuperação, que é como acessamos nossas lembranças. O que é importante você entender é que não podemos confiar totalmente nas nossas lembranças, porque, durante o processo de codificação, armazenagem e recuperação, elas passam por nossos preconceitos e emoções. Nós contaminamos as nossas lembranças.*

Que excelente notícia. Se eu sou a soma do que me lembro sobre minhas experiências e elas podem ser falsas... quem sou eu?

— *O que lembramos não é exatamente o que aconteceu e outras pessoas também podem influenciar nossas lembranças, além de criar falsas memórias na gente.*

Deixei que ela continuasse, porque parecia apaixonada pelo assunto e quem era eu para tirar isso dela, coitada?

— *Existem catorze tipos de amnésia e as causas são muitas: alcoolismo, síndrome de Wernicke-Korsakoff, encefalite, doenças neurológicas, danos causados por terapia de eletroconvulsão... No seu caso... me perdoa, mas tomei a liberdade de fazer uma pesquisa.*

Segurei o fôlego.

— *Entendi que você, recentemente, reencontrou seu pai, de quem era distante, e o perdeu pouco tempo depois. O Dr. Bento me ajudou com isso, mas consegui algumas informações no documentário que você produziu; e você engravidou pouco antes de sofrer o acidente, estou certa?*

— Isso...

— *São muitos eventos importantes, Teddi. A perda do seu pai, principalmente. Eu acho, e, de novo, só posso ter certeza depois de algumas sessões, mas acho que a causa da sua amnésia não foi ter batido a cabeça. Todo dia, milhões de pessoas batem a cabeça sem sequelas. Nosso crânio foi desenhado para aguentar o tranco. Eu acho que você está passando por um tipo de amnésia chamada dissociativa.*

Ah, lá vem. Ela ia me convencer de que eu estava inventando minha amnésia? Como se não tivesse problemas o suficiente e tivesse que criar mais um drama na minha vida. Pensei em desligar. Então ela disse:

— *Ela faz com que a gente não se lembre de fatos que cercam um evento traumático. Uma forma de nos protegermos. Para algumas pessoas, ela só dura horas, mas, para outras, dependendo da intensidade do trauma, pode durar muito mais.*

— Que tipo de trauma? — Senti a boca seca.

— *Ela é comum em pessoas que vivenciaram uma guerra, por exemplo* — o suspiro da Vera foi audível —, *desastres naturais, extremo estresse ou violência e, claro, violência sexual.*

Ela continuou falando, mas eu não ouvi direito. Não, eu não acreditava naquela hipótese e, como ela mesma tinha dito, ela tirara essas informações do cu, porque não tinha me examinado ainda. Estava querendo me vender um pacote de vinte sessões por seiscentos reais cada uma, quer apostar?

— *Eu acho que você vai recuperar essas lembranças* — ela continuou —, *mas precisamos tratar o trauma.*

— Obrigada, doutora, eu entro em contato.

Desliguei. Ela ligou de novo. Recusei a chamada.

Olhei para a minha parede. Dia 29 de janeiro. O que aconteceu?

A resposta para meu problema já estava se formando no meu peito há semanas. Entre o momento em que desliguei a ligação com a doutora e entrei no banho, minha decisão já estava formada.

Entrei no banho com a cabeça desanuviada, estranhamente em paz. Se tudo realmente acontecesse por um motivo, eu estava naquela casa por um motivo. Eu estava grávida por um motivo.

Como eu abordaria minha vizinha e diria a ela que queria que ela ficasse com o meu bebê? Como se diz uma coisa assim para outra pessoa sem parecer o pior ser humano do mundo?

Era tarde demais para um aborto. Não tivera estômago para tentar de novo. Eu falei lá no começo que era covarde, sempre fui. e talvez, no fundo, eu não quisesse. Sabia disso então.

Rosqueei as torneiras, saindo do box com mais certeza do que queria fazer, e me enrolei numa toalha. Devia ter me secado melhor, mas sentia-me desconectada da realidade. Já devia estar me cuidando há meses. Segundo o Google, já devia estar tomando ácido fólico e ter feito pelo menos três ultrassonografias. Meu estômago me disse, naquele momento, que eu também deveria estar me alimentando melhor.

A fome era tanta que, ainda enrolada na toalha, meu corpo se voltou para a escada, para a cozinha lá embaixo. Numa confusão de sensações — vertigem, pânico e um baque de dor —, escorreguei, caindo cinco degraus abaixo e instintivamente pousando a mão na barriga.

Puta que pariu!

Eu ofegava, meu coração disparado. *Não, o que eu fiz?* Toquei-me entre as coxas e não soube o que sentir quando meus dedos exibiram uma mancha de sangue vivo. Eu deveria estar aliviada, mas só consegui sentir pavor.

Rebeca

Eu terminava uma reunião com minha equipe quando Cesar entrou no escritório, de calça social, camisa e blazer.

Tentei controlar o sorriso, provocado pelo alívio de vê-lo sem pijamas pela primeira vez em meses, e ergui um dedo, implorando silenciosamente para que não fosse embora antes de conversarmos.

O *lockdown* se arrastava e o mundo acompanhava os gráficos mostrando picos nos números de mortos e infectados. O Brasil já ultrapassara 1,6 milhões de casos de Covid-19, chegando a quase sessenta e cinco mil mortos. Muito mais óbitos do que a Guerra do Golfo.

Nana tinha finalmente sido extubada, mas estava fraca demais para sair da UTI. Segundo o doutor, ela perdera tanta massa magra durante o período da intubação que sequer conseguia tossir ou levantar o braço. Precisaria de muita fisioterapia para chegar a se levantar da cama sozinha. Eles não me deixavam vê-la, então eu tinha que me contentar com as atualizações sobre seu estado de saúde, enviadas diariamente. Pelo menos, ela tinha um médico bom.

Meu escritório ficava no térreo e tinha uma parede inteira de vidro, para que eu pudesse ter a visão do nosso jardim enquanto trabalhava. A luz natural tocava cada superfície, iluminando a estante de livros atrás de mim, minha mesa de vidro branca, meu carpete felpudo.

Eu estava descalça e ri um pouco quando Cesar se sentou na poltrona do outro lado da mesa, pegou meu pé e o massageou. Na tela, minha assistente pessoal, Carmen, minha gerente de marketing, Juliana, e meu braço direito na empresa, Pablo, se despediam de mim, garantindo que executariam as tarefas decididas na reunião.

As vendas cresciam e eu criava formas de expandir nossa base de clientes por meio de parceiras com *influencers* de maquiagem, viagem, moda e estilo de vida. Propus ao time uma nova coleção, baseada em rainhas famosas, e Juliana já estava levantando as pesquisas de mercado. Teríamos as linhas Elizabeth I, Cleópatra, Catarina, a Grande, Victoria e Mary Stuart, porque toda mulher merecia se sentir uma rainha. Mais uma vez, eu saía de uma reunião com a sensação de que tudo iria ficar bem na minha empresa, apesar da pandemia.

Fechei a tela do notebook e mordi a ponta da minha caneta. Cesar beijou meu pé, antes de encostá-lo gentilmente no carpete.

— Tô indo e vou chegar tarde. A casa é no Guarujá.

— Não dá para mandar um assistente? A Vera ou o Júnior? É tão longe.

— É aquela cobertura, tem que ser eu. Tô sentindo que vão fechar, é a terceira visita desse casal. Três milhões e meio, Rena, e estou cada vez mais próximo de abrir uma filial na Baixada Santista, então preciso eu mesmo cuidar dessas vendas. Era o meu sonho inicial, lembra? As filiais?

Aceitei o beijo dele na minha bochecha e decidi não dizer que ele não precisava vender nada para ficarmos bem. Apenas segurei meu sorriso e pedi para que ele tomasse cuidado na estrada.

Rodopiei um pouco na cadeira. Não tinha nada para fazer pelo resto do dia e a sensação era cada vez mais familiar e irritante. Caminhei pela minha casa, tocando as paredes gentilmente, acendendo algumas velas e incensos.

Eu me sentei no sofá e fechei os olhos. *Você tem uma vida boa.* Na minha juventude ultraespiritualizada e obcecada por misticismo, eu lera, nos livros de budismo, que o sofrimento era inevitável e a melhor forma de lidar com ele era validar meus próprios sentimentos de frustração, ódio e tristeza, mas, então, quebrar o ciclo de reacionismo que seguia esses sentimentos. Pensei no que Cesar sempre dizia, que não era possível ter tudo.

Preciso fazer as pazes com minha situação, concluí, apertando as pálpebras por um instante e abrindo um sorriso resignado. *Eu tenho uma vida boa, devo ser grata por ela e aceitar que não terei filhos... e tudo bem.*

Quando me levantei do sofá, estava decidida a superar meu vazio, trabalhá-lo em terapia e com meditação, e, quando os momentos difíceis viessem, buscar formas de praticar a gratidão. Sabia que não seria tão fácil assim, muito menos rápido, mas, pelo menos *naquele instante*, estava resolvida a tentar seguir em frente. Ainda havia a inseminação artificial e a fertilização in vitro, ainda havia a adoção. Assim que a pandemia acabasse, eu poderia explorar minhas opções com uma cabeça mais fria.

No meu quarto, me despi de minhas pantalonas e camisa de linho, pendurando ambas no guarda-roupas, e entrei num macacão cinza-escuro e confortável, calçando meus tênis de corrida. Com um elástico entre os dentes, desci as escadas puxando os cabelos num rabo de cavalo, determinada a gastar minha frustração numa corrida até o lago.

Saí de casa com os cabelos presos e *smartwatch* pronto para registrar um novo recorde. *Esqueci o filtro solar.* Apesar do dia frio e nublado, não estava disposta a voltar e, depois de alguns movimentos de alongamento, bati os pés no asfalto, começando leve.

Inspirei o ar com cheiro de mato e fechei os olhos por alguns instantes, agradecendo pela vista, pela casa, pela minha saúde. Pássaros piavam nas árvores.

— Rebeca!

Eu não queria ver a Teddi. Não queria falar com ela. Pensei em continuar correndo e ignorá-la, mas meus pés estancaram. Virei-me a tempo de vê-la caminhando devagar até mim, andando esquisito, de toalha. O rosto dela estava contorcido, os cabelos molhados. Ao perceber que ela segurava a toalha entre as pernas, senti uma fisgada de medo no meu diafragma.

— Desculpa — ela murmurou, se aproximando. — Eu acabei de levar um tombo. Não sei se tá tudo bem, sei lá, eu tô sangrando...

— Puta merda, Teddi! — falei entredentes.

Ela era tão irresponsável, tão idiota às vezes. Eu quis enfiar as unhas na cara dela.

Respirei fundo, caminhando de volta até minha casa, erguendo a voz:

— Vá se vestir. Pega o RG, eu vou pegar as chaves do carro. Não faz nenhuma imbecilidade, como colocar um absorvente interno ou fumar um baseado.

Teddi não engoliria aquilo com facilidade, mas eu não estava nem aí. Ouvi ela murmurar um "vaca", mas obedecer. Em segundos, peguei minha bolsa com meus documentos e cartões, duas máscaras e as chaves do meu Volvo XC60, que eu só usava uma vez a cada quinze dias naqueles tempos, para ir ao mercado. Acomodei uma toalha no banco de passageiros. Não era impossível a bolsa dela romper.

Pensei em mandar uma mensagem para o Cesar, mas não quis distraí-lo — sabia como ele ficava ansioso com uma venda.

Ela entrou no carro como uma adolescente emburrada, com cheiro de xampu, vestida. Dirigi, subindo a nossa rua, virando à direita e passando nossa guarita vazia, apertando o botão da cancela. Por dez minutos, não encontrei nada para dizer a ela. Ela começou:

— Não tenho plano de saúde, só para você saber.

— Que surpresa — murmurei, incomodada com a visão cada vez mais frequente de uma estrada sem carros, a ausência de pessoas nas ruas. Era como se estivéssemos no cenário de um filme, antes da equipe de filmagem chegar.

Estranhei que ela ficou em silêncio em vez de me mandar à merda. Quando arrisquei um olhar, vi seus olhos marejados e a mandíbula tensa. Suavizei o tom:

— Não deve ser nada. Vai ficar tudo bem.

Ela não respondeu.

— Quantas semanas?

— Vinte e duas.

— Esse tempo todo...

— Eu já sabia. Pensei que fosse resolver, então não contei.

Resolver. Apolo não tinha mentido.

— É melhor ligar para sua obstetra e contar da queda, ver se tem alguma sugestão, mas provavelmente vão pedir um ultrassom no hospital e, aí, vamos ter uma dimensão do que aconteceu. Não se preocupa com os custos, claro. Vamos entrar pela entrada do particular.

Queria perguntar quem era o pai, mas a pergunta me pareceu estranha. Pensar que Teddi estava grávida na noite em que fomos para a cama me causou um arrepio na nuca.

— Eu não tenho médico. Tava foda marcar pré-natal pelo SUS e acabei desistindo.

Minha vontade foi dar um soco nela, mas me contentei com apertar as mãos no volante. Teddi esfregou os olhos e explicou:

— Eu nem sabia que teria mesmo esse bebê até algumas semanas atrás. As pessoas só falam para não sairmos de casa, não irmos até clínicas ou hospitais. Eu travei. Eu tô apavorada. Não sei o que sentir. Nem sei como engravidei, porque aconteceu no meu apagão. Tenho certeza de que você tem um monte de liçãozinha de moral para me dar, mas, sinceramente, prefiro que me deixe aqui, na beira da estrada, do que ter que aguentar seu julgamento.

— Vou calar a boca, pode deixar. — Apertei os lábios, acelerando, tentando me lembrar do caminho para a clínica onde havia feito minha única consulta ginecológica na cidade e me lembrava de, apesar da decepção que essas consultas sempre eram para mim, haver gostado do lugar. — Digita no GPS o hospital.

Ela teve algumas dificuldades, mas logo se encontrou. Cliquei na opção correta e vi que levaria oito minutos para chegar. *Pelo menos não tem trânsito*, pensei, amarga. Só tinha que rezar para que a clínica estivesse aberta.

— Tá sangrando muito ou diminuindo?

Teddi espiou a calcinha.

— Parando, só uma sujeirinha.

— Tá sentindo cólica? Alguma outra dor?

— Não, nada.

Eu não acreditava que durante o primeiro trimestre ela tivesse fumado e bebido daquele jeito, que não houvesse se alimentado direito. Só que a cada minuto com ela no carro era difícil manter aquele ódio aquecido.

Eu quis perguntar se o bebê já estava chutando, se ela tinha enjoos, o que estava sentindo. Não era difícil me imaginar comprando roupinhas para o neném. Meu Deus, como eu podia estar fazendo planos? Como eu podia querer sorrir ao imaginar que poderia ver o bebê, segurá-lo de vez em quando, passear com ele de carrinho, talvez até para o lago, se a Teddi deixasse?

— Não tem ninguém nas ruas.

Teddi falara aquilo com assombro. Ela olhava em volta com uma ruga na testa. Eu me perguntei há quanto tempo ela estava trancafiada naquela casa, comendo apenas por aplicativo, recebendo suas compras por *delivery*.

— Tá assim há meses, Teddi.

— Tudo bem, mas… não tem ninguém mesmo. Eu sabia disso, mas não tinha visto. É diferente quando a gente vê.

— Chegamos. — Desacelerei ao entrar no estacionamento.

Havia pouquíssimos carros, mas aparentemente a clínica estava aberta. Parei próximo à entrada de emergência, onde uma ambulância aberta descarregava uma mulher com a barriga gigante, seu rosto parcialmente coberto por uma máscara. Ela foi colocada em uma cadeira de rodas e levada às pressas lá para dentro.

Foi difícil não pensar em Nana, internada tão perto. Ali, as coisas estavam calmas, mas as mulheres e seus parceiros na sala de espera pendiam suas cabeças em visível preocupação e desânimo. Ninguém sorria na recepção, por trás de máscaras cor-de-rosa. O silêncio era fúnebre. A distância entre as pessoas era uma declaração por si só. Eu e Teddi entramos usando máscaras e nos dirigimos para o balcão sem pegar senha, onde falei:

— É uma emergência. Ela é gestante, com vinte e duas semanas, e levou um tombo em casa. Está com sangramento leve. É particular.

A recepcionista ergueu o olhar cansado para Teddi, pediu os documentos e preencheu um formulário.

— Assina aqui e senta, por favor. Já vamos chamar.

Em algum lugar, um bebê chorava. Enquanto ficávamos ali, sentadas, uma mulher saiu do elevador usando máscara, carregando um recém-nascido, seu marido logo atrás com duas bolsas gigantes. Eu os acompanhei com o olhar, imaginando o que ela estaria sentindo com aquela criança tão minúscula, toda enrugada, com as mãozinhas fechadas, em seus braços. Precisei engolir uma quantidade absurda de saliva e desviar o olhar daquele sorriso que os olhos dela exibiam.

Teddi estava me encarando, examinando aquela reação.

— Rebeca... — ela começou, sendo interrompida por uma enfermeira baixinha quase berrando:

— Teodora Bergler!

Teddi se levantou e eu fui atrás. Tivemos que explicar o ocorrido de novo num consultório genérico e apertado, para um médico de uns trinta e cinco anos, impaciente. Quando ele pediu o cartão de pré-natal e Teddi explicou que, por medo de contrair Covid, não havia encontrado um obstetra ainda, ele lhe lançou um olhar tão irritado que eu pensei que fosse xingá-la.

— Escuta, você vai pedir um ultrassom ou não? — perguntei.

— Vou sim, doutora...? — Ele ergueu os olhos para mim.

— Eu não preciso ser médica para saber que dar uma bronca numa mãe de primeira viagem por ter escolhido se preservar de uma doença que está matando milhares não vai ser muito produtivo neste momento.

Ele rabiscou um formulário com movimentos bruscos, que entregou para mim e não para Teddi.

— Toma, papai. Espera lá fora, que já vão chamar. Depois vocês voltam aqui.

Quando nos levantamos, percebi que ele havia pensado que fôssemos um casal. Era por isso que estava irritado?

Os próximos dez minutos se arrastaram, até Teddi ser chamada por outra enfermeira para outra sala. Enquanto a mulher a ajudava a se deitar no leito, baixava suas calças até a púbis e protegia o tecido com algumas camadas de papel, eu me sentei na cadeirinha reservada para acompanhantes na sala escura.

Em minutos, uma médica entrou, se apresentou e se sentou de frente ao computador, perguntando para Teddi sobre a gestação e a data da última menstruação, como se para confirmar as informações no pedido do doutor Masculinidade Ameaçada, e espirrou gel na barriga de Teddi.

Trabalhei minha respiração. *Vai ficar tudo bem.* Não era sobre mim. Era sobre ela. Era a experiência dela e eu não tinha direito de ter raiva.

Quando senti a inveja se anunciar na base do meu crânio, foquei nos aparelhos, nos detalhes da sala, em qualquer coisa que me distraísse. Notei Teddi apreensiva, os olhos presos na médica, que, depois de alguns minutos, virou a tela para ela:

— Seu bebê está bem, em situação longitudinal, apresentação cefálica. Aqui é a cabeça dele, com contornos normais; aqui, a coluna vertebral, tudo normal também. Esta é a bexiga dele. Aqui, o coração. Vamos ouvir o coração, um segundo.

Eu me perdi nas manchas brancas na tela, que mostravam o contorno de um bebê, com bracinhos e pernas, já no formato de como seria ao nascer. Quando os batimentos saíram dos pequenos autofalantes do computador, parecendo como se algo estivesse sendo chacoalhado debaixo d'água, assustadoramente rápido, eu tive que abrir a boca para respirar. A máscara deixava tudo abafado.

— Cento e cinquenta e dois batimentos por minuto. Parece rápido, mas é normal — a médica falou, clicando no teclado dela. O som desapareceu. Ela continuou: — Placenta de espessura normal, grau I. Quantidade de líquido amniótico normal, também. Tá tudo ótimo. Já dá para ver o sexo, você já sabe? Quer saber?

Olhei para Teddi. Ela estava limpando uma lágrima da bochecha. Assentiu para a médica, como se falar exigisse demais de si.

A médica puxou elipses na tela.

— Tá vendo, parecendo um hambúrguer? É menina.

Teddi enrugou os olhos, como se sorrisse. Meu nariz ardeu e eu não soube o que sentia. Abri bem as pálpebras, esticando o rosto para que minhas lágrimas secassem. No escuro, as duas estavam distraídas demais para notar.

— Tá tudo certo com seu bebê — a médica falou, puxando uma quantidade absurda de papel toalha de um *dispenser* de plástico e colocando na barriga de Teddi. — Parabéns. Pode esperar lá fora, que logo mais entregamos o laudo, tá?

Ela se levantou e saiu da salinha. Teddi estava tendo dificuldades para limpar o gel da barriga. Eu a ajudei a se levantar, pela primeira vez conseguindo visualizar o abdome arredondado, embora ainda pequeno. Ela fechou a calça, abaixando a blusa, se recompondo.

Praticamente não ouvi o que o doutor Masculinidade Ameaçada disse, mas entendi que não havia nada de errado com Teddi e ele sugeriu repouso, assim como um retorno imediato se o sangramento persistisse. Resmungou algumas coisas sobre ela encontrar um obstetra e não acreditar em tudo o que via na televisão. Fiquei surpresa que não tivesse recomendado cloroquina.

No caminho de volta, eu me senti entorpecida. Teddi lia o laudo em voz alta:

— "Sinais de vitalidade presentes, caracterizados por batimentos cardíacos rítmicos de 152 bpm e movimentação corporal ativa. O cordão umbilical apresenta morfologia normal, com duas artérias e uma veia"… Meu Deus, eu não sei nada sobre nada.

— O doutor Frágil é um cretino, mas tem razão em relação ao

obstetra. Você já devia estar acompanhando sua gestação, fazendo exames, tomando vitaminas.

— Odeio médicos. Tô com medo de pegar Covid.

— Você não tem muita escolha. Eu pago.

— Não, o dinheiro do meu pai já caiu. Aí eu te pago por essa consulta, não se preocupa com isso.

— ...Agora você sabe que é menina. Já pode pensar num nome.

Teddi ficou quieta. Por um tempo, ela se contentou em fitar o mundo através do vidro. Eu não fazia a mínima ideia do que se passava por sua cabeça. Ela teria que dar à luz usando máscara. Ela teria que expor a si mesma e ao bebê à Covid, se quisesse ter o bebê num hospital.

— Rebeca, eu não te contei...

— Não importa agora.

— Eu sei que você e o Cesar estão tentando há anos.

— Aquele imbecil do meu marido acabou te contando.

— ...Se eu pudesse trocar...

Eu não podia deixar que ela sequer verbalizasse aquilo. Com os olhos na estrada, estiquei o braço e coloquei minha mão sobre sua máscara, notando pela primeira vez que não as havíamos tirado desde o hospital.

— Não fala besteira. Tá tudo bem. As coisas são como devem ser.

O tom dela saiu meio choroso, meio ácido quando murmurou:

— Ainda quer ser minha amiga?

Eu arrisquei um olhar para ela, depois de volta à estrada deserta.

— Acho que nem eu nem você temos muita escolha.

O quarto de hóspedes estava iluminado apenas pela luz do abajur e Teddi dormia debaixo das cobertas. Eu carregava uma bandeja com sopa de abóbora e algumas torradas. Parei ao lado da cama e a observei dormir.

Conversamos pouco, mas insisti que ela ficasse de repouso na minha casa. Era o que fazia mais sentido. Pousando a bandeja pesada na mesa de cabeceira, fiz um carinho em seus cabelos, para que despertasse. Pensei no bebê dentro dela, faminto, e certa aflição tomou conta de mim. *Que besteira, Rebeca, deixe de ser provinciana.* Pelo jeito, a voz da minha mãe ainda estava bem viva no meu inconsciente, esperando o momento certo de se fazer ouvida, de me ferir.

Fitei seu rosto pálido. Nunca quis tanto machucar uma pessoa e, ao mesmo tempo, cuidar dela, me enroscar nela, fazer ela gemer como na noite da maconha. Eu tinha que deixar aqueles sentimentos de lado. Ela precisava da minha ajuda.

— Acorda, vai, tem sopa.

Ela levou alguns minutos para se situar, mas se ergueu na cama e tomou um pouco de sopa em silêncio. Quando terminou, me observou enquanto eu retirava a bandeja das suas coxas.

— Dói em você? Saber que estou grávida?

Desviei o olhar, me concentrando na minha respiração. Era como uma substância corrosiva no meu peito, mas ela não precisava saber disso.

— Dói um pouco, mas você não é a minha primeira amiga a ficar grávida. O que eu sinto não importa. Só tô preocupada com você.

Quieta, ela se acomodou contra o travesseiro. Quem teria sido? Não era difícil imaginá-la deprimida e bêbada em algum barzinho, com raiva do pai e do mundo, precisando provar para si mesma que não precisava provar nada para ninguém e indo para a cama com algum otário que estava no lugar certo na hora certa.

E se não foi? E se não foi tão suave, tão voluntário assim? E se alguém tivesse machucado a Teddi? Não pela primeira vez na vida, senti-me com sorte por ser uma das poucas mulheres que conhecia que não havia sofrido nenhum tipo de abuso. Claro, houvera beijos forçados, cantadas nojentas nas ruas e aquele homem no elevador, quando eu tinha onze anos, que abriu a calça e se masturbou na minha frente enquanto eu me encolhia e mantinha os olhos fixos nos botões. Mesmo assim, eu me sentia sortuda, premiada.

Minha mãe riu quando contei para ela. Era tão fácil lembrar da imagem dela, de frente para o espelho do banheiro, penteando a sobrancelha enquanto dizia "Que exagero chorar por causa disso, ele nem tocou em você".

— Eu quero que você me escute antes de surtar — Teddi falou baixo. Parecia tranquila e muito bonita naquela luz suave, os cabelos pretos contrastando contra a fronha branca. — Porque essa é a conversa mais... definitiva que eu já tive. Não quero que responda o que acha que deve, como um roteiro. Quero que seja a mulher que sempre foi comigo, sincera.

— Do que você tá falando?

Teddi não hesitou. Ela falou numa voz serena, firme, clara:

— Hoje foi diferente. Hoje eu vi o bebê. Ela é mais real para mim agora, mas já tomei minha decisão e não quero ser mãe. Não é bem isso, eu não *posso* ser mãe. Não sei cuidar nem de mim e, ao contrário do que você pensa, não odeio crianças, só não tenho a menor capacidade de cuidar de uma. Quero que você fique com ela.

Eu me levantei e me afastei da cama.

Não, não, não. Era perigoso demais, o que ela estava sugerindo. *Ela não sabe o que está falando, vai mudar de ideia.*

Eu não podia sentir aquele tipo de esperança. Não depois de ter visto aquele ultrassom, o bebê dentro dela, aquela menininha tão pequena, mas tão viva, tão real se mexendo e crescendo, e se transformando num bebê que, em um mês, já seria forte o bastante até para sobreviver fora da barriga da mãe, com um pouco de sorte.

Eu tinha que ser responsável.

— Você não tem ideia do que tá falando. — Minha voz saiu trêmula, denunciou o que eu sentia. — É melhor não...

— Ninguém precisa saber.

Mordi meu lábio para não falar algo que me assombraria para sempre. Teddi ergueu o cobertor e se levantou da cama, se aproximando de mim.

— Ninguém sabe do bebê. Eu sei que você vai dar uma vida perfeita para ela, que vai ser a melhor mãe do mundo. Eu vou ficar em paz com essa decisão, porque é você. Se fosse qualquer outra mulher não, mas você vai ser uma mãe maravilhosa.

Quando Teddi apertou minhas mãos, era tarde demais. A possibilidade se expandia dentro de mim. Eu visualizei tudo, quase senti o bebê aninhado ao meu colo. Os olhos dela cintilavam, tão próximos dos meus. Ela sorriu:

— Eu posso ser uma espécie de madrinha e nada mais. Entende?

Engoli em seco. Apertei a mão contra a barriga. Esqueci como respirar. Vi o bebê tal como na tela, manchas brancas formando uma espinha dorsal, o coração batendo rápido, forte.

— Isso sempre foi feito, Rebeca. — Ela baixou a voz. — Nossas avós faziam isso, pegavam irmãos e sobrinhos para criar. Nós, mulheres, sempre fizemos isso. Eu não entendo como meu governo pode me obrigar a ter um filho sem me garantir os direitos básicos para esse filho, como segurança, moradia, alimento, educação, saúde, tudo isso... e esse mesmo governo me impede de escolher um lar bom para essa criança. Eu não entendo e tô cagando para as regras. Vamos deixar de fazer a melhor coisa para este bebê?

Balancei a cabeça.

— Não é justo — sussurrei.

— Não, não é. Essa merda que eles chamam de *lei* vai fazer você passar anos numa fila de adoção enquanto uma criança que daria tudo para ter você como mãe precisará viver num abrigo, sem amor, sem nada.

Cobri meu rosto. As minhas transgressões em quase quarenta anos haviam sido tão pequenas, tão bobas. Eu não virava o carro sem dar seta, não seria capaz de jogar um mísero papel de bala na rua, mas o bebê... Ela seria tão amada por mim, por Cesar.

— Rebeca, só diz sim. Tira esse peso da minha vida e da sua.

O som da porta da frente. Um assovio. Cesar.

Ficamos paradas, olhando uma para a outra. A decisão já estava tomada. O plano inteiro se desdobrou na minha cabeça. Eu vi nos olhos de Teddi que ela enxergava o que se passava dentro de mim. O ar no quarto se transformava lentamente.

Cesar parou na porta.

— Oi, Teddi. — Ele estava surpreso em vê-la, claro, e o tom deixou todas as suas perguntas no ar.

Virei o rosto para o meu marido. Minha voz saiu com um timbre que nem reconheci. Eu já não era a mesma.

— Nós vamos ter um bebê.

Cesar

Teddi e Rebeca dormiram na mesma cama naquela noite. Simplesmente se aconchegaram debaixo das cobertas, sussurraram no escuro por cerca de vinte minutos e pegaram no sono. Eu as observei dormir por alguns segundos, tirei os sapatos de Rebeca, cobri um dos pés de Teddi, que estava à mostra, e apaguei a luz.

O frio no jardim cortava a minha pele, se enfiando nas minhas roupas. Acendi um dos cigarros da minha vizinha e bebi o resto do champanhe, ouvindo algumas cigarras cantarem. Não havia tantas estrelas no céu, nem lua.

Desta vez, eu não poderia contar com a ponderação e a capacidade de análise de Rebeca. Não era como uma das vezes em que eu chegava a casa, no começo do relacionamento, e explicava para ela que o apartamento que queria vender era escuro demais ou que os proprietários não faziam questão de limpar nem o básico para receber compradores em potencial. Não era como desabafar com ela, durante o jantar, que o cliente estava me fazendo de otário, visitando o mesmo imóvel dez vezes só para fechar com outro corretor.

Quando eu trazia um problema, Rebeca me ouvia atentamente, depois fazia perguntas: "você acha que tem chances reais de vender se o apartamento for mais claro e limpinho? E se nós tirássemos uma faxina do nosso bolso? E se tirássemos as cortinas vermelhas e pintássemos a parede de branco?" Ela fazia contas, bolava planos e me ajudava a criar argumentos para quebrar todas as possíveis objeções dos clientes. Esperava-me nua, com uma garrafa de espumante barato, na porta do apartamento, quando eu fechava uma venda.

Agora não. Teddi havia oferecido a Rebeca a única coisa que ela queria. Seu maior sonho.

Rebeca já tinha vislumbrado seu futuro inteiro com aquela criança: o quartinho decorado, roupinhas macias, fraldas. Vídeos trêmulos dos primeiros passos, uma caixinha especial para guardar os dentinhos que cairiam. Rebeca já tinha escolhido o xampu da Johnson&Johnson's, os cobertores de plush da Carter's. Ela provavelmente já sabia onde a criança iria estudar e talvez já tivesse até uma poupança para a faculdade. A primeira viagem à Disneylândia — sim, a da Califórnia, porque Florida era básico demais — aconteceria em 2024.

Eu — ninguém, na verdade — não conseguiria convencer minha esposa de que ela não podia simplesmente pegar a filha de outra mulher para criar. Havia questões éticas e psicológicas, mas eu não tinha nem tempo para pensar nelas; o que me preocupava era a ilegalidade daquilo. No Brasil, se uma moradora de rua viciada em crack, grávida do sexto filho, quisesse doar seu bebê a um casal, o ato era ilegal. Ao contrário de outros países, em que basta um contrato e uma leve intervenção estadual para a adoção, no nosso país a criança pertenceria ao Estado e só havia uma maneira de adotá-la: entrando na fila e esperando. Por anos.

Uma rápida pesquisa na internet me deu esperanças por alguns segundos. Havia algo chamado adoção indireta, em que teríamos que pedir a Teddi que escrevesse um termo, alegando que estava dando a criança para nós sem pedir nada em troca. Aí teríamos que contratar um advogado para nos representar, para legalizar a adoção. A cada relato e artigo, meu coração se afundava: quase nunca dava certo. Os juízes tiravam as crianças dos pais adotivos, que, às vezes, poderiam visitá-las em orfanatos.

Só de imaginar alguém entrando em nossa casa para tirar a criança das mãos de Rebeca, eu sentia secura na boca. Aquilo não tinha como dar certo.

Esfreguei meu olho e bebi o último gole do champanhe Salon que Rebeca abrira, depois de guardá-lo por três anos. Pagáramos quase doze mil na garrafa, numa promoção.

Pensei no sorriso que se abriu no rosto de Rebeca quando ela e Teddi se abraçaram, selando o pacto.

Ver Rebeca tão quieta e recolhida por causa de Nana nas últimas semanas mexeu comigo. Ela estava tentando, era óbvio: acordava cedo, limpava a casa de um jeito meio furioso, saía para correr levando Iberê e, quando voltava, dedicava-se a me oferecer um café-da-manhã cada vez mais variado e saboroso.

Nana saíra da UTI, mas ainda estava internada. O doutor Luiz explicara que nem era mais questão do Covid e, sim, as complicações decorrentes dele, na idade dela: a pneumonia (ela já tinha tido três) e a insuficiência renal.

A SalTerra via um aumento de quase nove porcento no faturamento a cada mês. Só que, desde que Nana fora internada, uma luz se apagara dentro da minha esposa.

Meus negócios estavam indo surpreendentemente bem. Meus três funcionários haviam fechado, juntos, oito imóveis de alto padrão naquele mês, trazendo para a gente mais de um milhão e seiscentos mil em faturamento. Enviar para cada um deles uma garrafa de champanhe me tirou da minha letargia, acendeu em mim um resquício do Cesar pré-pandemia.

Eu teria que dar um jeito, resolver as coisas para as mulheres na minha vida... nas ameaças de Mauro, nessa situação com a Teddi.

Eu só não fazia a mínima ideia de como.

Não conseguiria dissuadir Rebeca e, depois da mentira que contava a ela desde que nos casamos, sabia que não tinha direito nenhum de roubar dela a possibilidade, mais real do que nunca, de ser mãe.

Mas não é só isso, Cesar.

Se eu e Rebeca fôssemos seguir com aquela ideia absurda de criar o bebê da Teddi, eu precisava fechar todas as pontas, nos proteger como pudesse, porque, afinal, essa deveria ser a primeira função de um pai. Primeiramente, eu precisava ter certeza de que Teddi não era uma assassina. Eu tinha que descobrir o que ela tinha feito.

3 DE AGOSTO

SEMANA 27

O feto tem o tamanho de uma couve-nabo

Rebeca

Aumentei o volume de *Um Certo Alguém* na playlist "nacionais 80" do Cesar. Era impossível tirar o sorriso do meu rosto. Nem as ruas desertas ou as notícias sobre o vírus, nem me lembrar de que Nana estava internada. *Ela vai ter forças para se recuperar quando souber que vai ter uma netinha,* eu insistia para mim mesma.

Eu não acho que precisasse ter ido ao escritório naquela tarde, mas a verdade era que queria sair de casa um pouco. Embora se falasse sobre as vacinas, algumas já na terceira fase de testes, quanto mais eu pesquisava na internet, mais certeza tinha de que levaria meses até que a população tivesse acesso a vacinas seguras.

A SalTerra ficava num prédio comercial em Santana de Parnaíba. Mesmo antes da pandemia, eu não trabalhava no escritório da empresa em tempo integral, dividindo minha agenda para que só o visitasse uma vez por semana, trabalhando em casa ou visitando clientes pelo resto do tempo.

Entrei no prédio percebendo que sentira muita falta de estar lá. Só havia uma recepcionista, de máscara, e um segurança, que cumprimentei enquanto passava meu crachá na catraca. Subi sozinha no elevador e, de propósito, saí no andar errado. Precisa ver que mais pessoas trabalhavam naquele prédio, outrora tão movimentado. Vi dois homens por trás das portas de vidro de uma editora de livros e só.

Meu andar chegou e tirei os saltos para sentir o carpete sob meus pés. Caminhei sozinha, observando as portas fechadas. Eu dividia o andar com a Pan Embalagens e a Telles-Moura Consultoria em T.I.

Abri a porta de madeira clara com minha chave e caminhei descalça, com os saltos pendurados nos dedos, pela recepção tão bonita, que eu mesma havia decorado; uma sala pequena, mas elegante, com paredes em tons de verde-escuro e caramelo, e muitas plantas artificiais. A placa em vidro jateado dizia SalTerra Semijoias.

Apenas seis meses atrás, se eu entrasse naquele escritório, veria a recepcionista, a Mayara, atrás do balcão. Sentiria o cheiro de café no ar. Ouviria os sons de conversas e teclados corredor abaixo.

Entristecida pelo silêncio, desci o corredor, olhando para as janelas de vidro das quatro salas que o ladeavam. Luzes apagadas, computadores desligados. Finalmente, cheguei à minha sala e entrei, abrindo as persianas para que a luz do dia entrasse. Então acessei o sistema: os pedidos da última semana haviam sido enviados; o estoque estava baixo com alguns produtos, que eu não tinha intenção de repor, então mandei um e-mail para a Letícia com os códigos, pedindo para que ela criasse uma promoção para eles, algo como "últimas unidades", para escoar o que faltava.

O projeto da microempresa da Teddi fervilhava dentro de mim. Apesar de não parecer tão empolgada e de não dar muita atenção às minhas apresentações, *moodboards* e planilhas, eu sabia que, quando ela visse o site, que já estava quase pronto, e entendesse os mecanismos do negócio e o potencial para faturamento, abraçaria a Teodora Bath, como eu escolhera chamar a marca, por enquanto.

O celular tocou. Era do hospital.

Não, não... Meu coração acelerou. Eu não queria atender, não queria ouvir que Nana não havia resistido. Não naquele momento.

— Oi — falei baixo, como se isso pudesse impedir o mal de me encontrar. Ouvir a voz do doutor Luiz Gama em vez da assistente social me deixou ainda mais aflita.

— *Rebeca, sou eu, tenho notícias. A Nana está bem. Ainda está no quarto, mas o quadro respiratório dela piorou. Ela tá bem cansada, talvez tenha que voltar para a UTI.*

Apertei os olhos com a mão no peito.

— *A saturação dela voltou a cair muito, apesar da fisioterapia e dos remédios. Pode ser que ela esteja com uma embolia pulmonar, que é quando um coágulo se forma nos vasos do pulmão, causando um infarto do tecido.* — Ele pausou. — *Pode ser bem grave.*

— Por favor, me fala que eu posso ir aí ver ela.

— *Me desculpa, mas, enquanto ela estiver no setor de pacientes respiratórios, não pode receber visita alguma. Todo mundo aqui está em quarentena, até receber alta.*

— Você quer dizer que estão em isolamento respiratório, correto?

— *Sim, isso* — ele disse e consegui imaginar sua expressão perfeitamente, um sorriso triste. — *Eu sempre esqueço com quem estou falando, mas, olha, se quiser me mandar um vídeo rápido de novo, eu posso mostrar para ela. Pode ser?*

Cheguei a encostar a cabeça na minha mesa, ouvindo minha respiração sair alta, medo e alívio se espalhando em doses iguais pela minha corrente sanguínea.

Quando desliguei, abri a câmera frontal, me deparando com uma Rebeca de olhos molhados e delineador um pouco borrado. Apertei o ícone vermelho e sorri para a minha própria imagem.

— Nana, eu tô aqui, morrendo de saudades de você. Fica melhor logo e volta para mim. Volta para o Iberê, para o Cesar. A gente te ama muito... — eu não aguentei, precisei contar para ela: — e, quando você voltar, vai me ajudar a preparar o ninho, porque você tem uma netinha a caminho, tá? É por isso que preciso de você, mãe — limpei as lágrimas com ódio delas —, então volta logo. Melhora e volta para mim.

Desliguei a câmera e, antes que pudesse pensar em gravar um vídeo mais contido, menos molhado, enviei para o celular do doutor Gama. Imaginei a alegria de Nana ao assistir.

Meu celular vibrou na mesa, com uma notificação do Mauro Spiazzi. A mensagem: "Há quanto tempo, dona Mafra! Cesar me falou que tu tá no escritório e estou aqui perto, no Convention. Vamos almoçar no Parque Hotel?".

Eu não queria almoçar com aquele homem. Queria contar para o Cesar que a Nana talvez voltasse para a UTI. Eu via todas as alfinetadas na mensagem simples. O nome completo do meu marido era José Cesar Mafra Teixeira. Desde que o conheci, ele omitia o sobrenome paterno e o primeiro, José, justamente por ter sido escolhido pelo pai. Era claro que Cesar Mafra também soava melhor, ele achava. Eu só soubera o nome completo dele por causa do próprio Spiazzi, no começo do namoro. Minha cara de confusão, quando ele chegou no barzinho onde estávamos e soltou um "Fala, grande José Teixeira!", provocou vergonha no Cesar e uma onda histérica de gargalhadas de Spiazzi. Me chamar de "dona Mafra" era uma cutucada.

Eu pensava numa desculpa quando ele mandou outra mensagem: "Queria ver como você está e, também, ter notícias da Teddi".

Com a testa franzida, respondi que, ok, iria encontrá-lo no restaurante do Parque Hotel. Conferi o *smartwatch*. Eram 12h14, de forma que ele respondeu: "Tô chegando lá em cinco minutos. Beijo".

A contragosto, movida mais pela curiosidade e a possibilidade de estar entre pessoas novamente, num restaurante, coloquei minha bolsa no ombro e os saltos nos pés. *É uma distração*, pensei, *pelo menos uma hora sem pensar em Nana.*

O restaurante também estava vazio. Estimei mais de trinta mesas, das quais apenas quatro estavam ocupadas. Spiazzi estava numa mesa de canto, numa janela. Achei prudente, pois o ar circulando me dava um pouco mais de segurança para tirar a máscara. Ele se levantou quando me aproximei e me deu um abraço quente, que interrompi com pressa.

— Sonia Braga, quanto tempo!

Forcei um sorriso para o apelido que detestava e me ajustei na cadeira.

— Tá tudo bem com você? — Abri o cardápio e corri os olhos pelas opções.

Ele me olhava, como sempre me olhou. É interessante como olhares nos tocam de maneiras diferentes, alguns como carícias, outros como beliscões.

Pedi um chá gelado e ele, a segunda cerveja. Quando fomos deixados a sós, ele entrelaçou os dedos enormes em cima da toalha.

— Veio trabalhar, então?

— É bom pelos funcionários, sabe? Se eu não me importar com minha empresa, por que eles deveriam?

— Você é incrível, Rebeca.

Sorri, mas estava arrependida de estar ali. Quis minha casa, minhas conversas com meu marido. Quis almoçar com Teddi, como fazíamos todos os dias desde o hospital. Ficar perto dela e do meu bebê.

— E o Cesar? — Ele rasgou um pedaço de pão e enfiou na boca.

— Tá ótimo, correndo atrás de dinheiro, sabe como ele é.

— Sei bem como ele é. — A frase saiu como se fossem palavrões. — Eu também soube que vocês têm passado um tempo com a Berglerzinha.

— Natural, é nossa vizinha. Nessa quarentena, só temos uns aos outros. — O que Cesar havia dito a ele? Ou ele estava jogando verde?

— É, tô sabendo. — Ele olhava para fora, para o estacionamento do hotel. Era um dia nublado, mas bem claro, e a luz batia

203

contra seu rosto. — Mas cuidado com ela, Rena, você e o Cesar têm que se blindar de gentinha assim. Você é uma mulher tão fina, tão elegante, não combina com ela.

Meu chá chegou e tomei meio copo pensando no que falar.

— Ela é uma drogada, que nem o pai. Daqui a pouco, vai ficar pedindo dinheiro e favor para vocês, pode escrever.

— Aconteceu alguma coisa entre vocês?

— Ah, nada demais, ficou me devendo uma puta grana, mas você sabe que eu não ligo para isso. Eu tento ajudar a quem posso, sabe?

O garçom se aproximou e eu pedi um risoto de camarão enquanto Spiazzi pediu um filé-mignon com fritas. Ele abriu um sorriso esquisito e suas pálpebras pesaram sobre os olhos.

— Vamos parar de falar dessas coisas. Tô com saudades de vocês, minha amiga. Vocês têm que lembrar de que sou solteiro agora. Preciso dos companheiros. — Ele pegou minhas mãos e lutei para não as puxar. Ficaram ali, mortas, entre as dele.

— Deve ser ruim mesmo, passar a pandemia sozinho. — Bebi um gole de chá só para poder livrar uma das mãos. Ele segurava a outra com mais firmeza. — Mas, sabe, não estamos recebendo ninguém em casa, ninguém mesmo, nem a faxineira.

— Eu tenho um monte de problema, Rena... Tô me sentindo mal pra caralho com esse isolamento todo. Tenho aquele TDAH, déficit de atenção, depressão, essas coisas todas.

— Eu não sabia.

— Você sabe que eu e o Cesar somos de outro mundo. A gente não fala sobre essas coisas, a gente reprime, porque homem não pode demonstrar fraqueza, mas tá tudo aqui. Tô mal mesmo. Só de poder falar com você já melhorou, mas vocês têm que ligar mais.

Minha pele pareceu se encolher. Eu puxei minha mão e fingi que havia ouvido o celular vibrar. Conferi a tela enquanto ele continuava me olhando. Ele baixou a voz.

— Somos amigos há quanto tempo? Quinze anos?

— É, isso.

— E quantas vezes você me ligou nessa quarentena, Rena?

Exalei um pouco de ar, fixando os olhos nos dele.

— Mauro, também estou passando pelas minhas coisas. A Nana tá no hospital há meses, meu irmão não aguentou o tranco e pediu demissão, ninguém tá bem. Desculpa se ficou chateado.

— Ainda estão tentando engravidar?

Eu ouvi tudo o que ele não disse. Ouvi o tom de insinuação. Geralmente sou boa em fazer teatro, toda mulher que enriqueceu é. Temos clientes para agradar e sócios, e investidores para seduzir sem passar a imagem errada. Quando a frase saiu dos meus lábios, era tarde demais:

— Na verdade, estou grávida.

Mauro se mostrou tão surpreso que a sensação foi de ter sido insultada. Falei porque talvez, se ele me enxergasse como uma gestante, não me olharia com aquele desejo nojento. Falei porque queria que fosse verdade. Falei porque sempre quisera verbalizar aquelas palavras. Falei porque, quer saber... era *quase* verdade. Se um homem pode falar "estamos grávidos" quando seu filho está sendo gestado em outro corpo, por que eu não poderia fazer o mesmo?

— Você tá grávida? — Ele deu um risinho.

Não sei o que seria capaz de fazer se ele continuasse falando, mas não podia sair correndo, seria ridículo.

— Por favor, não conta pra ninguém. Não quero que ninguém saiba ainda. Tá cedo e a gente quer manter tudo em segredo.

Mauro me olhava de um jeito indecifrável, então se levantou e se aproximou de mim:

— Parabéns, mamãe. Você merece tudo de bom.

Não tive escolha. Precisei me levantar e abraçá-lo, sentindo o calor dele contra meu corpo, seus braços me envolverem, meus peitos pressionarem contra ele. Voltei a me sentar, me segurando para não chorar.

Mauro se virou, ergueu o braço com o celular e tirou uma foto nossa.

— O que você tá fazendo?

Ele não respondeu. Apertou o botão para gravar um áudio e falou:

— Teixeiraaaa, seu puto! — Gargalhou. — Parabéns! Vai ser papai de novo, hein? Que alegria, meu amigo. Parabéns, mesmo, vamos comemorar!

Imaginei o Cesar vendo a foto, ouvindo o áudio. Merda. A culpa era dele: por que tivera que falar para o Mauro que eu estava no escritório?

Mauro me olhou de novo, com cara de bobo.

— Eu sempre falo para o Cesar que ele teve mais sorte do que eu. Ele já te levou para visitar o bairro em que a gente morava?

Fiz que não com a cabeça.

— Ele não pode fugir. Eu não finjo ser quem não sou. Hoje tenho dinheiro pra caralho, mas não finjo que sou burguês, entende a diferença?

Preciso achar um jeito de sair daqui.

— Não é a primeira vez que você fala isso, mas eu não ligo e nem sei por que bate tanto nessa tecla. Acho que vocês dois têm jeitos diferentes de lidar com o passado. Talvez o dele tenha sido mais traumático, por causa do pai. Você tem que respeitar isso.

— Eu respeito o Cesar, você nem sabe o quanto. Galego me salvou de um monte de tragédia que podia ter acontecido. Só tô falando que ele teve sorte porque te achou. Ele não teria crescido tanto sem você. Logo você, que dava o ar de sofisticação para os clientes confiarem mais em vocês, que ensinou ele a se vestir bem, a usar os talheres direito. Logo você, que largou até a faculdade para ficar com ele.

Mordi meu lábio inferior para não responder. Eu quis estilhaçar meu copo na cabeça enorme dele e berrar, mas respirei fundo, como uma *lady*, como minha mãe teria gostado. Ele usava o passado como uma medalha de honra, anunciando para todo mundo que era "humilde", como se humildade tivesse alguma coisa a ver com escassez.

Meu celular vibrou com uma mensagem do Cesar: "Dá um jeito de sair de perto dele. Fala que o hospital tem notícias da Nana".

Eu não soube se ficava aliviada por ele se preocupar comigo e querer me salvar daquela situação ou com raiva por usar a situação da Nana como uma arma.

— Me desculpa, eu sei que estamos almoçando, mas tenho que ir. Desculpa, tenho que ir.

Eu vi o garçom sorridente se aproximando com nossos pratos fumegantes e deixei uma nota de cem reais na mesa, que deixou Spiazzi quase insultado. Saí antes que ele pudesse falar alguma coisa.

Cesar

Eu já havia tomado minha decisão, mas precisava entendê-la. Precisava alinhar meu coração com a minha cabeça.

Estivera no meu quintal, sentado na grama, fumando a maconha do Bergler, quando Mauro me mandou a foto. Era óbvio que minha esposa não queria estar lá e muito menos ser fotografada.

Entendi tudo: Rebeca, sempre cedendo à pressão de ser elegante e gentil, havia aceitado algum convite dele para almoçar. A foto era um lembrete: "Conheço seu segredo, eu tenho acesso a sua esposa. Posso acabar com seu casamento e sua vida em três segundos".

O que ela havia dito a ele sobre o bebê? Eu tinha que ter cuidado com Mauro. Era típico dele, jogar verde, exatamente como tinha feito comigo quando perguntou se queria almoçar e acabei falando demais, achando que dizer que a Rebeca estava no escritório fosse dissuadi-lo. Eu não podia mais ser uma peça no tabuleiro dele. *O Mauro não é mais seu amigo e já passou da hora de você entender isso. As coisas mudaram.*

Decidi não responder. Eu tinha pouco tempo para seguir com meu plano e não podia deixar aquela brincadeira do Mauro me distrair.

Eu precisava saber se estava colocando meu casamento e minha vida em perigo. Teddi era só uma doce menina que havia preenchido um espaço no coração da minha esposa ou uma assassina manipuladora?

Dois dias antes, entrei em contato com meu empreiteiro, que havia passado meses naquele condomínio, construindo minha casa. Depois de jogarmos conversa fora — a filha dele de sete anos estava internada com Covid —, perguntei se ele conhecia as duas enfermeiras que haviam trabalhado na casa ao lado.

"Cê tá falando da Célia ou da Luane?", ele havia perguntado. Eu realmente não sabia, mas nem precisei responder, porque ele engatou: "A Luane não queria papo com a gente, não. Nariz empinado, sabe? Mas a Célia saía para fumar com os caras quase todo dia."

Teria que ser a Célia, então. Quando pedi o telefone, ele disse que não tinha e não sabia se alguém tinha, mas propôs que eu entrasse em contato com a empresa dela. Explicou que ela trabalhava para uma agência que fazia a ponte entre os clientes e enfermeiras, cuidadoras e faxineiras. "A Célia arranjou um esquema para a minha irmã nessa agência. O nome é *Home Care*. Te passo o número, dois segundos."

A *Home Care* relutou, mas eu sei seduzir. O truque é partir de uma verdade para, só então, seguir com as mentiras. Expliquei que ela tinha trabalhado para meu vizinho e minha esposa estava querendo contratar seus serviços para sua mãe, que estava se recuperando de uma doença. Eles passaram o contato, depois de pegar meus dados.

O próximo passo foi chamar Célia para uma "entrevista de emprego". Ela relutou e não quis ir até minha casa, o que era ótimo para mim, já que Rebeca poderia chegar a qualquer momento.

Pensei no medo que regula praticamente todas as decisões das mulheres e foi difícil não pensar na minha mãe. Às vezes, eu tinha raiva do mundo. Era estranho saber que eu apresentava uma ameaça para Célia, uma mulher que não me conhecia; que nem por um emprego ela correria o risco de me encontrar num condomínio afastado e deserto como aquele.

Combinamos o encontro numa praça, em frente a um centro comercial e um posto de gasolina, onde, suponho, ela se sentia mais segura.

Quando cheguei, não avistei ninguém na praça e me sentei para esperar. Era um dia gelado e sem sol, mas não senti desconforto de estar praticamente sozinho naquele lugar. O homem que eu costumava ser quando estufava o peito e andava pelas ruelas estreitas do Caldeirão, entrando nos botecos e nas casas para fazer as cobranças, ainda estava bem alerta dentro de mim. Ele adorava me ver em situações perigosas, ansioso para sair.

Dois frentistas jogavam conversa fora no posto, sentados, ambos, com as máscaras puxadas para o queixo.

Eu não conseguia ter raiva daquelas pessoas. Como poderíamos determinar que tivessem a obrigação de encarar um ônibus cheio para ir trabalhar todas as manhãs e esperar que, nos fins de semana, não encontrassem alívio em seus churrascos e festinhas? Que na hora de viver um pouco deveriam se isolar, mas, na hora de servir ao patrão, a aglomeração não apresentasse riscos?

Poder se isolar e usar uma N95 era, por si só, no Brasil, um luxo. Era uma conversa que eu não podia ter com meu círculo social, que nunca tinha jantado pipoca por não ter mais nada em casa ou implorado a um gerente de supermercado que aceitasse esperar seis dias para depositar um cheque.

Brinquei com o celular por alguns minutos, me perdendo na vitrine de estilos de vida que eram as redes sociais. Meu feed era um anúncio de tênis de corrida, um gráfico mostrando picos de óbitos por Covid, a foto de um cliente meu jogando tênis com o filho adolescente na quadra da chácara deles, um anúncio de um relógio Bulova, o vídeo de um concorrente meu apresentando uma cobertura num prédio de frente para o mar, em Ubatuba, outra notícia deprimente da pandemia.

— Seu Cesar?

Olhei para cima. Maria Célia era uma mulher negra de pele clara e cabelos cacheados. Não consegui ver muito do seu rosto devido às duas máscaras que ela usava, mas seus olhos eram grandes e delineados de preto. As roupas brancas eram justas no corpo magro.

— Oi, tudo bem, Célia?

Estendi a mão, mas ela ofereceu apenas o antebraço, num gesto que eu ainda achava esquisito. Toquei meu antebraço contra o dela em respeito e ela se sentou no banco oposto ao meu.

— O senhor tá precisando de enfermeira para qual horário? — Ela foi direto ao ponto. — Porque eu tô com um serviço agora, das duas da tarde às dez da noite. Teria que ser de manhã.

— Célia, na verdade eu preciso só conversar com você, mas sei que veio até aqui, então vou pagar pelo seu tempo.

Eu não precisava ver sua boca e nariz para saber que ela estava prestes a se levantar e voltar para a moto, que havia estacionado a poucos metros, de onde pendia um capacete rosa-claro com adesivos floridos.

— Eu sei que é meio estranho, mas é importante para mim — continuei, odiando estar fazendo aquilo. — Você trabalhou para o Stefan Bergler nas semanas que antecederam a morte dele e eu...

— O senhor é de jornal?

— Sou corretor. Vizinho do Bergler.

— Da casa que estavam construindo e fazendo aquele barulho todo?

— Isso, com a cerca viva. Dois andares e telhados bem pontudos, meio Tudor. Branca. Essa mesma.

Ela me olhou por um tempo, receosa. Eu não queria falar de dinheiro ainda, agir como se pudesse comprá-la, mesmo sabendo que podia. Todo mundo tinha um preço.

— O que o senhor quer saber?

— Eu vou te fazer só algumas perguntas, prometo, e posso pagar pelo seu tempo. Juro que não é nada ruim, é só para saber mais sobre uma amiga minha, que contratou você, a Teddi.

Algo aconteceu ali, no rosto dela. Célia se levantou.

— Eu não quero me meter em nada, não, seu Cesar.

— Por favor, são só três perguntas. Que tal dois mil? Cinco minutos.

Célia hesitou quando ouviu o valor. Meu coração despencou do meu peito quando ela balançou a cabeça num "não" resoluto e andou até a moto.

Eu me levantei e fui atrás dela, tentando não a intimidar, vendo-a subir na moto e vestir o capacete. Os dois frentistas do outro lado da rua nos observavam, prontos para intervir.

— Célia, eu só quero saber algumas coisas sobre os últimos dias do seu paciente, só isso. Não vou envolver mais ninguém, ninguém vai saber que falou comigo. Eu pago cinco. Hoje, transfiro cinco mil para a sua conta agora.

Ela não ligou a moto. Depois de alguns instantes, tirou o capacete.

— Minha irmã tá pra ganhar neném e esse dinheiro vai ajudar — murmurou, olhando em frente, para a praça deserta, mais falando consigo mesma do que comigo. Então seus olhos espertos travaram nos meus. — Quero ver a transferência.

Acessei minha conta no banco e mostrei a tela para ela, transferindo a quantia, à contragosto, para a conta no Banco do Brasil, que ela indicara de cor. Quando comprovou o pagamento, Célia cruzou os braços, sem descer da moto, mostrando que eu teria que ser rápido.

— Como foram as semanas do Bergler em casa? Tinha muita visita? A Teddi ficava lá o tempo todo?

Célia deu atenção às suas unhas curtas, falando enquanto as examinava:

— Meu paciente tava sofrendo da quimio, então ficava muito tempo deitado e eu e a Luane revezávamos os horários para fazer comida, dar banho, essas coisas. Ele vomitava, passava mal do estômago e a gente medicava também, essas coisas. Iam lá os caras da banda e a Teddi. Ela só foi embora umas duas vezes, mas voltava de manhã, no dia seguinte. Ficava muito tempo lá, com ele.

— E o Mauro Spiazzi? Cara grande...

— Sei quem é. Ia muito lá também. Se trancava no quarto com o meu paciente e eles ficavam conversando. A Teddi ia fumar lá fora e não gostava dele.

Ela hesitou. Ia falar alguma coisa. *Vamos, Célia, eu te dei uma puta grana. Fala.* Ela falou, baixando um pouco a voz:

— Uma vez, eu peguei eles lá em cima, no quarto do piano, parecia que estavam brigando meio sussurrado. Não sei nada do que tavam falando, mas entrei para pegar umas toalhas e ele tava pressionando ela na parede. Eles tavam bem nervosinhos. Sei que era coisa errada, porque ela aproveitou que eu entrei e saiu correndo do quarto.

Eu só tinha mais uma pergunta.

— Aconteceu alguma coisa estranha entre a Teddi e o pai dela?

Engraçado como a gente lê as pessoas. A Célia quase sorriu. Quase. Era como se seus olhos me dissessem "Parabéns, idiota, finalmente fez a pergunta certa". Fiquei surpreso quando ela balançou a cabeça.

— Olha, seu Cesar...

— Por favor.

— Olha só... a gente vê as coisas e pode tá interpretando tudo errado. Já aconteceu comigo, de verem coisa errada onde não tinha. O gato do meu vizinho arranhou o braço inteiro do meu filho e a escola queria chamar a polícia, dizendo que eu tinha arranhado ele. Eu. Nunca. Arranhei. Meu. Dudinha. Então, se eu for fazer a mesma coisa com aquela moça ou com meu paciente falecido, não vou dormir direito. Não tem dinheiro no mundo que compre a minha paz.

— Entendo isso, mas você é mulher, sabe quando tem algo errado entre duas pessoas. Eu só quero saber se tinha alguma coisa errada naquele relacionamento. Maldade, talvez, por parte da Teddi. Se ela poderia ter machucado o pai.

Nesse ponto, Célia enrugou a testa.

— Você tá achando que a Teddi era a ruim nessa história?

— Não tô achando nada, só quero entender...

— Olha... era estranho, sim. Essa é a verdade. Eles se tocavam demais. Ele olhava para ela de um jeito que me arrepia a nuca de lembrar, mas eu não vi nada. Só senti. Então não coloco minha mão no fogo. Acabamos. O senhor ajudou muito o meu sobrinho, então obrigada.

Coloquei a mão no braço dela e imediatamente recuei.

— Célia, por favor, só me explica se você acha que alguma coisa estranha...

Ela suspirou. Ligou a moto. Olhou para mim.

— Muito obrigada, seu Cesar.

Observei Célia se afastar e ser acompanhada com o olhar pelos dois frentistas. Meus instintos me diziam que deveria acreditar naquela mulher e tomei minha próxima decisão com base nesses instintos.

O que mais me surpreendeu no barzinho foi o olhar de nervosismo e gratidão dos funcionários. Era como se dissessem: "Sim, por favor, coloque-se em risco, nossos empregos dependem disso".

Poucos estabelecimentos estavam abertos. As notícias anunciavam um boom nos aplicativos para entrega de comida e explicavam que os restaurantes despreparados para delivery provavelmente não sobreviveriam.

Spiazzi entrou com a máscara debaixo do nariz, o tipo de escárnio que eu esperava dele. O barzinho não era grandes coisas; uma casa convertida num salão, com algumas mesas de madeira desocupadas do lado de fora. Com luz bem baixa e mesas escuras, era fácil sentir sonolência. Era um ambiente que convidava conversas sussurradas.

Fora nós dois, havia apenas duas mulheres numa mesa de canto e a conversa delas não estava sendo fácil. Gesticulavam muito, uma delas insistia em apertar a mão da outra. Bebi um gole da minha cerveja, esperando Mauro se aproximar. Estiquei um punho para cumprimentá-lo, mas ele o afastou de forma brusca e insistiu em me abraçar.

Uma mulher de máscara e avental se aproximou, anotou nosso pedido de um jeito apressado e Spiazzi finalmente se sentou. Fez menção de tirar a máscara e eu falei:

— Cara, você não tá com medo?

— Que viadagem. — Ele colocou a máscara de lado, na mesa. — Quer que eu fique tomando cerveja levantando a máscara, como você? Tira essa merda, não consigo te levar a sério.

Retirei a máscara, sentindo um alívio culpado, e fui direto ao ponto:

— Não vou demorar, só te chamei para te dar uma resposta. Não precisava ter envolvido a Rebeca. Essa coisa do almoço foi golpe baixo.

Como sempre, ele estava calmo, mas pronto para uma resposta brusca, se necessário. O humor dele era volátil demais, imprevisível. Já tínhamos estado em situações em que pensei que ele fosse explodir e ele só dera risada. O contrário também acontecia. Uma vez, numa festa, uma mulher lhe serviu a bebida errada e ele sussurrou: "Qualquer animal faria seu trabalho melhor do que você."

— Se eu fosse você e minha esposa estivesse grávida, José, eu ia estar preocupado. — Ele riu.

Rebeca deve ter tido os motivos dela para falar algo assim para ele. Ela já tinha me mandado três mensagens perguntando onde eu estava. Mandei um áudio rápido, dizendo que estava tudo bem e explicaria quando chegasse.

— Ela não tá grávida, você sabe disso — falei. Pensei em algo que tinha lido na internet e, sem nenhum planejamento, menti: — Acho que tem gravidez psicológica, aquilo que dá em bicho. Vai passar.

Eu não soube se ele acreditou.

— Tua esposa tá sofrendo muito e não merece isso.

— Eu queria fazer isso na sua frente, para encerrarmos essa questão como homens. — Suspirei, erguendo meu celular e abrindo o aplicativo do banco. — Estou transferindo cem mil para a sua conta — expliquei, calmo.

— Eu não quero esmola sua, Cesar.

Eu já tinha antecipado aquele tipo de comentário.

— Pagando de herói e para quê, hein? — A voz dele saiu rasgada e eu soube que queria brigar.

Por sorte, a garçonete voltou com uma cerveja e a porção de calabresa acebolada que ele pedira. Spiazzi não tirava os olhos de mim. Quando ela se afastou, ele se inclinou sobre a mesa e falou:

— A Teddi conseguiu enrolar você e a Rebeca também?

Segurei minha raiva no peito; deixei que ficasse ali, ardendo, presa. Respirando fundo algumas vezes, me esforcei para controlar o volume da minha voz:

— A Teddi não merece isso. — Precisei dar um gole na cerveja para não me engasgar. — E daí que ganhou a casa? É a única coisa na vida dela que veio fácil. Ela tá tentando reconstruir a própria história, como eu e você. Não precisamos envolvê-la nessa sua dívida. Eu quero te dar uma força porque somos amigos, só isso. Você faria o mesmo por mim.

Ele relaxou contra a cadeira, que, às vezes, rangia sob seu peso.

— Então vamos logo acabar com isso — insisti. — Me fala o número da conta.

Não seria tão fácil, era claro. Ele precisava do dinheiro, mas o orgulho dos caras como nós dois nunca falha. Mauro esticaria aquele momento, tentaria fazer parecer que estava me fazendo um favor em me deixar pagar a merda do rombo que criara em sua vida.

— Pagar minha dívida não é como pagar a dívida do seu velho — ele soltou. — Espero que saiba disso.

Eu precisei desviar o olhar. Temia me descontrolar. Já havia me descontrolado antes. Foquei na respiração, mas, é claro, minha cabeça resgatou o som do tiro que matara meu pai.

— O número da conta.

Ele não conseguiu verbalizar. Não queria ser o mais fraco da mesa, mas não tinha muita escolha. Pediu uma caneta para a atendente, que demorou para trazê-la, e anotou seus dados bancários no guardanapo. Digitei os números enquanto ele bebia e comia, incapaz de esconder a mistura de alívio e indignação.

— Vai cair amanhã ou depois. — Guardei o celular no bolso. Ao contrário do que havia previsto, não me senti mal ou com raiva por ter perdido aquela grana. Pelo contrário: a sensação foi ótima.

— Sim, eu teria feito o mesmo por você.

O comentário me pegou de surpresa. Talvez tivesse. Ele já tinha dado dinheiro para alguns dos nossos amigos antes, fosse para darem um sinal em seu primeiro imóvel ou ajudar a bancar uma festinha simples de casamento. Quando um deles sofreu um acidente de moto, na época em que eu e o Mauro estávamos começando a ganhar dinheiro de verdade, pagamos juntos algumas despesas médicas.

— Tenta se manter fora de problemas. Você não precisa disso.
— Tentei soar como se me importasse.

— Não consigo me controlar, Cesar.

— Você tem um bom negócio, uma boa produtora. Tá conseguindo bons contratos. Você pode se afastar de todas as outras merdas que te trazem dor de cabeça, é só querer.

— A produtora não me dá tanto dinheiro assim, não seja ingênuo.

— Então talvez não devesse gastar o que não tem.

— Já falei que não consigo. Você sabe que, quando a gente vive assim, não tem como voltar atrás. Eu não tenho mais como ser feliz num apartamento de dois quartos, dirigindo um carro popular.

Eu balancei a cabeça. Sequei o copo de cerveja e gesticulei que queria a conta. Spiazzi bufou, mas não disse nada. Enquanto eu estendia meu cartão para a garçonete passar na máquina, ele falou:

— Me fala que a Teddi não tá te manipulando. Cesar, olha para mim.

— Ela nem sonha que eu tô aqui. Só é amiga da Rebeca e a minha esposa precisa de uma amiga agora.

— Aquela vadia não é amiga de ninguém.

— Você vai me contar o que ela fez de tão ruim assim ou só vai ficar ameaçando?

— Se eu te contar agora, perco meu poder. — Ele desviou o olhar. — Você vai saber em breve. Aí vai ficar com nojo de ter deixado ela entrar na sua casa. Amiga da Rebeca? — Ele riu, com ódio. — Ela não é digna nem de respirar o mesmo ar que a Rebeca.

— Deixa essa menina em paz. — Enfiei meu cartão na carteira.
— Só deixa ela em paz. Se cuida.

— Você podia ter impedido, Cesar.

— Impedido o quê?

— A morte do seu coroa. Era só ter falado com o Nico, pedido um tempo. O Nico mandou outro capanga cobrar e, olha o que aconteceu.

Senti um fisgar, um repuxo na minha pálpebra esquerda. Inclinei-me sobre a mesa até meu nariz praticamente encostar no dele.

— Se eu tivesse impedido, ele estaria batendo na minha mãe até hoje.

Saí do bar vestindo minha máscara, que arranquei assim que entrei no carro. Não consegui sair da vaga por um tempo, esperando meu nervosismo se assentar.

26 DE AGOSTO

SEMANA 30
O feto é do tamanho de um pepino

Teddi

Fechei os olhos em direção ao Sol e sorri. *Estou viva*, pensei.

Um beliscão no meu pé me fez abrir os olhos e gargalhar, dando chutes debaixo da água enquanto Rebeca nadava para longe com uma expressão de vitória. Estávamos em pleno inverno, mas, naquele dia, o Sol tinha dado as caras. O vento batia gelado nos nossos corpos molhados, mas a água aquecida nos abraçava.

Eu gostava de abrir os braços e as pernas e boiar com a cabeça para trás. A água batia contra minhas orelhas, criando um bloqueio dos sons exteriores. Era como ser transportada de volta para o ventre da minha mãe, onde eu estava segura, onde ninguém podia me tocar. Era isso o que meu bebê estava sentindo?

Abri os olhos e me perdi nas nuvens ralas e no céu azul-claro. O cheiro de carvão ardendo em brasa queimou minhas narinas e meu estômago antecipou o churrasco do Cesar.

Era fácil imaginar minha filha correndo naquele deque, mergulhando na piscina com as pernas encolhidas, espirrando água. Era uma cena tão hollywoodiana, tão sintética para mim e, ao mesmo tempo, tinha seu apelo, sua inocência. Por que era errado querer aquilo?

Nadei até a borda, para perto de Rebeca, que se apoiava de costas e balançava as pernas na água, lentamente.

— Eu tive uma ideia — ela falou. — Depois de comer, vamos para a sala de TV ver uns filmes de grávida, o que acha?

Nada me parecia melhor do que aquilo. Eram os hormônios que estavam me enganando, me fazendo abraçar o "sagrado feminino", ou havia algo realmente espetacular em estar gerando um filho para outra mulher?

Rebeca me impressionou com o repertório:

— A gente pode fazer uma maratona, passando por vários tipos de filmes, tipo *Ela Vai ter um Bebê, Junior, 9 Meses*...

Ouvimos o Cesar murmurar um "Socorro..." e trocamos sorrisos diabólicos, cúmplices.

— Podemos ver *Juno, Olha Quem Está Falando*... Só pérola.

Ela apontou para mim:

— Vamos ver todos! Você dorme aqui, aí, quando acordamos

amanhã, podemos terminar a maratona. Dá para ser uns cinco filmes hoje e mais uns cinco amanhã.

— Bem que você podia pedir aquele cheesecake.

Rebeca girou o corpo, apoiando o queixo nas mãos, no deque.

— Cesaaar...

Ele lançou um olhar para nós duas e algo me incomodou na sua boca retesada, na tensão em seu pescoço. Soltou um "Fala, amor", que não me soou genuíno. Eu o observei tirar do fogo uma peça de picanha, colocá-la sobre a tábua de madeira e fatiá-la com uma faca do tamanho do seu antebraço.

— Você vai poder buscar meu cheesecake? — Rebeca perguntou, manhosa. — Por favorzinho?

— Mais tarde eu vou.

Cesar estendeu a tábua para mim, agachado perto da piscina. Escolhi um pedaço de picanha macia e enfiei na boca. Quase ouvi o bebê agradecer.

Nossa tarde se esticou. Comemos pão de alho, queijo, pão, maionese e carne sangrenta. Cesar manteve-se distante, cuidando do churrasco, selecionando músicas pelo celular, virando algumas latinhas de cerveja. Eu e Rebeca nos deitamos debaixo do Sol, cobertas por roupões.

Eu estava mentindo para ela. Dissera que estava indo às consultas com o médico que ela indicara, um tal de doutor Francisco. A verdade era que eu não queria sair de casa. Não queria um homem estranho me tocando, tocando a barriga, me dando ordens e broncas por causa da minha alimentação. Não queria ir a laboratórios, onde certamente pegaria Covid. Eu só queria aquilo que tínhamos: tardes preguiçosas naquele pedaço esquecido de mundo, comida, música, risadas. Era disso que o bebê precisava, não de exames de sangue e urina. Quando ela me perguntava sobre o próximo ultrassom, eu desconversava. Sabia que Rebeca estava ficando desconfiada, mas ela estava estranhamente complacente.

Ela era prestativa, isso é fato. Como uma professora, segurava a minha mão e explicava o que chamava de "minhas opções". Eu quase nunca ouvia. Um dia, perguntei se era obrigada a parir o bebê ou não seria mais fácil fazer uma cesariana. Rebeca relutou, explicou que o corpo era meu e que ela não tinha o direito de escolher, mas me perguntou se eu queria saber a verdade, a ciência. Eu disse que sim e ela me cobriu de estatísticas. De tudo o que explicou, eu só pesquei o suficiente para decidir que, sim, era melhor parir um bebê.

"Por mais que uma cesariana seja uma cirurgia salvadora de vidas, só deve ser feita quando não há outra saída", Rebeca falou, cautelosa. "Sem indicação, uma cesariana aumenta muito suas chances de morrer, assim como de levar o bebê a óbito. Ele tem muito mais chances de ter uma doença respiratória e até hipertensão quando adulto. Se, um dia, você quiser engravidar de novo, tem mais chances de ter placenta acreta e, acredite, você não vai querer correr esse risco, não é brincadeira. A cesariana tem taxa de mortalidade materna mais alta, tá associada a mais risco de ruptura uterina, gravidez ectópica, natimorto... Os médicos preferem, porque é conveniente, e não contam sobre os riscos às gestantes para que elas não fiquem *informadas* demais... e os homens preferem porque são burros a ponto de achar que um parto danifica a vagina."

Finalmente, *O Bebê de Rosemary* e seu médico instruindo Mia Farrow a não pesquisar sobre a gestação fez sentido para mim. Rebeca continuou: "Mas, vá por mim, a ciência mostra há décadas que o parto normal é melhor para mãe e bebê, quando não existe uma indicação real para um parto cirúrgico. Fingir que isso não é verdade é negacionismo".

— Por que eu sempre achei que era mais seguro operar?

— Porque eles querem que pense isso. É só raciocinar, Teddi: a tecnologia, na medicina, é sempre direcionada a *evitar* intervenções cirúrgicas, porque abrir uma pessoa sempre oferece riscos. Por que seria diferente na obstetrícia?

Eu sempre me sentia burra perto de Rebeca. Era bem óbvio, na verdade.

— Engraçado como tudo o que é nosso é corrompido, né? — murmurei, olhos percorrendo as nuvens acima de nós duas. — Tudo o que é da mulher, tudo o que é íntimo... eles sempre fazem parecer sujo, defeituoso. Pior do que isso, eu vi algumas mulheres na internet dizendo que parto era "coisa de índio", como se houvesse algo de errado em ser indígena, como se gente branca fosse superior.

Rebeca enrugou a testa.

— Eu nunca tinha pensado assim, mas é isso. A vagina defeituosa. A menstruação "suja", mostrada como um líquido azul nos comerciais de absorventes para parecer mais elegante no horário nobre. A resignação nas estatísticas: "Só vinte porcento das mulheres têm orgasmos vaginais", como se fôssemos naturalmente quebradas, como se tivesse algo errado com oitenta porcento dos nossos corpos, em vez de contarem a verdade.

— Que não é *físico*, é psicológico, porque somos condicionadas a achar que sexo é pecado. Eu amo quando você é feminista, mas isso não muda o fato, meu amor, de que, para ter esse bebê, eu tenho que sofrer ou encaixar minha cabeça na guilhotina.

— Besteira. — Ela tocou minha barriga gentilmente. — Você não precisa sofrer. Durante o trabalho de parto, você pode ter uma doula. Teddi, ninguém escapa da dor. Eu quero morrer quando vou a um dentista. O Cesar teve uma pedra no rim ano retrasado que quase acabou com ele. Ter um bebê não é diferente. Mesmo se fosse cirúrgico, cortar sete camadas de tecido não é brincadeira, vai doer por um mês; mas você não precisa *sofrer* no parto. Existem mil maneiras de aplacar a dor, farmacológicas ou não.

— Não quero ninguém tocando em mim, Rebeca, muito menos uma mulher que nunca vi antes, me abraçando, acendendo incenso e cantando Bethânia...

— Ai, Teddi, não seja provinciana. Se fosse isso, eu não faria essa sugestão. Só que as evidências científicas não mentem: as puérperas com apoio de doulas geralmente têm partos mais rápidos, menos doloridos, com menos necessidade de analgesia, menos lacerações, menos chances de precisar de uma cesariana e bebês com maiores índices Apgar.

— Você parece uma enciclopédia. Eu só entendi metade do que disse, nem sei o que é uma *puérpera*, mas acho que, nessa história, sou eu... e não sei que porra é Apgar.

Rebeca mordeu o lábio e ficou em silêncio por um tempo, então falou:

— O corpo é seu. Não vou falar para você o que fazer, só queria que estudasse, entende? Eu odeio negacionismo. É por causa dele que a minha...

Ela emudeceu. Não precisou dizer mais nada. Eu sabia que era sobre Nana, que ainda estava no hospital, fraca e emagrecida, tendo que fazer fisioterapia para conseguir se mexer e respirar. Ela continuou:

— Eu vou estar com você, não importa o que decidir. Se for numa mesa de cirurgia, segurando sua mão, vou estar lá. Se for num parto hospitalar, vou massagear suas costas e te acalmar. Se for um parto domiciliar, vou te forçar a comer alguma coisa, porque você não vai sentir fome, mas vai precisar de energia.

Talvez fosse melhor que ela fizesse alguma imposição. Ter que tomar uma decisão dessas, sobre algo que eu não entendia, estava gerando um tipo de ansiedade em mim que eu nunca sentira. Não queria ser amarrada numa maca enquanto médicos me cortavam, conversando sobre futebol como se eu nem estivesse lá, mas imaginar um bebê lacerando minha vagina me dava calafrios.

Rebeca passou a tagarelar sobre a Teodora Bath. Falava sobre o sistema que comprara para eu gerenciar o negócio, a loja online integrada ao site, precificação, *mark-up*, produção, compra de insumos, gerenciamento de estoque e mais um monte de coisa que eu não tinha saco para ouvir. Os olhos dela brilhavam e ela sorria, ao dizer: "Você vai ter seu próprio negócio, não é empolgante?! Teddi, você pode ganhar uma fortuna com isso. Vai mudar sua vida!", e eu não entendia como ela podia acreditar que vender sabonetes seria tão fantástico assim.

Quando começou a esfriar, Cesar avisou que buscaria o cheesecake e, no fim de tarde silencioso, nós duas com as peles arrepiadas de frio, Rebeca me perguntou se eu me incomodava se ela escolhesse o nome. Eu disse que não, a filha era dela.

Rebeca fechou os olhos, pousou a mão na minha barriga e disse: "Ela tem jeito de Catarina"; e era verdade. Ela tinha jeito de Catarina.

Tomamos uma ducha juntas. Não houve beijo, não houve nada. Se ela notou que meus mamilos haviam crescido e escurecido, não mencionou. Lavamos os cabelos uma da outra e perguntei como o Cesar estava lidando com a notícia, se ele estava feliz. Ela disse:

— Acho que ele ainda não entende o que estou sentindo. É um bom pai para o Julian, agora que o menino cresceu, mas não foi muito presente no começo, sabe? Então eu entendo. Seria egoísmo meu querer que ele sentisse minha empolgação. Só que eu sei que, assim que ele ver a bebê, vai amá-la.

Nós nos vestimos e preparamos a sala de TV para nossa maratona. Rebeca fez pipoca e pegou meu refrigerante, apesar de ela mesma ser contra. Cesar voltou com o cheesecake, que nós três devoramos enquanto víamos filme atrás de filme, em cujos enredos ela apontava todos os erros médicos e mitos descaradamente inseridos. No final de *Ela Vai ter um Bebê*, no entanto, quando Kate Bush canta *This Woman's Work*, um silêncio triste se espalhou pela sala de TV. Pegamos no sono no sofá, onde Cesar nos deixou e foi dormir sozinho.

28 DE AGOSTO

REBECA

Usando máscaras, conforme solicitara, os três homens pularam do caminhão e carregaram as enormes caixas de papelão para dentro da minha casa. Eu já havia desmontado o segundo quarto de hóspedes, próximo à minha suíte, e ele estava vazio, pronto para receber o armário, a cômoda, o berço e a cama de solteiro do quarto da Catarina.

Cesar estava fechando uma venda em Jandira, de forma que eu tinha tempo até ele voltar. Ofereci limonada gelada para os montadores e, duas horas depois, quando o Sol já estava se preparando para descer e o céu estava alaranjado, eles recolheram metros de papelão, plástico-bolha e isopor, e se foram.

Eu amava o cheiro de madeira nova, de tinta. Sempre havia amado. Caminhei pelo quartinho montado, um *canvas* em branco para que eu só escolhesse a cor das paredes, o tema do quarto, as roupas de cama. Meus dedos roçavam naquele novo mundo, aquele futuro tão aguardado, com cautela. *Rebeca, você tem poucos meses para encontrar uma CEO para a SalTerra. É o certo a se fazer: delegar a administração e as decisões, se dedicar totalmente à sua filha.* Eu estava pronta.

Um dia, quando ela tivesse seis, sete anos, eu voltaria a trabalhar meio período. Seria importante para Catarina, ver que a maternidade não era o fim para uma mulher — pelo contrário. Catarina teria um exemplo de que uma mulher poderia ter o que quisesse, nos *seus* termos: casamento, carreira e filhos, se desejasse. Queria mostrar a ela que ser mulher era poder escolher e que escolher não era abdicar de nada, só abrir espaço para acomodar tudo o que ela quisesse. *Mulheres são infinitas,* eu diria a ela, *é só jogar fora a bagagem ruim e temos espaço para tudo.* Talvez fosse esse o segredo. Talvez fosse por isso que faziam tanta questão de nos encher de bagagem ruim — preconceitos, violência, críticas, pressão para sermos perfeitas, ódio; eles sabiam que, sem aquilo tudo, teríamos espaço para acomodar tudo o que quiséssemos. Seríamos invencíveis.

Meu telefone vibrou, me arrancando daquele transe, e o coloquei contra a orelha, sem olhar a tela.

— *Bom dia, Rebeca. Aqui é a Leda, do hosp...*

Fechei os olhos, as próximas palavras me escapando, meus pés me arrastando para perto da janela, onde inspirei profundamente, tentando me manter calma.

— *Quem vai falar com você é o doutor Luiz Gama.*

Ele atendeu com aquela voz que não mentia: tentava ser calmo e gentil, mas estava sobrecarregado, exausto e quase entorpecido por tanta dor.

— *Oi, Rebeca. Precisava conversar com você sobre os mais recentes desdobramentos do quadro da Nana.*

Droga, droga, ele estava mais formal, diferente.

— Só me fala logo, por favor. Me fala que ela já tá forte o suficiente para voltar para casa.

— *Então, desde a semana passada ela vinha melhorando. Estávamos felizes com o progresso dela, só que, na segunda, ela começou a ter de novo uma queda na saturação. Chegou a quase desmaiar no banho.*

De todas as aulas que ainda lembrava da faculdade, a que mais me marcara fora justamente como anunciar notícias ruins. Não era matéria curricular, eu tinha me inscrito numa aula extra de um professor de oncologia, perseguida pelo receio de não saber reagir quando fosse ter de fazer aquilo.

Naquela conversa, todos os pontos estavam ali, na fala do Dr. Gama: o tom mais sério, o esforço para não impor emoção ao discurso, começar a contar sua história recapitulando os eventos passados, tudo para preparar o terreno para quando a bomba viesse.

— Fala logo, o que aconteceu? Ela foi para o tubo de novo?

— *Então, como eu estava falando, na segunda ela...*

Não consegui mais ouvir. A recusa dele de responder de maneira direta a minha pergunta, mantendo o seu roteiro original, não era de comunicação de más notícias: era de comunicação de morte.

— Só me fala o que aconteceu com a Nana!

Ouvi um suspiro profundo do outro lado.

— *...Ela teve uma parada cardíaca agora, ao meio-dia. Tentamos reanimar por mais de uma hora, mas não conseguimos. Ela deve ter infartado* *ou foi uma nova embolia, dessa vez maciça.* — Ele falou mais baixo, como se para si próprio: — *Nós nunca vamos saber.*

Meu nariz queimou e, quando tentei engolir, não consegui. Tossi, os olhos ardendo com lágrimas grossas e cáusticas, e senti meus joelhos fracos. Eu não sabia se aguentaria.

Ele continuou falando, as palavras como chicotadas. Eu não poderia ver a Nana. Eu não poderia abraçá-la e tocar sua mão fria para me despedir, porque eles não estavam permitindo contato com os corpos. Ele me explicou que eu tinha que ir até o hospital, buscar a documentação.

A vida havia acabado de roubar todos os momentos que eu poderia viver com Nana; vê-la segurando Catarina no colo pela primeira vez, ninando-a com aquela voz rouca. Levá-la para viajar com a gente e a criança, ouvir seus conselhos, ver a diversão de Catarina ao ouvir suas histórias, brincar com Iberê. Nana tinha pelo menos vinte anos pela frente, para ler livros, almoçar na minha casa, jogar baralho com o Cesar, fazer o trabalho voluntário que sempre deixava um sorriso em seus lábios. Ela tinha tanta, tanta coisa para vivenciar.

Fui para o banho chorar em paz, porque tinha aprendido a fazer isso desde criança: meu choro era perturbador e inconveniente para os meus pais, então deveria ser feito às escondidas. Ninguém fala sobre como o banheiro é um lugar poderoso. É lá que nos purificamos, que descobrimos doenças, que enfrentamos tantas realidades incômodas.

Foi no banheiro da minha suíte de adolescência que tive meu primeiro orgasmo e todas as centenas deles que vieram depois. Foi nos banheiros dos apartamentos em que morei depois de casada que, mês após mês, eu descobria que não estava grávida. Foi no banheiro daquela suíte que eu e o Cesar fizemos amor pela primeira vez naquela casa.

Foi no banheiro que eu me entreguei a um pranto em espasmos e soluços enquanto a água morna se misturava às minhas lágrimas. Imaginei o desespero de Nana, com tantos médicos ao seu redor, pessoas correndo, pacientes tendo paradas cardíacas, máquinas apitando. Ninguém ali para segurar sua mão e dizer o quanto a amava, o quanto ela era querida. O que sentiu quando fechou os olhos pela última vez, tão sozinha? Sentiu medo da morte? Sentiu que era o fim de uma breve estadia na Terra e que não havia nada esperando do outro lado? Ou a fé ajudou e a acolheu?

Acabou. Você não existe mais. Nunca mais existirá. Teve sua chance. O que fez com ela? Viveu de verdade ou desperdiçou décadas sentindo-se nervosa, estressada com coisas insignificantes, com medo de ser quem queria ser, do que os outros iriam pensar?

Você sentiu o Sol na sua pele, te aquecendo, inspirou o vapor doce de uma xícara de chá, se entregou de corpo e alma a um beijo no escuro? Brincou com crianças, acariciou um animal, gargalhou com amigos verdadeiros, sentiu seu corpo doer, relaxar, tremer de prazer, saciar-se com um prato delicioso de comida? Enfiou os dedos na terra úmida e os pés num lago gélido? Você *viveu*, sua puta idiota, ou deixou a vida escorrer pelos seus dedos entre reuniões, selfies e fofocas com gente vazia?

Tudo, antes da pandemia, parecia tão fútil; todas as festas que frequentávamos, as fotos que sempre fazíamos questão de postar nas redes sociais, tantos objetos de luxo que perderam a graça segundos depois que os compramos. Tudo parecia tão pequeno numa época em que poder encher os pulmões de ar tornara-se um privilégio.

Toquei a barriga molhada, vazia. Venham, todos vocês, seguidores de Instagram, venham ver a verdade: minha queda, minha derrota, minhas lágrimas. Venham se deliciar com minha tristeza.

Eu ainda tenho Catarina, solucei, com a mão no peito. *Eu tenho a Catarina e eu tenho o Cesar. A vida não pode me tirar isso.*

Não ousaria me tirar isso.

29 DE AGOSTO

TEDDI

Quando abri a porta da minha casa, Cesar estava segurando uma sacola de papel e o cheiro de comida invadiu minha alma inteira. Ele deu um sorriso safado.

— Dona Rebeca tá dormindo e tem chinesa demais para uma pessoa só. É claro que, se você estiver cansada, eu posso vol...

— Se foder, Cesar. — Puxei a sacola dele e fechei a porta quando ele entrou. Meu estômago estava colado nas costas. Tirei as caixinhas quentíssimas e procurei os hashis dentro da sacola. — Me diz que tem guioza.

— Tem guioza, tempurá, tudo o que você ama. Só esqueci as bebidas, tem aí? — Ele abriu minha geladeira e escolheu um refrigerante. — Nada de álcool, parabéns.

— A Rebeca me convenceu. Faz um tempão que não tomo uma gota de álcool, mas sabe o que isso significa, né?

— Assim que o bebê sair, eu te levo num pub, relaxa.

Eu sorri e nos sentamos à mesa de jantar. A comida parecia mais saborosa. Era como se a gravidez potencializasse o paladar. Meu vizinho estava com cara de quem tinha ficado o dia inteiro sob o Sol. Barba malfeita, cabelos mais compridos, camiseta amarrotada.

Eu via a preocupação no olhar dele. Sabia que Nana tinha morrido e que minha vizinha não estava bem. Nunca fui boa com o luto e não queria me lembrar de como foi quando perdi minha mãe. Eu sabia que me afastaria de Rebeca pelas próximas semanas, porque era egoísta mesmo, mas esperava que ela pudesse me perdoar.

— Você trouxe a caixa de ferramentas? Prometeu colocar uma prateleira no meu quarto. — Mordi um rolinho primavera, crocante, oleoso, perfeito.

— Esqueci. Relaxa, vou buscar e a gente já resolve isso hoje.

— O que você achou do quarto do bebê? — perguntei.

Ele deu de ombros. Parecia não se importar.

— Você não tá tão empolgado quanto ela.

— Eu vou amar esse bebê e ser o melhor pai possível — ele me olhou com olhos caídos quando falou isso —, mas, até lá, eu preciso cuidar de vocês duas, porque não pensaram direito nas implicações do que estão fazendo. Preciso ter certeza de que isso não vai dar merda, para nenhum de nós; e agora, com essa coisa da Nana, a Rebeca vai se apegar ainda mais a esse bebê e não vai pensar racionalmente.

Cesar e eu comemos em silêncio, então ele foi até a casa ao lado, para pegar a caixa de ferramentas. Subimos para o segundo andar e ele pareceu ligeiramente assombrado com minha reforma silenciosa. Eu tinha pintado as paredes durante os longos e solitários meses confinada naquela casa. A suíte do Bergler, antes adornada com móveis metálicos, cabeceira de couro preto tufado e quadros de corpos femininos em preto e branco, agora era uma explosão de cores e uma cama repleta de travesseiros e edredons macios, em tons de roxo e amarelo-canário.

Ao ver minha parede de lembranças no cômodo ao lado, ele as leu em silêncio. Eu o observei. Quis beijá-lo, mas só o faria de novo se Rebeca estivesse com a gente. Me segurei. Li que a libido aguçada era natural na gravidez. Quando ele falou, fiquei surpresa:

— Há quanto tempo não toca piano?

— ... Não sei. — Cruzei os braços acima da barriga. — É o piano dele, não o meu. Não chego nem perto.

Cesar me deu um sorriso indecente.

— Por isso mesmo. É seu agora. Você deve isso ao piano.

— Eu nunca te contei que tocava piano.

— Mas contou para a Rena.

— Por que "Rena" e não "Beca"?

— Não muda de assunto. Você faz isso muito bem e eu sempre caio, mas hoje não. Vamos lá. Quero ver você tocar.

— Eu toco, se você me contar qual é a do apelido.

Cesar ergueu o martelo e gesticulou para que fôssemos à suíte principal. Enquanto ele media minha parede, fazia cálculos e marcava com um lápis o lugar onde faria os furos, contou a história:

— A primeira vez em que vi Rebeca foi num show, porque uns amigos tinham conseguido ingressos baratos e insistido que eu fosse.

229

Julian era pequeno ainda e eu estava solteiro, tentando encontrar sentido na minha vida. Uma das amigas dela conhecia um dos meus amigos, eles se embolaram, suados, se beijando na pista. Eu e Rebeca trocamos olhares. Não sei o que ela viu em mim, mas era a mulher mais encantadora que já havia visto, com um sorriso que fez meu coração disparar.

Eu estava acostumada a sentir inveja do que eles tinham e ela não doía mais; era ligeiramente agridoce, porque eu gostava de testemunhar aquele elo, aquela admiração mútua. Ele procurava as brocas certas para a furadeira enquanto falava:

— A música tava tão alta que não ouvi o nome dela quando se apresentou. Depois de algumas bebidas ruins, nos beijamos. A pressa dela, o corpo quente, o perfume… Eu teria roubado um banco, se ela pedisse. No dia seguinte, eu só lembrava que o nome começava com R. Pensei que fosse Renata. O número estava salvo no meu telefone, mas não o nome. Escrevi "Oi, Rena, queria te ver de novo". Ela nunca me deixou esquecer esse erro e virou uma coisa *nossa*.

Eu sorri. Cesar pressionou a broca contra a parede, se posicionou e apertou o gatilho. Sempre odiara o som que a furadeira fazia. Meus ouvidos zumbiram. Meu vizinho levou mais dez minutos para fazer os três furos, instalar a prateleira e limpar a sujeira, então se ofereceu para colocar minhas tralhas na superfície: livros, enfeites, caixinha de bijuteria, mas eu disse que faria aquilo com calma, no dia seguinte.

— Agora, você me deve uma música.

Incerta do que estava sentindo, liderei o caminho até o outro quarto. O piano do meu pai era um *concert grand* da Steinway, o modelo D de 274 centímetros, que mostrava que, no fundo, Bergler não tinha nada de rebelde: escolhera o que, por muitos, era considerado o melhor. Era mais exibicionista do que autêntico.

Cesar soltou um assovio.

— Meia tonelada de *pomelle* africano — falei, acariciando a madeira polida, avermelhada. — Imagina o trampo para colocar isso aqui dentro.

Por um segundo, pensei em destruí-lo: pegar o martelo do Cesar e golpear aquela obra de arte, lançando lascas de madeira no ar, partindo tudo ao meio e imaginando meu pai tendo outro infarto ao testemunhar minha ira lá do Inferno, onde estava.

Uma lembrança nítida, cristalina, se manifestou no meu cérebro: meu pai estalando os dedos duas vezes, apontando para o piano e me dizendo "Não, não, não toca nele", a voz carregada com deboche e um pouco de irritação. Isso foi na minha primeira noite lá. Isso foi um pouco antes de...

De quê, Teddi?

Eu não queria mais lembranças indesejadas, então continuei falando:

— Cinco vigas de abeto maciço, costelas feitas de pinho, *tuning pins* de aço tratado com oxidação negra, teclas de abeto europeu, pedais de latão sólido, *una corda, sustain* e *sostenuto*. Eu poderia leiloar esse neném por um milhão, né?

— Talvez mais, Teddi. — Ele tocou o piano com a ponta do dedo indicador e logo o recolheu.

— Ou... — virei o rosto para meu vizinho e mordi o lábio inferior — foder com tudo, destruir até não sobrar nada.

Algo se passou pelo rosto dele. Acho que o assustei. Forcei um sorriso.

— Calma, eu tô brincando.

Ele soltou um suspiro.

— Toca.

Eu me sentei e hesitei por um momento, antes de abrir a tampa do teclado. O peso dela, quando a ergui, despertou em mim algo que só podia ser definido como saudade. Eu tinha saudades de tocar.

Meu dedos se esticaram diante de mim, as unhas que eu não fazia há meses, curtas, opacas. Deslizei o feltro, descobrindo as teclas lustrosas.

— John Broadwood correu atrás do Beethoven por muito tempo, tentando convencê-lo a tocar seu piano, para conseguir um endosso à marca. — Corri os dedos pelas teclas com cautela para não as pressionar. — Ele insistiu por um tempão, até que finalmente mandou um piano para o cara. Só que, aí, nosso querido Ludwig já estava quase totalmente surdo e não era capaz de ouvir o instrumento.

Cesar estava tão quieto que era como se tivesse desaparecido.

— Cada um teve seu piano preferido. Chopin, Liszt, Debussy...

Toquei a primeira tecla. Que som. Vibrando no ar, preenchendo o quarto, se enfiando na minha pele. Eu não precisava impressionar o

Cesar, então segurei o impulso de tocar *Für Elise* e deixei meus dedos escolherem a melodia. Algo que a Teddi adolescente teria escolhido, *My Immortal*, do Evanescence, porque, de muitas maneiras diferentes, eu ainda era aquela Teddi.

Toquei reconhecendo a mecânica de fazer música, a forma como meu corpo se adequou às notas e meu coração pulsou no tempo da melodia. Era estranhamente sem esforço, uma ação que fluía como se apenas precisasse de mim como um elo. Eu era só um corpo, executando as notas compostas por outro alguém para entregar música àquele momento, assim como também era só um corpo, incubando um ser humano para outro alguém, para entregar vida a este mundo.

Parei de tocar e talvez tenha fechado o piano rápido demais, porque Cesar pareceu surpreso.

— Teddi, por que você nunca…?

— Tive sucesso? — Eu me levantei do banco. — Ganhei dinheiro, fiz alguma coisa de útil na minha vida? Acho que não tenho o *mindset* positivo, *vezenho*.

Ele estava desconfortável, era fácil de ver.

— Melhor eu ir, então. Vou deixar a caixa de ferramentas aqui e volto para buscar depois, tá?

Eu cruzei os braços, desejando um cigarro, me inclinando contra a janela e fitando a floresta lá embaixo. Ouvi Cesar trazer a caixa para o quarto e abrir os armários em busca de algum lugar onde deixar. Quando estivesse sozinha, resistiria ao piano, agora que já havíamos finalmente sido apresentados? Ouvi vidro trincando e um "Merda, desculpa" do Cesar.

Virei o rosto. Ele tinha pressionado a caixa pesada para trás e partido alguma coisa no fundo da prateleira. *Deixa, eu limpo*, pensei em dizer, mas o cheiro subiu e fez meu estômago apertar e a comida voltar para a minha garganta. Tossi, cobrindo a boca, tentando respirar.

Cesar ainda se desculpava enquanto meus olhos transbordavam lágrimas. As lembranças desaguaram sobre mim, tão nítidas, tão perfeitamente organizadas.

Como pode um único flash de memória entregar uma hora de vida? Como era possível que justamente aquela lembrança, aquela coisa horrível se alojasse no meu cérebro como um caco de vidro, disparado por um único cheiro?

Eu me afastei do meu vizinho, procurando um espaço escuro onde pudesse me encolher e tentar encontrar sentido nas imagens e sentimentos que me invadiam. Cesar me chamava, alarmado, perguntando algumas coisas idiotas, como se deveria chamar um médico, mas eu balançava a cabeça. *Para de falar.*

Fechei os olhos. *Foi no lago. Ele uivava.* Eu estava com medo e, ao mesmo tempo, elétrica, excitada. "Você é um animal", meu pai havia me dito. "Nós somos animais. Agora, uiva."

— Eu preciso ficar sozinha — verbalizei, meus olhos abertos sem enxergar nada, querendo se apegar à lembrança. — Eu tô bem, só lembrei de algumas coisas e quero ficar sozinha.

Ele disse alguma coisa. "Não vou te deixar assim."

Ai, droga, droga, o que eu fiz? Meu corpo recuperou a sensação da noite gélida, do pulsar entre minhas pernas, do cheiro de mato e urina.

— Por favor, sai, por favor, sai… — Cobri meus ouvidos e fechei os olhos. Se eu dissesse aquilo trinta, quarenta vezes, ele iria?

Não sei quantas vezes repeti minha súplica, mas, aos poucos, meu coração desacelerou e abri os olhos. Cesar tinha saído. O vidro do perfume Nocturn do meu pai estava partido em cacos grossos, o líquido pingando morosamente da prateleira até o piso de madeira.

Estávamos no lago, era noite, e uma lua cheia impossivelmente bela e amarelada brilhava no céu. Eu e meu pai. Ele ainda estava bem de saúde, bem o suficiente para abrir os braços e uivar para a Lua.

Bergler gargalhou e olhou para mim. Estava tão escuro ali que, não fosse pelo luar, eu não conseguiria vê-lo. A mata tinha seus sons, seus bichos e a brisa era fresca. Meu pai se aproximou.

— Não somos como os outros. — A voz rouca dele acariciou minha pele. — Essas pessoas, que vivem de acordo com regras, são fracas. Somos animais, eu e você. Selvagens. A gente pega o que quer. O mundo se curva diante de nós. Eu soube disso assim que te vi, filha. Você é como eu; uma loba.

Gostei de ouvir aquilo. Eu não era como ele me via, mas queria ser. Meu Deus, como eu queria ser. Poderosa como ele.

Meu pai não deixava ninguém levantar a voz para ele, falar o que ele podia ou não podia fazer. Na turnê, quantas vezes testemunhara aquilo?

"Você tem que subir no palco às dez em ponto, Bergler."

"Eu subo quando estiver pronto, eles esperam."

"O ônibus sai uma da manhã."

"O ônibus sai quando eu estiver nele."

"Ei, não pode fumar aqui."

"Quer apostar?"

Meu pai vivia de acordo com suas vontades e todos tinham que aceitar.

Naquela noite, ele tirou a jaqueta de couro e a camisa. Pensei que fosse parar por aí e não soube o que pensar quando ele puxou as botas dos pés, atirou-as na terra e baixou as calças. Desviei o olhar. Ele ficou peladão, abriu os braços de novo, jogou a cabeça para trás e uivou, alto, esticado.

— Se solta, Teddi. — Ele riu. — olha essa lua. Pensa nos nossos ancestrais, sete mil anos atrás, vivendo como deveríamos estar vivendo. Ninguém pertencia a ninguém, a natureza mandava.

Ele se aproximou de mim e fiquei com medo que visse o medo cintilar nos meus olhos. Tentei não reparar no corpo magro, a barriga um pouco flácida, o pau de tamanho médio batendo contra as coxas enquanto ele andava em direção a mim.

— Vai ser como todo mundo, filha?

— Não, eu nunca fui — falei, fingindo ser quem ele esperava que eu fosse, fingindo ser fodona.

— Então me mostra. Uiva, porra.

Fechei os olhos e deixei o som sair da minha barriga, ganhar força no meu peito e voar da minha garganta, ganhando o ar.

— Auuu...

Ele riu, alto e se juntou a mim, soltando uivo após uivo.

Então deu mais um passo em minha direção.

— Tira a roupa, Teddi. Roupa é conformidade. Roupa é obrigação, é pudor, é uma coleira. Se liberta disso. É só pano.

Eu não queria ficar nua na frente dele. Só que ele tinha razão. Devagar, tirei minhas botas curtas e meias. O solo estava gélido. Eu queria tanto que ele me admirasse, sentisse orgulho de mim.

Puxei a camiseta primeiro, a que comprara para impressioná-lo, brandindo o logo do Led Zeppelin. Depois tirei os jeans. Ele pareceu

234

irritado quando não me movi para tirar o sutiã ou a calcinha.

— Uma loba, Teddi. Quebra essas correntes, deixa de ser uma prisioneira dos bons costumes. Olha para mim, sem medo. Olha.

Meu coração estava descompassado, meu peito quente. Era como estar no último andar de um prédio, olhando para baixo. Ele sorria, tinha uma ereção. Eu não podia estar ali, com ele, daquele jeito. Minha cabeça tentou me alertar de que algo estava errado.

— São correntes que você mesma criou — meu pai falou.

E se ele tivesse razão? Quer dizer, o que era a nudez, senão natural? O que éramos todos nós, senão animais? Ele tinha razão.

Eu abri o fecho do sutiã e o coloquei em cima da calça jeans, para não sujar. Tirei a calcinha, sentindo as bochechas quentes, e inspirei o ar da mata, me sentindo, ao mesmo tempo, livre e vulnerável.

Meu pai sorria para mim, olhos nos meus olhos, e acho que vi o orgulho refletido neles. Ele uivou de novo.

Eu tive medo de que alguém nos encontrasse ali. Era a primeira vez que eu visitava a casa dele. Já tínhamos feito quatro shows e ficaríamos em São Paulo por duas semanas, antes de voltar à estrada. Quando ele me chamou para jantar, só eu, eu fiquei tão feliz. Depois de trocarmos algumas palavras durante as gravações, de olhares tímidos, ele finalmente queria passar tempo comigo, longe dos outros, longe das câmeras.

Mas e se algum outro morador descesse até o lago?

Meu pai tocou meu cabelo. Quando a mão dele desceu e se alojou entre as minhas coxas, eu estremeci e tentei me afastar, mas ele me segurou pelo braço.

— Opa, opa, calma. Filha, calma. Respira.

Eu respirei. A mão dele era quente, seca.

— Eu não vou fazer nada com você contra a sua vontade, não sou um nojento desses. Eu quero que aprenda a se soltar, só isso. Eu vou te pedir uma coisa que vai ajudar. Não tenha vergonha. Eu quero que você liberte sua bexiga. Faz xixi.

O quê? Eu quis gritar, mas continuei respirando fundo. Ele estava tão calmo, tão sob controle.

— Essa é uma das nossas amarras. Aprendemos desde pequenininhos que é feio fazer xixi. Aprendemos a segurar. Aprendemos

235

que tem um lugar certo para fazer. Depois de tanto adestramento, fica difícil soltar na natureza. Difícil soltar perto dos outros. Tenta. Isso vai te ajudar a se libertar. Eu juro que a sensação vai ser incrível quando conseguir.

Eu não conseguiria. Concentrei-me na região, tentei relaxar, mas não conseguia. Era como se meus músculos estivessem amarrados.

— Fecha os olhos e só solta. É seu corpo, não existe nada de sujo nisso. Os xamãs bebiam a própria urina.

E se eu não conseguisse? Se vestisse minha roupa, falasse que tudo aquilo era estranho demais para mim? Como ele agiria nos próximos meses, durante a turnê? Ele me ignoraria?

Minha uretra queimou.

— Isso, isso, deixa fluir. — Ele parecia empolgado.

Precisei cobrir o rosto quando a urina saiu de mim, molhando minhas coxas, escorrendo até meu tornozelo. Meu pai ofegava. Eu estava chorando, mas não queria que ele visse. Era tudo humilhante demais.

Quando olhei para ele e minha bexiga já estava vazia, notei o braço dele molhado. Ele não parecia se importar.

Então ele me beijou.

30 DE AGOSTO

REBECA

"Enterre seus mortos", eles dizem. E quando não podemos?

Em 30 de agosto, eu fiz um jantar simbólico para Nana. Um jantar silencioso. No dia seguinte, tirei a louça da máquina e guardei nos armários. Dois dias depois, tive uma crise de choro no banho. Duas semanas depois, eu me perdia em lembranças dela enquanto pintava o quarto de Catarina num tom de castanha com bolinhas lilás, tudo muito claro, sutil. As bolinhas davam mais trabalho, mas eu havia aprendido algumas técnicas com a ajuda de canais no YouTube.

Eu esquecia de Nana, às vezes. Então ela voltava e era como levar uma surra. Era estranhamente parecido com um sonho. Eu passei a me forçar a sofrer, porque parecia a coisa correta a ser feita. Encontrei um blog em que as pessoas falavam sobre seus entes queridos, levados por um vírus que boa parte do país ainda negava. Pensei que fosse enlouquecer. Os relatos podiam ter sido escritos por mim: "A pior parte é não poder se despedir", um deles dizia "ter que reconhecer o corpo da sua mãe por uma foto é absurdo demais. É nos privar de um último ato de consolo".

Houve dias em que não quis sair da cama. Noutros, eu me erguia, tomava uma ducha fria e saía para correr. Mantinha-me longe das redes sociais e das notícias da pandemia, e me dedicava a lavar, à mão, as roupinhas da Catarina, com sabão de coco. Eu as passava, dobrava e guardava nas gavetas que ainda carregavam o cheiro de madeira nova.

Setembro chegou e passou rápido demais. Setembro viu o Brasil chegar a quase cento e quarenta mil óbitos por Covid desde o início da pandemia. Vacinas já estavam sendo testadas. As discussões políticas dominavam as redes sociais e as interações familiares. Meus amigos entravam em contato, querendo saber como estávamos, e eu ignorava mensagens.

Certa noite, percebi que Cesar também estava acordado ao meu lado na escuridão do quarto, há horas, em silêncio. Ele falou baixinho, em tom conspiratório, obviamente preocupado:

— A Teddi te contou que ela não tem saído de casa? Que até agora não viu um médico, porque tem medo de sair?

Acho que xinguei Teddi ou algo do tipo, mas senti a mão dele no meu braço.

— Talvez isso seja bom, Rena. Quanto menos registros dessa gestação, menos riscos corremos quando formos registrar o bebê. Eu ainda não planejei bem como vamos fazer isso, mas vou resolver tudo, prometo. Eu só... Seria bom ter algumas fotos suas barriguda. Só isso. Vamos tirar algumas, tá bom?

— Eu tenho o vídeo. — A voz saiu rouca e tive que limpar a garganta. — Eu mandei um vídeo para a Nana, dizendo que um bebê estava a caminho.

Ele soltou um suspiro na quietude do nosso quarto. Apertou minha mão.

— Vamos tirar as fotos. Usamos almofadas. Eu penso no resto, mas... o ideal seria se a Teddi tivesse um parto domiciliar.

Não deveria ser assim, ter um filho. Sussurros e medo, e segredos. Era para ser uma celebração da vida, intensa e libertadora, e poderosa. Só que, se Teddi teria que fazer seus sacrifícios para trazer ao mundo o meu bebê, eu teria que sujar as mãos também.

9 DE OUTUBRO

SEMANA 37

O feto é do tamanho de um pé de alface grande

Rebeca

Meu mundo começou a desmoronar num fim de tarde de outubro, uma sexta-feira. Teddi e eu havíamos passado o dia juntas na quinta, em que fingimos que eu não sabia que ela não estava monitorando a gravidez. Acho que nós duas tínhamos medo de verbalizar que a hora estava chegando e ambas teríamos que arcar com as consequências do nosso pacto. Para ela, o medo, a dor e a libertação de um fardo que nunca pedira. Para mim, passar por cima de toda a minha moralidade para, finalmente, ter meu bebê nos braços.

Cesar desceu as escadas e me surpreendeu na cozinha, onde eu assava um bolo só para ter algo para fazer. Meu celular estava entulhado de tutoriais de doces, velas, sabonetes, técnicas de sombreamento no desenho com grafite, exercícios, penteados e crochê. Iberê me olhava no canto e reagiu ao ver meu marido entrar apressadamente, um pouco ensimesmado.

— Rena, vou ter que sair.

— O que foi?

Pelo assombro no rosto dele, imaginei que fosse Julian, precisando de alguma coisa. Logo vi que Cesar estava irritado.

— Eu tenho que resolver um problema de trabalho. Vai ser rápido. O cheiro tá ótimo.

Não acreditei nele. Quando tínhamos começado a mentir um para o outro?

— Não quero que você vá.

— Eu tenho que ir — foi só o que ele disse, antes de ir embora.

Quinze minutos depois, eu desligava o forno. O bolo ficou macio e a cobertura, cremosa, e guardei um pedaço enorme num *Tupperware* para Teddi e Catarina.

Afundei no sofá e cliquei no controle remoto para passar por dezenas de títulos. Mexi com preguiça no celular, vendo postagens de amigos, e mandei uma mensagem para Teddi:

"Tá tudo bem? Estou entediada. Se quiser vir para cá, entra pelos fundos. Tá aberto. Tem bolo."

Ela não leu a mensagem. Mesmo sempre por perto, andava distanciada. Às vezes, quando estava bem tarde da noite e o vento soprava em direção à nossa casa, eu a ouvia tocar piano.

Fechei os olhos e deixei um cochilo leve me embalar.

Acordei com a campainha. Um olhar em volta, assim como a dor nos meus olhos, me indicou que eu só tinha dormido por uns quinze minutos, talvez meia hora. Ainda estava claro, a TV ainda estava ligada e eu, morrendo de sono.

Caminhei meio tonta até a porta. *É a Teddi.* Eu poderia ficar perto de Catarina, conversar com ela dentro da barriga e mostrar para Teddi o logo da Teodora Bath.

Mauro estava do lado de fora.

Minha cabeça tentou organizar o que estava havendo. Abri a boca para perguntar o que ele estava fazendo ali, mas ele se aproximou, abrindo mais a porta, entrando na minha casa, me forçando a dar alguns passos para trás.

— Precisava chegar a isso? — ele perguntou.

Tentei ler seus movimentos, seu rosto. Estava alterado, os cabelos molhados de suor, possivelmente de chuva.

— Eu não entendo vocês, essa necessidade infantil de se exibir nas redes sociais, querer mostrar para todo mundo que são um casal perfeito.

Eu precisava controlar a situação, mesmo sem saber o que estava acontecendo. Não queria ficar sozinha com ele e a raiva em seu tom desencadeou um alerta que se espalhou pelo meu corpo.

— Mauro, senta, quer tomar alguma coisa?

— Ah, para, pelo amor de Deus. Para com o teatro. — Ele correu a mão pelo cabelo, olhou em volta, bufou um pouco. O olho cintilava com algo que eu ainda não entendia. Seus músculos estavam rígidos. — Quantas mensagens eu te mandei e você nem se deu o trabalho de responder?

— Eu não tô bem. — Minha voz falhou. — Não pensei que fosse sério. Se fosse, eu teria respondido, entende? O Cesar foi...

— Para de falar dele. — Não era um pedido, era um comando.

— Tudo bem.

Ele pareceu se acalmar, mas meu coração ainda estava disparado. Olhou para a esquerda, para a nossa cozinha, e arrastou os passos até lá. Fui atrás, mantendo distância, fechando minha blusa leve em volta do corpo como um envelope. Ao vê-lo se sentar em uma das banquetas, me mantive do outro lado da ilha. Na geladeira, peguei água e servi dois copos.

Mauro não bebeu. Ficou ali, me olhando, na cozinha que mal absorvia os tons de chumbo do fim do dia. Eu quis acender a luz, mas fiquei parada.

— Grávida? Quem você acha que tá enganando? Vocês não são perfeitos, sabia? — Ele umedeceu os lábios. Me olhava com a cabeça baixa, as pupilas próximas das sobrancelhas. O rosto dele sempre me lembrara o de um buldogue. Naquele dia, me apavorava. — Sabia que o Cesar me pagou uma dívida de cem mil reais da sua vizinha, aqui do lado?

Eu devo ter franzido a testa, confirmando que não sabia daquilo, porque ele sorriu e continuou:

— Se vocês são tão apaixonados, por que ele não te contou?

Por que Cesar faria uma coisa assim? Logo ele, que odiava gastar dinheiro, por que não tinha me contado? Ele sabia que eu teria aprovado.

Para ganhar tempo, tomei metade da água no meu copo.

— Ele mente para você — Mauro falou, a voz como o sussurro de uma serpente. Ele balançou a cabeça, como se em profunda decepção. — Ele sempre mentiu, Rebeca. Sempre.

— Olha, eu preciso ficar sozinha. — Esforcei-me ao máximo para que a voz saísse suave. — Agradeço que tenha me contado, você é um bom amigo, mas...

Mauro se levantou e contornou a ilha, rápido e pesado. Tentei me afastar, o tempo todo calculando meus gestos para que não parecessem rejeitá-lo ou ter medo dele, mas ele me agarrou pelos pulsos e berrou no meu rosto:

— Eu cansei de ser a porra do seu amigo! Sua filha da puta!

Meu Deus, socorro, meu Deus, socorro. Ele me virou, eu tentei lutar, mas ele era uma parede de concreto. Fui pressionada contra a ilha, os braços dele em volta do meu corpo, ainda segurando minhas mãos. Sentia-o se pressionando contra mim, o rosto na minha nuca, os soluços dele.

— Porra, por que a gente teve que chegar nisso? — A voz dele era a de um homem prestes a chorar, mais fina. Respirava com dificuldade. Senti o hálito de uísque. — Por que ajudei ele todos esses anos, mentindo para você?

— Por favor, me solta, Mauro. — Tentei não mostrar meu desespero, mas já estava chorando. — Você tá me machucando.

— Você sabe que eu te amo.

Apertei o rosto num choro silencioso. Aquilo não podia estar acontecendo naquela cozinha, naquela casa, no lugar construído com tanta dedicação para ser *nosso*, meu e do Cesar, e de tudo o que fomos e seríamos um dia. Mauro estava profanando a minha casa, imprimindo nela lembranças podres e violentas.

— Me beija, vai — falou arrastado, roçando o nariz na minha nuca.

Isso não está acontecendo comigo. Eu esperava que algo me salvasse, como se a geladeira ou as paredes se sentissem na obrigação de acabar com aquilo em vez de ficar paradas ali, como testemunhas coniventes. Ele respirava ruidosamente enquanto eu tentava me libertar da prisão que seu corpo formara ao meu redor.

Por que deixei ele entrar? Por que não saí correndo? Por que não avisaram, da guarita, que ele estava aqui?

— Me beija — ele falou de novo, ofegante, baixo. Quando me apertou com ainda mais força, não consegui respirar. A mão dele desceu para a minha barriga, os dedos procurando um jeito de entrar na minha calça de moletom e soltei um "Não!" abafado, entredentes. Minhas pernas se debateram e a palavra saiu da minha boca em berros roucos:

— Não, não! Não!

Ele chorava, inspirava fundo, tentava abrir caminho por entre as dobras das minhas roupas. Minhas mãos o arranhavam, meus pés batendo contra o piso, meu cabelo no meu rosto. *Luta, Rebeca, se não isso vai acontecer.* Na cozinha escura, entre as mechas bagunçadas dos meus cabelos, vi o copo na bancada. Então ele disse:

— Eu posso te engravidar, o Cesar não pode. Me deixa te dar o que você mais quer.

Estiquei o braço, meus dedos buscando o copo.

— Ele mentiu para você esse tempo todo...

Meu dedo do meio ultrapassou a borda do copo e consegui pinçá-lo.

— ...ele fez uma vasectomia logo depois do Julian. Ele me contou.

Era mentira. O Cesar tinha feito exames...

...que eu nunca vi.

É mentira.

Arrastei o copo. A boca de Mauro na minha nuca, a mão dele roçando meu seio esquerdo, sua respiração tão aflita e chiada no meu ouvido.

— Ele tentou reverter uns anos atrás. Chegou a fazer a cirurgia, mas não deu certo, porque já fazia muito tempo. Ele mente para você. Todo dia.

Mordendo o lábio, bati o copo contra a quina da ilha e golpeei o espaço atrás de mim. Mauro soltou um gemido de dor, então fiz mais um movimento brusco. Ele berrou. Meu tórax expandiu e pude respirar em grandes arfadas, me desvencilhando dos braços — agora moles — dele.

Meu pé esquerdo lançou uma fagulha gélida pelo meu corpo antes de uma dor aguda tomar conta de mim. Ignorando-a com a ajuda da adrenalina, consegui me afastar de Mauro.

— Alexa, acender a luz da cozinha.

Minha voz saiu fraca, mas a luz acendeu enquanto, na sala, Alexa murmurou sua aquiescência. Eu tinha pisado num grande caco de vidro. Mauro estava agachado próximo à geladeira, as mãos no pescoço e no ombro, que sangravam e manchavam sua camisa Lacoste azul-clara.

Eu tinha segundos. Ergui meu pé, que sangrava mais do que eu esperava. Não fora um caco de vidro, mas vários. Tentei apoiá-lo no chão, mas a dor se intensificou, numa onda quase forte demais para suportar. Mancando, sentindo as lágrimas frias grudando meus cabelos ao meu rosto, dei início a uma corrida ridícula e vacilante em direção à sala. Mauro berrou:

— Rebeca! Volta aqui!

Consegui me agarrar ao corrimão de madeira náutica da escada e pulei os primeiros dois degraus. Não ia conseguir pular até lá em cima.

— Volta, porra, eu acabei de te contar a verdade!

Apoiei o pé cortado no próximo degrau e mordi o grito de dor para que não saísse. Ofegando, tentei colocar o peso do meu corpo nos braços, agarrando o corrimão e impulsionando o pé intacto para o próximo degrau. A voz de Mauro estava mais próxima:

— Você não vai fugir assim, a gente precisa conversar!

Virei o rosto sobre o ombro e lá estava ele, no pé da escada. *Meu Deus, o que eu fiz?* Sangue estampava o rosto dele como uma pintura tribal. Múltiplos pequenos cortes, fundos o suficiente para que o sangue fluísse morosamente deles, marcavam suas maçãs do rosto, o queixo, o pescoço e os ombros.

Mesmo com a dor, ele ainda era maior do que eu, mais forte e totalmente capaz de se locomover. Ele subiu um degrau por vez, devagar, sabendo que eu não teria a menor chance de escapar.

— Por que você tá com tanto medo de mim? Eu nunca machuquei você. Eu nunca faria isso.

Eu corri escada acima, sentindo a dor como se rasgasse minha perna a cada passo. Ouvi os pés dele batendo contra os degraus, logo atrás de mim. Vi a porta do meu quarto, entrei e a bati, meus dedos procurando a chave e virando duas vezes um milésimo de segundo antes que ele a esmurrasse, do lado de fora.

— *Abre, porra, Rebeca! Abre agora!*

Eu manquei até o banheiro da suíte, onde me tranquei e me sentei na tampa do vaso, esfregando os olhos. Meu celular ficara na sala de TV. Não tínhamos uma Alexa no banheiro ou na suíte, justamente por ideia minha de não ter nada eletrônico no quarto. *Idiota, idiota.*

O coração bombeava com tanta rapidez que tive medo de infartar. Minha garganta estava gélida, dolorida, e meus dedos, trêmulos. Fechei os olhos, ignorando que ele ainda berrava e esmurrava a porta do quarto, e tentei respirar profundamente para pensar no que fazer.

— *Vamos conversar. Eu não vou machucar você, não sou assim, você sabe.*

O Cesar mentiu para mim... Não posso pensar nisso agora, ele vai entrar e, se passar por uma porta, vai passar pela outra...

O Cesar fez uma vasectomia.

É, ele faria isso na época. Tivera um filho, não queria ter outro. *Tentou reverter...*

É, ele faria isso, também. Por mim. Tarde demais.

Então fez-se o silêncio. Mauro havia parado de bater na porta.

TEDDI

O dormitório do térreo, onde meu pai definhara e morrera, era o cômodo da casa que eu nunca visitava, que mantinha fechado.

Eu já tinha nítidas lembranças daqueles dias, mas não seria capaz de colocá-las em ordem; duas enfermeiras cuidando dele, ele vendo TV, dedilhando a guitarra, ouvindo música; os caras da banda passando de vez em quando para conversar, trazer presentes. Não ficavam muito tempo.

O quarto, então, estava vazio, com exceção de uma estante vazia no canto; por isso me deitei no chão com dificuldade, sentindo a dor nas costas aliviar um pouco.

Fiz carinho na minha barriga. Sabia que o bebê sentia aquele carinho.

Neta e filha do Stefan Bergler. Era a cara dele, plantar sua semente daquele jeito, recusando-se a morrer. Seu ego era grande demais para que simplesmente sumisse deste mundo e me deixasse em paz.

Os grandes deixam seus legados: a descoberta da penicilina, uma sinfonia belíssima, uma invenção que salvaria milhões de vidas, um clássico literário que arrancaria suspiros por séculos. Meu pai deixara suas músicas, mas acho que era pelo ódio que tantas pessoas sentiam dele que sobrevivia.

Quem era eu para sentir ódio dele? Desde que me lembrara do que tinha acontecido, mais certeza tinha de ser realmente a pessoa desprezível que Mauro descrevia.

Depois daquele beijo no mato, sob a lua cheia, eu não fugi. Pelo contrário, perdi todas as minhas forças e lhe obedeci como alguém sem consciência, sem vontade própria. Ele foi paciente no beijo, devagar, e eu me senti na obrigação de retribuir. Não queria que ele achasse que eu beijava mal.

Ele me mandou ficar de quatro. Eu fiquei, sentindo a terra, os gravetos e folhas machucarem meus joelhos e palmas das mãos. Ele uivou de novo. Falou que animais não eram limitados pelo tabu do incesto.

"Eu sou só um macho. Você é só uma fêmea."

Ele me mordeu, farejou, arranhou. Eu tremia. Não sabia o que sentir. Meu corpo não reconheceu meu medo, acho, porque, quando ele me penetrou, foi fácil. Ele me comeu com força, sem dizer uma palavra. Eu acho que chorei. Depois de ejacular, rindo, uivando, ele enfiou os dedos em mim, três deles, e me esfregou de um jeito que me fez apoiar a testa na terra, morder meu lábio e ter o orgasmo mais forte que já tinha tido.

Quem era eu para odiar meu pai?

Sei que houve outra vezes. Eu soube disso sem precisar ter a lembrança dos fatos. Era uma certeza tão concreta que me assustava. Obviamente, houvera a última vez e ela só podia ter acontecido ali, naquele quarto, de onde ele não saía, porque estava morrendo.

Se eu ficasse ali, deitada, a lembrança viria? Eu me lembraria se ele tinha implorado ou fora ideia minha? Era fácil imaginar ele dizendo "Uma última vez, Palheta. Faz isso pelo seu pai. Seja minha última mulher nesta vida". Também era fácil me ver com pena dele, esperando as enfermeiras nos darem privacidade, apagando as luzes e me sentando em cima dele, concebendo um filho com meu pai.

Eu sinto muito, acariciei minha barriga. Ela estava quietinha naquele dia, talvez dormindo. *Você merece pais melhores. É por isso que eu não posso ficar com você. Sou a pior pessoa do mundo.* Mauro tinha razão.

Lá fora, uma porta bateu. Não a porta da casa vizinha, mas uma porta de carro. Eu me ergui devagar, sentindo a fisgada na virilha, e deixei meus pés me arrastarem para a janela próxima à porta da frente. Vi um carro parecido com aquele que havia capotado na noite de 26 de fevereiro. Então minha visão se afunilou e reconheci o homem no assento do motorista.

Mauro olhava diretamente para mim, como se tivesse acabado de me notar ali. Tinha sangue em seu rosto.

Corri, enquanto minha visão periférica o captava saindo do carro. Virei a chave na porta duas vezes e me afastei, o coração bombeando galões por segundo. Ouvi as batidas dele na porta, altas o suficiente para que meu corpo estremecesse.

— *Tá aí dentro, Berglerzinha?!*

Merda. O que era aquilo? Ele não me mandava mensagens havia meses. Pensei que tivesse desistido.

Devagar, fui até a janela. O rosto dele apareceu a dois centímetros do meu e soltei um grito. Ele sorria, a mão deixando o vidro melado de sangue.

247

Eu não sei por quanto tempo ele segurou aquele olhar no meu, mas sorriu, disso eu tenho certeza. Ofegante, visivelmente puto, ele sacou o celular do bolso. O que estava fazendo? Ele mexeu no aparelho e, então, o grudou na janela, a tela virada para mim. Eu me aproximei.

Era um vídeo.

Meu.

Do meu pai.

Eu cobri minha boca para não berrar.

Cesar

Quando entrei em casa, soube que havia algo errado. Não pelo vidro no chão, porque, a princípio, não vi os estilhaços. Não pelas borras de sangue seco na madeira da escada, porque, de onde estava, também não tinha visto nada daquilo. Não havia móveis revirados, nada fora do lugar.

Saí de casa porque a mensagem de Mauro dizia: "Preciso falar com você urgentemente. Me encontra no mesmo bar da última vez". Quando cheguei lá, ele não estava. Esperei meia hora, mandando mensagens que ele nunca respondeu, até desistir e voltar para casa.

A energia sofrera uma mudança, como se o ar tivesse sido deslocado. Algo perturbara a paz daquela casa. Só a luz da cozinha estava acesa e, manualmente, acendi as luzes da sala de estar. Vazia. Intacta. Aguardando algum evento.

Inspirei fundo e agucei os ouvidos, mas não havia som ou cheiro que denunciasse que eu entrara num espaço trágico, numa cena de crime. Devagar, alarmado, atravessei a sala e parei ao pé da escada, ao ver as pequenas pegadas de sangue.

— Rena? — chamei alto o suficiente para que, se ela estivesse em casa, me ouvisse. Subi as escadas desviando do sangue e fui direto para a porta do nosso quarto, trancada. — Rena, abre!

Fiquei surpreso quando ouvi sons dentro do quarto e, segundos depois, a porta se abrindo. Havia algo diferente no rosto assombrado dela e, ao me ver, ela deu passos para trás, até se sentar na cama. Notei a forma coxa como se mexia, gaze em volta do pé direito.

— O que aconteceu?

— Você fez uma vasectomia?

Meu estômago virou uma bola de fogo e achei que fosse vomitar. Então era assim que meu casamento iria acabar?

— Fiz — foi a única coisa que fui capaz de dizer.

O que tinha acontecido com ela? Nada se encaixava. Mauro tinha me tirado de perto com aquela mensagem só para ligar para ela e contar tudo? Por que faria isso, sabendo que eu daria mais dinheiro para que ele guardasse meu segredo?

— Foi antes de te conhecer. Eu nem imaginava que uma mulher como você existisse, não tinha como saber que apareceria e tão… *ávida* por um filho. Eu não sabia.

— Esse tempo todo, eu achando que meu corpo fosse defeituoso — ela falou, como se o simples ato de se comunicar fosse exaustivo — e, esse tempo todo, eu poderia ter engravidado, se quisesse. Podíamos ter feito uma punção em você, extraído esperma direto e tentado me inseminar... e você vendo tudo, as injeções na barriga, a tabela, os hormônios, meu choro todos os meses... e não me contou.

— Como você soube?

Ela finalmente moveu os olhos, fixando-os no meu rosto.

— Você já sabe a resposta disso também.

Eu caí de joelhos e me arrastei até ela, procurando pegar suas mãos, que ela puxou para longe. Seu rosto era uma máscara de ódio, os olhos cintilavam e o peito inflava com uma respiração custosa. Uma lágrima caiu do seu olho, direto no peito, molhando a blusa — esgarçada, por quê?

Então ela chorou. Saiu como um lamento agudo, fino, baixo. Cobriu o rosto com as mãos e soltou o ar em fungadas quase infantis. Eu pensei que fosse morrer. Teria me jogado da porra da janela se ela tivesse comandado. O som do seu choro era o pior som do mundo.

— Me desculpa, por favor. Me desculpa — eu supliquei, com medo real de que ela desse a sentença, de que me expulsasse daquela casa. Eu não viveria sem a Rebeca. — Rena, eu sei que nada justifica o que eu fiz, mas te amo demais para viver sem você e sabia que, se contasse, você iria embora. Assim que você decidiu que era hora de ter filhos, eu me preparei para te contar, mas morria de medo; e, a cada dia, eu acordava disposto a te contar, mas, a cada dia, a mentira era maior e, a cada dia, contar ficava mais difícil. Trinta por cento, foi o que me disseram. A reversão só tinha trinta por cento de chance de falhar e eu caí nessa porcentagem de merda, mas eu te amo. Nem sei quem eu sou sem você. Nem sei se quero viver nesse mundo de merda sem a única coisa que faz sentido nele, que é o que nós temos.

Ela balançava a cabeça.

— Como você conseguiu enganar o médico? — sussurrou.

Meus ombros caíram. Isso doeria mais nela do que qualquer coisa.

— Eu expliquei que não conseguia... colher a amostra no consultório; que não conseguia ter uma ereção, então pedi para colher em casa. Ele permitiu, desde que fosse imediatamente ao laboratório entregar a amostra.

O ódio nos olhos dela.

Precisei fechar as pálpebras para continuar:

— Foi assim que o Mauro soube. Foi por isso que contei para ele. Ele era o único amigo que me ajudaria a fazer isso. Quando você estava trabalhando, ele foi ao nosso apartamento...

Rebeca apertou a mandíbula.

— Ele colheu uma amostra no nosso apartamento?! — ela berrou. — No meu banheiro?! E só pode ter sido mais de uma vez, Cesar! Porque fizemos a porra do exame várias vezes!

Foi o que ele fez. Cheio de piadas e eu engoli, tolerei aquela humilhação só para sustentar minha mentira.

— Eu faço o que você quiser — falei, meu choro preso no peito, ameaçando me sufocar. — O que você quiser.

Ela abraçou o corpo e se afastou, como se tivesse nojo de mim. Caminhou até o banheiro e fechou a porta. *Merda. Maldito.*

Apertei a mandíbula de ódio do Mauro, tentando conter o fogo dentro do meu peito, então Rebeca abriu a porta, deu quatro passos duros até mim e me deu um puta tapa na cara. Depois outro.

Forcei-me a manter os braços ao lado do corpo, a não me proteger. Minha cara ardia de dor, minha vista ficou turva. Ela mostrou os dentes como um bicho e fechou os punhos, me socando com força nos ombros, no peito, na barriga, enquanto aguentei. Quando ela berrou, pensei que o mundo inteiro fosse ouvir:

— Você viu o que eu passei! Você viu a minha dor! Esses anos todos, porra, Cesar, você viu a minha dor e me deixou sofrer! Agora tem a coragem de falar que me ama? Seu filho da puta! Eu te odeio, seu filho da puta!

Ela se afastou, lutando para não me machucar mais.

— Eu queria ter coragem de sair na rua e dar para o primeiro homem que aparecesse — ela sussurrou —, mas seu amiguinho já passou aqui hoje.

Meu coração afundou. O horror do que Rebeca estava insinuando se agravou quando ela, com o rosto enrugado do choro, continuou:

— Seu amigo passou aqui e tentou me estuprar.

Agarrei Rebeca pelos braços, talvez com muito mais força do que o aceitável, porque ela se encolheu de medo, e berrei:

— O que ele fez?! Fala, o que ele fez?

— Ele me agarrou. — Ela chorou. — Ele me machucou. Eu o cortei e me escondi aqui.

— Quando isso aconteceu?!

— Agora, merda!

Daria tempo de alcançá-lo? Era claro que não. Mesmo assim, me vi entrando no carro e indo atrás dele. A sensação era vertiginosa. Tive vontade de morder a carne dele, sentir o sangue tocar minha língua.

— Olha para você. — Cada palavra de Rebeca pesava no ar. — É sempre isso com vocês: *ninguém toca no meu brinquedo*. Foda-se se eu ainda sinto a respiração dele na minha nuca e o pau dele pressionado nas minhas costas. Foda-se se ele entrou no espaço sagrado da minha casa, na cozinha que eu planejei centímetro por centímetro, onde eu me sentia segura e feliz, e batizou o lugar com sua raiva. O que importa é que ele mexeu no que é seu, então sua dor é maior do que a minha.

— Eu não sou assim. Quero que ele morra pelo que fez com *você*, não porque mexeu no que é meu.

— Mas você se beneficia desse comportamento e, por mais que eu te ame, neste momento é difícil esquecer que toda mulher está sempre vigilante por causa da violência de vocês. Que é essa violência que permite que qualquer imbecil que faça o mínimo, que não violente ninguém, que não bata em ninguém, seja elevado ao status de semideus.

— Eu não sei o que fazer para pedir desculpas. — Meus ombros caíram. A exaustão percorreu meu corpo devagar.

— O que você fez comigo não se conserta com palavras.

Teddi

A descida para o lago foi lenta. Minha barriga já estava pesada, o que significava puxões dolorosos na virilha e uma dor na lombar que não cedia, não importava o que eu fizesse. Eu segurava a barriga embaixo, um gesto tão instintivo quanto necessário, para ter mais controle do meu corpo, mais equilíbrio. Cesar foi paciente, caminhando ao lado no escuro, em silêncio.

Não era uma noite chuvosa, mas estava fria, sim. Uma lua minguante reinava num céu salpicado de estrelas. A cada passo, a escuridão se fechava a nossa volta.

Rebeca havia saído de casa. Ela fizera uma mala e fora bem direta com o homem que, naquele momento, caminhava ao meu lado de jeans e casaco esportivo: "Preciso de uns dias. Se vier atrás de mim, me ligar ou quebrar a minha paz de qualquer maneira, só vamos conversar na presença de advogados daqui para a frente".

Eu expliquei que ela só o estava punindo, que o amava demais para deixá-lo... e que ele merecia cada miserável segundo daquele castigo. Cesar concordou comigo, monossilábico.

Era tão silencioso naquele mato que nossos passos no asfalto ofereciam um ritmo agradável aos nossos ouvidos. Eu sabia que a volta seria desafiadora, mas precisava fazer aquilo.

Por meio quilômetro, a estrada era de terra. Foi quando apertamos o passo. Foi quando minha virilha repuxou ainda mais e Catarina esticou-se dentro da minha barriga, causando um incômodo familiar. *Calma, menina, a sua mãe precisa colocar a cabeça no lugar.*

— Chegamos. — Cesar soltou uma lufada de vapor branco no ar.

Ele tirou do bolso dos jeans um maço amassado de cigarros que encontrara na minha casa um mês antes e acendeu um com dificuldade contra o vento. O bendito queimou com um som crispado quando ele tragou.

Estudei o lago, sua imensidão negra refletindo as estrelas e a Lua. O som das cigarras, o breu entre as árvores. As lembranças se esticavam, tentando tocar umas nas outras para completar o quadro que nunca estaria completo. Meu corpo me dizia o que meu cérebro danificado não conseguia.

Cesar me olhava, mas seu interesse era parcial. A raiva estava impregnada em cada ruga em sua testa, cada retesar de músculo; no olhar ferino de quem estava planejando a própria queda. Eu já tinha decidido dar o empurrão final.

— O que as câmeras não mostraram foi nosso encontro no Parque do Ibirapuera — soltei, revisitando a lembrança fresca pela milésima vez. — Assim como eu, o Bergler sentiu que nosso primeiro encontro diante de uma equipe inteira havia sido superficial, anticlimático, então me pediu que fosse vê-lo e, lá, eu percebi que procurava a raiva por ele e não encontrava. Notei que tentava impressioná-lo com minhas ridículas conquistas, com minha inteligência, meu conhecimento sobre bandas que eu sabia que ele admirava; e ele olhava para mim com um sorriso que me encorajava; e ele pediu desculpas.

Com exceção da mão levando o cigarro aos lábios e da baforada no ar, Cesar não se mexia.

— Aí, de repente, eu tinha um pai e ele parecia gostar de mim e me apresentava para os outros. Ele dizia: "Essa é a Teddi, minha filha" e eles me olhavam com tanto respeito. Era tão inédito, tão bom. Viciante, até. Eu comecei a antecipar vê-lo. Tomei as rédeas de funções que não eram minhas, roteirizando o documentário, ajudando a encontrar espaços para shows, ações para promovê-los, menções na mídia. Eu me preocupava com as roupas que usaria, queria que ele gostasse delas.

— E ele gostava.

— Ele gostava. De vez em quando, não me dava muita atenção, o que só me fazia ansiar por mais. Aí me elogiava, depois passava a mão na bunda de alguma groupie anoréxica, sumindo, me deixando sozinha. Ficávamos nos mesmos hotéis e eu passava na frente do quarto dele para ouvir se estava com alguém. Quando não ouvia risadas e música, batia de leve na porta, fingindo que era para dar boa noite.

Eu não tinha pressa. Não era uma canção para uma multidão. Eu a reconhecia, relembrava e confessava acorde por acorde, como se o lago fosse me oferecer absolvição. Cesar estava lá apenas como testemunha da minha coragem de admiti-la e eu a contava para Catarina, também, pela primeira e última vez.

— Uma noite, ele mandou eu ir embora. Agiu como se me ver fosse tão... dolorido; como se exigisse um esforço descomunal de si.

Quando balancei meu rabinho e quase chorei, perguntando por que ele estava me afastando, ele me puxou para o quarto e fechou a porta. Ele ia sair, eu acho, porque tinha tomado banho e estava fedendo ao perfume que você quebrou.

Cesar tragou, brincou com o isqueiro e murmurou:

— Nocturn.

— Esse mesmo — falei, sem olhar para ele, mantendo os olhos no lago. — E ele falou, sem um pingo de vergonha: "Eu me conheço, Teddi. Eu sei o que eu quero. Comigo, as coisas são intensas, tudo ou nada, e, se você quiser um relacionamento comigo, vai ter que ser tudo ou nada. Não sei se você tem estômago para isso". É claro que eu não entendi, então ele desenhou: "Se me quiser como pai, vai ter que me querer como homem, entendeu? Eu não separo as coisas. Não olho para você e vejo uma menina com os dentes tortos e marias-chiquinhas, eu vejo uma mulher".

Eu deixei as palavras ecoarem, levantarem voo e sumirem mata adentro. Não ouvi uma única respiração do meu vizinho (Amigo? Amante? Cúmplice?)

— Fiquei horrorizada e chorei no travesseiro naquela noite; e na noite seguinte; e tremi quando o vi depois disso, e passei noites acordada até o nojo virar outra coisa: possibilidade. Eu só queria que ele me amasse. Algumas semanas depois, o sacrifício não parecia tão repulsivo. Se ele me olhasse com orgulho porque eu tinha "estômago" para seu estilo de vida, se ele me admirasse...

— Você foi um instrumento nas mãos dele, Teddi, como aquele piano lá em cima.

Eu me virei para olhá-lo.

— Mas eu quis, não quis?

— Você quis um pai. Aceitou o que ele oferecia. Os termos dele.

— Mas eu quis — falei, baixo. — O que me assusta quando olho para esse lago não é só que aconteceu; não é só que ele foi capaz, mas que eu também fui. Eu entrei no jogo dele. Neste exato momento, meu corpo está formigando, porque eu *gostei*.

— Então é isso que o Mauro tem contra você.

— Ele tem um vídeo. Deve ter dado algum presente para o meu pai com uma câmera embutida e, na época, colocávamos todos os presentes e flores num armário no canto do quarto. Ele recebia muita tralha dos fãs.

— Você disse que ele te mostrou o vídeo quando saiu da minha casa, depois de atacar a Rebeca.

— O vídeo não mente: eu estou inclinada sobre a cama hospitalar, acariciando os cabelos do meu pai, chorando. Ele pega a minha mão e leva até a virilha... — Precisei respirar fundo, antes de continuar: — No vídeo, dá para ver que eu não luto contra isso. Eu tranco a porta e abaixo as calças dele. O resto você já sabe. Era nosso segredo. Era uma coisa tão absurdamente transgressora que me fortalecia. A minha vida inteira eu recebi o rótulo de louca e foi a primeira vez que tive orgulho dele.

— Você tá se esforçando demais para eu te chamar de puta, mas não vou. Nos últimos sete meses, você trepou com quatro pessoas. E daí? Qualquer amigo meu acharia um número patético se viesse de um homem. Para mim, a balança é a mesma. Se não julgo outros homens, se não julgo homens como o Apolo, por que deveria te julgar?

— Porque ele era meu pai.

— E te fez de idiota, Teddi. Agora me fala a única coisa que eu preciso saber: você o matou ou não? Me parece que assassinato seria uma arma melhor para o Mauro usar contra você, então ou você não matou o seu pai, ou o Mauro não tem provas desse crime.

Meus olhos arderam.

— Eu não tenho lembranças de ter matado meu pai. No estado em que ele estava no final, teria sido a coisa mais fácil do mundo, mas não para mim. Porque, por mais que quando pense nele eu sinta ódio e fique feliz que tenha morrido, também sei que não teria coragem de matar ninguém... e que porra de diferença faz? Se o Mauro divulgar esse vídeo, minha vida acaba. Se não divulgar, eu viro fantoche dele para sempre.

Cesar deu alguns passos em direção ao lago e atirou o cigarro na água, sem produzir som. O silêncio era tão denso que cheguei a ouvir sua respiração suave.

— Então precisamos tomar uma decisão, eu e você.

Ele finalmente chegou aonde eu precisava que chegasse. Eu quis beijá-lo e talvez tivesse beijado, não fosse por Rebeca; porque só

256

havia uma solução para o meu problema e nós dois sabíamos o que queríamos fazer assim que começamos nossa descida até aquele lago. Cesar se virou e a calma com que falou me arrepiou a nuca.

— Ele não nos deu muita escolha, não é?

Rebeca

— Ai!

Apolo me olhou como se eu estivesse exagerando. Deitada na sua cama, eu tinha a perna apoiada numa torre de almofadas enquanto ele tirava os cacos de vidro do meu pé.

A princípio, achei que dirigir por algumas horas me faria bem. Aos poucos, precisei admitir que, apesar de tudo, ele era minha família, a única pessoa que restara dela. Em qualquer outro momento de minha vida, eu teria corrido direto para o conforto dos braços de Nana.

Por sorte, só precisava do pé direito para dirigir meu carro.

— Dorme na minha cama e eu durmo no sofá, sem galho.

— Eu posso dormir no sofá.

— Sério, prefiro assim — ele murmurou.

Ele puxou outro caco, que, cuidadosamente, colocou sobre uma toalha. Borrifou mais spray antisséptico no meu pé e se aproximou de novo, com a pinça entre os dedos. Ardeu como se o Diabo estivesse me lambendo, mas não movi um músculo facial, para não lhe dar a satisfação de me causar dor.

Menti quando lhe disse que havia derrubado o copo por acidente.

Não contaria para meu irmão do Mauro porque ele nunca entenderia, mas precisava desabafar sobre o Cesar. Acho que queria que alguém validasse o que eu estava sentido, o que foi idiotice, porque, apesar de estar furioso com o Cesar, meu irmão não tinha uma reserva de empatia grande o suficiente para se colocar no meu lugar.

— Ele sabe que você tá aqui?

O apartamento dele era pequeno, mas de acabamento impecável, milimetricamente planejado por um arquiteto indicado pelo meu marido. Era escuro demais para o meu gosto, com paredes em tons de azul-arroxeado e tecidos puxando para o cinza e o carvão. Combinava com o Apolo.

— Não, ele acha que fui para um hotel. Desliguei o celular, não quero falar com ele.

Apolo me olhou timidamente.

— O último caco. — Ele borrifou mais antisséptico e examinou meu pé. — Dá para dar uns pontos falsos, em vez de te costurar.

Vou enfaixar.

Esperei ele ir até o banheiro da suíte.

— Então você largou tudo mesmo?

— Não vou ficar sem trabalhar. Só quero que isso passe. Aí eu vejo o que faço. Procuro outro lugar, abro um consultório, não sei. Não tenho pressa, Rebeca.

Ele guardara sua parte da herança, aplicara, aprendera a usá-la bem. Eu tinha doado toda a minha parte para diferentes instituições de caridade, em especial aquelas que ajudavam os tipos de pessoas que meus pais odiavam.

Terminando o curativo, Apolo me deu dois tapinhas na perna.

— Vocês vão fazer as pazes, aí vai ser mais tranquilo. Vocês fazem a punção e a inseminação e pronto, resolveu, você engravida. Eu sei que você tá brava com ele agora, mas, na verdade, agora vocês podem finalmente resolver isso.

Eu queria dizer que não seria mais necessário. Meu bebê já estava para nascer. Uma hora eu teria que contar para ele, mas ainda não.

— Como vai ser, ficar casada com um homem que mentiu para mim por quinze anos? Que me viu sofrer sem motivo, que poderia ter aliviado meu fardo...

— Ele não queria te perder, Rê. Você... Olha, não estou defendendo o Cesar, tô com vontade de dar um soco na cara dele, mas você precisa entender o quanto é difícil. O quanto você sempre parece... — Ele suspirou.

É, ele ia jogar a culpa em mim. O que eu estava pensando? Que me daria apoio? Que meu próprio sangue ficaria do meu lado?

— Você é perfeita demais — ele finalmente falou. — É cansativo conviver com você.

— Isso vindo do filhinho da mamãe?

— Já parou para pensar que eu precisei ser quem sou para sair da sua sombra?

— Que sombra? Desde que você nasceu, eu virei um fantasma.

— A gente vai fazer isso de novo?

Por que eu virava uma criança quando discutia com ele? Por que não conseguíamos seguir em frente?

Esfreguei meus olhos, cansada demais para chorar. Cansada demais para sentir qualquer coisa. A Nana falaria a coisa certa. Ou ficaria em silêncio e faria carinho nos meus cabelos.

Depois de jantarmos, lavei a louça enquanto Apolo trocava os lençóis da cama dele, para que eu pudesse dormir lá. Acho que foi a primeira vez na vida que fez isso. Nos despedimos e tomei uma ducha demorada no banheiro high-tech da suíte. Me vesti com um pijama quentinho e me enrolei debaixo das cobertas, ouvindo a televisão na sala. Apolo conversou com umas três pessoas pelo celular. Pelo tom brincalhão, eram amigos ou mulheres. Depois, tudo ficou em silêncio e as luzes da tela deixaram de penetrar por baixo da porta.

Eu sabia que, aos poucos, minha raiva iria passar. Esse era o problema de amar alguém com tanta intensidade. A gente se apega à raiva porque ela nos enche de razão. A raiva é aquela voz dizendo "Você é a pessoa certa nessa história, a pessoa injustiçada!" e sentir isso é melhor do que ter que lidar com a dor que vem depois. A dor que faz você lembrar de que aquela pessoa foi capaz de te magoar daquele jeito.

Eu quis pegar o celular desligado na bolsa. Quis dizer ao Cesar que estava bem. Por mais que um casal esteja brigado e se mordendo de ódio um pelo outro, é engraçado como algumas coisas não morrem, como a preocupação. Eu queria dizer boa noite. Eu queria dizer onde estava.

Mas era imperdoável, não era?

Ele mentira para mim por quinze anos enquanto eu estufava o peito de orgulho para dizer a todo mundo que não guardávamos segredos um do outro.

Éramos uma farsa? Um único ato falho, uma única mentira, por maior que fosse, por maior que nos afetasse, por mais que infectasse nosso casamento... um único erro apagava quinze anos de risadas, beijos, sonhos compartilhados, sentimentos ruins confessados, vitórias comemoradas e fracassos apoiados?

Minha decisão, triste e solitária, e quase semelhante a uma desistência me ocorreu quando fechei os olhos no travesseiro molhado de lágrimas. Eu voltaria para ele.

Uma hora depois, sem conseguir dormir, levantei-me e acendi a luz. Apolo tinha uma poltrona confortável com um pufe no canto

260

do quarto e foi lá que me acomodei, observando as escolhas óbvias do meu irmão: espelhos nas portas do armário — com certeza para dar um show para as convidadas —, uma estante com os livros da faculdade para impressioná-las, alguns *souvenirs* de viagens: Las Vegas, Aspen, Berlim.

Um livro me chamou a atenção. Lembrei dos sentimentos que me acompanharam enquanto vagava no shopping, procurando um presente de formatura para ele. Eu não tinha nem trinta reais para gastar. Queria sentir alegria, mas a inveja me corroía, assim como a mágoa pelos meus pais.

O Médico e o Monstro, uma edição fina, de capa dura, estava num quiosque de livros a R$ 19,90. Comprei e paguei mais R$ 4,99 para que embrulhassem para presente.

Tirei o livro da estante, surpresa por Apolo não o ter jogado no lixo. Na primeira página, vi minha dedicatória, feita com minha letra certinha, em tinta azul: "Um livro em que o vilão e o bonzinho são a mesma pessoa, para nos lembrar que o bem e o mal estão dentro de nós e podemos escolher. Espero que honre sua profissão e escolha sempre o bem. Da sua irmã orgulhosa, Rebeca".

Limpei uma lágrima imbecil. O livro voltou para a estante.

TEDDI

Não lembro de quem foi a decisão de Cesar dormir na minha casa, mas logo percebi que ele estava mais preocupado com a minha segurança do que com qualquer outra coisa. Circulou o térreo, verificou trancas, janelas e portas. Enquanto eu cortava a pizza que pedíramos pelo aplicativo, ele voltou da ronda, esfregando as mãos.

— Como ele entrou?

Estendi a lata de cerveja para ele.

— O Mauro?

— É... — Ele bebeu um gole e relaxou contra a cadeira, olhos presos no nada. — Como ele entrou no condomínio?

Eu me servi. Ainda não entendia onde ele estava querendo chegar.

— Olha só, você se lembra daquele jantar lá em casa, em que você tocou a campainha e o Mauro estava lá? Naquele dia, ele já estava no condomínio quando eu e a Rena chegamos. Ou seja, ele entrou sem que ninguém tivesse liberado a entrada na guarita. Hoje foi a mesma coisa.

Vasculhei minha mente atrás de uma resposta, mas não havia nada lá. Só que... os Mafra não eram os únicos naquele condomínio que conheciam o Mauro.

— E se... — umedeci os lábios, meus pensamentos acelerados — ele conseguiu algum tipo de permissão?

— Era um visitante regular do seu pai, é bem possível que os caras da banda, as enfermeiras, você e o Mauro fossem pessoas liberadas na guarita. Normalmente, pede-se o CPF e o nome completo, que fica registrado na administração remota. Foi o que fizemos com a nossa faxineira, a Lucimara.

— Liga para eles, Cesar. Pede para tirar o nome dele da lista.

— Tem que ser você, a proprietária do imóvel.

Quando me levantei, ele fez um gesto, me pedindo para esperar.

— Calma, a gente tem que pensar em tudo.

— Você já mandou a mensagem para o Mauro?

— Ainda não. Tô pensando. — Cesar deixou a cerveja de lado e cortou um pedaço da pizza, comendo devagar, sem saborear.

Às vezes, ele não parecia o homem que conheci naquela primeira noite naquele condomínio, tão refinado, tão burguês.

— O que você fazia? — perguntei. — Você nem sempre foi corretor de imóveis. A Rebeca fala de você, quando te conheceu, com um ar de que era diferente do mundo dela, perigoso.

Ele demorou para responder, o que me irritou. Comeu mais um pedaço de pizza, me olhando, me avaliando, calmo. Depois, tomou outro gole e se recostou contra a cadeira.

— Quando eu tinha dezesseis anos, teria feito qualquer coisa para ganhar um dinheiro. É que nem esse vírus, Teddi. A gente não se preocupa com ar enquanto está respirando, mas, quando ele falta... é tudo. A única coisa que importa. O dinheiro entrava na minha casa, porque meu pai tinha a loja dele e ela lucrava; mas ele sangrava grana em bebida, jogo, tudo. Então, como eu era bom de briga, um cara falou de mim, gerando interesse no Nico, que era um agiota lá. As pessoas gostavam no Nico, porque ele era tipo o vereador daquele lugar. Ele cuidava das pessoas.

Cesar vasculhou a sacolinha de papel e abriu outra lata.

— Até hoje, eu penso no Nico com afeto, essa é a verdade. Não posso dizer que foi um pai para mim, mas foi mais paternal do que o meu genitor. O nome dele nem era Nico, mas ele tinha as sobrancelhas iguais às do Jack Nicholson e conseguia imitar ele direitinho, aí o apelido pegou. Enfim... Foi isso. Eu comecei a cobrar para ele. Ele tinha umas regras: a gente tinha que ser cordial, respeitoso, limpar os pés no capacho antes de entrar na casa de alguém, dizer boa tarde, boa noite, por favor, obrigado, senhor, senhora... Até que ele desse permissão para engrossar. Raramente era necessário, mas, quando era, a gente engrossava.

— Com mulheres também?

— Nunca.

— Você tá mentindo, vizinho.

Ele deu um riso triste e ergueu os olhos para mim.

263

— Uma vez, mas não fui eu. Ele sabia que eu não faria, conhecia meu histórico, sabia o que meu pai fazia com a minha mãe. Alguém sugeriu a ele que me mandasse para eu aprender, mas o Nico entendia as pessoas e sabia que ia me perder; e ele não queria me perder, porque...

— Exatamente como você é hoje, já era na época; esforçado, sem medo, fazia mais do que os outros, tinha mais ambição.

— Então, um dia, ele chegou no limite com o meu pai e mandou outro cara ir cobrar. O Mauro me contou antes que acontecesse. Ele disse: "Soube que Nico deu a sentença para seu pai. Vai lá, antes que o pior aconteça. Compra mais tempo para seu velho, porra". Eu não fiz nada. E nunca senti um pingo de culpa por isso. Pior, Teddi: eu queria que tivesse sido eu.

Bebi um gole d'agua, sem saber o que dizer, sem saber por que fiquei com medo dele; um medo que foi embora, mas que tinha estado lá e deixado minhas entranhas gélidas.

— Você já...

Cesar se inclinou em minha direção. Falou com os olhos presos aos meus:

— Eu só fiz esse trabalho até os dezenove anos, depois saí do Caldeirão. Bati em alguns imbecis, uma ou duas vezes em velhos inofensivos, viciados, coisas assim. Nunca fui além disso. Passo mal só de lembrar que um dia cheguei a machucar alguém. Já não sou aquele Cesar há trinta anos. Juro que nunca matei ninguém.

Era uma pena, porque do que precisávamos naquele momento era de um assassino.

Cesar sacou o celular do bolso e, depois de conferir a tela, ergueu um dedo para mim, distanciando-se. Será que era Rebeca? Quando ouvi ele falar "Obrigado, Célia, de verdade", franzi a testa. *Célia?* Eu lembrava daquele nome. Cesar me olhava à distância, no meio da sala, enquanto ouvia atentamente.

— Obrigado — ele disse de novo e voltou a enfiar o celular no bolso da calça. Ele voltou para a mesa com os olhos presos em mim, sentou-se e cruzou os braços.

— Então, qual é o plano com o Mauro? — pressionei.

— Antes de continuarmos, preciso que me jure que não foi você que matou seu pai. Preciso que seja honesta comigo, Teddi.

264

Agora que sabia o que tinha acontecido entre meu pai e eu, minha certeza de que não teria conseguido matá-lo era ainda mais forte. Eu só não sabia como explicar para o Cesar que, apesar de odiar meu pai, apesar de saber que o que tinha acontecido entre a gente era podre, ainda assim o amava.

Balancei a cabeça, incapaz de falar.

— Se você não matou o Bergler...

— Meu Deus, que conversa é essa?! — Meu berro saiu estridente. Cesar não reagiu. — Meu pai morreu de câncer!

— Sabe quem me ligou agora? A Célia.

— Não sei se me lembro dela.

— Ela cuidou do seu pai aqui, nesta casa, até o final.

Como Cesar tinha acesso à Célia? Meu Deus, eu tinha que falar com aquela mulher. Tinha que perguntar para ela o que ela tinha visto durante aquelas semanas, como fora minha vida naquela casa com meu pai, com a presença constante do Mauro e dos membros da banda. Como não tinha pensado em falar com ela?

— E o que ela disse? — Eu tinha medo da resposta.

Cesar me mostrou o celular. Tinha gravado a conversa. A voz de Celia saiu clara e eu a reconheci na hora, principalmente pelo jeito que falava, sua cadência, seu timbre, a escolha de palavras:

— *Seu Cesar, eu lhe agradeço pelo dinheiro. Minha irmã até chorou quando contei. É por isso que vou contar uma coisa para o senhor, mas não quero mais que me chame para conversar. Podemos seguir assim? Olha, eu sou muito boa no meu trabalho e sei que meu paciente não tava bem, mas aquele homem não estava à beira da morte. Não sei se ele ia se curar daquele câncer, veja bem. Não quero afirmar isso, porque só Deus sabe do futuro, mas ele não estava morrendo. Ele ainda tava forte. No dia em que ele fez a passagem, acordou muito bem; e não foi aquela melhora súbita, que o paciente tem algum tempinho antes de morrer. Ele tava forte.*

Eu me lembrei dela. Gostava dela. Devia ter tratado ela melhor, conversado mais com aquela mulher que parecia um poço infinito de paciência. Ela não tinha nojo de cuidar do meu pai. Nunca mostrava cansaço ou dava a entender que não queria estar lá.

— *Aquele dia teve muito entra e sai, muita porta trancada. Se o senhor perguntar a minha opinião pessoal, veja bem, não estou afirmando nada, é só minha opinião, que vou dar pro senhor agora e não repetir nunca mais, porque o senhor trouxe uma bênção para a minha família: eu acho que fizeram alguma coisa errada com seu Stefan, sim. É só isso. Boa sorte pro senhor e tudo de bom.*

Eu observei Cesar deletar o arquivo e pousar o celular na mesa entre nós. Então ele comeu mais um pedaço da pizza.

Agarrei uma das imagens de Célia, que meu cérebro formou: uma mulher bonita, fumando do lado de fora da casa enquanto eu descia a rua para ver meu pai. A obra na casa dos Mafra estava praticamente pronta. Os pedreiros olhavam para Célia com óbvio desejo. Ela não dava bola para eles. Recebi outras lembranças: ela conferindo o soro do meu pai, passando um pano no balcão da cozinha, entrando no quarto um dia em que eu e o Mauro discutíamos alguma coisa.

— Se não foi você — Cesar mordeu outro pedaço —, foi o Mauro.

— Se meu pai morresse, eu seria fácil de controlar. — Suspirei. — O Mauro já tinha o vídeo para me chantagear. Eu não era apegada a esta casa, como o meu pai. Ele deduziu que eu venderia rápido, com sua ajuda, e ele pediria muito mais do que eu supostamente devia. Iria me chantagear até espremer cada centavo que eu pudesse dar. Os milhões mais fáceis que uma pessoa já ganhou na vida.

— Não é só isso, Teddi. O sucesso do documentário faria bem para a produtora. Seria garantia de mais contratos. A gente não pode negar que a morte do seu pai beneficiou mais o Mauro do que qualquer outra pessoa.

Eu não queria sentir aquele tipo de raiva. Tinha a impressão de que Catarina conseguia senti-la também, absorvê-la. O Cesar tinha que matar o Mauro. *Tinha* que matar o Mauro.

— A gente precisa jogar o jogo dele — meu vizinho falou, baixo. — O Mauro nunca conseguiu se defender como eu e aprendeu que informação também é arma. Ele faz isso, encontra fraquezas e as explora. Ele gravava conversas, vídeos, coletava fofocas, se enfiava nas casas das pessoas, porque todo mundo, uma hora ou outra, confessa um segredo.

— O Toni Roux me disse que ele mandou umas mulheres e muita droga para a casa do meu pai, uma vez. Foi assim que o Toni traiu a esposa.

— Típico. — O sorriso de Cesar era um repuxo nos lábios. — Então vamos tirar o poder dele de te chantagear. Minha ideia não é original, mas acho que vai funcionar.

Como assim, ideia?

Enquanto Cesar me explicava o que tinha em mente, eu quis chorar, mas me segurei. Não era assim que deveria estar acontecendo. Eu não queria ter algo para usar contra Mauro, queria que ele morresse, que nunca mais pudesse vir atrás de mim, que não pudesse ir atrás da Rebeca, que nunca soubesse da existência de Catarina, porque saberia que ela era filha do meu pai. Eu queria que o Mauro simplesmente parasse de existir e me deixasse em paz. Sussurrei:

— Eu só quero que ele desapareça...

— Quando isso acabar, ele vai deixar a gente em paz.

Mas não ia. Meus olhos pousaram na faca suja de óleo e orégano da pizza. Minha vontade era enfiá-la no Cesar, por ser tão civilizado, tão bonzinho. Só que ele era tudo o que eu tinha. Percebi que acarinhava minha barriga. *Filha, você não deveria nem estar ouvindo essas coisas.*

— Você tem medo dele, é isso? — tentei provocá-lo.

Cesar balançou a cabeça com um sorriso triste.

— Teddi, eu evito conflitos desde que era criança, assim como vou evitar agora. Não é por medo dele, você não entendeu. É por medo de mim.

Quando meu vizinho se foi, prometendo que nos livraríamos de Mauro sem violência, mordi o lábio de ódio e senti Catarina chutar.

— Calma, filha, a gente vai se livrar do malvado. Mamãe vai dar um jeito. — Imediatamente, me senti culpada por falar daquela forma, por me referir a mim mesma como mãe dela, mas não consertei as coisas, não retirei o que disse.

11 DE OUTUBRO

Cesar

Esperei por Mauro sentado na minha poltrona preferida na sala de estar.

— Teddi, não quero que venha para cá. Não importa o que aconteça, tudo bem? Fique segura, você e o bebê.

Era fácil imaginá-la na casa ao lado, segurando a unidade receptora da babá eletrônica contra o peito, aflita. Seu trabalho era simples: manter o celular gravando tudo o que seria dito entre mim e o Mauro naquela noite. Já a minha missão dependeria mais da minha lábia de vendedor. Eu precisava deixar Mauro à vontade a ponto de confessar seus podres, seus crimes. Ter algo para usar contra ele era a única forma de anular o poder que ele tinha sobre Teddi. Era a única forma de pôr um fim naquela história.

Lancei um olhar para Iberê. Se, antes, ele se mostrava triste, às vezes, olhando pela janela, procurando por Nana quando eu abria a porta, naquela altura estava pior. Sem Rebeca para levá-lo para passear na floresta que tínhamos a nosso dispor e fazer carinho nele, andava quase deprimido. Eu prometia que jogaríamos a bolinha no quintal, mas não cumpria a promessa, com uma pontada de culpa.

Ouvi o carro estacionar na frente de casa. Ouvi o cessar do motor e a porta batendo.

Abri a porta com ansiedade contida e um esforço doloroso para manter o rosto relaxado. Pensei nas pegadas sangrentas na escada. Nos cacos de vidro. Aquele homem, que tinha chamado de amigo a vida inteira, um cara que defendi de outros pivetes, tinha entrado na minha casa e agredido a minha esposa.

Ele caminhava até mim com as pálpebras pesadas e, sob a luz, foi possível ver as pontinhas eriçadas das linhas pretas dos pontos que levara no rosto: dois bem sobre a maçã direita e quatro na testa. *Eu te amo, Rebeca.*

Me afastei da porta e ele entrou, me estudando. Àquela altura do campeonato, não nos importávamos com máscaras. Mauro ganhou confiança quando viu o pratinho de amendoins na mesa de vidro, a garrafa de uísque com dois copos numa bandeja.

Li seus pensamentos: "Eu ataquei a mulher desse cara e ele me convida para uma conversinha. Nos bons tempos, teria quebrado cada uma das minhas costelas. O Cesar virou um banana, mesmo."

Deixei que escolhesse onde se sentar e ele foi para o sofá largo, acomodando-se contra as almofadas cor de páprica que Rebeca havia escolhido. *Ótimo.* Era o melhor lugar para que tudo saísse de acordo com meus planos. Era debaixo dele que a babá eletrônica estava. Eu me deixei relaxar contra a minha poltrona. Bebi um gole do uísque.

— Não tenho a noite toda, José.

Eu sorri. *Previsível.* Apontei para o copo de uísque e, para a minha surpresa, ele balançou a cabeça, calmo. Falei:

— O que foi, acha que envenenei o uísque? Você já foi mais macho.

Aquilo mexeu com ele. Mauro observou enquanto eu derramava dois dedos no copo de cristal. Quando me inclinei para lhe entregar, ele pegou meu copo e tomou um gole. Eu bebi do copo dele, olho no olho.

— Você sabe que não precisava ter sido assim — ele falou e vi um toque de dor em seu olhar.

— Mais cedo ou mais tarde você usaria meu segredo contra mim e nós dois sabíamos disso. Faz quinze anos que eu vejo você olhar para a Rebeca com esse… esse jeito de cãozinho abandonado; e ela sempre teve nojo de você.

Aquilo não desceu fácil. O rosto dele desenhou dor, depois raiva.

— Suponho que o único jeito de chamar a atenção da minha esposa foi esse. O que acha que ela sente por você agora, Mauro?

— O que importa é o que ela tá sentindo por *você* agora. Depois de mentir para ela durante o casamento inteiro, fazer ela duvidar de si mesma, sofrer por anos e anos, e anos. Ela não tá aqui, o que significa que caiu fora.

— Se você não pode ficar com ela, ninguém pode, né?

— Eu só quero acabar logo com isso. Por que me chamou aqui?

— Quero que fale o preço para nunca mais incomodar a Teddi.

Mauro suspirou, irritado, e bebeu mais do uísque. Balançava a perna.

— Por que tá se metendo nessa história, Cesar?

— Porque quero que deixe ela em paz.

— O que acha que sabe sobre essa menina?

— Sei que ela não é nenhuma santa, mas, perto de você e do Bergler, nunca teve a menor chance. Vocês arrancaram o que puderam dela e, no seu caso, você continua tentando. Você explora, Mauro, foi como conseguiu enriquecer. Encontra o ponto fraco de todo mundo e explora. Bergler mencionou a filha e você viu uma oportunidade. A filha te surpreendeu, não apenas pela vontade de agradar o pai e se provar para ele, mas pelo conhecimento da banda, da música, pela delicadeza artística, e você viu uma oportunidade. Pagou quase nada para deixá-la, deslumbrada, fazer ajustes que deixaram seu documentário muito melhor. O Bergler ficou mal de saúde e, de novo, você viu uma oportunidade para explorar o drama humano, a tragédia de todos nós: o inevitável encontro com a morte.

A sobrancelhas dele haviam criado toldos que lançavam sombras profundas sobre os olhos, que me estudavam com cautela. Continuei, mesmo sabendo que minhas palavras estavam ferindo Teddi:

— E quando ele estava doente, você viu outras oportunidades. Eu só não sei se ele te contou sobre ela ou você entendeu tudo pelos olhares e gestos que eles trocavam, mas você descobriu o que ele aprontou.

— *Ele* aprontou? — Ele soltou um riso baixo, cheio de ar. — Eu não suporto essa coisa de vocês, de sempre achar que a mulher é a vítima. Que todas são burras e inocentes, e virginais, e incapazes de manipular, mentir, matar. Mulher pode ser filha da puta também, viu? A Teddi se molhou no minuto em que conheceu o pai. Tá na porra do documentário. Na cara dela. Ela *quis* trepar com o Bergler. Seu jeitinho de primeira classe, de homem civilizado, que passa álcool gel nas mãos a cada cinco minutos talvez não queira ver isso, mas essa é a verdade. Eu tenho o vídeo. Você acha que eu sou burro? Assim que instalaram um hospitalzinho para o Bergler naquela casa, eu plantei uma câmera na estante. Aquela menina chupou o pai porque quis, Cesar.

— Aí você viu uma nova oportunidade.

— Vi e foda-se. Não vou me sentir culpado. O que ela fez é a coisa mais baixa que eu já vi uma mulher fazer e, sim, vou explorar isso. Tenho certeza de que seria aplaudido por todo mundo que soubesse. Por que você quer pagar uma dívida que não tem nada a ver contigo?

— Porque eu não vejo a Teddi com os seus olhos.

— Eu já falei. — ele se inclinou e, pela primeira vez, fiquei alarmado, com medo, embora não demonstrasse. — Não quero sua grana. Quero que ela entenda o quanto é escrota, o quanto é suja. Quero que aquela piranha *entenda* o que ela fez e pague por isso.

— E o que *eles* vão fazer com você? — Forcei um sorriso para não chamar atenção para os meus olhos úmidos. — Nem precisa me falar. Eles vão te aterrorizar primeiro. Entrar na sua casa, quebrar algumas coisas, só para mostrar que estão de olho. Depois, vão aterrorizar as pessoas que você ama, só que é aí que se fodem, porque você, Mauro, não ama ninguém. Então vão pular direto para a próxima etapa: tortura leve. Você vai apanhar um pouco, ganhar um osso quebrado. Se não pagar, eles vão cortar seus pulsos e fazer parecer suicídio; ou vão te encher de cocaína e simular uma overdose. A quarentena atrasou as coisas, porque você tem ficado em casa e qualquer pessoa tentando entrar num prédio de luxo como o seu, numa época em que quase ninguém está nas ruas, vai chamar atenção. A pandemia está te ajudando, mas, uma hora, você vai vacilar e eles vão te pegar.

— Vejo que ainda tem flashbacks da infância.

— Todo dia. — Eu me acomodei de volta na minha poltrona.

Iberê deve ter sentido minha tensão, porque se empertigou, esticando as quatro patinhas, e veio em minha direção, me cheirando. Mauro terminou o uísque, que pousou na mesa entre nós dois.

— Eu quero dois milhões. O valor da casa do Bergler. Aí eu paro. Te entrego o vídeo da filhota sentando no colo do papai e a gente não se vê mais. Tem que ser em dinheiro, você já sabe disso.

— Eu resgato minhas aplicações e te dou os dois milhões, mas quero que você peça desculpas pelo que fez nesta casa. Pelo que fez com a Rebeca, uma mulher que sempre te tratou com carinho.

Iberê baixou a cabeça e farejou debaixo do sofá. Tentei manter o rosto relaxado, mas senti o calor escalar minhas costas. *A babá eletrônica.*

Mauro me observou.

Porra...

Iberê mexeu o rabo peludo e tentou se enfiar debaixo do sofá.

— Me mostra seu celular, José — Mauro comandou.

Tirei meu celular do bolso e coloquei em cima da mesa. Mauro o estudou por alguns segundos, então fechou a mão no rabo de Iberê e deslizou o cachorro para trás. O gesto me alarmou, mas o cachorro não pareceu machucado. Afastou-se de cabeça baixa, até achar seu pratinho na cozinha e se deitar próximo a ele.

Quando Mauro olhou para mim, meu coração afundou, como se deslizasse para o meu estômago.

— Mas eu não fiz nada com a sua esposa. — Ele sorriu.

Ele agachou e encontrou a babá eletrônica. Eu não me mexi. Precisava daqueles segundos para decidir o que fazer. Com um pisão, Mauro despedaçou o aparelho branco de antena emborrachada, de forma que pareceu uma casca de ovo exibindo entranhas tecnológicas.

— Quem tá do outro lado desse brinquedo? A Rebeca nunca se prestaria a isso.

Eu tinha um segundo para agir. Fechei o punho, girei o tronco e acertei um soco seco na maçã do rosto dele. Mauro caiu no sofá, soltando um grunhido. Eu vi meus próximos gestos — subindo nele, socando-o até ele apagar. Quando me mexi para fazer exatamente isso, ele sacou a arma de trás da calça e apontou para mim, ofegante, o rosto vermelho.

— Acha que eu viria aqui sem me proteger? — Ele se ergueu com dificuldade e eu dei alguns passos para trás.

O dedo dele estava no gatilho da Taurus G3c. Eu conhecia a arma, porque ele fizera questão de me mostrar quando comprara, todo orgulhoso. Capacidade de doze tiros.

— Eu vou sair daqui e você vai ficar quietinho aí, como um corno manso, tá bom?

Eu tinha que diminuir a distância entre mim e aquela arma. Tinha que arriscar. Ele percebeu o que eu estava fazendo enquanto dava dois passos em direção a ele e se moveu para trás, parando perto da porta da frente.

— Acho que vou prestar queixa contra você. — Ele sorriu. — Quando sua esposa decidir fazer um B.O. contra mim, vai parecer armação. Vão querer saber por que ela não denunciou antes. Aí eu posso mostrar a foto que tirei almoçando com ela. Vou contar o quanto essa mulher me provocou ao longo dos anos, porque você sabe que ela provocou. Você sabe que, no fundo, ela sempre quis.

Eu não podia deixar ele me distrair. Tinha três segundos até ele sair daquela casa.

Mauro esticou o braço para a fechadura eletrônica, tentando entender seu mecanismo. Girou a maçaneta quadrada e a porta abriu. Deu passos para trás, devagar, cauteloso, descendo cada degrau sem olhar, a arma apontada para mim. Minha visão se afunilou no cano, no círculo escuro de nove milímetros de onde poderia sair a bala que acabaria com minha vida, se ele apertasse o gatilho.

Algo o distraiu e ele olhou para o lado.

Merda. Teddi.

Os pensamentos correram na minha cabeça: *Ela ouviu ele destruir o aparelho. Veio ver se eu estava bem.* Eu tinha que distraí-lo, então fui atrás dele, saindo da casa.

Teddi estava parada, uma mão protetora na barriga, estancada entre nossas casas, a cerca de dez metros, envolvida pela escuridão. Algo longo pendia da outra mão.

Mauro soltou uma gargalhada seca e olhou de um para o outro.

— Isso é o que eu penso que é? — Ele parou de rir. — Puta merda, Teddi, me fala que isso não é o que eu tô pensando.

Ela abriu os lábios para falar, então os fechou.

Mauro cuspiu no chão e a encarou com desdém. Estava se preparando para falar alguma coisa, para insultá-la. Eu fui mais rápido.

Com três passos e a cabeça baixa, me joguei contra ele. A arma disparou, senti o som estalar nos meus ouvidos. O impacto contra a grama reverberou nos meus ossos, mas deve ter doído mais nele. Ofegamos, nos atracamos. Meu sangue subiu. Tudo era calor.

Como um ruído branco, algo que apenas uma parte da minha consciência registrou, minha fechadura eletrônica emitiu um alerta de que eu havia deixado a porta aberta.

Minha imaginação lutou contra mim. As palavras de Rebeca ecoando nos meus ouvidos, tão vívidas como se ela estivesse ali agora: "Eu ainda sinto a respiração dele na minha nuca. O pau dele pressionado nas minhas costas".

Montei nele. Seus joelhos atingiam as minhas costas. A arma já tinha caído da sua mão, um reflexo comum quando houve o disparo. Mauro era só conversa, nunca tinha dado um tiro na vida, como a maioria dos machões. Um soco no maxilar e minha mão pegou fogo. A outra fechou no pescoço carnudo dele.

Teddi me chamava.

Olhei para cima, os músculos do meu braço esquerdo vibrando como cordas de piano enquanto meus dedos se afundavam na traqueia dele. Ela me estendia algo. A luz da entrada da minha casa desenhava os contornos do objeto: um martelo. Meu martelo.

Mauro olhava para mim com os olhos esbugalhados, ainda tentando me afastar, os braços se debatendo no ar. O joelho dele bateu contra minhas costas de novo, não o suficiente para me machucar. Ele estava perdendo as forças.

Minha mão se fechou no cabo de madeira lisa do martelo. Ergui o braço. Um movimento veloz, em arco. O som baixo, quase imperceptível do ferro esmagando o osso frontal do crânio dele. Quase como quebrar a casca de um ovo. O jato de sangue batendo contra o meu pescoço.

Então apenas o canto das cigarras.

Eu não tinha forças para me levantar. Minhas pernas pareciam feitas de algodão, sem músculos. Teddi cobria o rosto, mostrando apenas os olhos que fitavam Mauro e sua massa cinzenta exposta, lembrando um chiclete velho mastigado, lambuzado de sangue.

A lucidez tornou todos os meus sentidos mais aguçados. O cheiro do mato, do sangue, de merda. Os mosquitos zunindo por mim, alguns batendo nos meus braços. Eu me arrastei no gramado, agarrando a terra como um soldado, para longe do Mauro.

Deixei meu corpo relaxar contra a grama, minha respiração saindo em jatos. As estrelas piscavam a uma distância impossível. Pensei no dia em que olhara para aquelas estrelas achando que o cosmos tivesse uma mensagem para mim. O uísque subiu como um gêiser e eu me virei para vomitar, tossindo.

Teddi se aproximou, me estudando como se não soubesse o que fazer comigo. Não chorava, não dava gritinhos. Estava composta. Calma.

— Deixa eu te ajudar... — Ela agachou devagar, com dificuldade, e tocou minhas costas.

— Eu falei para você ficar em casa.

Ela não respondeu. Fechei os olhos, sentindo o gosto acre na boca, meu esôfago em chamas.

O que eu fiz? Tinha acabado com minha vida perfeita. Em um segundo, tudo o que construíra por quase cinquenta anos estava desfeito.

— Não tem ninguém por perto — ela falou, delicadamente. — Ninguém ouviu esse tiro.

Eu não me safaria de um assassinato. Não era tão simples assim. Tudo deixava um rastro. O carro dele passando pela guarita, o sinal do celular, tudo.

Meu corpo reagiu, meu estômago se contraindo. No desespero, me ergui, quase tropecei e corri para a minha casa, cuja fechadura eletrônica já apitava para me dizer que a porta estava aberta. Corri para o lavabo do térreo, suando, e, quando me sentei no vaso, meu intestino pareceu se liquefazer.

Eu matei uma pessoa. Eu matei uma pessoa.

Eu ofegava. Era o momento mais nítido da minha vida. Afiado, branco, vibrante. O enjoo era humilhante. O cheiro de merda. A dor de barriga. Quando olhei para os meus dedos, vi os nós avermelhados, a pele fina que cobria aqueles ossos rachada.

— *Cesar!* — Era Teddi, do outro lado da porta.

Senti ódio dela, também.

TEDDI

Percebi que acariciava minha barriga instintivamente.

— Calma. — Eu não sabia se estava falando aquilo para o bebê ou para mim. Precisei respirar fundo para não vomitar, como meu vizinho.

Cesar saiu do banheiro com o rosto pingando água. Fechou a porta, caminhou lentamente até o sofá e se sentou, apoiando os cotovelos nos joelhos e a cabeça nas mãos.

Eu precisava que ele reagisse. O corpo do Mauro estava no jardim da frente, protegido apenas por uma cerca viva baixa. Qualquer pessoa poderia vê-lo, se estivesse passando por ali. Não que as pessoas passassem por ali. Não que houvesse "pessoas". Onde estávamos, havia só nós dois. Só que não era *impossível* que alguém do outro lado do lago tivesse ouvido o disparo. Como não era impossível que esse morador decidisse dar uma volta de carro para averiguar. Improvável, mas não impossível.

O silêncio dele estava me corroendo.

— O que vamos...

— Cala a boca — ele sussurrou. — Me deixa pensar.

Engoli o "cala a boca" contra a minha vontade e me sentei no sofá oposto. Catarina chutou.

Cesar finalmente ergueu a cabeça.

— Vou ligar para a polícia. A gente tem o suficiente para eu alegar legítima defesa, certo? O ataque à Rebeca, principalmente. Explico que ele veio tirar satisfações, que viu você e tentou te atacar e eu impedi.

— Escuta por um minuto o que você tá dizendo. Esqueceu que você mandou uma mensagem pedindo para ele vir até aqui? Que você tem um passado violento, que, com certeza, vai subir à superfície numa investigação? Só Deus sabe o que o Mauro tinha gravado, contra você, contra mim, contra até a Rebeca. Ele podia ter algum material de chantagem que a gente nem imagina. A gente não pode correr esse risco.

Cesar apoiou a cabeça para trás no sofá, pálpebras fechadas, soltando um suspiro desolado. Notei a tensão em seus músculos faciais. Quando ele abriu os olhos, estavam úmidos.

— O que eu vou fazer? — ele perguntou, mais para o teto do que para mim. — O que a gente vai fazer?

Eu nem acreditei nas palavras que saíram da minha boca.

— A gente se livra de tudo. Dele, do celular, do carro. Tudo.

— Não é tão simples. O celular é o maior problema. A polícia vai ver que ele veio até aqui, mesmo se a gente destruir o aparelho agora. O caminho que ele faz deixa rastros que eles podem seguir.

Minha coluna doía e precisei me levantar e caminhar, dar alguns passos pela sala em busca de alívio. Era como se minha mente estivesse anuviada, eu não conseguia raciocinar direito.

— O lago — Cesar falou baixo. Ele me encarou. — O lago. É fundo pra caralho. Fundo o suficiente para sumirmos com o corpo.

Eu não sabia se teria coragem de ir até lá mais uma vez.

— Preciso pensar... — Cesar se levantou, mãos entrelaçadas atrás da cabeça, o rosto tão abatido que ele parecia dez anos mais velho. — Tá escuro. Se eu pegar o carro dele junto com o celular, posso fingir que sou ele, saindo do condomínio. Vou até algum lugar, longe, e largo o carro no mato. Destruo o celular. Deixo a porta aberta, vão achar que ele foi assaltado, sei lá.

— Ou que aqueles caras, para quem ele devia, o pegaram.

Cesar assentiu, os olhos varrendo a casa, a cabeça trabalhando.

— Me traz o celular dele.

Eu não queria ir lá fora. Não queria ver o corpo. Só que não tinha que querer mais nada naquele momento. Se Cesar se acovardasse e envolvesse a polícia naquela história, eu tinha certeza de que, de alguma forma, encontrariam o vídeo. Eu não conseguiria viver, se mais alguém soubesse daquilo, se alguém *visse* aquilo.

Saí da casa, descendo os degraus e caminhando na grama fofa até o monte que era Mauro, largado no jardim escuro. Diminuí o ritmo ao me aproximar dele. O martelo estava largado ao lado do cadáver, o sangue impregnando no ferro, no cabo. No escuro, só consegui distinguir que a parte superior esquerda da cabeça dele era um buraco. Uma fruta podre pisoteada, vazando suco.

Eu não podia tocar naquele corpo.

Apertando os lábios, tentando não chorar, toquei o bolso da calça dele. Nada. Deslizei a mão por baixo da bunda, para o bolso

277

traseiro, e senti a rigidez do aparelho. Precisei das duas mãos para puxá-lo e me afastei com horror assim que consegui.

Apontei o celular para a cara dele. A tela emitiu um aviso de que o identificador não tinha conseguido ler a biometria. Pediu uma senha de seis dígitos. *Bosta, bosta!* Apontei o celular de novo, mais próximo, e a tela de apps abriu. Sentindo a virilha fisgar, caminhei apressada para a casa, onde Cesar esticou o braço e tomou o celular de mim.

Cesar

A descida até o lago foi feita em silêncio. Teddi não teve muita força para me ajudar a embalar o corpo de Mauro com sacos de plástico e, quando terminei, minha camiseta já estava colada ao meu corpo com suor.

Usei um carrinho da obra para levar Mauro para o meu porta-malas, mas erguer o corpo foi um desafio. Teddi tentava me ajudar, mas, ao ver o rosto dela retorcido, tive medo de que o esforço pudesse desencadear um trabalho de parto prematuro.

Com o corpo no porta-malas e o martelo junto com ele, limpamos o jardim, sem trocar uma palavra, no escuro, ouvindo as cigarras, grilos e o farfalhar das árvores.

Jogamos, primeiro, água no sangue; depois, desinfetante com oxigênio ativo. Teddi usou o celular do Mauro, na navegação anônima, para pesquisar que tipo de limpadores poderiam confundir uma perícia com Luminol, para detectar a presença de sangue. Me mostrou a tela, em que li que percarbonato de sódio, também conhecido como oxigênio ativo, poderia tornar o resultado do Luminol negativo.

Sem saber se daria certo, se o nosso desinfetante tinha o suficiente em sua fórmula para nos ajudar, decidimos tentar. Eu não fazia a mínima ideia do que aqueles químicos fariam com nosso jardim, mas não podia pensar nisso naquele momento.

Entramos no meu carro, o silêncio lá dentro diferente, denso. Eu ouvia a respiração dela. Notei a mão na barriga.

— Você tá bem?

— Tô. Só vamos acabar logo com isso.

— Você fez de propósito, não fez?

Teddi me olhou, calma. Ouvi quando ela engoliu em seco.

— Eu facilitei, Cesar. Quando ele quebrou o aparelho, eu soube que a gente não podia deixar ele sair daqui vivo. Você sabe que não. Eu levei o martelo, foi a primeira coisa que encontrei. Não vou pedir desculpas.

Liguei o carro, os faróis criando dois fachos de luz na escuridão. Descemos devagar, contornando a rua asfaltada até chegar à estrada de terra. O carro balançou um pouco e, mais uma vez, vi Teddi levar a mão à barriga.

— Contrações?

— Aquelas de treinamento, que não doem. A Rebeca falou o nome...

— Braxton-Hicks?

— Isso.

Saí do carro no breu e encontrei a lanterna Maglite no porta-malas. Calculei que teria de arrastar o corpo do Mauro por quase vinte metros. Teddi finalmente saiu do carro, deixando a porta aberta.

— O que vamos usar como peso? — ela perguntou.

— As pedras. Nos sacos, nos bolsos, dentro da camisa. Me ajuda a pegar as maiores, acha que consegue?

— Consigo.

Ela me ajudou a erguer o corpo como podia e o soltamos na terra.

Caçamos pedras com a ajuda da lanterna, escolhendo as maiores que encontrávamos, estranhamente sem pressa, carregando-as até o corpo e cuidadosamente preenchendo com elas os sacos de lixo que embalavam Mauro como um burrito.

Não sei quanto tempo levou. Estava perdido, quase dormente enquanto executava os movimentos. Teddi desistiu antes de mim, sentando-se no banco de passageiros para descansar.

Quando senti que já havia pedras suficientes para afundar Mauro por muitos anos, até que a vida marinha consumisse sua carne e seus ossos definhassem, parei, apoiando as mãos nos joelhos, recuperando meu fôlego.

Ouvi os soluços de Teddi.

Tirei os tênis, as meias e dobrei minhas calças como pude. Quando segurei os pulsos de Mauro, eles estavam gelados. Meu amigo de infância era uma massa de carne recheada de órgãos mortos e líquidos que começavam a solidificar.

Cada passo para trás exigiu um esforço descomunal. Eu o arrastei até sentir a água congelar meus pés e continuei, a água subindo, me molhando e, finalmente, cobrindo o torso dele. As pedras machucavam meus pés, então a água estava no meu queixo e meus pés não tocavam mais nada, chutando lentamente para manter minha cabeça acima da superfície.

Era fundo o suficiente? Durante o dia, seria possível vê-lo lá embaixo? O corpo afundou e, soltando o ar dos pulmões para me tornar mais pesado, afundei com ele. A dor nos meus músculos estava passando. Esse era o meu medo. Qual era a temperatura daquela água? Mais alguns minutos seriam o suficiente para eu ficar com hipotermia? A cada meio metro que meus pés não tocavam o fundo, eu agradecia. Perdi o fôlego e bati as pernas para subir. O peso da minha roupa lutava contra mim, me puxando para baixo. Quando meu queixo rompeu a superfície da água e o ar entrou frio em meus pulmões, minha mandíbula começou imediatamente a bater contra minha maxila.

Nadei sem sentir minhas mãos, meus dedos. Ouvia nada, fora a minha respiração ofegante e o marulho da água. Saí me arrastando do lago, puxando ar, gemendo de frio. Teddi correu até mim, mais rápido do que uma gestante deveria correr, e se ajoelhou, segurando minha mão.

— O que eu faço?

Não conseguia falar. Meus dentes batiam com tanta força que era possível ouvir. Fechei os olhos, meu corpo inteiro tremendo. Erguer-me foi uma das coisas mais difíceis que já fiz. Um joelho no solo, depois o outro. Teddi me ajudou e coletou meus tênis e meias. Entramos no carro, batendo as portas, e consegui ligar o aquecedor. Arquejando, descansei contra o banco de olhos fechados.

— Eu odeio este lugar — ela sussurrou, ao meu lado.

Eu queria dizer que ela tinha que superar, que não deveria deixar homens como o Bergler ou o Mauro deixarem suas marcas nela, só que estava exausto demais... e nem sabia mais se me importava tanto assim.

— Ainda não acabou — ela sussurrou.

— Vou pegar o celular dele, o carro e sair do condomínio. Vou abaixar, como se estivesse pegando alguma coisa no porta-luvas, quando me aproximar da guarita. Eles vão abrir o portão. Vou dirigir, ainda não sei para onde, mas pelo menos por meia hora, até estar bem longe daqui. Quando encontrar um matagal, abandono o carro lá. Destruo o celular.

— Esse plano da guarita tá fraco, Cesar. A câmera é lá em cima. Você não vai conseguir ficar abaixado o tempo todo. A gente tem que pensar em uma alternativa. Não existe outra forma de sair deste lugar, sem passar pela guarita?

— Uma das coisas que as pessoas reclamam aqui é...

— A entrada e a saída, né? Ainda não têm placas.

— Posso parar o carro na entrada. Desse jeito, a câmera só capta a traseira do carro. Interfono na guarita, reclamo que estou perdido, a moça do outro lado vai tentar me explicar como voltar, eu encho o saco, como o Mauro faria, reclamo e só peço para ela me liberar logo.

— Isso. Ela vai liberar a cancela e você sai pela entrada. Vai dar certo, vai dar certo. Como você vai voltar?

— A pé. Qualquer outro jeito é arriscado demais.

— A pé?

— É uma caminhada, Teddi, mas eu aguento. — Falar era exaustivo, eu ofegava. Minhas roupas coladas no corpo eram como uma camada de gelo. — No escuro, acho improvável alguém mexer comigo. Se mexer, eu me viro. E não tem ninguém nas ruas, principalmente nesse horário. Se eu não fizer isso agora, não vamos ter outra chance. Como não posso ser visto voltando para o condomínio, vou esperar algumas horas. Amanhã, às seis, o mercado já estará aberto. Você vai sair do condomínio com meu carro, ir até o mercado, comprar pão, queijo, essas coisas, como se fosse para um café da manhã.

— Mas vai ficar registrado eu saindo com seu carro...

— Se eles checarem as imagens do dia seguinte e, mesmo assim, qual o problema? Pode dizer que a Rebeca te emprestava o carro.

— Mas por que...

— Para eu poder voltar, Teddi. Você vai ter provas de que comprou seu café da manhã, caso a polícia pergunte. O que eles nunca vão saber é que, antes de entrar no condomínio, você vai parar o carro e me deixar entrar. Eu fico deitado no piso, no banco de trás. A câmera não vai pegar. Entendeu?

Ela assentiu. Eu dependia dela, estava em suas mãos.

— Até lá, quero que fique na sua casa, trancada lá. Não fala com ninguém.

— E se a Rebeca ligar?

O que eu diria a ela? Soube, naquele momento, que Mauro conseguira o que queria, seu último desejo realizado: que Rebeca me deixasse.

— Pede para ela voltar para casa.

Teddi

O silêncio naquela casa me arranhava, me fazia manter a vitrola rodando LP atrás de LP. Ouvindo *Hole*, eu estava na banheira e a água já esfriava, mas não queria me mexer. A barriga despontava da água e eu erguia minha mão, deixando gotas pingarem onde eu acreditava serem as costas da Catarina.

— Nada disso é culpa sua — falei baixinho, acariciando-a. — A mamãe teve que afastar o homem ruim dela, para ficar em paz. Para você também crescer em paz, menina.

Apertei as pálpebras. Eu não deveria estar me apegando a ela. Tinha que me preparar para seguir minha vida sem ela, depois que nascesse... mas eu podia imaginar, não podia? Podia imaginar como seria ter uma pirralha me seguindo o dia inteiro pela casa, sentadinha com as pernas balançando num banco enquanto eu pintava, talvez comendo uvas com dedinhos gorduchos. Eu podia imaginá-la vestida com um pijaminha quentinho e macio, engatinhando na minha cama e se enfiando debaixo do cobertor para dormir comigo por medo do escuro.

Teddi, para com isso. Você nunca quis essa merda. Não vai ser assim. Vai ser choro o dia inteiro, você tendo que dar banho, trocar a roupa, escovar os dentes, ouvir malcriação. Vai ser uma merda e você vai ficar presa a essa garota, sem nunca poder fazer nada do que quiser.

Provavelmente seriam os dois.

Esfreguei minha mão numa toalha e fucei meu celular, entrando no perfil do Instagram da Rebeca.

— Essa daqui vai ser sua mãe — falei suavemente para Catarina. — Ela é linda, não é? E esse bonitão aqui, com ela, esse cara vai ser seu pai. Você vai gostar deles. Eles vão amar você e te dar tudo o que você merece. É claro que eles não vão lidar tão bem com sua rebeldia, quando você fizer doze anos e pedir a primeira tatuagem, mas vão te ouvir. Vão tentar te entender.

Meu rosto se enrugou e larguei o celular de lado, cobrindo a face com as mãos molhadas. O choro saiu cansado, fraco, com poucas lágrimas.

Como era possível que eu não me sentisse culpada? Como era possível estar aliviada que aquele merda estivesse morto? Que tipo de pessoa mata alguém e não se sente completamente desnorteada, arrependida, com medo?

Talvez eu realmente tivesse matado meu pai... e, então, sabia disso. Sabia que era capaz.

Cesar

Não foi difícil encontrar o lugar perfeito para largar o carro do Mauro. Uma rua deserta, um matagal malcuidado. Entrei na grama alta e deixei o carro deslizar alguns metros, o suficiente para demorar para ser encontrado. Desliguei o motor e fiquei imerso na escuridão.

Meu celular estava desligado desde que tinha saído do condomínio, caso tudo desse errado e a polícia tentasse rastrear meus passos no que seria conhecido como "a noite do crime". Teddi e eu revezamos tempo com o celular do Mauro ativo, para não perder o acesso. Enquanto dirigia, eu o segurava sem olhar, mexendo aleatoriamente nos apps. Chegara a hora de destruí-lo.

Abri o WhatsApp dele e corri o dedo pelos contatos. Achei o de Rebeca, salvo como Rebeca Mafra. A última mensagem havia sido no dia do restaurante. Vi as mensagens que trocara com Teddi, que ele salvara como "a puta do Bergler". Ameaças.

Estava prestes a desligar, quando um nome chamou minha atenção. Toni Roux. A conversa era longa. Corri o dedo para cima e li mensagens de abril:

Mauro: "Tá feito?"

Roux: "Vai cair na sua conta daqui a dois dias úteis."

Mauro: "É melhor que caia, roqueiro. A coisa tá feia para você."

Roux: "É a última vez que nos falamos, Spiazzi. Eu preciso seguir em frente. Preciso ter paz."

Mauro: "O que você fez é entre você e o Criador."

Roux: "Preciso saber que você destruiu o vídeo."

Mauro: "Confia. Eu destruí o vídeo."

Descansei a cabeça no banco do carro. Pensei nas palavras de Célia: "Meu paciente não estava à beira da morte."

Senti um aperto no coração. Mauro nunca tinha matado ninguém. *Mesmo assim, ele era uma pessoa ruim, Cesar,* tentei me convencer. *Ele chantageou pessoas boas, foi até sua casa com o intuito de estuprar sua esposa, amiga dele. Aquilo foi premeditado. O mundo ficou melhor sem ele.*

Abri a pasta de fotos e vídeos. Pornografia, vídeos gravados pelo próprio Mauro, mostrando sua casa. Um vídeo que gravava ele mesmo recebendo um boquete de uma prostituta com peitos exageradamente siliconados. Doía o quanto os cabelos dela, castanhos, cheios e em cachos, lembravam Rebeca. Corri o dedo, passando por dezenas de vídeos, antes de encontrar o que queria. *Merda, é esse.*

Reconheci o interior da casa do Bergler. A câmera era de resolução bem mais baixa do que a do celular do Mauro, mas a imagem era nítida. Bergler estava na cama. Teddi estava sentada, conversando com ele. Bergler fez um carinho nos cabelos dela e ela assentiu. Ele levou a mão dela até a virilha. Havia algo de terrivelmente resignado no olhar de Teddi, em sua postura. Mecanicamente, ela foi até a porta, trancou e, quando voltou, baixou as calças do pai, segurando o pau flácido dele e hesitando por um segundo antes de colocá-lo na boca.

Saí do vídeo. Procurei uma imagem parecida, com as mesmas cores. Depois de clicar em dois vídeos errados, encontrei o mesmo cenário, datado de uma semana depois do vídeo da Teddi. Mauro já havia editado aqueles vídeos, de forma que não demorou para que a porta do quarto se abrisse e Toni Roux entrasse. Ele parou próximo à cama. Bergler falou algo para ele.

Roux ficou irritado. Balançou a cabeça. Ameaçou ir embora.

Bergler falou algo que o fez estancar e virar a cabeça por cima do ombro. Roux parecia incrédulo. Bergler sorria ao continuar falando.

Roux cuspiu algumas palavras com o que pareceu ser nojo e mágoa.

Bergler ergueu o queixo e falou mais alguma coisa.

Roux deu quatro passos firmes e arrancou o travesseiro de baixo da cabeça do Bergler, que quicou na cama. Roux pressionou o travesseiro contra o rosto do velho amigo. Os braços de Bergler lutaram — e como lutaram —, mas o Roux se esquivava, apertando os olhos, partindo os lábios para mostrar uma fileira de dentes acinzentados.

Foi rápido. Os braços flácidos caíram para os lados e Roux removeu o travesseiro. Os olhos do Bergler estavam abertos.

Roux se afastou, olhou em volta, deixou o travesseiro cair no chão, deu passos incertos pelo quarto, então cobriu seus rastros. O travesseiro voltou para debaixo da cabeça do Bergler. Os lençóis da cama foram esticados. Roux fez que ia sair do quarto, mas parou e olhou para o ex-companheiro.

Ele se aproximou devagar e fechou o olho esquerdo do Bergler, depois o direito. Então saiu do quarto e fechou a porta.

Eu desliguei o celular.

"Ganhei mais um tempo, consegui uma grana com um amigo", dissera Mauro, quando falamos sobre o dinheiro que ele devia. Era isso: ele estava chantageando tanto Teddi quanto o Roux.

Não foi ela.

Eu não podia correr o risco de mandar aquele vídeo para mim mesmo. Se a polícia conferisse meu celular, um vídeo daqueles complicaria tudo. Além do mais, Bergler mereceu a morte que tivera. Eu não tinha a mínima vontade de chantagear Toni Roux.

Com a camiseta, limpei minhas digitais do volante, câmbio e porta. Eu tinha trocado de tênis e de roupas antes de entrar no carro, para evitar que qualquer vestígio da vegetação do lago fosse transferido para o carro. Só rezava para que alguns bandidos encontrassem o carro antes da polícia e o contaminassem bastante, arrancassem suas peças para vender. Tratando-se de um SUV novinho, era quase garantido. O exibicionismo de Mauro, mais uma vez, trabalharia contra ele.

Saí do carro e comecei minha longa jornada para casa.

Alguns passos à frente, esmaguei o celular em pedaços e os espalhei pela estrada.

Rebeca

Quando me aproximei da porta da minha casa, a fechadura eletrônica reconheceu meu rosto, seu círculo vermelho tornou-se verde e a porta se abriu. A primeira coisa que notei foi o forte cheiro de produtos de limpeza. A segunda foi o silêncio.

Entrei devagar, deixando o dia nublado para fora, e fechei a porta, acendendo as luzes. Tudo em ordem. Olhei para o andar de cima e não vi nenhum movimento. Ao me aproximar da cozinha, deixei meus olhos correrem pelo ambiente: a ilha limpa, os eletrodomésticos discretos, as janelas que mostravam a vegetação lá fora.

Será que, com o tempo, eu conseguiria entrar lá e não me lembrar?

Arrastei os pés em direção à escada. Nenhum sinal da minha luta com Mauro, das minhas pegadas de sangue, nada.

Cadê o Cesar? Cadê o Iberê?

Depois da tortuosa subida até o andar de cima, meu pé ardendo com cada passo, encontrei Cesar desmaiado na nossa cama. Iberê se levantou e correu até mim, dando pulos de alegria e latidos estridentes.

O que me preocupou foi que os latidos não acordaram meu marido.

Peguei o cachorro no colo e fiz carinho nele, para que se acalmasse. Sentei na cama e observei Cesar. Deitado de bruços, ele estava um lixo; cabelos compridos demais, barba de uns quatro dias despontando das bochechas flácidas. Ele dormia tão profundamente que sua respiração chiava. Toquei suas costas. Nada.

Na próxima hora, levei Iberê para passear lá fora, estranhando que tudo estivesse fechado na casa da Teddi. Eu caminhava como podia, o cachorro agindo como se não saísse de casa há muito tempo. Eu apostava que, quando fosse ao nosso quintal, ele estaria sujo de fezes.

Quando voltei para casa, comi duas tangerinas e tomei uma ducha demorada, matando as saudades da minha casa, dos meus produtos.

Passar os últimos dois dias com Apolo não fora desagradável, mas estar em casa era um alívio. Além do mais, eu queria ver Teddi e Catarina.

Enrolada no meu roupão felpudo, com uma toalha na cabeça, saí do banheiro para encontrar Cesar sentado na cama, parecendo catatônico. Ele me olhou como se eu fosse uma miragem.

Não soube o que dizer. Não estava pronta para perdoá-lo em voz alta, embora já o tivesse perdoado no meu coração. Parte de mim ainda queria vê-lo sofrer pelo que tinha feito.

Só que algo estava errado. Ele não parecia o meu Cesar e, sim, alguém *vestido* de Cesar.

Ele deslizou para o chão e engatinhou até mim, abraçando minhas pernas. O pânico tomou conta de mim, porque eu soube de imediato que algo horrível havia acontecido.

— Para com isso… — tentei comandá-lo, mas ele não me soltava. — Para com isso, pelo amor de Deus.

Quando ele não se mexeu, enfiando o rosto na minha barriga e soluçando, comecei a chorar de medo.

— Para, Cesar.

Ele se ergueu, quase como se me escalasse, me abraçando, enfiando o rosto nos meus cabelos.

— O que você fez? — Eu não tinha mais dúvidas de que ele havia tido um encontro com seu passado, com o Cesar mais violento. Será que eu cometera um erro ao lhe contar sobre o Mauro? Será que deveria ter pensado melhor nas consequências?

O medo cresceu dentro de mim. Contra a vontade dele, eu me distanciei, me despindo de seus braços.

— O que aconteceu?

— Eu só… — Ele estava rouco. Umedeceu os lábios. — Só quero mais cinco minutos disso, desse momento, de ser seu marido mais um pouco.

— Eu não vou me separar de você.

Ele balançou a cabeça.

— Vai, Rebeca. Você vai.

— O que você fez?!

Teddi

Eu não sabia há quanto tempo estava acordada. Caminhara pelos corredores vazios do mercado, escondida pela minha máscara, colhendo pão, queijo e presunto de forma robótica. Não foi difícil encontrar Cesar no lugar indicado, perto do estacionamento do mercado. Foi tudo tão fácil, tão obscenamente fácil.

Naquele momento, eu bebia café, me sentindo culpada porque Rebeca falara que gestantes não deveriam tomar café, sentada de frente para a janela principal da casa, a que dava para a entrada, a rua sinuosa, as árvores.

Foi de lá que vi minha vizinha caminhando pela grama, mãos entrelaçadas atrás da cabeça, olhos fechados, o pânico vazando de cada gesto. Ela tinha os cabelos molhados e usava um roupão de banho.

Rebeca ficou parada por um tempo, uma mão cobrindo a boca, os olhos perdidos.

Então virou o rosto direto para mim. Do outro lado da rua, me fitou, quase sem se mexer, quase sem respirar. O que estava pensando? Ela queria me culpar, me bater, mas não podia correr nenhum risco, afinal o bebê, que ela já amava como se fosse seu, ainda estava aqui dentro.

Observei enquanto ela caminhava até mim. Tocou a campainha. Como não me mexi, ela tentou a maçaneta, percebeu que a porta estava destrancada e abriu.

— O Cesar te contou. — Bebi um gole de café, não olhei para ela.

Rebeca se aproximou.

— É verdade, sobre o seu pai?

— É.

— Desde quando você se lembra?

— Eu intuí quando o Cesar quebrou um perfume, aqui em casa. O cheiro subiu e eu senti... alguma coisa. Sexual, dolorida, estranha. Senti um pouco disso no lago, a primeira vez, com você; mas eu não sabia. Aos poucos, as imagens e sensações foram ficando mais amplas, mais nítidas, tocando umas às outras, preenchendo as lacunas, e eu entendi.

— Se você não quiser, não precisa nunca mais ver a Catarina, depois que ela nascer. Não precisa se envolver.

Franzi a testa.

— Eu não sinto nada de ruim em relação a ela — falei, finalmente olhando para Rebeca. — Ela não tem culpa de nada do que aconteceu entre mim e ele.

— O Cesar me contou do martelo. — O queixo dela tremeu, uma lágrima escorreu rápido e pingou no chão. Eu não conseguia mais me comover. Não conseguia mais sentir nada. — O que nós vamos fazer?

— Nada. — Suspirei. — Ninguém sabe o que aconteceu aqui. Ninguém se importa, Rebeca. As pessoas estão trancadas em casa ou morrendo em hospitais. Ninguém está correndo atrás de escrotos como o Mauro e, mesmo se a polícia investigar, não vão ter motivos para desconfiar de nós. Não quando o Mauro estava devendo para bandidos de verdade. Nesta merda deste condomínio, estamos seguros.

Ela cobriu o rosto e limpou as lágrimas com as mangas do roupão.

Eu entendo, eu quis dizer, *eu fodi a vida inteira de vocês. Seu marido perfeito, agora, é um assassino.* Eu ainda amava Rebeca, mas não tinha forças para confortá-la.

Quando ela se aproximou com a mão estendida para a minha barriga, eu afastei seu braço. Imediatamente, senti culpa.

— Eu só não... — Cocei a testa, em busca de palavras. — Eu preciso ficar sozinha.

A surpresa dela quase me fez pedir desculpas, mas me mantive firme.

Rebeca saiu da minha casa batendo a porta, batendo os pés e, um minuto depois, ouvi o carro dela acelerar, cantando pneu rua acima. Aonde ia, vestida daquele jeito?

Ela já sentiu, pensei, acariciando minha barriga. *Ela já sabe que eu mudei de ideia.*

Cesar

Ninguém fala sobre as fases pós-homicídio. Quando uma pessoa boazinha mata alguém num filme, ela volta ao normal em segundos. Fica aliviada, abraça um ente querido, suspira algo como "acabou, tá tudo bem agora" e, na próxima cena, é vista às gargalhadas, vivendo sua melhor vida.

Na realidade, é tudo menos isso. Não importa se o puto mereceu, não importa as circunstâncias, matar não é fácil, nem para alguém que, indiretamente, deixou o próprio pai ser assassinado, como eu.

A primeira fase é quando seu corpo reage ao que você fez. O vômito, a diarreia, náuseas, tontura. Depois vem o pânico, a vontade de poder voltar no tempo e mudar aquele segundo de descontrole. Então vem a necessidade da autopreservação.

Eu estava paranoico, dividido entre a esperança de não ser pego e a vontade de ser, só para colocar um fim na minha ansiedade. Cheguei a segurar meu celular por dez minutos, para me entregar à polícia, antes de me afastar do aparelho e ir fumar um dos últimos cigarros da Teddi lá fora.

Vasculhei a internet em busca de qualquer notícia sobre o carro, sobre Mauro. É claro que não achei nada. Levaria dias até alguém perceber que ele sumira. Duvidei de que alguém fosse se importar e, mesmo quando isso acontecesse, não era certeza de que a polícia bateria na minha porta.

Quando Rebeca saiu de novo de casa, vasculhei nossa pequena farmácia, atrás de algo para me tranquilizar. Às vezes, minha esposa se automedicava, pedindo receitas ao irmão, então não foi surpresa encontrar um Lexotan, que tomei com dois dedos de uísque. Não poderia sentir culpa ou medo, se estivesse inconsciente.

Meu filho me mandou uma mensagem, pela primeira vez em meses. Geralmente, eu é que tinha que correr atrás dele. Ele me perguntava se eu estava bem, depois pedia dinheiro para um videogame novo. Pedi o link, ele mandou. Comprei à vista e mandei entregar na casa de sua mãe. Ele me agradeceu e foi só.

Eu faria melhor com Catarina. Daquela vez, seria um pai de verdade. Passaria noites em claro, trocarias fraldas, daria banho, brincaria com ela. Faria de tudo para aliviar o fardo da Rebeca. À medida que minha filha fosse crescendo, eu a levaria a parques, jogaria bola com ela, ensinaria a nadar na nossa piscina e a andar de bicicleta.

Eu só precisava sobreviver àquele momento.

Rebeca

A casa de Nana ainda era dela; cinzeiro na mesa de centro, pantufas ao lado do sofá, uma vela de sete dias no alpendre. Só que as plantas haviam morrido e exalavam um cheiro pútrido no ar estagnado, que ainda carregava o aroma enjoativo de cigarro. Pela primeira vez, gostei daquele cheio e inspirei fundo.

Não me permiti pensar muito enquanto enfiava suas roupas em sacolas. Não abri os vestidos para sentir o perfume dela, não chorei. Queria acabar logo com aquilo, aniquilar todas as lembranças — seus bibelôs, orações, bijuterias, revistas antigas e enfeites. "É só tralha", ela teria dito; e eu embalei toda aquela tralha sem refletir.

Só parei quando encontrei a caixa de fotos. *Não faz isso, Rebeca.* Tentei não olhar para elas, não reconhecer as imagens do ex-marido fortão que tivera, dos pais, do filho. Encontrei fotos minhas, da casa onde cresci, do meu pai sorridente, com o bigode farto, e minha mãe bem-vestida, acenando para o fotógrafo. Fechei os olhos e respirei fundo, fazendo meu pranto recuar. Joguei tudo num saco de lixo.

A raiva me dominou por alguns segundos. Aquela não era para ser a nossa realidade. O silêncio, o medo, o vazio. A sensação de que tudo o que construíramos estava prestes a desmoronar. Uma vida inteira, décadas de suor e luta, destruída em uma noite. Esse não era o meu futuro, não poderia ser.

Deixei minha mente replicar a imagem daquele lago, onde Mauro estava, a superfície como um espelho, refletindo o céu esbranquiçado. O lago se estendia até onde meu olhar alcançava. A mata era um lugar de criaturas com dentes e garras afiadas, no fundo eu sempre soubera disso. Elas nunca seriam vistas ou catalogadas por um biólogo, mas habitavam aquele lugar, em um espaço entre mundos, outra frequência. O lago era um lugar paciente, esperando o momento de te atacar.

Cesar não conseguiu dar detalhes. Mencionou a luta, o martelo, a descida de carro até ali e, depois, ter entrado no lago gelado, puxando Mauro o máximo que conseguira.

Eu não conseguia imaginar um corpo lá embaixo. Nunca mais conseguiria tocar aquela água.

E se ela quiser? E se a Catarina quiser brincar no lago?

Ela ainda era minha? Teddi não me deixara tocar na barriga. Por que isso me angustiava mais do que meu marido ter matado um homem?

Mauro teria me estuprado, eu não tinha dúvidas disso. Teria sido rápido e ele teria se desculpado depois, chorado, implorado meu perdão, mas teria ido até o final e, se tivesse a chance, eu nunca mais conseguiria me sentir em paz com o meu corpo.

Qual era a punição adequada para o que ele fizera comigo? Quanto tempo será que um homem como ele, conectado a políticos e bandidos, ficaria preso por algo que nem chegara a acontecer? Como qualificar a seriedade de um crime, se as consequências para suas vítimas são imensuráveis?

E se, nesse estupro, eu tivesse engravidado? Depois de tantos hormônios, só Deus sabia como estava minha fertilidade. Odiei o Cesar por mais uns segundos, então, como sempre, o ódio retrocedeu.

Eu tinha duas escolhas. Denunciar meu marido, denunciar Teddi e deixava minha vida desmoronar; ou aprender a lidar com esse segredo. Intensificar minha ajuda mensal à caridade, continuar sendo uma cidadã exemplar e fazer tudo direitinho, tentando atenuar meu carma.

Um homem como o Cesar merecia ser preso por causa de um homem como o Mauro? Me surpreendi quando as palavras saíram da minha boca:

— Você teve o que mereceu.

Eu queria que, de alguma forma, o cadáver pudesse me ouvir, mesmo estando a quilômetros de distância. Minha experiência na faculdade me dera as ferramentas para saber exatamente como aquele corpo ficaria com o passar dos dias: inchado ao ponto de ficar irreconhecível, em tons de amarelo e azul. Os lábios pareceriam bexigas de festa, a pele descamaria como tecido. Os peixes mordiscariam pedacinho por pedacinho dele. Com o tempo, sobrariam os ossos e, então, nem mesmo eles. Só as pedras e os sacos plásticos. Ah, a ironia. Logo eu, que fazia compostagem e insistia com Cesar que tínhamos que melhorar nosso sistema de reciclagem. Logo eu, a certinha.

Você vai perder a Catarina.

Eu estivera ignorando a mudança de atitude da Teddi. Não quis ver que o bebê a estava transformando.

Nana, me ajuda. Apoiei a cabeça nos braços, cansada demais para chorar. "Você tem que parar de querer controlar tudo", ela teria dito.

Eu não precisava mais de Catarina. Agora que sabia a verdade, eu e o Cesar poderíamos tentar de outras formas. Não havia nada de errado com meu corpo. Nunca houvera.

Mas como me desapegar daquele bebê, que eu tinha visto naquele primeiro ultrassom? Do bebê que havia acariciado na barriga, cujo quartinho e enxoval já estavam prontos em casa, só esperando sua chegada? Sem Nana, com tanta dor e perda ao meu redor, como abrir mão de mais uma fonte de felicidade?

O fato era que eu não conseguiria viver perto daquela criança, se tivesse que viver sem ela; e isso significava só uma coisa: eu teria que me mudar da minha casa dos sonhos ou Teddi teria que sair de sua casa para sempre.

E não é justo que, depois de tudo o que ela fez, eu tenha que fazer mais uma concessão para Teddi Bergler.

13 DE OUTUBRO

SEMANA 37

O bebê está a termo

TEDDI

Antes de abrir a caixa do Bergler, escrevi algo na minha parede. Não era uma lembrança, era um marco. Com tinta roxa e a letra mais bonita que consegui fazer, escrevi: "13 de outubro de 2020: o dia em que me tornei mãe da Catarina".

Naturalmente, ela me perguntaria por que eu não tinha colocado a data do nascimento dela, que ainda não fazia a menor ideia de quando seria, mas estava prevista para 2 de novembro. Eu sabia que, se não deixasse aquela parede contar minha história, ficaria cada vez mais fácil, com o passar dos anos, mentir para ela; e a primeira decisão que tomei como mãe foi não mentir para a minha filha.

Enquanto a tinta secava, abri a caixa, sentada na cama. Meu pai tinha guardado poucas coisas ali, o que me indicava que eram importantes. Espalhei no lençol cerca de trinta fotos, a maioria antiga, revelada como na época em que as pessoas entregavam o filme numa loja e voltavam para buscar depois.

Algumas das fotos não faziam sentido para mim. Meu pai abraçado com amigos. Uma velha com cara de poucos amigos, num jardim. Minha avó paterna, talvez. Estaria morta? Tinha estado no enterro do meu pai? Eu não tinha lembranças do enterro e muito menos dela. Lembrei que as pessoas costumavam escrever nos versos das fotos. Virei. Nada.

Vi fotos do meu pai criança. Minha mãe me disse, uma vez, que ele era filho único. Vi uma foto dele atrás de um bolo grande, a vela acesa acusando a idade de nove anos. Vi meu pai com a banda, tão novinhos. Algumas fotos de amigos, meu pai beijava a bochecha de uma loira de franja. Então encontrei uma foto da minha mãe.

Meu nariz ardeu e fechei os olhos, apertando a foto contra o peito. Chorei o choro mais dolorido da minha vida. Arfei, procurando ar. Como eu queria ela ali, comigo. Como queria que ela soubesse que teria uma neta. Ela me perdoaria pela coisa horrível que eu tinha feito?

O que era aquilo?

Era uma foto minha. Minha mãe comigo no colo. Eu devia ter dois anos. Limpei as lágrimas da minha bochecha e ergui a fotografia, estudando cada detalhe dela. Como meu pai conseguira aquela foto?

Desdobrei cartas, até achar uma escrita pela minha mãe:

"Ela andou hoje e eu quase perdi. Estava na cozinha, preparando o almoço, conversando com a Loriane no telefone, e, quando me virei, a Teddi estava dando passinhos curtos com os braços esticados para a cadeira. Foram três passos, antes que ela caísse de bunda no chão, e ela olhou para mim e deu risada. Então, apesar de tudo, eu tenho que te agradecer por isso, Stefan. Porque nada na minha vida foi tão bom quanto esse momento."

Minha respiração saiu trêmula. Encontrei outra carta. A mesma letra pequena, arredondada, de professora.

"Ela é impossível, como você. Não é capaz de obedecer a nenhuma regra. Ergue o queixo antes de me responder, para ver até onde consegue se safar com a malcriação. Ontem, dei um tapa forte na bunda dela e ela chorou. Depois veio me abraçar. Chorei de culpa a noite inteira. Não nasci para isso. Não tenho a menor vocação ou paciência para ser mãe e, mesmo assim, aqui estou. Todo dia, acho que vou enlouquecer e, todas as noites, agradeço por ter ela na minha vida. Você perdeu tanta coisa, Stefan. Você renunciou à melhor coisa do mundo: sua filha."

Eu não quis ver as outras. Havia mais três.

Enquanto recolhia as cartas e fotos, uma palheta azul, antiga, pulou do monte. A letra era do meu pai, não da minha mãe. Ele havia escrito Teddi com uma caneta preta permanente e, embaixo, a data do meu nascimento.

Eu joguei todas aquelas coisas numa sacola de lixo. Quando comecei, não consegui parar. Tudo o que ainda restava do meu pai naquela casa: roupas, cremes, papeis, álbuns, relógios, foi tudo para o saco, junto com as fotos e as cartas da minha mãe.

No jardim, colhi gravetos e galhos de tamanhos diferentes, folhas secas, e joguei tudo num monte. Então aspergi álcool naquela pilha retorcida e ateei fogo.

Levou um tempo para crescer, para o fogo pegar gosto pela queima. Então alimentei as chamas devagar. Primeiro, as poucas peças de roupa que tinham sobrado. Por último, as fotos e cartas. A única coisa que segurei foi a palheta.

O calor fazia meu rosto arder deliciosamente. O fogo estalava, fazia uma fumaça preta e fina subir e se dissipar no céu nublado.

Eu poderia ser uma mãe como ela fora. Mesmo com dúvidas, mesmo sem saber se tinha algum tipo de talento para a maternidade, eu poderia amar aquela menina, disso eu tinha certeza. John Lennon não tinha razão? Será que só o amor era suficiente? Eu achava que sim. Eu daria um jeito. Eu aprenderia. Seria mãe nos meus termos, do meu jeito, como a Sônia tinha sido.

Quando atirei a palheta no fogo, ela derreteu rápido demais.

Agora você precisa encarar sua vizinha, pensei, *e, depois, seu pai. Você tem que voltar ao lago.*

Teddi

A dor nas costas estava me irritando, mas eu tinha negócios pendentes com Rebeca. Devia satisfações a ela.

Já estava anoitecendo, quando bati na porta dos Mafra. Uma cólica chata irradiou pelo meu abdome e Catarina se mexeu, esticando minha pele. Foi o Cesar quem atendeu. Quer dizer, um homem que me lembrou o Cesar.

Ele deixou a porta aberta e arrastou os pés para os fundos da casa. Tive que segui-lo, fechando a porta, atravessando a casa escura e indo atrás, até ele se sentar numa das espreguiçadeiras do quintal.

— Eu vim falar com ela.

— Eu sei. Ela já está descendo.

Ele nunca mais seria o mesmo. Caso não fôssemos presos, caso saíssemos ilesos daquele crime, ele já tinha se colocado numa prisão mental. Pensei nos últimos meses, em como criáramos nossa própria forma de lidar com o isolamento, só nós três. Pensei em tantas noites naquele jardim, passando a noite inteira em claro escutando música com ele, falando sobre cada uma delas, o que nos faziam sentir, dissecando letra, melodia, harmonia, tudo. Ele me falou do filho, Julian. Falou da mãe, da ex-esposa, de tantas coisas que queria fazer com Rebeca, os países que queria conhecer com ela, como imaginava envelhecer ao seu lado.

Eu sabia que era a pior coisa que já havia acontecido com eles. Quis pedir desculpas. Ao mesmo tempo, algo dentro de mim berrava: *Mas nada disso foi minha culpa!*

Será que não? Será que, para ser a mulher que eu havia decidido ser, não deveria começar admitindo que, sem aquele martelo, Cesar não teria ido até o final?

— Oi.

Eu me virei, Cesar não. Rebeca prendera os cabelos e me encarava sem maquiagem, com olheiras, segurando um moletom esportivo em volta do corpo.

Engoli em seco, porque sabia que existiam grandes chances de estar conversando com ela pela última vez.

— Eu acho que precisamos conversar — falei.

Ela se aproximou e me encarou fundo nos olhos. Já sabia o que eu iria dizer e estava me testando, como se dissesse: "Fala, se você tem coragem".

— Acredite, Rebeca, eu sei que estou errada. — Minha voz saiu trêmula. — Eu sei que o que estou fazendo não é justo, mas não vou conseguir.

A mandíbula dela endureceu.

— Nem agora você consegue ter firmeza — ela falou baixo. — É mais fácil fingir que é uma vítima, uma coitadinha, do que bater na porra do peito e ser dona da sua verdade, abraçar suas merdas, admitir o que é.

Eu não quis chorar, mas o desprezo dela fez rachar alguma coisa no meu peito. Mordi o lábio inferior, me segurei e lhe deixei falar.

— E esse é o seu problema: nada é sua culpa. Nada é sua responsabilidade. Você finge que é um barquinho à deriva, indo aonde a correnteza e o vento mandarem, quando, na verdade, você faz o que quer, foda-se quem vai machucar.

Então os olhos dela também ficaram marejados e ela berrou:

— Eu fui uma boa amiga para você!

— Eu sei… — eu sussurrei.

— Tentei de tudo, tudo para te ajudar! Porra, eu criei uma empresa inteira, do zero, para te ajudar! Tudo para que você só tivesse que *querer* crescer e se responsabilizar pela sua vida. Todas as ferramentas, só faltava você *querer*, mas é mais fácil estar sempre atolada na merda, culpando tudo e todo mundo, culpando o governo, sua saúde mental, a depressão, a ansiedade, os portugueses que saquearam o país, a namorada que prefere os pets, o lockdown, a família da sua mãe, o seu papai…

O som cortou o ar e fez o Cesar dar um pulo. Rebeca levou a mão à bochecha, onde meu tapa pegou seco, deixando uma marca avermelhada instantânea. A boca dela aberta, os olhos arregalados de surpresa, a imobilidade de cada músculo. Eu me arrependi, mas meus olhos ardiam com lágrimas de ódio por ela.

— Não usa meus segredos contra mim. — Minha voz saiu embargada, infantil. — Não usa tudo o que eu desabafei com você como uma arma contra mim. Eu nunca, nunca usaria os seus contra você. Nunca falaria do seu relacionamento doentio com seus pais e seu irmão, de como você foi covarde demais para terminar sua faculdade, porque sabia que era uma profissão que não permitiria que fosse perfeita e você *tem* que ser perfeita. No fundo, eu nem sei se quer mesmo ter um filho ou é só para mostrar para o mundo que, finalmente, você tem tudo.

— Nunca usaria meus segredos contra mim? Você acabou de fazer isso, Teddi. Some daqui e reza para a sua filha não ser como você: uma completa decepção para todo mundo que a conhecer.

Eu olhei para o marido dela. Ele baixou os olhos.

Foi a última vez que pisei na casa dos Mafra.

Cesar

Rebeca se retraiu quando Teddi foi embora. Eu a conhecia bem o suficiente para saber que as palavras que dissera doeram mais nela do que na nossa vizinha. Ela se fechou na sala de TV e, em poucos minutos, senti cheiro de incenso e ouvi uma de suas músicas de meditação.

Saí com Iberê, sentindo a brisa arrepiar os pelos do meu braço, e joguei a bolinha dele no mato, mesmo estando escuro. Ele disparava atrás e voltava com ela na boca, orgulhoso, os olhos cintilando.

A *deep web* poderia nos agraciar com um grupo de apoio para assassinos de primeira viagem; um lugar para pessoas como eu, comuns, que cometeram um erro. Naquele limbo entre o ato e as consequências, eu não tinha dúvidas de que existiam milhares de nós. A maioria, andando por aí, sorrindo para fotos em família, bebendo cafezinho no escritório, com os colegas de trabalho, carregando o segredo sombrio nas entranhas enquanto liam rótulos em caixas de cereal e escolhiam a cor do esmalte no salão de beleza.

O rapaz de vinte e três anos, bêbado, que levou a brincadeira longe demais numa festa, deu um mata-leão no amigo e segurou, até perceber que ele parou de respirar e colapsou no gramado.

A mãe que, exausta, sem dormir há meses, sentindo-se solitária e julgada por todos que conhecia, acaba sacodindo o bebê, que está esperneando de cólica há três horas, e, sem querer, bate sua cabecinha na borda do berço.

O professor de educação física com o gatinho doente, que está sugando todo o seu salário há quase um ano, entre visitas ao veterinário e remédios, que não aguenta mais ver o animal sofrer e decide acabar com o sofrimento de ambos, com um movimento rápido, quebrando seu pescocinho.

O que separa qualquer um de nós de um assassinato é só um segundo.

Um pouco de cansaço, dívida, desespero, estresse. Um microssegundo de azar. Um momento de distração no trânsito. A palavra errada para o amigo que, secretamente, já está planejando o próprio fim. A primeira vez em que incentivamos um amigo a fumar.

Somos todos assassinos, só não admitimos isso.

Estava, então, nas mãos de Rebeca. Se ela me dissesse para me entregar à polícia, eu o faria logo pela manhã. Ainda teria um tempo em liberdade, provavelmente, em que poderia me despedir dos prazeres simples: talvez fazer amor com ela pela última vez, comer uma boa refeição, dormir numa cama confortável, jogar videogame com Julian, dar uma volta de carro.

Réu primário, rico, branco; sob o estresse da violência que minha esposa sofrera, sabendo que minha vítima estava chantageando uma moça grávida. Eu provavelmente não ficaria preso por tanto tempo, mas seria o suficiente, certo? O suficiente para perder tudo o que tinha.

Feliz agora, pai?

Iberê me entregou a bolinha. Estava cansado demais para continuar, assim como eu.

Teddi

Quando tinha doze anos, minha avó materna, que eu via em aniversários e alguns Natais, confeccionou uma coroa feita de papel e colocou na minha cabeça. "Para você", ela disse, antes de enfiar um cigarro na boca, "a rainha das péssimas ideias".

Pela primeira vez, eu não me sentia assim. Algo no meu âmago me dizia que reivindicar Catarina era a única coisa correta que eu já tinha feito. Eu estava apavorada: não sabia nada sobre bebês ou crianças, mas sabia que aprenderia. Todas as mães aprendem. Eu não tinha mais medo dessa palavra, mãe.

Eram três da tarde quando fui ao banheiro, ainda sentindo dores nas costas. Pensei em pedir algo para comer, mas estava estranhamente sem fome. Quando vi uma meleca amarronzada na minha calcinha, me alarmei.

Rebeca me fizera ler *O que esperar quando você está esperando* e ainda fazia perguntas para ter certeza de que eu tinha lido tudo. Eu sabia o que era aquilo: o tampão mucoso. Nas próximas horas ou dias, meu colo do útero começaria a dilatar.

— Hora do show, neném — falei, baixo, tocando a barriga.

Eu estivera tendo contrações o dia inteiro, mas elas estavam tão distantes umas das outras que não dei atenção. De acordo com quase tudo o que havia lido, não estava em trabalho de parto e, sim, pródromos. Eu tinha tempo.

Meu instinto foi mandar uma mensagem para Rebeca, mas mudei de ideia. Eu não lhe daria esse gostinho. Podia me virar sozinha. Entrei na internet e pesquisei "perdi o tampão mucoso". A notícia era pouco reconfortante: poderia levar horas ou até dias para meu trabalho de parto começar.

Como não tinha médico, porque sempre deduzi que Rebeca e Cesar cuidariam de tudo quando a hora chegasse, eu teria que ir até um pronto-socorro de hospital público. Só de pensar que aquele vírus estaria no ar e que tanto eu quanto Catarina poderíamos pegar Covid, eu ficava tensa. Só que não tinha alternativa.

Meu bebê estava a termo, mas tinha lido que, tratando-se do meu primeiro parto, era mais provável que ele nascesse mais próximo das quarenta semanas.

As horas se arrastaram com contrações leves. Baixei o app de contrações e passei a monitorar as minhas: ainda estavam quase indolores, não passavam de apertos na barriga e leves cólicas, e a quarenta minutos de distância. Pior, não era ritmadas. Às vezes, vinham num intervalo de vinte minutos, às vezes, de uma hora.

Deitada na cama, fucei o celular de novo. A internet me dizia que provavelmente eram pródromos, um ensaio para o parto. Confiei. Peguei no sono.

Acordei uma hora depois, perto das seis da tarde, inquieta. Eu sentia que chegara a hora, mas a internet me tranquilizava: "Tome uma ducha quente. Se as contrações pararem, é porque você não está em trabalho de parto". Aliviada, tomei uma ducha. Não tive nenhuma contração depois disso.

— Você tá com pressa? — perguntei para a barriga, aliviada. — Espera eu saber o que vou fazer com você, primeiro. Preciso de um berço, carrinho, essas coisas. Calma, menina, sua mãe precisa se acostumar com você ainda.

Sem conseguir relaxar, vaguei por blogs de maternidade. Achei engraçado o quanto não sabia nada sobre o assunto antes de engravidar. Sempre acreditei no que via em filmes: que cordões umbilicais enforcavam bebês, que eles nasciam minutos depois de a bolsa romper, que antigamente quase todas as mulheres morriam no parto. Me senti boba ao descobrir que quase metade dos bebês nasciam com circulares de cordão e que elas não eram perigosas; que partos levavam horas e até dias; que a porcentagem de mulheres que morriam no parto era, na verdade, bem mais baixa do que a mídia nos fazia acreditar.

Rebeca tinha razão, eu odiava admitir: somos criadas para ter medo de nossos corpos, para achar que há algo de errado com a gente e que outra pessoa — tradicionalmente, e por séculos, um homem — pode consertar, nos salvando de nós mesmas.

Foi surfando nos blogs médicos que caí na página da Diana Doula. Corri os olhos pelo artigo, em que ela falava sobre as etapas do trabalho de parto, e uma frase me chamou a atenção: "Um conselho: resolva seus traumas antes do parto. Parto é libertação, parto é sexual, parto envolve uma conexão forte consigo mesma. Tudo o que você puder destravar antes vai ajudar".

Como eu deveria resolver meus traumas em, sei lá, vinte e quatro horas? Diana estava pedindo demais; mas eu já tinha decidido que teria que encarar tudo o que tinha feito, se quisesse virar a página e começar uma vida nova com minha filha. Eu tinha que ir ao lago. Tinha que encontrar uma forma de perdoar Bergler e me perdoar.

Ser dona da minha verdade, abraçar minhas merdas, admitir o que eu era. *Pois bem, dona Rebeca.*

Conferi o app. Nada de contrações em quarenta minutos.

Calcei os tênis, peguei uma garrafinha de água e enfiei o celular na calcinha. *Está quase acabando, filha.*

Cesar

Quando o interfone tocou, deduzi que Rebeca pedira comida. Fazia horas que ela estava no quarto com Iberê e me senti contente enquanto arrastava os pés até o aparelho na parede, pois a comida seria uma desculpa para vê-la e, talvez, até conversarmos.

— *Tem um investigador da polícia no portão para ver o seu Cesar.*

Uma corrente de eletricidade correu pelo meu sistema nervoso, fazendo meus dedos formigarem.

— Tudo bem, pode liberar a entrada. — Não sei como consegui manter minha voz neutra, tranquila. Assim que desliguei o interfone, senti ânsia. Corri até a escada, mas Rebeca já estava descendo. — É a polícia.

Ela não escondeu o choque. Balançou a cabeça.

— Eu não posso ficar aqui, não consigo mentir, não consigo mentir...

— Sai, vai pelos fundos, vai dar uma volta. Eu falo com eles.

Ela chorava.

— Não vou contar. — Tomei minha decisão enquanto as palavras saíam da minha boca. — Eles não vão achar nada. Eu não vou contar. Vamos até o final, tá? Quero você longe de tudo isso. Só volta quando eles forem embora. Vai.

Quando ela me abraçou, eu soube o que tinha que fazer. Ia dar tudo certo. Rebeca me deu um beijo nos lábios e calçou os tênis em segundos. Correu para o jardim no momento em que ouvi a campainha.

Fechei os olhos e respirei fundo. Quando abri a porta, relaxei cada músculo em meu corpo e sorri, com cuidado para parecer o que qualquer cidadão inocente pareceria: com um pouco de medo.

— Posso ajudar?

Eram uma mulher e um homem, ambos usando máscaras.

— Boa noite, José Cesar Mafra? Meu nome é Rodrigo Romero, investigador da Polícia Civil. Tudo bem com o senhor? Essa é a investigadora Flavia, a gente queria conversar um minuto.

— Claro, entrem, por favor. Vou pegar minha máscara, um minuto.

Fiquei surpreso quando a investigadora Flávia me seguiu até a cozinha, onde encontrei uma máscara descartável e a usei para cobrir o rosto, me sentindo imediatamente sufocado. Seria mais fácil disfarçar minhas expressões faciais com ela.

O investigador Romero estava olhando minha casa quando voltei para a sala. Ofereci um copo d'água e eles agradeceram, mas não aceitaram. Gesticulei para que se sentassem, mas eles também não aceitaram.

— Senhor Mafra, o senhor conhece Mauro Spiazzi?

— Claro, é um grande amigo meu. Amigo de infância.

Cuidado, não fala mais do que deveria.

— Quando foi a última vez em que o viu?

— Ahm...

Eles sabem que foi anteontem. Eles rastrearam o celular. Não minta, se não precisar.

— Anteontem ou dois dias atrás... Que dia é hoje? Desculpa, tô desacostumando com o calendário.

— Hoje é dia 15 de outubro, quinta-feira — Romero respondeu, do jeito diligente, seco e calmo com que falava tudo.

— Então foi anteontem, dia treze. Eu o chamei para uma visita. A gente conversou um pouco, então ele foi embora. Acho que lá pelas... — fingi estar pensando — nove? Por aí.

— O senhor pode me falar um pouco mais desse encontro, dessa conversa de vocês?

— Posso, claro. Tá tudo bem? Ele fez alguma besteira?

— Ele costuma fazer besteiras? — Flávia perguntou.

— Ah... Não, não, nada sério. — Fingi estar mentindo, constrangido. — Tô pensando de, sei lá, ele ter bebido, batido o carro...

— Qual carro ele dirige?

— Hoje em dia, um Santa Fe. O outro carro, ele perdeu num acidente, no começo do ano, mas não era ele quem estava dirigindo.

— O senhor pode falar mais sobre o que conversaram, por favor?

— Ele estava precisando de dinheiro e eu estava estudando uma maneira de ajudar. Espero que isso não dê problemas para ele, mas parece que estava devendo dinheiro. Não fiz perguntas. Não sei por que ou para quem, mas sei que ele precisava de ajuda. Uns meses atrás, eu emprestei uma grana para ele...

— Cem mil reais — Romero falou, os olhos presos nos meus.
— O senhor costuma emprestar essa quantia de dinheiro para todos os seus amigos?

— Não, nunca. Você pode conferir meu extrato bancário, minhas declarações, tudo, pelos últimos trinta anos. Eu nunca fiz isso. Só que ele é meu amigo. — Dei de ombros. — A gente era meio pobre quando crianças. Hoje eu tenho uma condição melhor e achei justo ajudar.

— Então ele veio aqui dia treze, para pedir dinheiro emprestado de novo?

— Não desse jeito. A gente conversou sobre a vida, a pandemia, mas, sim, quando percebi que ele estava enrolando um pouco, perguntei o que estava acontecendo e ele me pediu o dinheiro. Eu não concordei, falei que ia ver.

— Onde está sua esposa? — Flávia apontou o queixo para minha aliança. Por sorte, as micro escoriações dos meus socos no Mauro já estavam invisíveis — Tá em casa?

— Não, ela tá na casa da mãe dela. Mãe não, a mulher que criou ela. Ela faleceu de Covid recentemente e minha esposa tem ido para a casa, limpar e guardar os pertences, separar para doação, essas coisas.

— Meus sentimentos. Então ele foi embora lá pelas nove da noite. Disse pra onde ia?

— Não, mas acho que ia para casa. Não tem muita coisa aberta esses dias, né? Não sei mesmo.

— Ele não falou nada sobre essa dívida? — perguntou Flávia.

Fingi estar um pouco desconfortável, como se não quisesse dedurar meu amigo. Cocei a nuca. Iberê observava a tudo, se aproximava dos policiais com cautela, cheirava os sapatos deles.

— Ele tava devendo para um agiota, é só isso que eu sei.

— O senhor não falou com ele depois disso? Nem pelo celular?

— Não, porque decidi que não ia mais emprestar dinheiro para ele e fiquei sem graça. Estava esperando que ele resolvesse o problema, sei lá. Estava adiando essa conversa.

— Quando foi a última vez em que sua esposa viu o Mauro Spiazzi?

Tentei não parecer surpreso com a pergunta. Senti o suor descendo pelas minhas costas. *Se eles pesquisarem, vão ver que ele esteve aqui um dia antes do crime.*

— Eu sei que ele deu uma passada aqui antes de a gente se ver e, como eu não estava em casa, decidiu voltar depois. A Rê falou com ele, mas ele não ficou muito tempo, até onde eu sei.

— Você não acha estranho ele fazer uma viagem dessas só para falar com você, sem nem conferir se estava em casa?

— Na verdade, eu acho, sim, mas o Mauro é assim. Uns meses atrás, ele apareceu aqui, sem a gente ter combinado nada, para jantar. Ele é espontâneo, pega a gente de surpresa.

— O senhor se importa se a gente der uma olhada na sua casa?

Rebeca

Eu não quis ir para o lago. Não estava pronta para encarar aquele lugar, a verdade do que meu marido tinha feito... por minha causa, mas também por causa *dela*.

Desci a rua, caminhando devagar no breu, abraçando meu corpo, tentando me manter calma. Decidi que pararia de caminhar quando chegasse à estrada de terra e esperaria até Cesar me buscar, quando a polícia tivesse ido embora.

Não, eu não estava pronta para renunciar a tudo. Tínhamos lutado tanto por aquela casa, aquela vida, aqueles sonhos. Se eu contasse a verdade à polícia, não teríamos chance. Se mentíssemos, havia a possibilidade de sairmos dessa.

Pessoas piores já se safaram com crimes bem mais horríveis.

Eu sabia que não estar lá naquela noite não significava muito. Mais cedo ou mais tarde, eles me procurariam para prestar algum tipo de depoimento; mas eu preferia fazer isso mais calma, depois de saber exatamente o que Cesar lhes havia dito, depois de me preparar.

Além disso, se saíssemos dessa, eu teria que conversar com Teddi. Não conseguiria continuar vivendo no mesmo condomínio que ela. Eu não merecia ter que ouvir Catarina chorar, vê-la da minha janela, vê-la entrando na van para ir à escola.

Teddi teria que se mudar, nem que tivéssemos que comprar a casa para garantir que ela conseguisse se sustentar por um bom tempo. Seria dolorido, mas era a única saída para todos nós.

Vocês vão ter um bebê só de vocês, Rebeca. Com o porte atlético do pai, o gosto musical apurado do Cesar e sua disciplina, sua força de vontade. Eu poderia ensinar nosso bebê a meditar desde pequeno e o Cesar saberia ensiná-lo a cuidar da casa: pintar paredes, consertar eletrodomésticos, usar uma furadeira. Nosso filho ou filha saberia cozinhar, amar animais, investir seu dinheirinho.

Um gemido me fez estancar. A princípio, ele me pareceu obsceno, vulgar, quase animalesco. Fiquei parada naquela escuridão, tentando encontrar sua fonte entre os chiados e zumbidos dos insetos da mata.

Outro gemido. Dolorido.

— Teddi? — falei baixo.

— Rebeca! — saiu como um gritinho baixo, angustiado.

Vinha da mata, mas o que ela estava fazendo lá? Teria sido idiota de se embrenhar nesse matagal com a barriga daquele tamanho? Por que eu ainda ficava surpresa com as idiotices dela?

Andei por entre as árvores, esmagando folhas e partindo gravetos, os ouvidos apurados e o medo crescendo no meu peito.

— Aqui...

Apertei o passo e a encontrei pela luz do celular em suas mãos, iluminando seu rosto contorcido. A imagem me desnorteou por alguns segundos: Teddi havia tirado as calças de moletom e estava sentada nelas, encostada numa árvore. Suava.

— Aqueles filhos da puta... — Ela arfou. — Que ódio!

Tirei o celular dela e me ajoelhei na terra.

— Eles falaram que eu não tinha com que me preocupar, porque as contrações...

— Às vezes, elas não ficam ritmadas, acontece. Há quanto tempo...

— Sei lá, a porra do dia inteiro, mas eu tomei banho e passou. Achei que fossem pródromos, caralho, o que eu faço? Tá vindo rápido agora.

Pela voz, ela estava em trabalho de parto ativo. O celular estava aberto no app de contrações. Três em três minutos. Quase um minuto para cada contração. Para quem começara sem ritmo, Teddi estava entrando rapidinho no padrão.

— Eu nem quero saber o que você estava fazendo aqui embaixo... — falei, pousando a mão na barriga dela.

Ela riu. Uma risada parte loucura, parte dor, parte divertimento.

— A doula Diana falou que eu tinha que curar meus traumas para poder parir, ué.

— Que babaquice. Isso não existe.

O rosto dela se contorceu. Ela apertou os olhos e travou a boca. Apertei o botão no app e esperei enquanto ela gemia baixo, um "hmmmmmrr" angustiado. Cinquenta segundos.

— Teddi, se a gente chamar uma ambulância agora, é possível que dê tempo de chegar ao hospital ou, pelo menos, sei lá, eles estarem aqui quando o bebê vier, mas você sabe que o celular não vai pegar, então eu tenho que subir até conseguir sinal.

Teddi agarrou meus braços, me arranhando e chorando:

— Por favor, não me deixa sozinha, eu não vou aguentar mais um minuto sozinha aqui.

— Respira, calma, eu não vou deixar você sozinha. Olha para mim.

Ela olhou. Pavor, era só pavor que eu via em seus olhos. Eu tinha que acalmá-la. Apesar da raiva que eu sentia, ela era uma mulher. Era a minha amiga, a única mulher com quem eu tinha realmente me conectado desde a adolescência.

— Você consegue se levantar? Podemos tentar subir até sua casa.

Ela balançou a cabeça.

— Eu tô tentando. Eu tava no lago e consegui subir até aqui, mas toda vez que tento, vem uma porra de uma contração.

— Subir um morro assim vai apressar as coisas, vai desencadear mais contrações; mas a gente tem que tentar, tá bom? Levanta.

Segurando o celular dela e tentando abraçá-la, me esforcei para erguê-la, mas Teddi soltou um grunhido e se recostou contra o tronco da árvore.

— Outra, outra... — Ela ofegou.

— Que posição é melhor?

— Sentada.

— Tá bom, então senta.

— Rebeca, não vai.

— É rapidinho. Eu corro. Não posso ir para a minha casa, porque os investigadores estão lá, mas consigo um sinal perto da sua e ligo para...

Eu não podia ligar. Se a ambulância entrasse naquele condomínio, chamaria a atenção dos policiais. Eles desceriam até nós. Fariam perguntas a Teddi, talvez não naquele dia, mas nos próximos, e eu não confiava que ela não falaria alguma coisa. Não, eu não podia chamar uma ambulância.

Sentada no moletom, ela respirava fundo, aproveitando o momento sem dor entre as contrações. Eu me ajoelhei perto dela.

— Imagina que cada contração é um obstáculo numa corrida. A cada uma, você está mais próxima do bebê. Tá me ouvindo?

Teddi assentiu, de olhos fechados. Eu não podia deixar minha voz me trair e mostrar a ela que também estava com medo. Por mais que tivesse estudado, eu não chegara a atender nenhum parto na faculdade, porque não tive a oportunidade de começar meu internato.

— Agora não tá doendo nada, né? — Forcei um sorriso.

— Não.

— Vai ser assim até o final. Vai apertar, vai doer, mas passa. Eu ouvi falar, uma vez, que, quanto mais forte a mulher, mais forte a contração. Seu corpo está fazendo essa dor, entende?

Teddi limpou uma lágrima.

— Eu pensei que... — Ela respirou fundo. — Eu pensei que, vindo até aqui, sentiria alguma coisa diferente. Pelo meu pai, pelo que fiz com o Mauro, por tudo. Pensei que, sei lá, magicamente, eu ficaria em paz.

— Por que essa tem que ser a meta com tudo? Eu acho que nossa obsessão de deixar tudo lindo e indolor só ajuda a quem vende uma solução. Talvez você nunca fique em paz com o que aconteceu. Talvez só carregue isso de forma mais leve, com o passar dos anos.

Teddi soltou um riso pelo nariz.

— Ora, ora, Rebeca, quem diria?

Ficamos em silêncio por alguns instantes.

Eu ainda tinha raiva dela, mas ela merecia absolvição.

— O Cesar me falou que você não matou seu pai.

Ela arregalou os olhos, ávida por aquele alívio. Eu o dei a ela:

— Foi o Roux.

Então ela me olhou com aquele cintilar de desespero e eu soube que outra contração estava vindo.

CESAR

Eles passeavam pelo térreo, calmos, com seus olhares de raio X. Minha mente corria: eu sabia que tinha feito uma boa faxina. Se qualquer gota de sangue dele tivesse caído na cozinha quando atacou Rebeca ou suas impressões digitais estivessem no corrimão, eu tinha limpado.

Calma, eles não são da perícia. Eu precisava me lembrar de que só estavam fazendo o trabalho deles: me intimidar um pouco, ver o que conseguiam arrancar de mim. Se permanecesse calmo, tudo daria certo.

Romero se aproximou.

— Posso olhar lá em cima?

— Claro, quer que eu acompanhe ou prefere ir sozinho? Desculpa, não conheço as regras, não estou acostumado...

— Fique à vontade, senhor.

Não soube se o seguia ou não. Achei melhor não, para parecer que não tinha nada a temer. O que eles poderiam encontrar lá em cima?

Fechei os olhos. *Puta que pariu, o quarto do bebê.* O quartinho com piso acolchoado, paredes recém-pintadas, repleto de roupinhas caríssimas nas gavetas e roupa de cama em tons de lilás e bege, com cheiro de talco. Mais cedo ou mais tarde, eles poderiam querer interrogar Rebeca e veriam que ela não estava grávida.

O que eu diria?

Observei Flavia percorrer os olhos grandes, que lembravam os de um peixe morto, pela sala; então percebi que, sem querer, eu havia produzido provas contra mim mesmo: a fechadura eletrônica.

Uma gota de suor desceu pelo meu torso. Consegui ouvir minha própria respiração. A temperatura subiu uns três graus.

A porra da fechadura, que instalara com a ajuda de um vídeo no YouTube e leituras repetidas e excruciantes do manual, era conectada a um app no meu celular. A cada vez que a porta era aberta, eu recebia um alerta, além da imagem da pessoa que havia entrado na casa, com a data e a hora de cada liberação da trava.

TEDDI

Ela nasce nas costas, próxima à espinha, e circula o abdome como um abraço, dois meteoros ardendo ao entrar na atmosfera, ganhando tanto força quanto velocidade, chocando-se bem abaixo do meu umbigo, explodindo e ardendo, e me fazendo perder a capacidade de respirar, enxergar ou pensar em mais nada além da dor.

Arfei, sentindo o mais puro êxtase quando a dor se dissipou com a mesma rapidez com que havia chegado. Eu só queria que elas acabassem.

Rebeca me olhava com calma. Em qualquer outro momento, a serenidade dela teria me preenchido de ódio, mas, naquele instante, ela me tranquilizava.

— Eu quero analgesia, doutor. — Eu ri, porque os intervalos entre as contrações eram deliciosos.

Rebeca sorriu e colocou a mão na minha barriga.

— Elas estão vindo mais rápido, Teddi. Estamos perto.

Havia preocupação atrás de seus olhos, mas ela tentava esconder. Seu celular se iluminou no bolso. Tínhamos sinal, talvez por poucos minutos.

— Tenta agora — murmurei. Senti sede.

Rebeca tirou o celular do bolso e se afastou de mim. A cada passo, entrava mais profundamente na escuridão da mata e, não fosse pela luz da tela, eu nem conseguiria ver onde ela estava. Ouvi sua voz dizer "Isso, Condomínio Buena Vista... Isso, mas aqui embaixo, próximo ao lago. Quanto tempo?"

Meu alívio desencadeou outra contração. *Merda, merda...* Inspirei e apertei os olhos, sentindo outro abraço de dor me incinerar as entranhas. Minhas unhas se enfiaram na terra. Quando passou, relaxei meu corpo contra a árvore. Quantas mais eu aguentaria antes de desmaiar?

Rebeca voltava, guardando o celular na calça.

— Vai demorar uns vinte minutos — falou, baixo.

Tudo bem. Só vinte minutos.

Ela ficou sentada lá, na grama, mordendo o lábio inferior, olhando para mim. A culpa me apertou. Naquele momento, eu me senti como todo mundo, a minha vida inteira, tinha feito eu me sentir: lixo tóxico. As palavras se formaram na minha boca: *Eu sinto muito por ter entrado em sua vida*. Elas não saíram. *Ah, não...* Outra contração se anunciou nas minhas costas. Minha barriga endureceu de novo.

Quando gemi de desespero, Rebeca se aproximou e colocou as mãos nos meus quadris. Ela os apertou com uma força que tirou não sei de onde e foi como se alguém tivesse extraído o poder daquela dor, que recuou de imediato, retraindo-se envergonhada.

O alívio veio, traiçoeiro. Eu respirei fundo algumas vezes e, quando abri os olhos, a enxerguei através de lágrimas grossas.

— O que você fez?

— Ajudou?

— Porra... Por favor, continua. Por favor...

— Eu vi uma doula fazer num vídeo. Vou tentar fazer de novo, mas preciso que fique de cócoras, tá?

Eu tentei, mas minhas pernas estavam bambas. Rebeca foi ajustando meu corpo, me tocando delicadamente, finalmente me virando para que eu ficasse de quatro, apoiando as mãos no tronco, com o quadril virado para ela.

— Acho que a melhor posição vai ser essa — ela falou baixo, acariciando minhas costas.

— Então temos que parir na mesma posição em que engravidamos?

Ela riu. Então a ouvi chorar. Emudeci. Estava doendo tanto nela quanto em mim? Ela estava pensando no quanto queria estar passando por aquela angústia tão estranhamente boa?

Outra contração.

Eu gemi, ela apertou meus quadris. Aliviou. Aguentei, soltando um grunhido, sentindo uma explosão entre as pernas. Água quente, escorrendo pelas minhas coxas.

— Sua bolsa — ela falou, atrás de mim. — Isso é bom, Teddi, ela aguentou bastante tempo, protegendo o bebê.

Eu não conseguia mais ficar naquela posição. Me virei devagar, sentando de novo no moletom, agora molhado e com um pouco de sangue.

— Se alguma coisa...

— Shh, nada vai acontecer, nada de ruim — Rebeca sibilou. — Você já passou por quase tudo, só falta mais um pouco.

— Rebeca, olha para mim. Eu quero que entenda por que eu...
Ela fez uma expressão impaciente.

— Não é hora de falar sobre nada disso.

— A minha vida inteira eu precisei me proteger. Precisei antecipar as mentiras e maldades das pessoas, para ficar sempre um passo à frente, machucar elas antes que pudessem me machucar. Foi meu jeito de sobreviver. Eu sei que você acha que estou defendendo meu comportamento de merda, tentando apagá-lo, encontrar desculpas para ser tão horrível, mas não é isso, eu juro que não...

Rebeca segurou minha mão.

— Eu não acho isso. — A voz dela era firme, seus olhos brilhando.

— Mas eu tô tentando. — Solucei. — Eu tô tentando sair desse buraco, por mim, por ela, pela minha mãe. Eu tô tentando, eu juro.

Outra contração, lancinante, se apertou como um nó no meu ventre. Pela primeira vez, gemer não foi o suficiente e eu soltei um "Aaii" esticado. Rebeca apertou minha mão. Meu intestino pareceu se movimentar e senti uma pressão inconfundível.

— Eu preciso...

— É a cabeça dela, pressionando seu reto. Não é hora de ficar encanada com boas maneiras, Teddi, isso é parto, não uma aula de etiqueta.

"Somos animais". Que hora maravilhosa para lembrar daquela noite. Não, eu não levaria o meu pai para aquele momento. Ele não merecia ver o nascimento da própria filha. Enquanto senti a pressão aliviar e a vaga humilhação por ter defecado na frente da impecável vizinha, forcei meus pensamentos a recuarem. A dor ajudou a manter Bergler distante, barrando seu acesso àquele momento.

— Me escuta — Rebeca falou, erguendo meu queixo para que nossos olhos se encontrassem. — Agora ela tá descendo. Só mais algumas contrações. Quando sentir vontade de fazer força, faça força, mas devagar, de forma controlada. Se conseguir, tá bom? Se você forçar para sair rápido, pode ter uma laceração. Respira fundo e faz força, quando quiser. Ouça seu corpo, ele sabe o que fazer.

Assenti, porque não conseguia mais falar. Outra contração. A vontade de empurrar. Apertei os olhos, me ergui para, mais uma vez, ficar de cócoras, apoiada por Rebeca, e fiz força, arreganhando meus dentes. Minha vulva ardeu.

Rebeca soltou um soluço, um choro estranho, feliz e aflito.

— Ela tá saindo, Teddi. Na próxima, a cabeça inteira vai sair. Sem pressa, vamos lá. — Então ela me deu um beijo na testa e apertou ainda mais minha mão.

Na escuridão das minhas pálpebras fechadas, eu me senti em outro lugar; outro espaço-tempo. Um céu estrelado, denso e leitoso me chamando para que eu me aninhasse em seu colo e, finalmente, descansasse. A exaustão começava a se infiltrar em cada tecido, cada célula, cada glóbulo do meu corpo. Meu corpo me mandou fazer força. A contração me apertou.

Vagamente, ouvi meu próprio grunhido, longe. Senti minha pele se esticando e algo bem maior do que deveria ser rasgando seu caminho para fora do meu corpo. Quando a dor aliviou, engoli ar como se fosse água.

De Rebeca, só ouvi um suspiro surpreso. Um riso baixinho. A respiração molhada daqueles que choraram por muito tempo.

— Na próxima, devagar. Mais duas.

Eu não aguentaria mais duas.

CESAR

Romero desceu as escadas, com jeito de cansado. Peguei, com o canto do meu olhar, Flavia dando batidinhas no pulso, como se o apressasse.

— O que ele fez, seu Romero? — perguntei, fingindo preocupação com Mauro. — Onde ele tá?

— O carro dele foi incinerado ontem à noite, a mais ou menos uma hora daqui. Muitas peças roubadas. Ele não estava no veículo, fique calmo.

Eu não soube se minha respiração de alívio os convenceu. Romero parecia mais relaxado, mas ainda me analisava.

— Tentaram entrar em contato com ele, mas não conseguiram. Os outros investigadores foram até seu apartamento, mas ele também não estava. Ninguém parece saber onde está. Conversamos com a ex-esposa e ela falou a mesma coisa que você, que seu Mauro estava devendo muito dinheiro para gente criminosa, então estamos tratando tudo isso como um desaparecimento, possivelmente homicídio. É tudo o que posso dizer para o senhor.

— Vocês não conseguem... Desculpa, não quero soar arrogante, é que realmente eu não entendo disso, mas vocês não conseguem rastrear o celular dele? Se eu conheço o Mauro, ele deve estar na casa de algum amigo...

— Rastreamos o celular, é por isso que sabemos que ele esteve aqui, mas o aparelho tá desligado agora ou em modo avião. Até onde sabemos, o senhor foi a última pessoa que viu o seu Mauro, por isso precisamos perguntar tudo isso.

— O que eu puder fazer para ajudar... Se quiser, vou até a delegacia, contar tudo o que sei.

— Talvez não seja necessário, mas, se precisar, vamos chamar o senhor para depor e sua esposa também. Só para confirmar, o senhor nunca ouviu nenhum nome ou característica das pessoas que estavam cobrando o seu Mauro?

Balancei a cabeça. Não precisei mentir. Olhei bem nos olhos de Romero, um homem forte e moreno, com cara de quem não brincava em serviço:

— Ele não me contou nada além do valor. Seiscentos mil.

Romero e Flávia trocaram um olhar. Ambos se dirigiram até minha porta. Meu coração parou de bater, o sangue parecendo engrossar nas veias. Eu me adiantei para abrir a porta, virando a maçaneta quadrada antes que a fechadura futurista pudesse fisgar a atenção deles. Romero deixou Flávia ir na frente e parou para olhar a casa mais uma vez.

— Ah, só uma pergunta…

Minha imaginação correu. Eu o vi perguntando como funcionava aquela fechadura, se havia alguma forma de rastrear as entradas e saídas das pessoas; ele me pedindo para olhar o app, questionando sobre as imagens, me pegando num deslize ao tentar explicar tanta movimentação entre eu e Teddi. Me vi num tribunal, nos jornais, nas redes sociais; os depoimentos dos meus amigos, Rebeca tendo que se isolar para não ser atacada, tudo, tudo. Me vi numa cela com trinta, quarenta caras.

— O que o senhor sabe sobre Antônio Roux?

— Ahm… — Franzi a testa. — Ele é da banda. O Mauro produziu um documentário sobre a banda dele. Eram amigos, até onde sei. O Toni foi quem capotou o carro do Mauro em fevereiro, mas ele ficou bem.

— Faz ideia se eram amigos o suficiente para que o seu Roux fizesse uma transferência de duzentos mil para a conta do Mauro?

— Não sei o suficiente sobre o Roux pra te dizer isso. Acho que ele ganhou bastante com a turnê e é capaz que tenha querido ajudar o Mauro, assim como eu ajudei, até para agradecer. Querendo ou não, o Mauro ressuscitou a banda.

Tentei manter a postura de prestativo e inocente enquanto Romero e Flávia se dirigiam até o carro. Ele murmurou um agradecimento e um boa-noite, fechou a porta e fez uma curva em U para sair do condomínio. Então parou o carro e baixou o vidro.

— Escuta, como sai desse labirinto?

Eu me aproximei um pouco do carro, rezando para a fechadura não apitar de novo. Tinha uns trinta segundos até ela me denunciar.

— Ah, é confuso mesmo, todo mundo erra… — Apontei enquanto falava. — Você desceu por ali, certo? Para sair, não vai pelo mesmo caminho: segue reto e vira na segunda à esquerda.

323

— Obrigada, seu Mafra, boa noite. Ah, e parabéns pelo bebê.

O carro se distanciou e o nó no meu peito afrouxou.

Corri para dentro da casa, fechei a porta e peguei meu celular. Liguei para Rebeca. Ela não atendeu.

Rebeca

Arranquei minha camiseta, sabendo que o bebê sairia escorregadio, coberto de *vérnix* e sangue. Estendi o tecido abaixo da cabeça, que já saíra. Quase não conseguia enxergar, apesar da lanterna do celular estar direcionada para Teddi. Tudo o que podia ver era aquele rostinho arroxeado e enrugado com os olhinhos fechados.

Teddi gemeu e chorou, fazendo força. O corpo foi deslizando para fora, devagar, os ombrinhos, o tórax. Depois de segundos que pareceram horas, Teddi fez força mais uma vez, visivelmente menos angustiada, já que o pior tinha passado. Escorregadio, o bebê se encaixou na minha camiseta e, lentamente, eu o trouxe para mim, tentando me lembrar do que fazer.

Preciso ver se as vias estão desobstruídas. Quando fui abrir sua boca, Catarina soltou um choro estridente e arranhado, em ondas:

— Uéee, uée, uéee!

Tentei limpar um pouco do seu rosto, com cautela para não machucá-la. Ela esperneava. *Merda, o cordão.*

Teddi estava imóvel, como se não tivesse mais forças para falar. Ela olhava para o bebê com lágrimas escorrendo até o queixo e se mexeu como se o esforço fosse quase demais, estendendo os braços para a filha.

— Teddi, eu preciso cortar esse cordão, tá? Já esperei dois minutos e, daqui a pouco, ele vai parar de pulsar, então vou precisar cortar. — Olhei em volta. Não tinha nada além de um celular. O medo tomou conta de mim e precisei respirar fundo para tentar pensar com clareza.

— Me dá ela, por favor... — Teddi falou, quase como um suspiro.

O cadarço. Gentilmente, entreguei o bebê para Teddi, que o embalou como se já tivesse feito aquilo milhares de vezes. Ela olhava para a filha entre soluços e, enquanto eu puxava o cadarço do meu tênis, ouvi sua voz sair grossa, emocionada:

— Oi, meu amor. Oi, meu amor, você é linda, você é linda...

Amarrei o cadarço em volta do cordão, a dois centímetros do umbigo, e apertei bem. Ainda precisava cortá-lo. Eu precisava de uma tesoura esterilizada, mas, naquele momento, qualquer coisa que ajudasse a cortá-lo seria bem-vinda. Vasculhei meus bolsos, mas, obviamente,

325

não encontrei nada. Tateei as calças ensopadas de Teddi, sentindo algo no bolso. As chaves da casa dela, um isqueiro e dois cigarros.

Procurei ao meu redor e encontrei uma pedra, que apoiei no meu joelho. Eu não sabia se aquilo funcionaria, mas tinha que tentar. Teddi ainda conversava com a filha, que tinha parado de chorar e abria os olhos devagar.

Cobri a pedra com a calça molhada de Teddi e me aproximei das duas. Com o isqueiro, aqueci a chave da casa para esterilizá-la. Então apoiei o cordão umbilical na pedra, como se fosse uma espécie de mesa, e friccionei a chave com força contra o cordão, que mais parecia cartilagem. Ele resistiu, mas aos poucos se rompeu.

Precisei fechar os olhos de alívio. *Você tem que ver se a Teddi está bem.*

Enquanto ela ficava lá, aninhando o bebê contra o peito, apesar de Catarina já estar adormecendo pelo esforço de nascer, usei a lanterna do celular para iluminá-la. Até onde consegui ver, não havia laceração, assim como nenhuma quantidade anormal de sangue que pudesse acusar uma hemorragia.

— Teddi, você ainda vai expelir a placenta, tá? Vai doer um pouquinho. Me dá o bebê, para eu ver se ela tá bem.

Teddi não pareceu entender o que eu dizia. Era compreensível, estava esgotada. Estendi os braços lentamente e tirei o bebê dela. Catarina estava dormindo, suas mãozinhas apertadas.

Finalmente pude vê-la com calma: a pele, que já estava ficando rosadinha, os pés enrugados e tão pequenos que era impossível não querer tocá-los. Ela tinha pouco cabelo, preto e bem fininho. Com meu dedo indicador, toquei sua mãozinha, cujos minúsculos dedinhos se fecharam em volta dele.

Ah, como era linda. Ter aquele bebê nos meus braços foi como um refresco para a minha alma. Uma vida tão frágil, um momento tão grandioso. Eu era testemunha de sua vinda ao mundo e, naquele momento, entendi por que se usava a palavra *milagre* para um evento tão corriqueiro e natural; porque um milagre é a manifestação divina, o toque do inexplicável, do sobrenatural, da mais pura das energias... e, por mais que meu cérebro lutasse para racionalizar o momento, eu não conseguia. Só sentia meu queixo tremer, as lágrimas pingarem do meu rosto e a vontade de viver aquela sensação para sempre.

Eu queria aquele bebê nos meus braços para sempre. Queria me perder olhando para sua perfeição, sua beleza, testemunhar sua vida.

Teddi gemeu, me levando de volta para o momento. A placenta sairia como um miniparto, causando certo incômodo com as contrações do útero e ao passar pela abertura da vagina, apesar de ser pequena e maleável. Ela sairia naturalmente, então voltei meus olhos para o bebê. Toquei sua cabeça macia.

— Rebeca...

— Eu sei, eu sei. Respira. Ela já está saindo.

— Deixa eu segurar ela.

— Espera, Teddi.

A placenta saiu como uma bolsa menor do que minha mão, suas raízes fazendo com que lembrasse uma árvore. Teddi descansou a cabeça, de olhos fechados, como se quisesse dormir.

Algo se solidificou em mim. A perfeição do que eu sentia. A plenitude manifesta no meu peito. A certeza de que tudo o que eu sempre quisera estava lá, real, pulsante de vida, vibrando de possibilidades nos meus braços.

Eu me levantei, sentindo o sangue finalmente percorrer minhas veias e irrigar minhas pernas. *É só por algumas horas*, menti para mim mesma. *Só para eu sentir um pouquinho mais disso.* Dei alguns passos para trás, me distanciando de Teddi.

Ela abriu os olhos.

— Re... — Cansada demais para falar. — Rebeca, me dá ela aqui.

— Eu só preciso levar ela para conferir se está tudo bem. Dar um banho, aquecê-la, colocar ela para dormir, aí eu volto. Já volto para te buscar...

— Rebeca!

— Eu já volto!

Apertei o passo, subindo o terreno inclinado, sentindo as panturrilhas puxarem. Catarina abriu os olhos. Não chorou.

— Oi, querida — eu sussurrei na noite, respirando com mais dificuldade por causa do exercício. — Vai ficar tudo bem...

O berro me alcançou, mais potente do que qualquer som que eu já tivesse ouvido, revoltado, apavorado:

— *Rebeca!*

Minhas lágrimas borraram a pouca visão que eu tinha. Com a mão direita, puxei o celular e iluminei o mar de árvores e terra a minha frente. Precisava achar um caminho mais fácil.

Virei para a esquerda, decidida a caminhar até encontrar a rua que me levaria para casa.

— *Rebeca!*

— Já estamos chegando, filha — sussurrei, engolindo o choro.

CESAR

Eu estava prestes a sair de casa atrás dela quando a fechadura apitou e deslizou a trava para o lado, liberando a porta da frente.

Rebeca entrou em casa ofegante e levou alguns segundos para eu entender o que via. Ela usava um sutiã preto comum e sua camiseta cinza formava uma espécie de embalagem em seus braços, no formato de uma casca de amendoim.

Eu esperava que perguntasse sobre o comportamento dos policiais ou explicasse por que havia um bebê em seus braços, mas ela agiu como se nem me visse.

— Onde aconteceu? — perguntei, indo atrás dela enquanto ela subia as escadas. — A Teddi tá em casa? Como ela tá? Foi você que ajudou? Rebeca, tá tudo bem com o bebê? O que aconteceu?

Ela nem me ouvia. Notei as folhas amarronzadas presas às suas roupas, a terra presa nas vielas de borracha da sola do sapato, que deixava marcas no piso. Rebeca foi direto para o nosso quarto, onde abriu a camiseta na cama, revelando um bebê adormecido, tão pequeno que parecia uma boneca.

Meu coração disparou quando a viu.

Minha esposa a olhava como se hipnotizada. Tocou suas orelhas, correu o dedo pelo bracinho, a perninha gorducha.

— Rebeca, por favor, me explica o que aconteceu.

— Shh... Não acorda ela — saiu suavemente. — O parto foi cansativo para ela, também. Ela tem que descansar.

Então ela se ergueu e se aproximou de mim.

— Você sabe que essa é a minha filha — falou baixo, mas com um controle que me gelou o estômago. — Você sabe que ela merece uma mãe como eu.

Eu não soube o que responder. Nunca tinha tido medo da Rebeca antes, nem quando ela me encheu de porrada naquele mesmo quarto alguns dias antes.

— Eu vou fazer isso com ou sem você — ela continuou. — Ninguém vai tirar essa criança de mim. Entende isso?

Com minhas mãos pousando devagar nos ombros dela, falei:

— Se você levar esse bebê ao hospital, eles vão perguntar da mãe...

— Eu sou a mãe.

— Se você falar isso, eles vão te examinar e ver que você não deu à luz esse bebê, Rebeca. Para registrá-la, vamos precisar de documentos...

— Não se ela nasceu em casa, lembra do que você falou? Só preciso levar provas de que estava grávida. O vídeo, as fotos que tiramos.

— Eles podem pedir mais. Ultrassons, exames de sangue...

— Nesta pandemia? Eu dou um jeito. — Ela me entregou o celular. — Tem que ser agora, enquanto ela ainda tem essa aparência.

Eu assisti, horrorizado, enquanto Rebeca aninhava o bebê e puxava o lençol sobre o corpo, para cobrir o abdome. Temendo deixá-la nervosa, tirei uma foto. Para a minha surpresa, ela se recostou contra o travesseiro e fechou os olhos, acariciando a cabeça de Catarina.

Eu tinha que ir ver Teddi, conseguir ajuda para ela. Precisava me acalmar para não deixar a confusão e o pavor me levarem a tomar a decisão errada. Rebeca não abriu os olhos e não ergueu a voz quando disse:

— Você me deve isso.

TEDDI

E foi desse jeito que Rebeca sumiu na escuridão, com minha filha nos braços. Àquela altura, a bateria do meu celular já tinha acabado e eu permaneci ali, sentada em meio às folhas e fezes, e placenta, e sangue, e líquido amniótico, tão cansada que pensei que nunca mais fosse me levantar.

Claro que vai, Teddi. É só se levantar.

Apoiando uma mão no tronco áspero da árvore, forcei minhas pernas a reagirem, me endireitando. As cólicas estavam fortes e, ao me mexer, tive a mesma sensação que tivera aos doze anos, quando fiz uma manobra idiota com a bicicleta e bati a vulva num cano.

Respirei fundo algumas vezes e dei alguns passos, ouvindo as folhas se encrespando sob meus pés. Se, pelo menos, eu conseguisse enxergar, conseguiria encontrar os tênis que tirara para me livrar das calças e da calcinha.

Meus passos eram inseguros, vacilantes. A tontura veio com tudo, me fazendo parar de me mexer e torcer para não desmaiar. Além da dor entre as pernas e a cólica chata do meu útero se contraindo para voltar ao normal, minhas pernas estavam formigando, fracas. Era como se o parto tivesse exigido minha alma e a única coisa que sobrara era uma carcaça sem energia.

Só que eu tinha que pegar minha filha de volta.

Não ter meu bebê em meus braços depois de tê-la visto, depois de ter tocado nela, era pior do que qualquer contração que eu havia sentido naquela maldita noite. Meu corpo parecia gritar por Catarina. Eu poderia jurar que, se não tocasse nela nos próximos minutos, enlouqueceria.

Como não podia enxergar, o cheiro do mato estava mais intenso. Estendi os braços para não dar de cara com nenhuma árvore e precisei dar passos curtos e cautelosos para decifrar o terreno debaixo dos meus pés.

Eu deveria virar à esquerda e seguir naquela direção até encontrar a estrada de terra, mas, na escuridão, temia me perder ainda mais, pois não sabia qual trajeto já tinha conseguido fazer. *É só continuar andando, se afastando do lago, subindo. Sua casa está lá em cima. Sua filha está te esperando.*

Deixei minha mente vagar para as cartas da minha mãe, para o meu pai. Elas finalmente fizeram sentido. Enquanto andava, quase me arrastando para cima não sei com que forças, eu me permiti chorar de ódio por mim mesma e por Rebeca.

As pessoas renascem o tempo todo. Você só ficou tão boa nisso que não deu o devido valor a esses renascimentos. Eu saí intacta daquele acidente de carro. Era a minha oportunidade de crescer, deixar de lado meu comportamento mesquinho, de me responsabilizar pela minha vida, e eu a tinha ignorado. Não cometeria esse erro nunca mais.

Durante aquela gravidez, havia revirado os olhos para o sentimentalismo barato dos blogs de maternidade, principalmente quando diziam que, quando nascia um bebê, nascia também uma mãe. Só que todas aquelas malditas cirandeiras naturebas tinham razão.

Lá em cima, as luzes. Minha casa estava apagada, mas eu podia nitidamente ver as luzes amareladas da casa dos Mafra. Faltavam quantos passos? Trezentos?

Eu entraria naquela casa nem que tivesse que estilhaçar uma janela. Marcharia escada acima, mesmo que tivesse que sentir uma agulhada de dor no ventre a cada passo. Pegaria minha filha no colo e não deixaria ninguém machucá-la enquanto tivesse ar nos meus pulmões.

E, se tivesse que enfrentar Rebeca ou Cesar, que fosse.

Esse renascimento era pessoal pra caralho, era o meu pedido de desculpas a mim mesma.

Eu tenho a vantagem de poder entregá-lo para a polícia, pensei, sem fôlego, me movendo lentamente pela floresta. *Faço uma delação premiada, sei lá. Meu crime foi só entregar o martelo para ele e ajudá-lo a se livrar do corpo, certo? Não fui eu quem matou o Mauro. Eu não matei ninguém.*

Meu corpo travou, incapaz de continuar andando. Minhas pernas cederam e consegui impedir minha cara de bater no solo, usando os braços para atenuar minha queda. Ainda estava longe. *Só preciso respirar fundo e me recuperar um pouco.*

Um graveto, partindo-se perto de mim.

Congelei, aguçando minha audição. Que tipo de animal eu havia atraído com o cheiro do meu sangue?

"Somos lobos, Teddi."

Cala a boca, cala a boca, cala a boca, seu desgraçado.

Então eu o vi. Eu o vi porque meus olhos já tinham se acostumado à escuridão; porque a casa dele deixava vazar um pouco de luz por entre aquelas árvores. Quase nada, mas o suficiente para que a forma de Cesar se formasse a minha frente.

— Oi, vizinho — sussurrei.

O que ele via? Uma mulher nua da cintura para baixo, suja de tudo o que era coisa, ajoelhada no meio do mato.

— Teddi...

— Minha filha.

Ele se aproximou. Agachou, de forma que consegui distinguir seus traços, suas lágrimas e, então, a faca, aquela do churrasco, tão longa quanto seu antebraço.

E eu entendi.

Ele soluçou. Sua respiração saía trêmula.

— Me desculpa.

Foi a última frase que ouvi antes do golpe que atravessou meu esterno e cravou aquela lâmina potente no meu coração. A pressão era mais forte do que a dor. A falta de fôlego, quando tentei respirar. Meu rosto travou na expressão idiótica dos que, até o final, se achavam imortais.

Meu corpo tombou na mata. Os sons estavam estranhamente aguçados. Fechei os olhos. Meu peito, era como se um caminhão tivesse estacionado em cima dele. Não, eu não podia, não quando a minha pequena me esperava lá em cima.

Os soluços do Cesar. O choro dolorido dele, sua voz sussurrando: "Faz isso parar, faz isso parar, eu não aguento mais..." como se ele estivesse vivenciando um horror maior do que o meu.

Meus pulmões não se mexiam mais. Eu não conseguia me mexer. Então me retraí para dentro de mim mesma. Era como olhar para a silhueta do meu assassino através de uma luneta. Ele estava tão longe. Por que o choro dele soava tão nítido, como se vibrasse nos meus ouvidos? Por que a voz dele precisou ser a última coisa que ouvi?

"Me perdoa, me perdoa..."

Apolo

Eu já sabia que havia algo de errado pelo teor da mensagem. Poucas palavras, tom de urgência. Foi o Cesar quem escreveu: "Não conta para ninguém, só vem até aqui o mais rápido que conseguir" e, depois, uma mensagem da minha irmã: "Traz sua mala médica, tudo o que tiver em casa."

Só que aquela mensagem não me preparou para o que vi quando meu cunhado abriu a porta da casa dele. Não reconheci o Cesar. O que a pandemia tinha feito com aquele homem que eu sempre admirara? Ele estava envelhecido, largado, com olheiras e cabelos emaranhados. Suas roupas estavam amarrotadas, tinha até uma mancha de mostarda na camiseta.

A segunda coisa que me alarmou foi o choro inconfundível de um recém-nascido.

— Só vem comigo — foi a única coisa que o Cesar falou, antes de me dar as costas e subir as escadas.

Minha irmã estava sentada na cama dela, com um bebê nos braços. O bebê chorava, daquele jeito histérico, a língua vibrando de vitalidade.

— Cesar — minha irmã falou, sem tirar os olhos de mim —, ela ainda tem uma boa reserva e não está passando fome, mas um pouco de leite vai acalmar. Você vai à farmácia 24 horas, comprar uma fórmula para recém-nascidos. Peça ajuda à farmacêutica. A mamadeira e as fraldas não precisa, já está tudo no quarto dela.

Meu cunhado simplesmente obedeceu, sem dizer uma palavra, nos deixando a sós.

— Preciso que examine ela, principalmente que corte esse cordão direito.

Eu me aproximei. Alguém tinha amarrado o cordão com um cadarço sujo e ele tinha sido rasgado em vez de cortado por uma lâmina afiada.

— O que você fez?

Ela tinha encontrado aquele bebê em algum lugar, era isso? A criança era obviamente recém-nascida, ainda inchada, não deveria ter mais de algumas horas de vida e, como assim, "no quarto dela"?

— Rebeca...

— Primeiro, vê como ela tá.

Engolindo em seco, tentei me lembrar da minha época na obstetrícia, durante a faculdade. Foi uma das especialidades de que menos gostei. Examinei o bebê superficialmente, enquanto ela berrava. Escutei o coração, em perfeitas condições, examinei seus olhos, orelhas, boca, pescoço. As clavículas não apresentavam sinal de fratura. Chequei, inseguro das minhas habilidades.

— Reflexos de sucção, reflexo de Moro, da preensão palmar e plantar — Rebeca me lembrou, impacientemente.

Eu estava aterrorizado demais até para ficar nervoso com ela. Conferi a temperatura. Não havia nada de errado, aparentemente. Era um bebê perfeito; e estava alerta.

— Pelo que consigo avaliar, sem problemas, mas ela precisa ir para um hospital. Cadê a mãe, Rebeca?

— Eu sou a mãe.

— ... Cadê a mulher que pariu esse bebê?

— Está tudo bem mesmo com ela? Vai consertar esse cordão ou não?

— Eu não tenho um *clamp*, mas vou tentar.

— Tenho um grampo de cabelo bem forte.

— Pode ser — murmurei.

Usando minha tesoura, fiz um novo corte no cordão e, depois de esterilizar o grampo, consegui fazer um *clamp* com algumas pequenas modificações. O bebê parou de chorar, talvez por cansaço, e adormeceu mais uma vez nos braços da minha irmã.

Rebeca colocou uma fralda RN na menina, um body de bolinhas lilás e a embalou num cobertorzinho macio. Deixou o abajur aceso, apagou as luzes e saiu do quarto. No corredor, falou baixo:

— A mulher que deu à luz essa criança está na mata. Morta. É a Teddi, você sabe bem quem é.

Minha primeira reação foi rir, porque aquilo simplesmente não era possível. Pensei na vizinha da minha irmã, uma das minhas conquistas mais fáceis e divertidas, por ser filha de um roqueiro famoso, ter amnésia e ser uma foda intensa. Era uma história que eu me orgulhava de contar para os amigos; as merdas que ela falou enquanto eu a comia, o jeito frio de se despedir pela manhã. Teddi era um lance quase cinematográfico.

Então me lembrei da mensagem absurda que ela tinha me mandado, pedindo ajuda para tirar um filho, e da resposta violenta que eu dera e talvez não devesse ter dado.

— Deixa eu adivinhar... — falei — você a convenceu a fazer um parto natureba e ela morreu; uma parceria Mãe Natureza-Rebeca, e, agora, você quer ficar com o bebê, é isso?

— Você é o pior médico do mundo. Sério, sua falta de noção chega a ser surpreendente num mundo notório pela falta de noção.

— Mas também sou o único médico que viria até aqui tarde da noite para consertar seus erros, não é?

— E é exatamente isso que você vai fazer, seu merda — ela deu um passo à frente —, me fazer um laudo, atestando que viu meu parto e examinou a mim e ao bebê. Estamos numa pandemia e ninguém vai exigir muito mais do que isso.

— Rebeca, me escuta, pela primeira vez na sua vida: existem problemas no seu plano. Mais cedo ou mais tarde, alguém vai procurar a Teddi. Mais cedo ou mais tarde, vão refazer os passos dela. Se ela foi a algum médico, vai ter registro disso. Vão saber que ela estava grávida e juntar as coisas. Ela deve ter conversado com outras pessoas...

— Eu já pensei em tudo.

— Você tá falando sério mesmo? Vai rou...

— Shhh. — Ela colocou um dedo na minha boca. — O Cesar não teve coragem de se desfazer do corpo. Ele entrou aqui chorando e se jogou no chão, quebrou metade da nossa cozinha. Eu te chamei porque preciso de alguém mais frio do que ele. *Meu irmão*. Tá na hora de você ser meu irmão.

O que era aquilo? Como era possível que ela estivesse me falando algo tão absurdo? Assim como meu cunhado parecia só uma lembrança do que fora uma vez, minha irmã parecia estar em transe. Era como se a verdadeira Rebeca estivesse dentro dela, recolhida e com medo em algum canto escuro, e seu corpo fosse animado por uma força diferente.

Mr. Hyde? O Monstro?

— Você enlouqueceu...

Foi como apertar um botão. A Rebeca que eu conhecia finalmente saiu da casca e me deu um empurrão. Seus olhos cintilavam de
lágrimas espessas e seu rosto se transformou enquanto ela sussurrou,
rouca:

— É, eu enlouqueci, seu merdinha! Porque a porra da minha
vida inteira eu fiz tudo o que era certo e isso não me trouxe nada de
bom! Eu avisei, eu avisei, eu avisei... — Ela suspirou, puxou os cabelos para trás. — Eu avisei para ela não se expor, mas ela não me ouviu
e morreu sozinha, *sozinha* num hospital!

Eu tinha que encontrar uma maneira de acalmar minha irmã.
Se Cesar chegasse logo, ele poderia segurá-la e eu poderia lhe dar um
calmante. Se ela dormisse, se o choque e a dor tivessem a chance de
recuar, eu poderia conversar com ela pela manhã, sem aqueles sentimentos extremos lhe cegando para os fatos, para a loucura que era
tudo aquilo.

— E, meu Deus, Apolo, como eu cuidei do meu corpo... — Os
braços caíram ao lado dela, exaustos. — Décadas de exercícios e boa
alimentação. Poucos remédios, pouco álcool, se você não contar essa
pandemia...

E se o Cesar não voltasse? E se ele percebesse que ela tinha
pirado e nunca mais voltasse? Ele tinha dinheiro para desaparecer.

— ...e para nada. Para sentir uma inveja nojenta, mesquinha,
pequena das mulheres boas, das minhas amigas, que engravidavam ao
meu redor. Você sabe — ela apontou o dedo para mim — que eu teria
sido uma médica maravilhosa. Você sabe disso!

— Eu sei. — Suspirei.

Rebeca enrugou o rosto de dor.

— E até isso você roubou de mim. Sem nem gostar. Sem querer.

Era verdade. Eu costumava contar as horas enquanto estava no
hospital, louco para sair de lá e aproveitar minha vida. Até gostava do
respeito, da empolgação das mulheres, dos olhares subservientes de
homens beta, mas odiava tocar nas pessoas feias, ouvir suas histórias
exageradas, suas teorias ridículas do que poderia estar acontecendo
com elas, seus lamentos, seu desespero por atenção. Os berros das
crianças, a petulância dos velhos, os erros ridículos que as enfermeiras
cometiam. Eu odiava meus pacientes. Rebeca sabia disso.

— "Mais cedo ou mais tarde, todos se sentam para um banquete de consequências…" — murmurei a frase do livro que ela tinha me dado de presente.

— Só que não é verdade. — Ela engoliu, tomou fôlego. — Porque, se fosse verdade, eu seria recompensada, porque nunca fui como você. Eu fui *boa*. Então chegou sua vez de pagar o que me deve, porque você destruiu a minha infância.

E, sim, isso era verdade, também.

— Você me rejeitou primeiro — falei, baixo, com medo do que pudesse vir à tona se eu finalmente tocasse no assunto. — Eu era pequeno, mas lembro bem de te seguir pela casa, de querer sua atenção e ser sempre rejeitado. Eu lembro de te amar e ser tratado que nem merda.

Rebeca balançou a cabeça.

— Isso não é verdade.

— Então, quando fui crescendo, notei, sim, que a mamãe me preferia. Notei que ela queria te magoar, que tinha algum prazer secreto com isso. Acha que não sei que nossa mãe era narcisista? Acha que não explorei esse lado dela para te magoar?

Uma lágrima caiu do rosto dela.

— Mas eu sinto muito — falei, sentindo que algo dentro de mim estava prestes a se romper. — Eu tento me reaproximar há anos, mas você sempre me olha como um verme, como alguém indigno de você e da sua vida perfeita… Olha, eu te entendo. Sei o que você é: sei que é um produto dos nossos pais. Seu perfeccionismo vem do tanto que teve que trabalhar e se esforçar para ser amada por eles. Eu entendo. Rebeca, eu vou te ajudar. Vou pensar em alguma coisa. Vou dar um jeito de você conseguir cuidar desse bebê, eu te prometo, mas não pode ser assim.

— Vai ser assim — Cesar falou, subindo as escadas — e precisa ser feito esta noite, nas próximas horas. — Ele entregou uma sacola de plástico para Rebeca. — Eu vou para a casa da Teddi, peguei as chaves dela. Vou empacotar as roupas em algumas malas e pintar aquela parede com as memórias. Enquanto isso, você vai cortar o corpo dela, porque não vai conseguir arrastá-lo para fora daquela mata do jeito que está. Tá longe demais do lago. Assim que eu acabar na casa dela, desço para te ajudar.

Eu não soube o que foi mais dolorido: ouvir aquelas palavras ou ver o olhar no rosto da minha irmã, aliviado, orgulhoso, quase como se dissesse: "*Esse* é o meu marido e não o bundão de meia hora atrás".

— Eu não vou conseguir — foi a única coisa que falei.

Eles me olhavam e quase ouvi todo o julgamento, as acusações, tudo. Não, eu não era um cara bonzinho e nunca havia sido, mas não podia desmembrar o cadáver de uma mulher e me livrar dele. Meu Deus, isso nem poderia ser real, não podia ser real.

Um choro fraco fez com que calássemos a boca. Rebeca desceu as escadas correndo, dando comandos para Cesar, que caminhou até um quarto e acendeu a luz. Enquanto meu cunhado desembalava uma mamadeira, eu olhei em volta, sem acreditar no que estava vendo. Era um quarto de bebê, saído de uma revista de decoração. Devia estar pronto há semanas ou meses.

Rebeca havia planejado aquilo?

Dei passos inseguros naquele quarto, como se fosse indigno de estar ali. *Ai, Rebeca...* Tudo o que ela sempre quisera, finalmente ali, finalmente a seu alcance. Quem era eu para dizer que ela não merecia? Quem era eu para fazer algum tipo de denúncia e mandar aquele bebê, que ainda chorava dentro do quarto, para um orfanato?

Rebeca subiu as escadas correndo com a mamadeira na mão, passou por mim como um furacão e, em segundos, aninhou-se ao bebê, levando o leite à sua boca e presenteando a todos nós com o silêncio.

Eu a observei por alguns segundos. As lágrimas de felicidade, os sussurros gentis, o leve balançar daquela menininha.

Quando desci e saí da casa, Cesar estava sentado nos degraus, as mãos apoiadas nos joelhos, a cabeça descansando nelas.

Eu esperei que tentasse me convencer, mas ele não disse nada. Algo sinistro havia acontecido na floresta, a minha frente. Algo que eu preferia não compreender.

Olhei para o céu. Lua cheia.

Todo médico sabe que o hospital é sempre mais movimentado durante a lua cheia, que traz nascimentos, mortes e loucura.

Muitas estrelas pontilhavam um céu de uma beleza que contrastava com o que eu estava sentindo, como se para mostrar minha insignificância. Nunca me sentira tão pequeno, tão desamparado, tão abandonado por aquela força que chamam de Deus.

Talvez tenha sido esse abandono parental extremo que me colocou em movimento para me redimir com minha irmã para sempre e não ficar lhe devendo nada.

A noite me observou sem se intrometer. Cesar forneceu as ferramentas. É claro que um homem como ele teria um serrote. Ele forneceu os sacos plásticos, a lanterna, os químicos. Eu só tive que serrar as juntas, chorando, quase vomitando de horror, forçando meus músculos a separar os ossos daquela mulher, daquele corpo que eu tinha beijado.

Decepá-la, separar a cabeça do tronco, foi a pior parte. Choramingando, dei passos pela mata, pedindo ajuda a alguma força invisível para continuar. Comecei, cobrindo o rosto dela com uma das sacolas, mas, quando a serra rasgou a pele do pescoço e o sangue derramou-se aos meus pés, precisei parar.

Contei histórias para mim mesmo; histórias que eram apenas meias verdades e me ajudavam a prosseguir: *Ela não era uma boa pessoa. Ela não teria sido uma boa mãe para aquela criança. Isso é o melhor para todo mundo.*

Não sei quem enfiara a faca nela. Até encontrar o corpo largado na floresta, pensava que ela tivesse morrido de uma hemorragia ou algo do tipo. Eu soube de imediato que Rebeca e Cesar só tinham me contado um pedaço da história e não quis saber mais.

"Eu sou o chefe dos pecadores e sou o chefe dos sofredores também." Mais um trecho de O Médico e o Monstro, que se insinuou no meu cérebro como se tivesse ficado guardado por anos, esperando a chance de se revelar.

— Será que consigo me lembrar de mais alguma? — perguntei para o corpo que estava desmembrando. Cada músculo doía. A terra sob meus joelhos estava empapada de sangue.

Os pedaços de Teddi Bergler foram devidamente embalados e selados, assim como suas roupas e placenta. A terra foi remexida, para absorver o máximo de seu sangue. Folhas cobriram a cena do crime. Se a perícia procurasse sangue, encontraria, mas meu cunhado deixara claro que essa não era sua preocupação. "Eles vão demorar. Quando vierem, vai ser para a casa dela, onde eu já limpei qualquer superfície que tocamos e já tirei os lixos. Não vão caminhar por uma floresta desse tamanho espirrando Luminol por todos os cantos, fica tranquilo; e não é um caso que vá mobilizar cachorros ou buscas intensas". Eu estava apático demais para me importar.

Cesar cobriu a parede da casa dela, rabiscada com algumas anotações, e fez uma limpeza pesada, removendo impressões digitais de alguns vidros e metais, enfiando em duas malas tudo o que supôs que ela levaria, caso fosse embora dali para sempre: documentos, carregador de celular, objetos de higiene pessoal, maquiagens, fotos, cadernos que deixava perto da cama, com anotações recentes, partituras, ideias para roteiros e histórias. Ele incluiu algumas bijuterias e todos os vestígios de uma gravidez: ultrassom, vitaminas. O notebook, chaves da casa e celular também foram parar nas sacolas.

Em silêncio, diligentemente, carregamos todas as sacolas para o carro, então dirigimos até o lago. Cesar se movimentou como alguém com experiência, alguém que sabia exatamente o que fazer. Ele incinerou os objetos pessoais de Teddi e, enquanto queimavam, encheu as sacolas com os pedaços dela de pedras pesadas.

Uma por uma, ele as arremessou longe, no lago, observando enquanto afundavam. O som me fazia estremecer. Plosh. Plosh... Por fim, ele se sentou no capô do carro e virou uma estátua, observando o fogo consumir tudo.

Quando eu e ele subimos a rua até a casa, o céu já estava ficando mais claro. Eu me encontrava num estado de lucidez tão agudo que já duvidava do que estava vivendo, me imaginando como personagem de um jogo de videogame controlado pelo Apolo real, confortavelmente sentado em seu sofá, no seu apartamento, a centenas de quilômetros dali.

Cesar entrou devagar em casa. Pensei que fosse comentar que iria dormir, mas ele resmungou algo consigo mesmo sobre lavar o carro por dentro e por fora. Falou como se fosse algo corriqueiro, só mais uma tarefa antes de poder descansar, como ir ao mercado ou aos Correios.

Sem saber o que fazer, observei-o subir as escadas e, alguns segundos depois, descer. Ele sorria.

— Estão dormindo — sussurrou, feliz. — Você quer beber alguma coisa? Café?

— ... Cesar...

— Vá pra casa. Descansa, irmão.

— O que a gente fez aqui hoje?

Ele me olhou como se não soubesse do que eu estava falando. Realmente, naquela cozinha com frutas, vidro e duas colheres de pau atirados no chão, com a luz do sol entrando aos poucos e reluzindo nas superfícies, tudo pareceu um sonho febril. Uma das banquetas estava revirada e a porta do micro-ondas havia sido arrancada das dobradiças. Com sangue nas mãos e no corpo, os membros pesados e a cabeça dispersa, fui até meu carro sem me despedir.

Dirigi por horas, em silêncio, pela estrada e ruas completamente desertas. O mundo não era mais o mesmo. O mundo era um cemitério e os médicos, coveiros.

Pelo menos eu tinha pagado minha dívida com Rebeca e estávamos quites. Pelo menos, ela sempre seria grata a mim. Talvez eu pudesse até ser padrinho da minha nova sobrinha.

Epílogo

19 DE JUNHO DE 2024

A criança tem quase
quatro anos

CESAR

Como eu me sentia deslocado naquela loja de instrumentos musicais. O sol de Monterey passava pela vitrine e refletia-se nas curvas das guitarras. No silêncio aveludado do ambiente pequeno, Catarina passeava os olhos pelos instrumentos, mas não os tocava, como previamente instruída por Rebeca.

Eu me perdi na figura dela, como sempre. Tão pequena, tão esperta, de olhos grandes e alertas. Usava leggings floridas, que apertavam as pernocas, e uma camiseta que já sujara de suco, com a inscrição *Playground legend*, "a lenda do playground".

Ela me olhou, deu um sorriso sapeca e esticou o bracinho, o dedo indicador pronto para cutucar uma guitarra. Balancei a cabeça: *Não*. Ela riu mais ainda e, sem tirar os olhos de mim, tocou uma Gibson. Eu sabia que não podia rir, não podia encorajá-la, mas foi mais forte do que eu e abri um sorriso cúmplice para ela.

Ouvi a voz de Rebeca nos fundos, conversando em inglês com um senhor magro com a camiseta da loja. Estávamos lá para comprar o primeiro piano de Catarina, por pura insistência da criança, que havia tido acesso a um na escola e estava obcecada com o instrumento. Rebeca relutara, mas sempre cedia.

Monterey era um sonho de cidade, com suas pracinhas bucólicas, sua paixão por música e arte, a costa dourada e o mar azul-turquesa. Também era um lugar turístico e permitia que eu e Rebeca vivêssemos com certa reclusão. Era uma vida modesta, também, já que o custo de vida era alto. Morávamos numa casinha charmosa, branca, com telhado vermelhinho, numa rua tranquila. Rebeca vendera a SalTerra e eu vendi minha imobiliária. Mantínhamos pouco contato com nossos amigos, revelávamos pouco sobre nossas vidas. Aplicáramos nosso dinheiro de forma diversificada e estratégica, e monitorar nossas finanças transformara-se no meu emprego. Ficaríamos bem.

Hoje, as pessoas se referem ao período entre 2020 e 2022 apenas como "pandemia". Todos temos cicatrizes. Só agora estamos entendendo o que aconteceu com a humanidade, num nível psicológico, naquela época. Crianças pequenas, que passaram suas primeiras infâncias em lockdown, estão sendo estudadas por psicólogos, para entendermos como foram afetadas. Li, em algum lugar, que muitos casos de incesto consensual aconteceram durante a quarentena. Mais de sete milhões de pessoas morreram. Nunca vamos saber quantos crimes foram cometidos e nunca investigados.

Ainda tomamos vacinas. Ainda há casos de Covid. Algumas pessoas fingem que a pandemia nem existiu ou que não foi tão grave assim.

Rebeca dedicava seus dias à criança, que falava demais para sua idade, extrovertida, rebelde e perspicaz. Elas conversavam por horas enquanto a mãe lavava seus cabelos escuros, vestia suas roupas, dava-lhe frutas, livros infantis e brinquedos desafiadores. Elas cantavam e Rebeca a levava para o quintal, para contar estrelas e plantar flores.

Antes de dormir, eu e minha esposa olhávamos as fotos que havíamos tirado da nossa filha durante o dia, quase incrédulos de que aquela criança fosse real e saudável, e estivesse ali, acessível todos os dias, ávida pelos nossos abraços e amor; que olhasse para nós dois como se fôssemos seu mundo inteiro; que nos perguntasse tudo, que se aconchegasse entre nós no sofá e dissesse, espontaneamente, que nos amava.

Então, com o peito cheio de gratidão, eu acariciava o ventre da minha esposa, que, depois da segunda inseminação com meu esperma, retirado por punção, estava entrando no segundo trimestre de gravidez.

Eu beijava a barriga e conversava com o menino lá dentro, que ainda não tinha nome. Catarina sempre falava sobre o irmão, nos bombardeando com perguntas sobre como ele havia entrado na mãe, como sairia e como seria quando saísse. Para que ela não se sentisse com ciúmes ou até esquecida, Rebeca fazia questão de dizer que o bebê só traria coisas boas para a nossa família e que ela sempre seria a princesa da mamãe. Que as duas crianças seriam igualmente amadas.

— Não faz isso — falei, baixo, quando Catarina ameaçou dedilhar as cordas da guitarra. Pensávamos que educá-la de forma bilingue seria difícil, mas ela pegara tanto o inglês quanto o português com uma facilidade extraordinária. Sua professora de *preschool* dizia que ela tinha *a very good ear*, "um ótimo ouvido".

— Opa, um brasileiro.

Virei-me para olhar para o dono da voz rouca, já que havia pouca gente na loja. Meu coração deu uma boa acelerada quando reconheci o homem a minha frente e ele me reconheceu, com a testa franzida.

Toni Roux.

— Eu...

— Você me conhece, eu estava na festa do documentário dos Despóticos. — Era importante que eu parecesse relaxado.

— Ah, maneiro. Desculpa, não lembro seu nome.

— Cesar Mafra. — Apertamos as mãos. — O que você tá fazendo aqui?

Ele apontou o dedo para mim.

— Você ajudou a me tirar do carro no acidente. O Mauro me contou. Eu me lembro do seu rosto. Cara, preciso te pagar um café. — Uma risadinha, braços cruzados.

— Não precisa. — Coloquei as mãos nos bolsos das calças jeans. Senti os bracinhos de Catarina em volta da minha perna.

Roux olhou para ela, depois para mim. Parecia confuso.

— Ah, que fim teve o Mauro Spiazzi? — ele perguntou, baixo. Dei de ombros.

— Nunca mais vi. Já faz um tempo que estou morando aqui.

— Você mora aqui? Eu só estou passeando com a patroa. Ela sempre teve fascínio pelo Gold Coast. Tá numa dessas lojinhas de arte local e eu aqui, namorando as guitarras. Sabe como é.

345

— Sei.

Ele olhou de novo para Catarina.

— Você... Você chegou a conhecer a Teddi? Filha do...

— Bergler, claro. Conheci.

Ele baixou os olhos para minha filha. Via a semelhança? Os cabelos pretos contrastando com a pele branquíssima, os olhos curiosos?

— Eu tento falar com ela há muito tempo, mas não consigo — ele falou com pesar, com dor real. — Faz ideia...?

Balancei a cabeça.

— Não, nunca fomos chegados.

— Que pena.

Por mais que tenhamos esperado e quase antecipado, a polícia nunca mais fez perguntas. Graças à quarentena, não foi difícil registrar Catarina como nossa filha, contando uma história simples, de um parto domiciliar não planejado. Fomos embora do Brasil quando Catarina completou três meses, antes que alguém farejasse alguma inconsistência, algum furo na nossa história.

Nunca vendemos nossa casa. Era uma maneira de garantir que ninguém pudesse explorar aquele terreno sem mandado judicial. A esta altura, as evidências biológicas do que havíamos feito já deveriam ter sido engolidas pela natureza. Um dia, eu venderia a casa, mas ainda não estava pronto para dizer adeus.

Iberê ainda estava vivo. Mais velho, mais cansado. Devoto de Catarina, como todos nós.

Uma vez por ano, Julian vinha me visitar. Achava que Catarina fosse sua irmã biológica. Era apaixonado por ela. Até Paloma me surpreendeu pelo carinho, mesmo que à distância, que tinha pela minha segunda filha.

Soubemos que a casa do Bergler fora leiloada, provavelmente porque o condomínio e o IPTU deixaram de ser pagos, com os anos. Sempre procurei o nome de Teddi no Google, mas nada nunca apareceu. Eu sabia que a pandemia havia facilitado as coisas para nós. Alguns amigos devem ter procurado por ela, talvez alguns parentes, mas acabaram deduzindo que Teddi tivesse desaparecido porque desejara. Era algo de se esperar dela.

Uma nota sobre Mauro estar desaparecido surgiu na internet,

com a polícia pedindo informações. A delegada responsável pelo caso, uma tal de Isabela Brassard, contou ao G1 que o "produtor pode ter sido assassinado por uma organização criminosa responsável por agiotagem, sequestro e extorsão".

Rebeca se aproximou, com seu vestido florido, cabelos soltos e brincos discretos, dourados, que cintilaram com um toque de luz solar. O volume da barriga já era perceptível e ela tinha orgulho dele. Olhava para nós dois com curiosidade, sorrindo amplamente ao esticar a mão para Roux.

— Eu sei quem você é — ela falou, fingindo normalidade. — Sou muito fã das suas músicas. É um prazer te conhecer.

Ele assentiu, visivelmente atordoado. Dava para ler seus pensamentos: "Eu conheço essas pessoas", "Mas qual era a relação deles com...?"

— Prazer. — Ele sorriu, voltando os olhos para Catarina. — E quem é essa? — Forçou a voz para sair mais fina, como sai quando falamos com crianças.

— Eu sou a Catarina. — Ela estendeu a mãozinha.

Toni Roux apertou a mão dela e se curvou um pouco, para ficar mais próximo.

— Você é muito bonita, Catarina. Lembra uma amiga minha.

Rebeca e eu trocamos um olhar. Ela chamou a filha com a mão e Catarina correu até ela.

— Vem escolher seu piano, meu amor — Rebeca falou, afastando a garota de nós. — Tem um que é a sua cara.

Roux me encarou, me analisando. Ele sabia. Eu soube instantaneamente. Ele se aproximou.

— Eu sei quem você é — falou, baixo. — Você era o vizinho do Bergler, que estava construindo a casa ao lado. Você era vizinho da Teddi.

— Isso mesmo.

— ... Essa garota...

— Minha filha?

— *Sua* filha? Ela é a cara da Teddi.

Eu sorri. Saí devagar da loja, parando sob o Sol do lado de fora, observando o movimento tímido de turistas na rua larga, ouvindo, ao fundo, o som de música ao vivo vindo de algum restaurante próximo.

Toni acendeu um cigarro assim que saiu da loja. Os ombros estavam para trás, o peito estufado. Havia algo de ameaçador, inquisidor em seus movimentos quando ele se aproximou.

Eu permaneci tranquilo.

— O que tá acontecendo? — ele perguntou, exalando a fumaça de cigarro, que fez minhas narinas arderem. — Cadê a Teddi?

— Não a vejo desde que ela abandonou a filha com a gente.

Muito se passou por trás daqueles olhos. Ele assentiu, como se dissesse que compreendia, que acreditava. Era a primeira vez que eu dizia em voz alta que Catarina não era nossa filha. Era a primeira vez que nossa paz era ameaçada.

— Eu não sei o que dizer... Eu era padrinho da Teddi, me sinto responsável, entende? Queria poder manter contato...

— Vem cá, eu sempre achei tão trágica a história dos Despóticos. Você sabe, as brigas, a rivalidade entre dois gênios musicais, você e o Bergler; e a morte dele bem no *comeback* da banda.

Roux empalideceu. O rosto murchou. O olhar se fixou no meu.

— Ainda mais que eu conversava bastante com a enfermeira dele, naqueles últimos dias — prossegui, com um sorriso. — Ela tinha tanta certeza de que ele ia sair daquela, sabe, que ele venceria o câncer. Costumava dizer que ele ainda tinha muita vida pela frente. A morte dele foi tão... abrupta. Não acha?

Ele me lia, tentando decifrar o que eu sabia.

Estávamos entendidos.

Ele assentiu e olhou para baixo. Tinha coisa demais a perder, como eu. Uma esposa que o amava, dinheiro para envelhecer com conforto, filhos que queria honrar.

Ele deu um trago no cigarro e olhou em volta, como se absorvendo a paisagem paradisíaca da cidadezinha litorânea. A banda do restaurante tocava *Hotel California*.

Toni Roux passou por mim, suas botas de couro pesadas nas pedras, a cabeça baixa e os ombros caídos. Eu não quis suspirar de alívio e mantive o queixo duro, lutando pela minha família como ele lutaria pela dele.

Ele parou de caminhar e se virou para mim.

— Sabe, Cesar... os filhos sempre sacam os pais. Mais cedo ou mais tarde, eles entendem quem nós somos lá no fundo. Eles enxergam a verdade. E nem todos perdoam.

Observei sua figura envelhecida se afastar, entrar num restaurante e desaparecer de vista. Catarina nunca saberia quem aquele homem realmente era e sua ligação com seu pai biológico. Ela nunca conheceria sua genitora, ou Nana, até mesmo Apolo, com quem Rebeca raramente falava. Havia tanta coisa que eu esconderia, em especial o que tive que fazer para ficar com ela.

Ela nunca saberia os nomes daqueles que enterrei.

Por amor.

Ouvi Rebeca chamar meu nome de dentro da loja. A porta se abriu e Catarina gesticulou, com um sorrisinho e os olhos apertados, quando a luz solar bateu em seu rosto.

— Vem, pai. Vem ver meu piano.

— Já vou, filhota.

Agradecimentos

Desta vez, meus agradecimentos serão mais emocionados do que de costume. Assim como a Teddi, acho que todos nós bloqueamos alguns traumas, de certa forma, e acredito que, coletivamente, estamos tentando esquecer o quanto a pandemia nos afetou. Mesmo aqueles que não perderam ninguém, que conseguiram até prosperar e se beneficiar com o isolamento, fosse passando mais tempo com a família ou aprendendo novas habilidades, foram profundamente afetados por aqueles dois anos em que o obscurantismo e o negacionismo ajudaram o vírus a matar centenas de milhares de brasileiros.

Meu primeiro agradecimento vai a todos os profissionais da medicina, os cientistas de todos os campos e todos os indivíduos que usaram sua voz para educar a população.

Agradeço, em especial, o Dr. Adriano Vendimiatti Cardoso, que, além de estar diariamente na linha de frente, usou suas redes sociais para explicar à população leiga como se proteger do Coronavírus e desmistificar as *fake news* que tragicamente sugiram nesse período, a grande custo pessoal. O personagem Luiz Gama foi vagamente inspirado nele e alguns dos diálogos desta obra tiveram sua contribuição e chancela.

Obrigada, Ana Nahas, por ser uma grande amiga e minha primeira leitora desta obra; Valentine Kasin, por ter sido testemunha do melhor momento da minha vida — o parto do meu terceiro filho — e por todas as informações que caridosamente compartilhou comigo; Sandra Codato, Luca Creido, Lia Cavaliera, Ricardo Cestari, Victor Bonini, minhas queridas Ariane Sartoris e Dai Bugatti, Nikola Sergeyevich Pushkin, Marimoon, e Pedro Cruvinel pela parceria que me salvou tantas vezes nos últimos anos.

Agradeço à família: Bruno, Nathália, Vitória, Tânia, Juçara e Juan, Margarida, Agenor, Viviane, João, Marcelo, Carla, Lorena, Alice, Julia, Fernanda e sempre:

Leandro, Cauê, Morgana e Dudu, meus grandes amores, minha razão de viver.